SPELLMAN & ASSOCIÉS

Née en 1970, Lisa Lutz rêve de devenir scénariste. Elle entame en 1991 l'écriture d'un script tout en travaillant pour gagner sa vie dans... une agence de détectives. Son scénario aboutira à un film (*Plan B*, sorti en 2001), mais Lisa Lutz, déçue par l'expérience, se jure de ne plus jamais travailler pour Hollywood. C'est en 2004 qu'elle entame la rédaction de *Spellman & Associés*, premier volet de la série des Spellman, une famille de détectives privés.

LISA LUTZ

Spellman & Associés

ROMAN TRADUIT DE L'ANGLAIS (ÉTATS-UNIS)
PAR FRANÇOISE DU SORBIER

ALBIN MICHEL

Titre original :

THE SPELLMAN FILES

Pour David Klane.

San Francisco, la nuit

Je plonge dans le parking, espérant leur échapper. Mes pas résonnent sur le ciment lisse, révélant ma position à quiconque serait aux aguets. Or ils me guettent, je le sais. Je me jure de ne plus remettre ces chaussures lorsque je cours le risque d'être poursuivie.

Je m'engage au pas de charge sur la rampe en spirale du garage, sachant qu'ils ne pourront pas aller aussi vite. Le bruit de mon souffle précipité couvre à présent l'écho de mes pas. Derrière moi, je n'entends rien.

Je m'arrête pour mieux écouter. Une portière de voiture se ferme, puis une autre, et un moteur se met en marche. Je m'efforce de prévoir leur prochaine manœuvre, et je cherche de l'œil la voiture de Daniel dans le parking – une BMW bleu nuit entre deux énormes 4 × 4. Je fonce vers le véhicule fraîchement lavé et mets la clé dans la serrure.

Le hurlement de l'alarme me cueille comme un coup de poing dans le ventre. J'en reste clouée sur place. J'avais complètement oublié le système de sécurité. Ma voiture à moi, une Buick de douze ans, s'ouvre avec une clé. Normal, quoi.

Mon pouce cherche à tâtons le bouton de la télé-commande et je parviens enfin à arrêter la sirène. J'entends l'autre voiture monter la rampe sans hâte, histoire de me mettre la pression. J'appuie enfin sur le bouton qui déverrouille la porte.

Poursuite en voiture n° 3

La voiture, une Ford banale, passe derrière moi. J'ai juste le temps de quitter ma place sur les chapeaux de roues pour éviter qu'elle ne me bloque l'accès à la rampe. Je sors en flèche du parking et jette un coup d'œil dans le rétroviseur. La Ford est à mes trousses.

Je traverse la rue et vire à gauche toute. Pied au plancher. L'accélération souple et rapide de la voiture haut de gamme me surprend. Je comprends pourquoi les gens achètent ce type de véhicule, la simple vanité mise à part. Je m'exhorte à ne pas m'y habituer.

Le compteur monte à quatre-vingt-dix en un rien de temps. La Ford est à cent mètres de moi, mais elle se rapproche. Je ralentis pour que mes poursuivants me rejoignent et je laisse sur ma droite l'embranchement de Sacramento Street. Mais ils connaissent toutes mes feintes et continuent à me coller.

Les voitures grimpent deux collines, la BMW suivie par la Ford, et redescendent au centre-ville dans un temps record. Je vérifie le niveau d'essence. De quoi conduire encore une heure à grande vitesse. Je tourne à droite dans une petite rue, me rabats de l'autre côté et prends à gauche, à contresens, une rue à sens unique. Deux voitures me klaxonnent et font une embardée pour m'éviter. Je regarde dans le rétro, espérant avoir semé mes poursuivants, mais non.

Arrivée au sud de Market Street, j'accélère une dernière fois, plus pour le principe que pour essayer de leur échapper. Et j'appuie aussi sec sur le frein. Juste pour l'effet de surprise, afin de leur rappeler que je maîtrise la situation.

La Ford s'arrête dans un grincement de pneus à environ trois mètres de la BMW. J'éteins le contact et prends quelques grandes inspirations. Je sors de la voiture comme si de rien n'était et me dirige sans me presser vers la Ford.

Je frappe à la vitre du conducteur. Quelques instants plus tard, elle se baisse. La main posée sur le capot, je me penche vers l'intérieur.

« Maman. Papa. Ça suffit comme ça. »

L'interrogatoire

CHAPITRE 1

Soixante-douze heures plus tard

Une ampoule pend au plafond. Sa faible puissance éclaire le décor spartiate de cette pièce aveugle. Je pourrais en énumérer le contenu les yeux fermés : une table en bois, craquelée, à la peinture écaillée, entourée de quatre chaises branlantes, un téléphone à cadran, une vieille télévision et un magnétoscope. Je connais bien cette pièce. J'y ai perdu des heures pendant mon enfance, à répondre de fautes que je n'avais sans doute pas commises. Seulement aujourd'hui, je me trouve en train de répondre à un homme que je n'ai jamais vu d'un crime encore indéfini, un crime que je n'ose même pas imaginer tant j'ai peur.

L'inspecteur Henry Stone est assis en face de moi. Il pose un magnétophone au milieu de la table et le déclenche. Indéchiffrable, cet homme : une petite quarantaine, les cheveux courts, poivre et sel, chemise blanche bien repassée et cravate de bon goût. Il pourrait être séduisant, mais sa froideur très professionnelle me fait l'effet d'un masque. Il porte un costume trop coû-

teux pour un fonctionnaire, ce qui me rend soupçon-
neuse. Il faut dire aussi que tout éveille mes soupçons.

« Voulez-vous préciser vos noms et adresse pour la
machine, demande-t-il.

– Isabel Spellman. 1799, Clay Street, San Francisco,
Californie.

– Âge et date de naissance, s'il vous plaît.

– Vingt-huit ans. Née le 1er avril 1978.

– Vos parents sont Albert et Olivia Spellman, c'est
exact ?

– Oui.

– Vous avez un frère et une sœur : David Spellman,
30 ans, et Rae Spellman, 14 ans. C'est exact ?

– Oui.

– Voulez-vous me dire quelle profession vous exer-
cez et le nom de votre employeur, s'il vous plaît.

– Détective privé. J'ai mon diplôme et je travaille
chez Spellman et Spellman, l'agence de recherches privée de mes parents,

– Quand avez-vous commencé à travailler chez eux ?

– Il y a environ seize ans. »

Stone consulte ses notes et lève des yeux perplexes
vers le plafond.

« À douze ans ?

– Exact.

– Commençons par le commencement, miss Spellman », dit Stone.

Je ne peux pas dire exactement quand tout a
commencé, mais je peux affirmer que cela ne date pas
de trois jours, d'une semaine, d'un mois ni même d'un
an. Pour bien comprendre ce qui s'est passé dans ma
famille, il faut remonter au tout début, et cela, c'était
il y a longtemps.

PREMIÈRE PARTIE

Avant la guerre

Le passé ancien

Mon père, Albert Spellman, est entré dans la police de San Francisco à vingt et un ans, comme son père, son grand-père et son frère avant lui. Cinq ans plus tard, promu inspecteur, il passa à la brigade des Mœurs. Deux ans après, en racontant une blague à un informateur, il trébucha dans l'escalier et dégringola deux étages. Chute qui lui laissa un dos capricieux susceptible de lui faire souffrir le martyre sans préavis.

Contraint à une retraite précoce, Albert prit aussitôt du service chez Jimmy O'Malley, ancien inspecteur à la répression du banditisme devenu détective privé. Ça se passait en 1970. Jimmy approchait des quatre-vingts ans, mais le nombre d'enquêtes confiées à son agence était encore respectable. Avec la collaboration de mon père, les affaires reprirent. Albert a le sens du contact, le genre de charme affable et loufoque qui met tout de suite en confiance. Son sens de l'humour est vraiment au ras des pâquerettes, mais personne n'y résiste. Il ne se fatigue jamais de certains tics, comme d'éternuer les noms d'Europe de l'Est. Seuls ses enfants lui suggèrent de se renouveler.

Malgré son mètre quatre-vingt-huit et ses cent dix kilos, sa démarche a toujours donné une illusion de nonchalance, masquant la force que recèle son physique par ailleurs imposant. Son visage défie la description, ses traits étant si mal assortis qu'on dirait un collage de visages divers. Ma mère disait que si on le regardait assez longtemps, on le trouvait beau. À quoi mon père ajoutait : « Oui mais ta mère est la seule à en avoir eu la patience. »

En 1974, au terme d'une surveillance de routine concernant une compagnie d'assurances, qui l'avait amené à Dolores Park, Albert remarqua une petite brune qui se cachait derrière des buissons le long des rails de tramway. Intrigué par son curieux manège, il laissa tomber sa planque pour suivre la mystérieuse jeune fille. Il ne lui fallut pas longtemps pour être sûr que la brunette au comportement bizarre faisait la même chose que lui. Il en arriva à cette conclusion en la voyant sortir de son sac un appareil photo et un énorme téléobjectif pour prendre des clichés d'un jeune couple enlacé sur un banc. Sa technique photographique, approximative, signait un travail d'amateur. Albert décida donc de lui proposer les conseils du professionnel. Il s'approcha, soit trop vite, soit trop près (les deux protagonistes ont aujourd'hui un souvenir très confus des détails) et reçut un coup de genou dans l'aine. Mon père déclara plus tard qu'il était tombé amoureux quand la douleur avait cessé.

Avant que la petite brune ait pu lui envoyer un autre coup de genou invalidant, Albert déclina ses titres afin d'amadouer la vigoureuse jeune personne. Celle-ci s'excusa à son tour, déclara s'appeler Olivia Montgomery et rappela à mon père que s'approcher furtivement d'une femme est à la fois impoli et potentiellement dangereux. Là-dessus, elle expliqua les raisons pour lesquelles elle avait improvisé une filature et lui demanda des conseils. Elle lui apprit que le garçon toujours emmêlé à sa partenaire sur le banc était son futur beau-frère. À ceci près que la fille n'était pas sa sœur.

Albert fit l'école buissonnière tout le reste de l'après-midi afin d'aider Ms. Montgomery à filer le dénommé Donald Finker et de la conseiller. L'entreprise commencée à Dolores Park se termina dans un pub irlandais du Tenderloin*. Finker ne s'aperçut de rien. Plus tard, Olivia devait dire que la journée avait été un succès, bien que ce ne fût pas l'avis de sa sœur Martie. Après de multiples tickets d'autobus et courses de taxis, et au bout de deux rouleaux de pellicule, Olivia et Albert avaient réussi à surprendre Donald dans les bras de trois femmes différentes (dont deux qu'il avait payées) et en train de glisser de l'argent dans la poche de deux bookmakers. Albert fut impressionné par le flair d'Olivia et s'aperçut que travailler sur une filature avec une petite brune de vingt et un ans, menue et vive, était un atout précieux. Il ne savait trop s'il devait lui demander de sortir avec lui ou l'embaucher. Trop partagé pour se décider, Albert fit les deux.

Trois mois plus tard, Olivia Montgomery devint Olivia Spellman après une petite cérémonie à Las Vegas. Martie attrapa le bouquet de la mariée, à son grand étonnement. Mais trente-trois ans plus tard, elle était toujours célibataire. Un an plus tard, Albert racheta l'agence de O'Malley, qui devint l'agence Spellman.

---

* L'un des quartiers les plus mal famés de la ville. (Toutes les notes numérotées sont de l'auteur. Celles de la traductrice sont marquées d'un ou de plusieurs astérisques.)

Le premier-né

David Spellman était un bébé parfait. Huit livres tout rond, des cheveux, une peau impeccable. Il pleura quelques instants à la naissance (juste assez pour que le docteur sache qu'il respirait), puis s'arrêta, sans doute par politesse. En deux mois, il faisait ses nuits et dormait sept heures d'affilée, parfois huit ou neuf.

Comme de bien entendu, Albert et Olivia estimaient que leur premier enfant était une pure merveille. Mais ce ne fut que deux ans plus tard, lorsque j'arrivai pour fournir un point de comparaison, qu'ils se rendirent compte que David était la perfection même.

Plus David grandissait, plus il devenait beau. S'il ne ressemblait à aucun membre de ma famille, il alliait les traits les plus réussis de mes parents avec certains de ceux de Gregory Peck, pour faire bonne mesure. Il ne traversa jamais de période ingrate, à l'exception d'un œil au beurre noir de temps en temps, effet de la jalousie d'un camarade de classe, et qui, sur lui, n'était pas dépourvu de charme. David réussissait très bien à l'école, sans efforts ou si peu, car il avait un cerveau fait pour les études, talent inégalé dans tout notre arbre généalogique. C'était un athlète-né, et au lycée, il refusa d'être capitaine de toutes les équipes de sport ou à peu près, afin d'éviter les retombées envieuses qui n'auraient pas manqué de se produire. Il n'y avait rien d'inquiétant dans son incroyable perfection. En fait, il était doué d'une modestie au-dessus de son âge. Mais je n'avais qu'une idée en tête, donner des coups de pied pour faire tomber chacune des chaises sur lesquelles il était assis.

Je fis subir à mon frère d'innombrables avanies, dont la plupart passèrent inaperçues parce qu'il n'était pas du genre à dénoncer. Mais certaines ne purent échapper à la vigilance incessante de mes parents. Dès que je sus bien maîtriser le langage, je me mis à noter mes crimes, un peu comme une vendeuse qui fait l'inventaire de son magasin. Mon compte rendu se présentait comme une série de listes suivies des détails pertinents. Parfois, il n'y avait qu'une brève indication du méfait, comme par exemple : « 8-12-92. Effacé le disque dur de l'ordinateur de David. » À d'autres reprises, les listes étaient suivies par une description détaillée de mes agissements, en général lorsque je m'étais fait prendre. Les détails étaient nécessaires, pour que je puisse tirer les leçons de mes erreurs.

La salle des interrogatoires

C'est ainsi que nous avons fini par l'appeler, mais il s'agissait en fait de notre sous-sol inachevé. Équipement : une ampoule, une table, quatre chaises, un téléphone à cadran et un vieux poste de télévision. Le décor nu de film noir et l'éclairage sommaire ont fait succomber mes parents à la tentation de tenir dans cet espace primitif toutes les auditions préalables à nos condamnations.

La pièce était retenue en priorité pour moi, au titre d'élément perturbateur principal de la famille. On trouvera ci-dessous un échantillon de mes interrogatoires en sous-sol. La liste n'est pas exhaustive, tant s'en faut.

Isabel, 8 ans

Je suis assise sur l'une des chaises bancales, et me penche de côté. Albert arpente la pièce. Une fois certain que je commence à me sentir mal, il prend la parole :

« Isabel, tu t'es bien faufilée hier soir dans la chambre de ton frère pour lui couper les cheveux ?

– Non. »

Silence prolongé.

« Tu es sûre ? Tu as peut-être besoin d'un peu de temps pour te rafraîchir la mémoire ? »

Albert s'assied de l'autre côté de la table et me regarde bien en face. Je baisse aussitôt les yeux, mais m'efforce de ne pas flancher.

« Couper les cheveux ? Ah bon ? »

Albert pose sur la table une paire de ciseaux de sûreté.

« Tu les connais, ces ciseaux ?

— Ils pourraient être à n'importe qui.

— Oui, mais on les a trouvés dans ta chambre.

— C'est un piège. »

Résultat, j'ai été bouclée à la maison une semaine.

Isabel, douze ans

Cette fois-ci, c'est ma mère qui arpente la pièce, un panier à linge sous le bras gauche. Elle le pose sur la table et en sort une chemise froissée en oxford d'un rose si pâle que ce n'est visiblement pas sa couleur originale.

« Dis-moi, Isabel, de quelle couleur est cette chemise ?

— Comment veux-tu que je te réponde ? On n'y voit rien ici.

— À vue de nez ?

— Blanc cassé.

— Je crois qu'elle est rose. Tu veux bien l'admettre ?

— Bon. Elle est rose.

— Ton frère a maintenant cinq chemises roses et pas une seule blanche pour l'école. (Le règlement stipule bien que les chemises d'uniforme doivent être blanches, exclusivement.)

– C'est malheureux.

– Je crois que tu n'es pas étrangère à ça, Isabel.

– C'était un accident.

– Vraiment ?

– Une chaussette rouge. Je ne sais pas comment ça se fait que je ne l'aie pas vue.

– Tu as dix minutes pour me la montrer. Sinon, tu paies cinq chemises neuves. »

J'étais bien en peine de montrer une chaussette rouge, pour la bonne raison qu'elle n'existait pas. Mais j'ai mis à profit le temps imparti pour me débarrasser du colorant alimentaire rouge caché dans ma chambre en le balançant dans la poubelle des voisins sans me faire pincer.

J'ai payé les chemises.

Isabel, quatorze ans

C'est désormais mon père qui est élu grand inquisiteur. Franchement, je pense que son époque de flic lui manque et que ces prises de bec avec moi le maintiennent en forme.

Quinze minutes s'écoulent en silence : il essaie de me mettre en condition. Mais je m'améliore à ce petit jeu, je réussis à lever les yeux et à soutenir son regard.

« Isabel, est-ce que tu as maquillé les notes sur le bulletin de ton frère ?

– Non. Pourquoi je ferais une chose pareille ?

– Je n'en sais rien. Mais ce que je sais, c'est que c'est toi. »

Il pose le bulletin sur la table et le pousse vers moi.

(Un bulletin à l'ancienne, écrit à la main. Il suffit d'en piquer un vierge et de contrefaire l'écriture.)

« Tes empreintes digitales sont partout.

– Tu bluffes. (J'avais mis des gants.)

– Et j'ai fait analyser l'écriture.

– Pour qui me prends-tu ? »

Albert pousse un grand soupir et vient s'asseoir en face de moi. « Écoute, Izzy, on sait tous que c'est toi. Si tu me dis pourquoi, tu ne seras pas punie. »

Une négociation. C'est nouveau. Comme je n'ai pas envie d'être bouclée à la maison une semaine, je décide d'accepter. Je prends mon temps pour répondre, afin que l'aveu n'ait pas l'air de venir trop facilement.

« Je trouvais qu'il fallait qu'il sache l'effet que ça fait d'avoir juste la moyenne. »

Ça a pris du temps, mais j'ai fini par me lasser d'essayer de détrôner le roi David. Il y avait sûrement un meilleur moyen d'affirmer mon identité. Personne ne pouvait nier que j'étais une enfant difficile, mais ma carrière criminelle n'a vraiment commencé qu'après ma rencontre avec Petra Clark, en quatrième. On s'est rencontrées en colle et on a sympathisé d'emblée parce qu'on était l'une et l'autre dingues d'une sitcom des années soixante, *Max la Menace*[*]. Je suis incapable de dire combien d'heures on a passées, complètement pétées, à regarder des rediffusions sur le câble, en riant tellement qu'on en avait mal aux côtes. Naturellement, on n'a pas tardé à devenir inséparables. C'était une amitié basée sur des intérêts communs : Don Adams, la bière, la marijuana et la peinture en bombe.

---

[*] Série de Mel Brooks et Buck Henry, diffusée de 1965 à 1970, avec Don Adams dans le rôle masculin principal.

Pendant l'été 1993, celui de nos quinze ans, Petra et moi avons été soupçonnées d'une série d'actes de vandalisme commis dans le quartier de Nob Hill à San Francisco, et dont on n'avait jamais identifié les auteurs. Malgré les nombreuses réunions de Vigilance de Voisinage en notre honneur, aucun des incidents n'a pu être élucidé. À l'époque, nous considérions nos forfaits avec l'œil de peintres admirant leurs toiles. Petra et moi nous mettions au défi d'aller toujours plus loin. Nos délits étaient infantiles, certes, mais ils étaient marqués par une sorte d'énergie créatrice absente du vandalisme ordinaire. La liste suivante est la première établie conjointement par Petra et moi. Il y en eut beaucoup d'autres.

CRIMES IMPUNIS : ÉTÉ 1993

1. 25-06-93 : Réaménagé la cour arrière de Mr. Gregory [1].
2. 7-07-93 : Raid en voiture.
3. 13-07-93 : Volé cinq ballons de basket, trois crosses de hockey, quatre ballons de baseball et deux gants de baseball dans le placard d'éducation physique du lycée.
4. 16-07-93 : Teint en bleu cobalt le caniche de Mrs. Chandler.
5. 21-07-93 : Raid.
6. 24-07-93 : Déposé une caisse de bière sur le trottoir devant le local des Alcooliques Anonymes pendant une réunion [2].

---

1. Petra étant très douée avec les ciseaux – même de la variété sécateurs –, elle a taillé un buisson en forme de main au majeur dressé.
2. Avons payé un S.D.F. pour qu'il achète la bière.

7. 30-07-93 : Raid.
8. 10-08-93 : Rempli des bulletins d'abonnement à
             Hustler au nom de divers hommes
             mariés du quartier.

Notre activité de base était ce que nous appelions les « raids ». Quand l'absence d'inspiration limitait nos activités nocturnes, nous pouvions toujours nous rabattre sur le ramassage des ordures, les soirs où passait le camion-poubelle. Très simple, en fait : il nous suffisait de sortir en douce de chez nous après minuit. Petra passait me chercher avec la vieille Dodge 1978 (piquée à sa mère) et on zigzaguait pour tamponner les poubelles sorties pour attendre le passage du camion. Ce n'était pas tant la rage de destruction qui nous possédait, Petra et moi, que le fait d'échapper de justesse à la détection. Mais à la fin de l'été, malgré tout, j'étais arrivée au terme de ma période de veine.

Je me suis retrouvée une fois de plus dans la salle des interrogatoires. À ceci près que cette fois-ci, c'était dans une vraie salle d'interrogatoires, dans un vrai poste de police. Mon père m'avait demandé de donner mon fournisseur et j'avais refusé.

16-08-93

Le crime : six heures plus tôt, j'avais filé en douce de chez moi après minuit, étais allée en stop à une fête à Mission*, et avais dragué un mec qui voulait se faire une ligne. Si la coke n'était pas mon truc, le type avait une veste en cuir et un roman de Kerouac. Moi, j'ai un faible pour les durs qui lisent. Alors je lui ai dit

---

* Quartier de San Francisco.

27

que je connaissais un dealer – pour des raisons que j'expliquerai plus tard – et j'ai donné un coup de fil en demandant si on pouvait « me renvoyer l'ascenseur ». En allant chez mon fournisseur, je me suis rendu compte que le mec de la fête était un flic en civil, et je lui ai demandé de me raccompagner chez moi. Au lieu de quoi, il m'a conduite au poste. Quand il a été établi que j'étais la fille d'Albert Spellman, un ex-flic médaillé, on a appelé papa.

Albert était encore mal réveillé en arrivant au poste.

« Donne-moi un nom, Izzy. Après, on pourra rentrer à la maison et celle-là, tu me la paieras. »

J'ai demandé timidement :

« N'importe quel nom ?

– Isabel, tu as dit à un flic en civil que tu pouvais lui fournir une ligne. Après quoi, tu as appelé un contact, soi-disant un dealer, à qui tu as demandé s'il pouvait te renvoyer l'ascenseur. Franchement, ça la fout mal.

– Je sais. Mais la seule chose que tu peux me reprocher, c'est d'avoir fait le mur. »

Papa m'a gratifiée de son regard le plus menaçant et a répété : « Son nom. »

Le nom que voulaient les flics, c'était celui de Leonard Williams, Len pour ses amis, un mec de terminale. En fait, je le connaissais à peine et jamais je ne lui achetais de dope. Mais j'avais mis bout à bout des bribes glanées ici et là depuis des années en laissant traîner mes oreilles – c'est d'ailleurs comme ça que je me procure mes renseignements, en général. Je savais que la mère de Len était en invalidité, et qu'elle était accro aux antalgiques. Que son père s'était fait tuer au cours d'une fusillade dans un magasin de vins et spiritueux quand Len avait six ans. Qu'il avait deux frères plus jeunes et que les chèques de l'assistance ne suffisaient pas à nourrir la famille. Que Len dealait comme d'autres font des petits boulots après les cours, pour mettre sur la table quelque chose à manger. Que Len était homo, mais ça, je ne l'avais dit à personne.

C'était le soir du crime impuni n° 3. Petra et moi avions pénétré par effraction au lycée pour piquer dans la réserve d'éducation physique (j'étais convaincue qu'un commerce d'articles de sport d'occasion résoudrait nos problèmes financiers). J'avais crocheté la serrure du placard, et Petra et moi avions transféré notre butin dans sa voiture. Et puis, j'avais eu les dents un peu longues, et m'étais souvenue que Stevens, un des profs de gym, avait en général une bouteille de Wild Turkey dans le tiroir de son bureau. Pendant que Petra m'attendait dans la voiture, j'étais retournée à l'intérieur, et en arrivant dans le bureau de Stevens, j'étais tombée sur Len et un joueur de foot en train de conclure. Comme je n'avais jamais rien dit, Len s'estimait en dette envers moi. Ce qu'il ignorait, c'était que je savais garder un secret, et que j'en avais moi-même un certain nombre. Un de plus, quelle différence ?

« Je ne suis pas une balance », répondis-je à mon père.

Ce soir-là, il me reconduisit sans un mot à la maison. Len ne fut pas inquiété. Les flics n'avaient qu'un surnom à se mettre sous la dent. Quant à moi, je m'en suis tirée à bon compte, du moins par rapport à mon père, que ses anciens collègues n'en finirent pas de mettre en boîte pour avoir été incapable de faire cracher le morceau à sa propre fille. Pourtant je sais qu'après toutes les années passées à travailler dans les rues, il n'ignorait pas que même les voyous ont un code de l'honneur et, dans une certaine mesure, il avait respecté mon silence.

Si vous parveniez à m'imaginer sans ma litanie de crimes et délits, ou sans mon frère comme élément de comparaison, vous auriez la surprise de constater que j'ai une existence autonome. Je suis capable de mémoriser le contenu d'une pièce en quelques instants ; je repère un pickpocket avec la précision d'un tireur d'élite ; je peux baratiner n'importe quel gardien de nuit pour qu'il me laisse entrer. Quand je suis inspirée, j'ai une ténacité incroyable. Et, si je ne suis pas une beauté, il y a des tas d'imprudents qui veulent sortir avec moi.

Mais pendant des années, mes qualités (pour ce qu'elles valent) ont été occultées par mon style provocateur. Puisque David occupait le terrain de la perfection, il a bien fallu que je me contente de creuser le trou de mes propres imperfections. Il semble qu'à certains moments, les deux seules phrases prononcées chez moi aient été : « Bravo, David », et : « Qu'est-ce qui t'a pris, Isabel ? » Mes années d'ado n'ont été que convocations chez le directeur du lycée, trajets en voiture de police, dissimulation d'objets volés, actes de vandalisme, fumettes dans la salle de bains, coma éthylique à la plage, effractions en tout genre, passages à l'essai dans la classe supérieure, interdictions de sortie, sermons, transgressions des interdictions de sortie, gueules de bois, amnésies passagères, drogues diverses, rangers et cheveux gras.

Pourtant, jamais je n'ai pu faire autant de dégâts que je l'aurais souhaité, parce que David était toujours là pour les limiter. Si je rentrais après l'heure autorisée, il me couvrait. Si je mentais, il confirmait ma version. Si je volais, il rendait l'objet. Si je fumais, il cachait les mégots. Si je m'effondrais ivre morte sur la pelouse, il remontait mon corps inerte dans ma chambre. Si je refusais de rédiger un devoir, il le faisait à ma place et allait jusqu'à imiter mon style pour rendre la chose crédible. Et quand il s'aperçut que je ne rendais pas les devoirs qu'il faisait pour moi, il prit l'habitude de les mettre directement dans le casier des professeurs concernés.

Ce qui était si exaspérant chez David, c'est qu'il savait. Il savait que mon échec était jusqu'à un certain point une réaction à sa perfection. Il comprenait que c'était sa faute, et il en était sincèrement désolé. De temps à autre, mes parents me demandaient pourquoi je me comportais comme ça. Et je leur répondais qu'ils avaient besoin d'un équilibre. Si on faisait l'addition, et la division ensuite, David et moi étions deux enfants absolument normaux. Rae devait complètement perturber ledit équilibre par la suite. Mais j'y viendrai plus tard.

1799, Clay Street

La maison Spellman est sise au 1799, Clay Street, dans le quartier de Nob Hill à San Francisco. En faisant huit cents mètres à pied vers le sud, on se trouve au Tenderloin, le quartier réservé hétéro. En visant trop au nord, on arrive dans toutes sortes de pièges à touristes, que ce soit Lombard Street, Fisherman's Wharf, ou, si on n'a vraiment pas de chance, la Marina.

L'agence Spellman se situe à la même adresse, ce qui est commode. (Mon père adore plaisanter sur le trajet qu'il doit faire pour descendre travailler à l'étage au-dessous.) La maison elle-même est une imposante demeure victorienne de trois étages, peinte en bleu avec les encadrements de portes et de fenêtres en blanc, que mes parents n'auraient jamais pu s'offrir si elle ne s'était transmise dans la famille de père en fils pendant trois générations. Le bâtiment lui-même est évalué à près de deux millions de dollars, et mes parents menacent de vendre au moins quatre fois par an. Mais ce sont des paroles en l'air. Ils préfèrent les meubles usagés, la peinture écaillée et les finances incertaines aux vacances en Europe, cotisations pour la retraite et maison en banlieue.

À l'entrée de la maison/agence familiale se trouvent

quatre boîtes aux lettres sur lesquelles on lit respectivement de gauche à droite : Spellman, Agence Spellman (il n'y a jamais eu qu'un seul postier qui ait fait systématiquement la différence entre les deux), Marcus Godfrey, le pseudonyme de longue date de mon père, et Entreprise Grayson, un nom commercial bidon que notre agence utilise pour les cas les plus anodins. L'agence utilise également deux autres boîtes postales dans le secteur de la Baie lorsqu'un camouflage supplémentaire s'impose.

En entrant dans la maison Spellman, on arrive à un escalier en colimaçon qui monte au premier étage, où se trouvent les trois chambres. À droite de l'escalier s'ouvre une porte au-dessus de laquelle pend un écriteau : « Enquêtes Spellman ». Cette porte est fermée à clé aux heures non ouvrables. À gauche de l'escalier, une porte donne accès au salon. Autrefois, un divan au tissu râpé imitant la peau de zèbre occupait le centre de la pièce. Il est aujourd'hui remplacé par un modeste canapé en cuir marron. À partir de ce point central sont disposés des meubles en acajou, dont chacun mérite le nom d'antiquité, mais dont la valeur est diminuée par le manque d'entretien. Le seul changement survenu dans la pièce en trente ans, hormis celui du canapé, a été le remplacement de la télévision Zenith à cadre de bois datant de 1980 environ par un écran plat de 58 cm acheté par mon oncle après une journée exceptionnellement faste aux courses.

Derrière le salon se trouve la cuisine, qui se prolonge par une salle à manger modeste, garnie d'autres meubles anciens mal entretenus. Pendant que je loge encore en bas, ma tâche est d'ouvrir la porte de l'agence.

Les bureaux de la famille se situent au rez-de-chaussée, là où se trouve normalement le séjour dans n'importe quelle autre maison. Quatre bureaux d'écolier d'occasion (le modèle en métal beige) forment un rectangle parfait au centre de la pièce. Il y a trente ans, il n'y avait qu'un seul ordinateur, un IBM, sur le bureau de mon père. Maintenant, chaque bureau est équipé d'un PC et le placard abrite le portable commun. Une demi-douzaine de meubles-fichiers de couleurs diverses (d'occasion eux aussi) entourent la pièce. Avec un déchiqueteur de documents à gros débit et des stores poussiéreux, c'est à peu près tout. Sur chaque bureau s'empilent parfois soixante centimètres de dossiers ; sur le sol traînent des bouts de papier sortis du déchiqueteur. La pièce sent la poussière et le café bon marché. À l'extrémité, une porte mène au sous-sol où se tiennent tous les interrogatoires. David prétendait que le sous-sol était la pièce la plus agréable de la maison pour y faire ses devoirs, mais ça, comment aurais-je pu le savoir ?

L'entreprise familiale

David et moi avons commencé à travailler pour l'agence Spellman à quatorze et douze ans respectivement. Si je m'étais déjà fait une réputation d'enfant difficile, mon statut d'employée rachetait en quelque sorte celui de brebis galeuse. Je suppose que cela n'avait surpris personne qu'en règle générale, j'aie manifesté un certain talent pour transgresser les règles de la société et violer l'intimité des autres.

Nous commencions toujours par les déchets. Traditionnellement, c'était le premier travail confié aux enfants Spellman. Maman, papa (ou le flic qui n'était pas en service ce jour-là) récoltait les ordures de la maison d'un sujet donné et les déposait chez nous. Une fois les ordures posées dehors pour que les services d'hygiène s'en occupent, elles sont considérées comme propriété publique et il est permis d'en disposer.

Je passais des gants en plastique épais, de ceux qu'on met pour faire la vaisselle, à l'occasion je me bouchais le nez avec une pince et je triais les ordures, séparant les déchets des trésors. Ma mère nous donnait toujours les mêmes consignes : relevés bancaires, factures, lettres, notes, vous gardez ; denrées jadis comestibles et objets contenant des sécrétions diverses, vous jetez. J'ai longtemps considéré ces instructions comme incomplètes. On n'imagine pas le nombre de choses qui tombent entre les deux catégories ci-dessus. La déchétologie faisait souvent vomir David, et lorsqu'il eut quinze ans, on l'en dispensa.

L'année de mes treize ans, ma mère m'apprit à faire des recherches dans les comptes rendus d'audience du secteur de la Baie. L'essentiel de notre travail à l'époque impliquait un contrôle des antécédents, et la vérification de casier judiciaire était le point de départ. Là encore, les instructions étaient simples : chercher les infractions. Traduction : flairer ce qui sentait mauvais. Quand nous ne pouvions trouver d'infraction, notre déconvenue était palpable. Les gens – ceux que nous connaissions de nom, ou par leur numéro de sécurité sociale – nous décevaient s'ils avaient le nez propre.

Les enquêtes d'antériorité constituaient la corvée de base. Elles consistaient souvent à se rendre dans différents tribunaux de la Baie et à faire des recoupements de noms dans les archives. Avant la suppression des tribunaux municipaux de Californie, ceci impliquait des visites aux greffes d'au moins quatre tribunaux distincts par comté : le tribunal criminel, le tribunal de grande instance, le tribunal d'instance et le tribunal civil (ainsi parfois que le tribunal correctionnel).

Plus tard, nos recherches furent circonscrites quand les tribunaux supérieurs et municipaux fusionnèrent, et lorsqu'on put trouver la plupart des procès-verbaux sur microfiches. Au cours des cinq dernières années, presque toutes les informations des tribunaux ont été transférées sur des banques de données informatisées et, hormis les recherches sur une affaire remontant à plus de dix ans, toutes peuvent maintenant se faire sans quitter l'agence Spellman. Ce qui demandait jadis douze à quinze heures de travail s'est réduit à quatre heures au plus derrière un bureau.

En dehors des enquêtes d'antériorité, les banques de données peuvent aussi servir à localiser un individu dont on ne connaît pas l'adresse. À cette fin, il faut se procurer son numéro de sécurité sociale. C'est le Saint-Graal de l'univers des détectives privés. Mais ces numéros-là sont confidentiels. Faute d'un numéro de sécurité sociale fourni par le client, on a besoin au moins du nom complet et de la DDN (date de naissance) ou au minimum du nom complet (de préférence le moins commun possible) et de la ville où le sujet est domicilié. Après cela, il faut entrer un nom et une DDN dans un relevé de compte bancaire.

Ces relevés fournissent certains éléments de l'histoire financière complète relative à un individu donné, comme la liste de ses adresses successives, ses faillites et les recours contre lui ; mais on n'obtient pas l'histoire complète car l'histoire financière ne relève pas non plus du domaine public. À partir d'un relevé de compte, on peut souvent obtenir un numéro de sécurité sociale partiel. Si une banque de données peut receler les quatre premiers chiffres du numéro, une autre peut avoir les quatre derniers et en en consultant plusieurs, on peut reconstituer un numéro complet[*].

Une recherche à partir des banques de données requiert une attention aux détails dont tous mes professeurs m'auraient crue incapable. Mais c'est vrai que j'ai toujours aimé trouver des casseroles sur les gens : en comparaison, mes méfaits paraissaient véniels.

On pourrait dire que mes parents ont commencé par mettre à l'épreuve nos estomacs, puis notre patience,

---

[*] Ceci s'applique au système bancaire américain.

et enfin, notre intelligence. Pour la seconde génération de Spellman (peut-être même la première d'ailleurs), notre but dans la vie, c'est la surveillance. C'est cette partie du travail qui vous ôte toute objection à travailler pour vos parents après l'école. Mais la surveillance aussi a ses côtés ingrats. Les gens ne sont pas toujours en train de bouger. Ils dorment, vont travailler, ils ont des réunions qui durent quatre heures dans des immeubles de bureaux. Pendant ce temps-là, vous attendez dans le hall, avec l'estomac qui gargouille et les pieds endoloris. J'adorais bouger. David adorait les moments de répit. Il en profitait pour mettre à jour son travail. Moi, je fumais, c'était tout.

Quatorze ans : mon premier travail de surveillance s'est effectué dans l'affaire Feldman. John Feldman s'était adressé à mes parents pour surveiller son frère et associé, Sam. John avait l'impression que son frère était impliqué dans des magouilles, et il voulait que nous le filions pendant quinze jours pour voir si ses intuitions se vérifiaient. Ses intuitions ne le trompaient pas, mais il se trompait de domaine. D'après ce que j'avais pu observer, Sam ne s'intéressait guère à ses affaires. En revanche, il s'intéressait beaucoup à la femme de John.

David et moi étions des néophytes en matière de surveillance lorsque nous avons commencé la filature. À la fin, j'étais devenue experte. Mon père conduisait la camionnette, ma mère la Honda. Ils étaient l'un et l'autre reliés à nous par radio. Lorsque Sam était à pied, David ou moi le suivions. Nous sautions de la voiture en lui laissant une avance respectable et nous donnions nos coordonnées par radio, de sorte que l'un des deux véhicules au moins puisse toujours nous rejoindre si Sam décidait de prendre un taxi, un autobus ou un tram. La plupart du temps, il prenait une chambre au St. Regis.

Ce que j'ai appris pendant le cas Feldman, en dehors du fait que Sam baisait la femme de John, c'est que mes années d'allées et venues clandestines avaient payé. En fait, la vie que j'avais menée jusqu'alors m'avait rompue aux agissements furtifs, m'avait appris à mesurer mes limites et à savoir exactement jusqu'où je pouvais aller trop loin. Je savais deviner ce qui se passait dans la tête des autres. Je savais quand je pouvais suivre quelqu'un dans les transports en commun ou quand je devais appeler un taxi. Je savais combien de temps je pouvais rester en filature et quand il fallait abandonner. Mais mon succès tenait surtout à ce que je n'avais pas l'air du genre de fille dont c'est le boulot de suivre les gens.

À quatorze ans, je mesurais déjà un mètre soixante-cinq, soit cinq centimètres de moins que ma taille d'adulte. Je faisais un peu plus que mon âge, mais j'avais l'air d'une écolière avec mes T-shirts froissés et mon jean usé. Mon physique était très banal – longs cheveux châtains, yeux bruns, pas de taches de rousseur ni de marque distinctive. Si j'avais ressemblé exclusivement à ma mère, j'aurais même pu être belle, mais les gènes de mon père m'avaient rendu les traits durs et j'entends beaucoup plus souvent les mots « bien foutue » que « jolie ». Enfin, aujourd'hui, à vingt-huit ans, grâce à ma meilleure amie (coiffeuse styliste) et aux légers progrès que j'ai faits pour m'habiller, je ne suis pas mal. Restons-en là.

Quinze ans : l'oncle Ray m'a demandé ce que je voulais pour mon anniversaire. Je lui ai répondu « une bouteille de vodka ». Quand il m'a dit non, je lui ai suggéré de m'apprendre à crocheter les serrures. Ce qui n'est pas une activité habituelle dans l'arsenal requis pour être détective privé. Mais comme il savait le faire, il me l'a appris. Quand ma mère s'en est aperçue, elle ne lui a pas adressé la parole pendant quinze jours. Jamais je ne me suis servie de ce talent dans le cadre de mon travail, mais je lui ai trouvé de nombreuse applications très amusantes depuis.

Seize ans : un coup de téléphone bidon est un appel permettant d'obtenir des informations sous de faux prétextes. À ce jeu-là, ma mère était imbattable. Elle avait réussi à obtenir des numéros de sécurité sociale, des dates de naissance, des relevés complets de carte bleue et des curriculum vitae à l'aide d'un seul coup de téléphone. En voici un exemple.

« Bonjour. Pourrais-je parler à Mr. Franklin ? Ah, bonjour, monsieur. Sarah Baker à l'appareil. Je travaille pour la société ACS. Nous recherchons les personnes qui ont perdu de vue certains de leurs actifs. Nous avons découvert un peu plus de mille titres de premier ordre au nom d'un certain Gary Franklin. On m'a chargée de vérifier que vous êtes bien cette personne. Si vous pouviez me donner votre date de naissance et votre numéro de sécurité sociale, je pourrais entamer le processus permettant de vous retransférer les titres... »

J'ai beau m'estimer douée pour les coups de téléphone bidon, ma mère reste la reine en la matière, et ne sera pas détrônée.

Dix-sept ans : j'ai fait ma première surveillance en voiture. Pendant un an après l'obtention de mon permis de conduire, David m'a accompagnée sur la route pour m'entraîner. Le principe est simple : une conduite agressive mais prudente. Ne jamais se laisser devancer par plus de deux voitures (si on travaille seul) et bien connaître son sujet, de manière à anticiper son trajet et ne pas se contenter de ne pas perdre de vue son client. C'était un domaine dans lequel mon père était passé maître. Ayant travaillé tant d'années aux Mœurs, il avait un véritable instinct pour la route et était capable de prédire ce que ferait le client comme s'il avait le don de double vue.

Si j'ai appris de mon père la plupart des tactiques de la filature en voiture, c'est l'oncle Ray qui m'a enseigné l'art du sabotage. Par exemple, pour la conduite de nuit, il est plus facile de garder l'œil sur une voiture dont une seule lanterne arrière fonctionne. Je me rappelle encore le jour où l'oncle Ray m'a passé un marteau en me disant de fracasser la lanterne arrière de la Mercedes Benz du Dr Lieberman. D'enfer, cette journée !

Dix-huit ans : l'année magique de ma carrière chez Spellman. Comme l'essentiel de notre travail concerne des problèmes juridiques, il est important que l'enquêteur soit majeur. À dix-huit ans, j'ai eu le droit de notifier des citations à comparaître, de mener des interrogatoires et de commencer à comptabiliser les 6 000 heures de travail sur le terrain requises pour obtenir l'autorisation d'exercer. Comme me le rappela mon père, pour pouvoir devenir détective privé, il faut un casier judiciaire vierge. Tous les candidats se voient soumis à un contrôle rigoureux de leurs antécédents. Tout ce qui s'était passé avant mes dix-huit ans resterait sur mon casier de mineure, mais mon père se fit un plaisir de me rappeler qu'après cela, il fallait que j'évite d'avoir des ennuis sérieux avec la police.

Vingt et un ans : le jour de mon anniversaire, j'ai passé l'examen de deux heures consistant à répondre à un questionnaire à choix multiples, et trois mois plus tard, j'ai obtenu mon autorisation d'exercer.

En revanche, à seize ans, David a mis fin à sa carrière chez Spellman sous prétexte qu'elle interférait avec son travail scolaire. S'il nous est arrivé de travailler pour lui par la suite, jamais il ne devait retravailler pour nous. La vérité, c'était que ce métier ne l'intéressait pas. Il estimait que les gens avaient le droit d'avoir une vie privée. Pas nous autres.

Ne pas déranger

Fouiner était la base même de notre travail. Légalement, et parfois aussi illégalement. Comme un bourreau, on finit par s'endurcir aux réalités du métier.

Sachant ce que vos parents et vous-même êtes capables de faire pour vous insinuer dans la vie privée des autres, vous prenez l'habitude de construire des forteresses très élaborées afin de préserver la vôtre. Vous vous habituez à ce que votre mère interroge votre frère pour savoir si vous avez un petit ami en ce moment et qu'elle vous suive quand vous vous risquez à sortir, pour voir à quoi il ressemble. À seize ans, vous trouvez tout naturel de prendre trois bus allant dans des directions différentes et de perdre une heure et demie pour la semer. Vous installez des verrous de sûreté à la porte de votre chambre et conseillez à votre frère d'en faire autant. Vous les changez deux fois par an. Vous interrogez les étrangers, mais vous espionnez vos amis. Vous avez entendu tant de mensonges que vous ne croyez jamais vraiment la vérité. Vous vous entraînez devant la glace à garder une mine impassible et votre visage finit par se figer dans cette expression-là.

Mes parents ont toujours eu un intérêt marqué pour mes fréquentations. Mon père soutenait que les garçons avec lesquels je sortais étaient directement responsables de ma propension à la délinquance juvénile. Ma mère était plus près de la vérité en supposant que c'était moi qui avais une mauvaise influence sur eux. Si mes parents avaient des théories concernant l'incidence de mes petits amis sur ma consommation d'alcool et mes transgressions, Petra, elle, s'interrogeait sur le fait que je sabotais systématiquement mes relations amoureuses. D'après elle, ou bien je choisissais des types qui ne me convenaient pas du tout, ou bien je les poussais à bout jusqu'à ce qu'ils rompent. Je lui dis qu'elle se trompait. Elle me suggéra de faire une liste et d'en tirer mes conclusions.

Comme mes listes d'interrogatoires en sous-sol et de méfaits impunis, la liste des ex[1] est une sorte de mémento de mon passé. Pour rester brève, je m'en suis tenue aux informations minimales : numéro, nom, âge, activité, passions, durée de la relation et dernières paroles, c'est-à-dire raison donnée pour mettre fin à la relation.

LISTE DES EX

Ex n° 1 :

Nom :	Goldstein, Max
Âge :	14 ans
Activité :	Élève de 4^e
Passions :	Skateboard
Durée :	1 mois

---

1. Cette liste n'inclut pas les types avec qui j'ai passé une nuit. Ils font l'objet d'une liste différente.

Dernières paroles : « Tu sais, mec, ma mère ne veut plus me voir traîner avec toi. »

Ex n° 2 :

Nom :	Slater, Henry
Âge :	18 ans
Activité :	Étudiant de première année, UC, Berkeley
Passions :	Poésie
Durée :	7 mois
Dernières paroles :	« Tu ne connais pas Robert Pinsky ? »

Ex n° 3 :

Nom :	Flannagan, Sean
Âge :	23 ans
Activité :	Barman chez O'Reilly
Passions :	Être irlandais ; picoler
Durée :	2 mois 1/2
Dernières paroles :	« En dehors de la Guinness, on n'a pas grand-chose en commun. »

Ex n° 4 :

Nom :	Collier, Michael
Âge :	47 ans (moi 21)
Activité :	Professeur de philosophie à l'université
Passions :	Coucher avec les étudiantes
Durée :	1 semestre
Dernières paroles :	« C'est une erreur. Je ne peux pas continuer. »

Ex n° 5 :

Nom :	Fuller, Joshua
Âge :	25 ans
Activité :	Web designer
Passions :	Alcooliques Anonymes
Durée :	3 mois
Dernières paroles :	« Notre relation a mis ma sobriété en péril. »

Ex n° 7 :

Nom :	Greenberg, Zack
Âge :	29 ans
Activité :	Patron d'une société de Web design
Passions :	Football
Durée :	1 mois 1/2
Dernières paroles :	« Tu as fait une enquête de solvabilité sur mon frère ? »

Ex n° 8 :

Nom :	Martin, Greg
Âge :	29 ans
Activité :	Graphiste
Passions :	Triathlon
Durée :	4 mois
Dernières paroles :	« Si je dois répondre à une question de plus, je me suicide, bordel ! »

Quant aux ex n° 6 et 9, j'y viendrai plus tard. Il y a certaines personnes qu'on a du mal à réduire aux seules données figurant sur une fiche de format 8 × 13. On a beau faire, on n'y parvient pas.

Il m'arrive d'ouvrir une liste sur le moment. Dans

d'autres cas, elle est constituée longtemps après l'événement déclencheur, quand les choses commencent à faire sens pour moi. Même si je devais supprimer toutes les autres listes, celle-ci doit rester, parce que c'est celle qui relate la fin de mon règne de terreur sur la maison Spellman.

LES TROIS PHASES
DE MA QUASI-RÉDEMPTION

- Le week-end au tapis n° 3.
- L'incident de la nuit dans l'entrée.
- L'épisode de la chaussure manquante.

Vous l'avez sans doute compris, le week-end au tapis n° 3 fait l'objet d'un compte rendu à part. Le jour où j'ai transféré mes listes écrites sur des bouts de papier sur un fichier d'ordinateur protégé par un mot de passe, j'ai créé un tableau pour qu'on (moi en l'occurrence) puisse facilement recouper des données apparaissant sur plus d'une liste. Quant aux week-ends au tapis, j'en ai dénombré 27 au total. En tout cas, c'est la somme à laquelle je suis arrivée. Mais je ne serais pas surprise s'il y en avait d'autres dont je n'ai pas connaissance.

L'ancien oncle Ray

Impossible de vous parler du nouvel oncle Ray sans vous avoir donné une idée correcte du personnage avant le début des week-ends au tapis. Un Ray n'a aucun sens sans l'autre.

Oncle Ray : le frère de mon père, de trois ans son aîné. Flic lui aussi. Ou ancien flic. Entré dans la police à vingt et un ans, promu inspecteur à la Criminelle à vingt-huit. Un homme à la moralité irréprochable. Comme son régime.

Il courait ses huit kilomètres par jour, buvait du thé vert avant que personne ne conseille d'en boire. Il mangeait des légumes verts, des crucifères et lisait le magazine *Prevention* comme un professeur de littérature russe lirait Dostoïevski. Il buvait un whisky à l'eau aux mariages et aux enterrements. Jamais plus.

À quarante-sept ans, oncle Ray a rencontré Sophie Lee. S'il était depuis toujours monogame en série, il n'était jamais encore tombé vraiment amoureux. Sophie était institutrice et elle avait été l'unique témoin d'un accident de voiture fatal avec délit de fuite dans une enquête confiée à Ray.

Six mois plus tard, le mariage était célébré dans une salle de banquets donnant sur la baie de San Francisco. J'ai peu de souvenirs de cette soirée. On peut dire avec certitude qu'au mariage de l'oncle Ray, où j'avais douze ans, j'ai bu beaucoup plus que lui.

Pour autant que je le sache, Ray et Sophie étaient heureux ensemble. Et puis, peu après leur premier anniversaire de mariage, l'oncle Ray reçut un diagnostic de cancer, lui qui n'avait jamais fumé une cigarette de sa vie. Cancer du poumon.

Le même mois, il fut hospitalisé, subit l'ablation d'une partie du poumon malade, puis fut soumis à une chimiothérapie pénible. Il perdit vingt kilos et tous ses cheveux. Il y eut des métastases. On refit une série de séances de chimio.

Pendant ce temps-là, les chuchotis étaient assourdissants chez nous. On entendait sans cesse un bourdonnement de paroles, de courtes phrases et parfois des disputes feutrées qui n'étaient pas censées nous arriver aux oreilles. Mais David et moi étions passés maîtres dans l'art d'écouter aux portes. Nous disions toujours : « La surveillance commence chez nous. » Au fil des années, nous avions découvert tous les points « sensibles » de la maison, des endroits où l'acoustique vous permettait d'écouter des conversations qui se tenaient ailleurs. Les renseignements ainsi réunis par David et moi sont consignés sur une autre liste.

- La chimio de l'oncle Ray restait sans effet.
- Sophie avait cessé d'aller le voir à l'hôpital.
- Maman était enceinte.

Cette grossesse était un accident. C'est la conclusion à laquelle nous sommes parvenus, David et moi, en échangeant nos impressions. Après treize années où ils avaient eu affaire à moi, j'étais persuadée que mes parents avaient décidé de s'arrêter là. Mais une nouvelle vie est souvent la seule chose qui adoucit la mort. Et je suis persuadée que ce fut quand celle de l'oncle Ray ne fit plus de doute que ma mère décida d'avoir ce bébé. C'était une fille qu'ils appelèrent Rae, en hommage à l'homme qui allait bientôt mourir. À ceci près que l'oncle Ray ne mourut pas.

Personne ne put expliquer sa survie. Les médecins avaient dit qu'il ne lui restait que quelques semaines. Ce qui se voyait aussi clairement sur son dossier médical que sur son corps. Il était mourant. Et puis, son état s'améliora. Les cernes noirs autour de ses yeux s'atténuèrent, ses joues commencèrent à se remplir. Mais nous le considérions toujours comme perdu. Trois mois après, bien qu'il eût retrouvé son appétit, et regagné quinze des vingt kilos perdus pendant sa méchante chimio, nous pensions toujours qu'il allait nous quitter. Six mois plus tard, quand le médecin annonça à Sophie que son mari survivrait, ce fut Sophie qui le quitta. Elle partit sans donner d'explication. C'est alors que naquit le nouvel oncle Ray.

Il se mit à boire. À boire vraiment, plus d'un whisky à l'eau aux mariages et aux enterrements. Pour la première fois de ma vie, je constatai qu'il tenait l'alcool mieux que moi. Il se mit à jouer. Pas des parties de poker entre amis, mais gros jeu, des parties où l'on pariait au minimum 500 $ dans des lieux clandestins, et pour lesquelles les rendez-vous étaient donnés en code, sur un portable. Les champs de courses devinrent sa résidence secondaire et le cheval son nouvel amour. La seule fois où j'ai vu l'oncle Ray courir à nouveau, ce fut pendant la mi-temps d'un match des 49ers*, parce qu'il n'avait plus rien à grignoter. Ses jours d'alimentation saine étaient derrière lui. Il se

_____

* Équipe de football (américain) de San Francisco.

nourrissait principalement de fromage et de biscuits, et buvait de la bière ordinaire par packs. Il n'était plus l'homme d'une seule femme. Dorénavant, jusqu'à la fin de ses jours, il devait être un cavaleur fini.

On pouvait se demander si le nouvel oncle Ray n'était pas plus marrant que l'ancien. Mais j'étais la seule de cet avis. L'oncle Ray a habité chez nous la première année après le départ de Cette Foutue Salope. Puis il s'est trouvé un deux pièces dans le quartier de Sunset, juste à côté du pub The Plough and Stars. Pendant la saison des matchs de foot, on le trouvait dans notre salon devant la télé, à les regarder avec papa. Il empilait les canettes à côté de sa chaise, érigeant des pyramides parfaites, dont la base comportait parfois huit boîtes de chaque côté. Une fois, mon père lui a fait une réflexion sur son nouveau régime et son manque d'exercice. À quoi l'oncle Ray a répondu : « La vie saine m'a donné un cancer. Je ne recommence pas l'expérience. »

Les trois phases de ma quasi-
rédemption (et week-end
au tapis n° 3)

La première fois que l'oncle Ray a disparu, j'avais quinze ans. Il n'est pas venu dîner le vendredi soir, ni assister au foot le dimanche matin. Pendant cinq jours, il a été injoignable au téléphone. Mon père est passé chez lui et a vu que sa boîte aux lettres où s'entassaient courrier et prospectus n'avait pas été vidée depuis une semaine. Il a crocheté la serrure de l'appartement et découvert un évier plein de vaisselle moisie, un réfrigérateur sans bière et trois messages sur le répondeur. Il a alors exercé ses remarquables talents de limier et a localisé l'oncle Ray trois jours plus tard à San Mateo, dans un tripot clandestin où il jouait au poker.

Six mois plus tard, l'oncle Ray a disparu à nouveau.

« Je crois que l'oncle Ray s'offre encore un week-end au tapis, à nous rejouer *Le Poison** », dit ma mère à mi-voix à papa. C'était la seconde fois que j'entendais ma mère faire allusion aux disparitions de Ray en évoquant le titre du film de 1945 avec Ray Milland. Nous l'avions regardé en cours de littérature, je ne me

---

* *Lost Weekend* : film de Billy Wilder où le héros noie son chagrin d'amour dans l'alcool et oublie ce qu'il fait pendant un week-end tant il est ivre.

souviens plus pourquoi. Je me souviens avoir trouvé que la débauche en 1945 n'arrivait pas à la cheville de la dépravation contemporaine. Cela dit, je n'avais aucune idée de ce qui s'était passé au juste lors des deux premiers week-ends. Mais pour le troisième, j'étais devenue experte entre-temps. Ce qui me ramène à la liste dont j'ai parlé plus haut.

Phase n° 1 : Le week-end n° 3

Ce week-end-là a duré dix jours. Nous n'avons commencé les recherches qu'au quatrième jour d'absence. Les numéros de téléphone réunis par mon père pendant les deux premières disparitions étaient maintenant tapés, mis par ordre alphabétique et soigneusement rangés dans le tiroir de son bureau. Maman, papa, David et moi nous sommes divisé la liste en quatre et avons commencé nos recherches. Plusieurs centaines de communications plus tard, nous avons appris que l'oncle Ray était à Las Vegas, où il occupait la chambre 385 de l'hôtel-casino Excalibur Resort. L'oncle Ray ne ressemblait pas à ces chiens dont on entend parler, qui se perdent pendant des vacances en camping avec leur famille et réussissent à rentrer chez eux en boitant, affamés et déshydratés, après avoir parcouru cinq cents kilomètres pour retrouver leurs maîtres. L'oncle Ray était certes déshydraté, mais il ne réussissait pas à reprendre le chemin de la maison.

Mon père décida de m'inviter à l'accompagner, histoire de me sortir. David voulait venir, mais à ce moment-là, il était en train de poser sa candidature dans différentes universités. Toute perpective d'une virée sympa entre père et fille fut bientôt écartée. La

53

proposition était la version parentale d'un atelier d'application sur les méfaits de l'abus d'alcool et de drogues.

Papa tambourina à ma porte à 5 heures du matin. Le départ était prévu pour 6 heures. Je dormis encore trois quarts d'heure, jusqu'à ce que le silence dans ma chambre mette la puce à l'oreille de mon père, qui recommença à se manifester bruyamment. Cette fois, ce fut une série de coups de poing assourdissants sur ma porte, accompagnés d'un : « Bouge ton cul, paresseuse ! » crié d'une voix gutturale. En quinze minutes, j'étais habillée et j'avais fait mon sac. Je suis arrivée à la voiture au moment où mon père démarrait. J'ai sauté dans le véhicule en marche avec le punch d'une star de film d'action. Là s'arrête la comparaison, car après que j'eus bouclé ma ceinture, papa me dit que j'avais échappé de justesse aux pires représailles.

J'ai dormi pendant les quatre premières heures du trajet. Pendant les deux suivantes, j'ai zappé sur des radios toutes plus nulles les unes que les autres, jusqu'à ce que papa menace de m'arracher le bras pour me tabasser avec si je n'arrêtais pas. Pendant les trois dernières heures, nous avons discuté des affaires en cours à l'agence. Nous avons évité d'aborder le sujet de l'oncle Ray, même une minute. Nous avons fait un bref arrêt pour déjeuner, et sommes arrivés à Las Vegas peu avant 18 heures.

Nullement dissuadé par l'écriteau « Ne pas déranger », papa a tambouriné à la porte de la chambre 385 à l'Excalibur. Encore plus fort que sur ma porte le matin même. Pas de réponse. Alors mon père a convaincu le directeur de l'hôtel de nous l'ouvrir. Un mélange d'effluves nous a frappé les narines : relents de cigare, bière éventée d'au moins vingt-quatre heures, ainsi qu'une odeur aigre et distincte de vomi. Heureusement, le directeur s'est excusé, nous permettant, à mon père et à moi, de contempler le spectacle en privé. Quand on regardait cette chambre, avec ses minables clins d'œil au Moyen Âge, les frasques de l'oncle Ray faisaient figure d'un hommage à la cour du roi Arthur.

Mon père examina la pièce en quête d'indices révélant où pouvait être Ray. Il trouva quelques bouts de papier sur la table de nuit, tria le contenu de la poubelle, vérifia les placards puis se dirigea vers la porte. Dans le hall, il se retourna et me dit :

« Je vais retrouver Ray. Toi, tu nettoies sa chambre en attendant mon retour.

– Comment ça, "tu nettoies" ? » répondis-je, n'en croyant pas mes oreilles.

D'une voix mécanique, sèche et unie, mon père répliqua : « Du verbe "nettoyer". Ôter la poussière. Débarrasser les rebords des fenêtres des canettes de bière à moitié vides, en disposer comme il convient. Vider les cendriers qui débordent. Éponger le vomi sur le sol de la salle de bains. Nettoyer. »

Ce n'était pas la définition que j'avais espérée. « Papa, dans les hôtels, ils ont un service exprès. Ça s'appelle l'entretien », répondis-je de ma voix la plus didactique. Réflexion qui ne plut pas à mon père. Il ferma la porte et revint sur ses pas.

« Tu as une petite idée du travail ingrat qu'ils font, ces gens-là ? Tu peux imaginer le genre de saletés qu'ils voient, qu'ils touchent et qu'ils respirent dans la journée ? Hein, tu en as une petite idée ? »

Sachant qu'il ne faut pas répondre aux questions rhétoriques, je l'ai laissé continuer.

« L'oncle Ray est notre responsabilité. C'est nous

qui passons derrière lui pour nettoyer, que ça nous plaise ou non. » Sur cette dernière phrase, mon père m'a fixée d'un air entendu et a quitté la pièce. J'ai compris l'allusion : moi aussi, je devais régler mes propres conneries et nettoyer derrière moi. J'avais seize ans à l'époque, et si la leçon a eu un certain impact sur moi, je n'ai pas changé pour autant. Pas encore.

Phase n° 2 : L'incident de la nuit dans l'entrée

À dix-neuf ans, je n'étais pas très différente. Au lieu d'aller à l'université, j'avais commencé à travailler pour mes parents. J'ai quitté ma chambre pour m'installer dans un studio sous les combles de la maison Spellman. Il avait été refait, comme le stipulait mon contrat d'embauche. Si j'étais toujours un atout pour l'agence Spellman, je continuais à figurer au passif de la famille Spellman. Ma liste de méfaits s'était allongée en trois ans et nombre de mes habitudes, comme sortir jusqu'à une heure avancée de la nuit et rentrer trop torchée pour trouver mes clés, échappaient désormais au contrôle de mes parents.

Je ne me souviens guère de l'Incident de la Nuit passée dans l'entrée, hormis le fait que j'étais allée à une soirée et que je devais prendre mon travail le lendemain matin à dix heures. J'ai monté les marches menant au perron, ai cherché mes clés dans ma poche, mais en vain. Jusque-là, quand je m'étais trouvée à la porte – ce qui arrivait souvent à l'époque –, je regagnais ma chambre par l'échelle d'incendie ou je grimpais le long d'une gouttière à l'arrière de la maison et je frappais à la fenêtre de David, la plus proche du sol.

Seulement, ce jour-là, l'échelle n'était pas dépliée et, David ayant quitté la maison depuis deux ans pour aller à l'université, sa fenêtre était fermée. Après avoir réfléchi aux différentes options, j'ai décidé qu'il était plus raisonnable de dormir dans la véranda que d'affronter mes parents à cette heure de la nuit dans l'état où j'étais.

C'est Rae, âgée de cinq ans à l'époque, qui m'a découverte le lendemain matin, et a crié à ma mère : « Isabel est couchée dehors », révélant ainsi où je me trouvais. J'ai repris mes esprits sous le regard de ma mère, debout à côté de moi. Son visage exprimait un mélange de confusion et d'exaspération.

« Tu as passé toute la nuit là ?

– Pas toute la nuit, non. Je suis rentrée à 3 heures. »

Prenant mon manteau, qui m'avait servi d'oreiller, je suis entrée, l'air décontracté, et ai grimpé les deux étages jusqu'à mon grenier. Je me suis glissée dans mon lit et me suis voté encore trois heures de sommeil, ce qui, ajouté à mes heures dans la véranda, faisait un total de sept heures, soit beaucoup plus que ma moyenne habituelle. Je me suis réveillée plutôt reposée pour ma journée de travail.

Le soir, lorsque je suis rentrée à la maison à plus de 23 heures, j'avais mon trousseau. Mais quand j'ai tourné la clé dans la serrure de la porte d'entrée, elle s'est seulement entrebâillée. Apparemment, la chaîne de sécurité avait été mise. J'ai secoué le battant deux ou trois fois pour mesurer la résistance de la chaîne, me demandant si c'était une allusion – plutôt lourde – de mes parents. Ma mère est alors apparue, me faisant signe de ne pas faire de bruit. Elle m'a fermé la porte au nez, a décroché la chaîne et je suis entrée.

« Attention ! » a-t-elle dit en bloquant la porte, ne

me laissant qu'un petit triangle pour passer. Je me suis glissée à l'intérieur et, suivant son regard, ai vu Rae par terre, pelotonnée dans son sac de couchage, son ours en peluche dans les bras, dormant à poings fermés.

« Pourquoi dort-elle ici ? demandai-je.

– À ton avis ? rétorqua sèchement ma mère.

– Je n'en ai aucune idée, dis-je, essayant de ne pas laisser transparaître de brusquerie dans ma voix.

– Parce qu'elle veut t'imiter, grimaça ma mère comme si elle avait un mauvais goût dans la bouche. Je l'ai trouvée dans la véranda il y a deux heures, et il m'a fallu parlementer pendant vingt minutes pour qu'elle accepte de dormir dans l'entrée. Tu donnes l'exemple, que tu le veuilles ou non. Alors évite de conduire en état d'ivresse, de fumer dans la maison et de dire des gros mots. Et si tu es trop pétée pour monter chez toi, ne rentre pas. Fais ça pour moi. Non, fais ça pour Rae. »

Épuisée, ma mère m'a tourné le dos et a regagné sa chambre au premier. Ce soir-là, j'ai changé. J'ai fait ce qu'il fallait pour empêcher Rae de devenir la copie conforme d'une tarée comme moi. Mais ma mère n'avait pas mis la barre assez haut : j'étais toujours moi, et toujours un problème.

Phase n° 3 : L'épisode de la chaussure manquante

Avant d'ouvrir les yeux, je me dis qu'il y avait quelque chose d'anormal. Je sentais un courant d'air sur ma tête et j'entendais le ronron d'un ventilateur au plafond, ce qui me conduisit logiquement à la conclusion suivante : je n'étais pas dans mon lit puisque je n'ai pas de ventilateur de plafond. Sans ouvrir les yeux, j'essayai de recoller les morceaux de la soirée précédente. Alors j'entendis une sonnerie, et un léger grognement d'origine humaine, de la variété masculine. La sonnerie, ou plutôt le léger gazouillis, provenait de mon téléphone portable. Le gémissement, lui, provenait d'un type que j'avais dû rencontrer la veille, à ceci près que, même pressée de questions, j'aurais été bien en peine de dire où. Tout ce que je savais, c'était que si je ne trouvais pas mon téléphone avant que la sonnerie ne le réveille, il faudrait que nous fassions la conversation, ce qui risquait d'être gênant. Je n'étais pas d'humeur à bavarder, car lorsque j'ouvris les yeux et m'assis dans le lit, le sang se mit à cogner douloureusement à mes tempes. Luttant contre la nausée, je traversai la pièce en titubant : un vrai taudis, je n'en dirai pas plus. J'ai déniché mon téléphone sous une pile de vêtements et coupé le son. Mais quand j'ai vu « David Spellman » s'afficher sur l'écran, j'ai cliqué pour prendre l'appel et suis passée dans l'entrée en chuchotant : « Allô ?

— Tu es où ? (Il ne chuchotait pas, lui.)

— Dans un café, ai-je répondu, espérant qu'il trouverait moins bizarre que je parle à voix basse.

— Intéressant. Tu sais que je t'attendais dans mon bureau il y a un quart d'heure », grinça-t-il. Je savais que j'oubliais quelque chose. En plus des douze dernières heures. J'avais rendez-vous à 9 heures avec Larry Mulberg, chef du personnel de la société Zylor, une firme pharmaceutique qui envisageait d'actualiser les enquêtes d'antériorité concernant son personnel. À l'occasion, David nous adresse certains des clients de sa société. J'avais beau avoir vingt-trois ans à l'époque, on ne m'aurait pas chargée d'une responsabilité pareille si Mulberg n'avait fixé le rendez-vous à la dernière minute. Nous n'avions plus le choix, et mes parents travaillaient sur une affaire hors de la ville. Sans doute auraient-ils pu demander à l'oncle Ray de les remplacer, mais il refuse de se lever avant 10 heures, et les week-ends au tapis sont aussi imprévisibles que la grippe ou une éruption de boutons.

Si j'assumais sereinement l'éventualité de commettre des bavures ordinaires, il était exclu que je bousille les chances d'ajouter cent mille dollars par an aux revenus familiaux. Je ne pouvais pas me le permettre, et mes parents non plus. Je jouai les tornades dans le taudis de mon partenaire de fortune, rassemblant mes vêtements et les enfilant comme si c'était une épreuve olympique. J'envisageais déjà d'en faire ma carrière lorsque je me rendis compte que je ne retrouvais pas ma deuxième chaussure, un mocassin bleu qui faisait la paire avec celui que j'avais déjà au pied droit.

Je descendis Mission Street en boitant comme Ratzo Rizzo *. Tout en avançant d'un pas incertain, je m'efforçai d'échafauder un plan pour arriver au rendez-vous avec deux chaussures assorties, et douchée de frais. Mais allez trouver des chaussures neuves avant 9 heures du matin ! Et puis, je n'avais plus le temps. En regardant dans mon portefeuille, je vis qu'il me restait un dollar pour payer mon ticket de BART **. Je descendis avec précaution les marches souillées d'urine de la station 24th Street Mission, et me mis à réfléchir à l'excuse que j'allais trouver pour David.

Je parvins au 12ᵉ étage du 311 Sutter Street trente

---

* Héros du film *Macadam Cowboy*, interprété par Dustin Hoffman en 1969.
** Bay Area Rapid Transit : trains rapides desservant la baie de San Francisco.

minutes après ma conversation avec mon frère et quinze minutes en retard pour mon rendez-vous avec Mulberg. Je dois préciser que David était maintenant l'un des associés de la firme Fincher, Grayson, Stillman et Morris. Après avoir terminé ses études secondaires, il était allé à Berkeley, avait obtenu son diplôme avec mention très bien dans une double spécialisation, business et littérature, puis il avait étudié le droit à Stanford. Je crois que c'est cela qui mit un terme à sa patience et à sa compréhension. Lorsqu'il fut recruté en seconde année par Fincher & Grayson, David constata que toutes les familles ne ressemblaient pas à la nôtre et qu'il n'avait pas à se sentir coupable de sa perfection. Surtout, il se rendit compte que ce n'était pas sa faute si j'étais tarée, et cessa brutalement de chercher à compenser mes carences et méfaits.

J'accédai aux bureaux de Fincher par une porte de derrière afin de passer inaperçue, espérant que David aurait fait attendre Mulberg du côté de la réception afin que j'aie une chance de me rafraîchir un peu avant de me montrer. Je me frayai un chemin dans le labyrinthe du hall, m'efforçant de me souvenir exactement où je trouverais le bureau de David. C'est lui qui me repéra le premier et il m'empoigna pour me faire entrer d'autorité dans une salle de conférences.

« J'ai du mal à croire que tu vas dans des cafés avec une dégaine pareille. »

Soudain consciente que je devais avoir vraiment une sale gueule, je décidai de dire la vérité.

« Je n'étais pas dans un café.

— Sans blague. Il s'appelle comment ?

— Je ne me souviens pas. Où est Mulberg ?

— Il est en retard.

– Ça me laisse le temps d'aller prendre une douche à la maison ?

– Non », répondit David en regardant mes pieds. Puis, d'une voix maussade et déçue, il constata l'évidence : « Tu n'as qu'une chaussure ? »

– J'ai besoin d'un Coca. » Ce fut tout ce que je réussis à articuler, la nausée m'assaillant à nouveau.

David garda le silence.

« Ou d'un Pepsi », proposai-je.

David me saisit le bras sans ménagement, me fit traverser le hall et prendre le couloir principal jusqu'aux toilettes des hommes.

« Je ne peux pas entrer là-dedans, protestai-je.

– Et pourquoi ?

– Parce que je suis une fille, David.

– Pour l'instant, on ne sait même pas si tu es un être humain », rétorqua David en me tirant à l'intérieur. Un homme en costume, debout devant l'urinoir, entendit les derniers mots de notre conversation en finissant ce qu'il était venu faire.

David se tourna vers l'homme qui remontait la fermeture de sa braguette. « Pardon de t'avoir dérangé, Mark. Il faut que j'apprenne à ma sœur de vingt-trois ans comment on se débarbouille. »

Mark eut un sourire gêné et quitta les lieux. David me posa les mains sur les épaules et me fit fermement pivoter vers le miroir.

« Ce n'est pas une façon de se présenter à un rendez-vous professionnel. »

Je pris mon courage à deux mains pour regarder mon image : mon mascara avait coulé jusqu'au milieu de mes joues, mes cheveux, collés et emmêlés, formaient une masse d'un côté. Mon chemisier était boutonné de travers, et on aurait dit que j'avais dormi avec. Ce qui était le cas. Et puis restait le problème de mon unique chaussure.

« Arrange-toi. Je reviens », dit David.

Plutôt que d'insister pour être transférée dans les toilettes pour femmes, j'obtempérai sans protester. Après m'être débarrassée de toute trace de maquillage et avoir avalé un demi-litre d'eau en buvant au robinet, j'entrai dans une des cabines pour éviter tout autre contact avec les collègues de David. Pendant son absence, deux hommes au moins entrèrent pour uriner. Je me laissai aller à rêver qu'il aurait la gentillesse de me rapporter un Coca avec des glaçons.

« Ouvre ! » dit-il en frappant à la porte. Au timbre de sa voix et à sa façon de tambouriner, je devinai qu'il était revenu sans Coca. Quand j'ouvris la porte, il me tendit une chemise d'homme en oxford fraîchement amidonnée, taille 39-40, et un stick de désodorisant extrafort.

« Mets ça aussi, dit-il. Dépêche-toi. Mulberg attend dans mon bureau. »

Lorsque je sortis, une paire de sandales de femme m'attendait, posée sur le sol.

« Trente-huit, c'est ça ? demanda David.

– Non. Quarante.

– C'est tout comme.

– Où as-tu trouvé celles-ci ?

– Aux pieds de ma secrétaire.

– Puisque tu es si fort pour persuader les femmes d'ôter leurs vêtements, tu pourrais peut-être la convaincre de te donner le reste de sa tenue.

– Sans doute, mais tu n'y logerais pas tes fesses. »

Quand j'eus passé avec son aide cet ensemble hétéroclite, une conclusion s'imposa : si je n'étais ni à la mode, ni séduisante, je n'avais en tout cas plus l'air hébété de la fille qui souffre d'une gueule de bois. David vaporisa son eau de Cologne sur moi avant de sortir des toilettes pour affronter notre rendez-vous.

« Super : maintenant, je sens comme toi.

– Si seulement. »

Larry Mulberg non plus ne ressemblait pas à une gravure de mode et je devinai qu'il ne trouverait rien à redire à mon accoutrement. Quand la secrétaire de David entra dans le bureau – déchaussée – et demanda si quelqu'un voulait quelque chose à boire, j'obtins enfin mon Coca. Le rendez-vous se passa bien : j'expliquai à Mulberg les bénéfices financiers qu'il pourrait retirer des enquêtes d'antériorité effectuées par une société extérieure, et lui exposai les compétences de la famille Spellman en la matière. Je suis assez douée pour convaincre les gens extérieurs à ladite famille, et Mulberg goba tout ce que je disais, sans remarquer mon teint verdâtre et mes yeux injectés.

J'ôtai les sandales taille trente-huit et les rendis à la secrétaire en me confondant en remerciements. En retournant dans le bureau de mon frère, je remis mon chemisier froissé et jetai à contrecœur dans la poubelle mon mocassin abandonné.

« David, tu peux me prêter de quoi prendre un taxi ? » demandai-je en montrant mes pieds nus. Je m'attendais à recevoir un peu de sympathie. Déjà derrière son bureau, David me regarda froidement. Il plongea la main dans sa poche arrière et en sortit un billet de vingt dollars qu'il posa au bord de son bureau. Puis il se remit à rédiger l'exposé de son affaire.

« Eh bien, euh... merci », dis-je après avoir pris le billet. « Je te rembourserai », poursuivis-je en me dirigeant vers la porte. J'étais presque dehors quand David m'acheva.

« Je ne veux plus jamais te revoir comme ça », dit-il d'une voix lente et posée. Ce n'était pas un conseil. Puis il me dit de partir. Ce que je fis. À ce moment-là, je compris que le rôle qu'il jouait depuis toujours, celui du golden boy à la chevelure aile de corbeau face à moi, la fouteuse de merde aux cheveux châtain terne, n'était pas la partie de plaisir que j'avais imaginée. Pendant que je bombardais d'œufs pourris la cour des voisins, David, lui, n'avait jamais eu aucune chance d'en faire autant. Destruction et rébellion font partie intégrante de l'adolescence. Mais à force de nettoyer derrière moi et d'arrondir les angles, David avait été privé de ce rite de passage essentiel. Il était devenu un fils modèle. Et son seul défaut était de ne pas savoir comment ne pas être parfait.

*

Je crois que les transformations miraculeuses, celles qui surviennent lorsqu'un prédicateur vous frappe sur le crâne, sont rares, si rares que lorsqu'elles se produisent, elles sont souvent accueillies avec suspicion. Si, chez moi, le changement n'avait pas l'ampleur d'un miracle, il fut néanmoins considérable. Et s'il m'arrivait encore parfois de porter des chemisiers froissés, d'avaler quelques verres de trop, ou de lâcher un commentaire déplacé, je ne laissai plus aux autres le soin de faire le ménage derrière moi. J'arrêtai net.

Au début, la vue d'une Isabel quasi responsable provoqua une telle vague de méfiance que je faillis avoir une rechute. Ma mère, persuadée qu'il s'agissait d'une manœuvre douteuse, analysa mes motivations avec la rigueur d'un chercheur scientifique. Pendant au moins deux semaines d'affilée, mon père me demanda du matin au soir : « Alors, c'est quoi, le problème ? » L'oncle Ray, lui, sembla vraiment inquiet et suggéra que je prenne des vitamines. En fait, pendant les premières semaines, la nouvelle Isabel suscita plus d'hostilité que l'ancienne. Mais je savais qu'il fallait du temps pour qu'on me fasse confiance et quand cela se produisit, je crus entendre le soupir de soulagement collectif.

L'interrogatoire

CHAPITRE 2

Il est impossible d'ébranler la mythologie qui entoure mon métier. La légende de la semelle de crêpe fleurit depuis des décennies dans notre culture. Mais les mythes ne reposent pas toujours sur des faits. La vérité, c'est qu'un détective privé ne résout pas les affaires, il les explore. Nous renouons les fils épars, nous découvrons peut-être des éléments surprenants. Nous fournissons des preuves à l'appui de questions dont la réponse est déjà connue.

L'inspecteur Stone, lui, résout des énigmes. Pas les énigmes bien ficelées des polars, mais des énigmes tout de même.

Il consulte ses notes pour éviter d'avoir à croiser mon regard. Je me demande si c'est moi qui provoque sa réaction ou s'il se comporte ainsi avec tous ses interlocuteurs afin de se protéger de leur souffrance.

« Quand avez-vous vu votre sœur pour la dernière fois ? demande-t-il.

– Il y a quatre jours.

– Pouvez-vous me décrire son comportement ? Les détails de votre rencontre ? »

Je me souviens de tout, mais cela me semble

incongru. Stone ne pose pas les bonnes questions. Je demande : « Vous avez des pistes ?

– Nous examinons toutes les possibilités », réplique-t-il, ce qui est la réponse policière classique.

« Vous avez parlé aux membres de la famille Snow ?

– Nous ne pensons pas qu'ils soient mêlés à cette affaire.

– Ça ne vaudrait pas la peine de vérifier ?

– Voulez-vous répondre à ma question, Isabel.

– Et pourquoi vous ne répondez pas à la mienne ? On est sans nouvelles de ma sœur depuis trois jours et vous n'avez aucun indice.

– Nous faisons tout notre possible. Mais j'ai besoin de votre coopération. Il faut que vous répondiez à mes questions. Vous comprenez, Isabel ?

– Oui.

– Il faut que nous parlions de Rae », dit Stone, chuchotant presque.

Il est temps d'en parler, sans doute. Cela fait assez longtemps que je retarde ce moment.

Rae Spellman

Née avec six semaines d'avance, Rae pesait exactement deux kilos lorsqu'on la ramena de l'hôpital à la
maison. À la différence de nombreux prématurés qui
prennent une taille normale en grandissant, Rae resta
toujours petite pour son âge. J'avais quatorze ans
quand elle est née, et j'étais bien décidée à ignorer le
fait qu'un nouveau-né partageait ma maison. Pendant
la première année, j'employais le mot « ça » pour la
désigner, au même titre qu'un nouvel objet, une lampe
ou un réveille-matin. Quand je faisais allusion à sa
présence, c'était sur le mode : « Tu peux mettre ça
dehors ? J'essaie de travailler », ou bien : « Où est le
bouton pour couper le son sur ce machin ? » Mes
réflexions n'amusaient personne, même pas moi. Je ne
trouvais rien de drôle à la situation ; au contraire,
j'étais terrifiée à l'idée que cette enfant puisse devenir
en grandissant un autre symbole de perfection, comme
David. Je ne tardai pas à découvrir que Rae n'était pas
David. Ce qui ne l'empêchait pas d'être extraordinaire.

Rae à quatre ans

Je lui dis qu'elle était un accident. C'était un soir
au dîner, après qu'elle m'eut bombardée pendant vingt

minutes de questions sur ma journée. J'étais fatiguée, j'avais sans doute une gueule de bois et n'étais pas d'humeur à subir un interrogatoire de la part d'une gamine de quatre ans.

« Rae, est-ce que tu sais que tu étais un accident ? »

Là-dessus, elle se mit à rire. « C'est vrai ? » À l'époque, elle riait toujours lorsqu'elle ne comprenait pas.

Ma mère me lança un regard glacial, comme à son habitude, et commença à essayer de limiter les dégâts en expliquant que la naissance de certains enfants était prévue, mais pas toujours. L'idée de prévoir un enfant sembla plonger Rae dans un abîme de perplexité beaucoup plus grand que celle de ne pas le prévoir, et le discours de ma mère, inutile, ne tarda pas à l'ennuyer.

Rae à six ans

Pendant trois jours d'affilée, Rae supplia qu'on la laisse participer à une surveillance. Elle supplia sans discontinuer. Elle était inconsolable. À genoux, les mains jointes, elle implorait sans discontinuer. On l'entendait pleurnicher : « Oh, siiiiii, je vous en priiiie ! » pendant presque tout le temps où elle ne dormait pas. Mes parents finirent par céder.

Elle avait six ans. Je répète : six ans. Lorsque mes parents m'annoncèrent que le lendemain, Rae se joindrait à nous pour la surveillance de Peter Youngstrom, je leur demandai s'ils n'*étaient pas un peu flippés, non ?* Ce qui était apparemment le cas de ma mère. Elle se mit à hurler : « Eh bien vas-y ! Essaie d'écouter ses pleurnicheries toute la journée ! Je préférerais qu'on m'arrache l'ongle d'un orteil en faisant durer le plaisir plutôt que de continuer à subir ça. » Mon père renchérit : « Deux orteils. »

Ce soir-là, j'appris à Rae le fonctionnement d'une radio. Mon père n'avait pas modernisé notre équipement depuis quelques années. Si les radios étaient tout à fait fonctionnelles, elles faisaient la taille du bras de Rae. Je mis donc la mécanique électronique pesant deux kilos et demi dans son sac à dos Snoopy, avec des bonbons aux fruits, du fromage fondu, des biscuits salés et deux numéros de *Highlights**. Je fis passer le micro dans l'ouverture du sac à dos et le fixai au col de son manteau. Je lui montrai comment passer la main par l'ouverture pour régler le volume de la radio. Il ne lui restait plus alors qu'à appuyer sur le bouton du micro quand elle voulait parler.

Nous devions commencer la surveillance devant la maison de la cible vers 6 heures du matin. Rae se réveilla à 5 heures, fit une toilette sommaire et s'habilla. De 5 h 15 à 5 h 45, elle resta assise à côté de la porte d'entrée pendant que nous nous préparions. Mon père me dit que je pouvais prendre modèle sur elle. Tandis que nous étions planquées dans la camionnette de surveillance, à trois portes du domicile de la cible, Rae et moi fîmes un ultime essai pour vérifier le fonctionnement de la radio. Je lui rappelai que traverser une rue sans l'accord de maman ou papa pouvait lui valoir une punition si effroyable qu'à son âge, elle ne pouvait même pas encore l'imaginer. Là-dessus, ma mère répéta les consignes pour traverser la rue.

Rae suivit à la lettre toutes les instructions pendant sa première journée de travail. Je pris la direction des opérations, inculquant à Rae par l'exemple les différents principes de la surveillance. On pourrait écrire

---

* Magazine éducatif pour enfants.

un manuel sur la façon d'effectuer une surveillance efficace, mais les détectives les plus doués pour ce travail suivent leur instinct. Personne ne s'étonna de voir que Rae semblait avoir fait ça depuis toujours. Nous nous y attendions tous, sans doute ; mais son talent d'adaptation nous sidéra.

Je réduisis la distance que j'avais gardée entre la cible et moi lorsque le nombre des piétons augmenta, à l'heure du déjeuner, limitant la visibilité. J'étais à moins de trois mètres de Youngstrom quand il fit un demi-tour inattendu sur le trottoir et revint dans ma direction. Il me croisa, frôlant mon épaule en murmurant « Pardon ». J'étais grillée et ne pouvais continuer la filature. Rae se trouvait à environ dix mètres derrière moi et mes parents la suivaient à une courte distance. Ayant vu avant mes parents Youngstrom faire demi-tour, Rae se dissimula prestement derrière un échafaudage. Mes parents, qui ne perdaient pas de vue leur fille de six ans, ne remarquèrent leur homme que lorsqu'il se trouva pratiquement sous leur nez. Rae comprit qu'elle était la mieux placée pour prendre la filature, et proposa par radio de la faire.

« Je peux y aller ? » implora-t-elle en voyant Youngstrom s'éloigner, au risque de disparaître.

J'entendis le soupir qui précéda la réponse de ma mère. « Oui », dit-elle, non sans hésitation. Rae prit le départ.

Elle courut dans la rue pour rattraper Youngstrom qui, avec ses soixante centimètres de plus qu'elle et sa démarche rapide, l'avait largement distancée. Quand il tourna à gauche, prenant à l'ouest en direction de Montgomery, ma mère perdit Rae de vue, et lorsqu'elle l'appela par radio, j'entendis la panique dans sa voix.

« Rae, où es-tu ?

– J'attends que le feu passe au vert pour les piétons, répliqua-t-elle.

– Tu vois la cible ? demandai-je, sachant qu'elle ne risquait rien.

– Il entre dans un bâtiment.

– Rae, ne traverse pas la rue. Attends-nous, papa et moi. On arrive, dit ma mère.

– Mais on va le perdre.

– Reste où tu es, dit mon père d'un ton plus péremptoire.

– À quoi il ressemble, ce bâtiment ? demandai-je.

– Grand, avec des tas de fenêtres.

– Tu vois une adresse, Rae ? » Puis je reformulai la question. « Les numéros, Rae. Tu vois des numéros ?

– Je suis trop loin.

– Il est hors de question que tu bouges, réitéra ma mère.

– Il y a un panneau. Un panneau bleu, dit Rae.

– Qu'est-ce qu'il y a dessus ? demandai-je.

– M.O.M.A.* », épela lentement Rae. Et c'est alors que je me rendis compte de l'étrangeté de la situation. Ma petite sœur apprenait à faire une filature avant même de savoir lire correctement.

« Rae, maman va te récupérer à ton coin de rue. Ne bouge pas. Izzy, rendez-vous à l'entrée du musée », dit mon père. L'idée me traversa alors l'esprit que c'était la première fois que nous nous rendions en famille dans un musée.

Après cette journée, Rae participa souvent à des surveillances quand elles n'empiétaient pas sur l'école ou l'heure d'aller au lit.

---

* Museum of Modern Art – Musée d'art moderne.

Rae et David avaient seize ans de différence. Elle avait deux ans quand il quitta la maison et s'il n'habitait pas loin, il n'était pas, comme moi, une présence permanente. Il se singularisait en lui achetant de somptueux cadeaux d'anniversaire et de Noël, et en étant le seul membre de la famille à n'exercer sur elle aucune autorité. L'une des rares fois où David vint à la maison pour dîner, Rae lui posa la question qui la tracassait :

« David, pourquoi tu ne travailles pas pour papa et maman ?

— Parce que je voulais faire autre chose dans la vie.

— Pourquoi ?

— Parce que je trouve le droit intéressant.

— C'est amusant, le droit ?

— Je n'utiliserais peut-être pas ce mot-là. Mais passionnant, sûrement.

— Et tu ne préfères pas faire quelque chose qui t'amuse, plutôt qu'un truc où tu ne t'amuses pas ? »

Incapable d'expliquer honnêtement à Rae sans vexer mes parents pourquoi il avait quitté l'affaire familiale, David essaya un autre angle d'approche :

« Rae, est-ce que tu sais combien je gagne ?

— Non, répondit Rae avec indifférence.

— Trois cents dollars par heure. »

Perplexe, Rae posa la question qui suivait logiquement selon elle :

« Et qui accepte de payer ça ?

— Des tas de gens.

— Qui ? insista Rae, se demandant si elle ne pourrait pas exploiter la même source.

— C'est confidentiel. »

Rae digéra l'information et poursuivit, soupçon-neuse : « Qu'est-ce que tu fais, exactement ? »

David réfléchit à la réponse qu'il allait lui donner. « Je... négocie. » Voyant Rae toujours aussi perplexe, il demanda : « Tu sais ce que ça veut dire ? »

Rae répondit par un regard vide.

« On négocie tout le temps dans la vie. Certaines négociations sont implicites, comme par exemple quand tu vas dans un magasin et que tu donnes un dollar pour un sucre d'orge. Là, acheteur et vendeur sont d'accord pour l'échange. Mais tu as la possibilité de dire au vendeur : "Je vais vous donner 50 cents pour ce sucre d'orge." À lui d'accepter ou non. C'est ça, négocier : tu proposes une solution dont les deux personnes en présence peuvent discuter. Tu me suis ?

– Je crois, oui.

– Tu veux faire une négociation, là, tout de suite ?

– Ben oui ! »

David réfléchit à un sujet possible. « Très bien. Je voudrais que tu te fasses couper les cheveux. »

Comme la dernière visite de Rae chez un coiffeur remontait à plus d'un an, ce n'était pas la première fois qu'on lui demandait cela. Avec chaque fois le même résultat navrant : Rae se coupait elle-même les cheveux. Les mèches coupées de travers et les coups de ciseaux sauvages n'avaient rien pour réjouir l'œil, mais pour un dandy comme mon frère, la coiffure de Rae était une offense à la vue.

Fatiguée qu'on lui demande une énième fois la même chose, Rae rétorqua : « Non-je-n'ai-pas-besoin-d'une-coupe-de-cheveux.

– Si tu vas chez le coiffeur, je te donne un dollar.

– Et moi, je t'en donne un si tu arrêtes de me prendre la tête avec ça.

« – Cinq dollars.

– Non.

– Dix.

– Non.

– David, tu es vraiment sûr que ce soit une bonne idée ? » intervint ma mère.

Mais comme la négociation était le b.a.-ba du métier de David, il ne pouvait pas s'arrêter en si bon chemin. « Quinze dollars. »

Cette fois-ci, Rae hésita une fraction de seconde avant de dire : « Non. »

La sentant mollir, David se prépara à l'estocade. « Vingt dollars. Tu n'es pas obligée de faire tout couper. Fais simplement égaliser tes cheveux. »

Rae fit preuve d'une aptitude à marchander exceptionnelle pour son âge : « Et qui paye la coupe ? C'est au moins quinze dollars », rétorqua-t-elle.

David se tourna vers ma mère. « Maman ?

– C'est toi qui négocies », dit-elle.

David se tourna vers Rae pour l'accord final.

« Vingt dollars pour toi. Quinze pour la coupe. Marché conclu ? » proposa-t-il en tendant sa paume ouverte au-dessus de la table.

Rae me regarda, attendant que je lui donne mon feu vert avant de taper dans la main de David.

« Tu as oublié le pourboire, Rae. »

Rae retira sa main.

« Le pourboire ?

– Oui, répliquai-je. Il faut en donner un au coiffeur.

– Ah. Et le pourboire ? » demanda-t-elle à David.

Sur quoi il me jeta un regard contrarié et abandonna son attitude de frère aîné bon pédagogue pour celle d'avocat intraitable. « Quarante dollars en tout. À prendre ou à laisser. »

Rae se tourna de nouveau vers moi. Je savais que la patience de David avait atteint ses limites.

« Accepte, Rae. Sinon, il va se retirer. »

Rae tendit la main et ils topèrent. Elle garda la main ouverte, attendant l'argent. En graissant la patte de Rae avec ses quarante dollars, David paraissait satisfait d'avoir pu apprendre à sa petite sœur quelque chose sur son travail.

La leçon de négociation porta ses fruits chez Rae. Et longtemps. Elle découvrit que les gestes d'hygiène les plus simples pouvaient être négociés avec profit. Pendant les six premiers mois de sa dixième année, elle ne se brossa les dents, ne se lava les cheveux ou ne prit une douche que lorsque de l'argent changeait de mains. Ou plus précisément, passait des nôtres dans les siennes. Après un bref conseil de famille, mes parents et moi en arrivâmes à la conclusion qu'il fallait stopper net cette nouvelle habitude, quitte à en assumer les conséquences. Il fallut trois semaines à Rae pour comprendre que se laver les cheveux n'était pas une carrière.

Rae, douze ans

Au cours de l'hiver où Rae était en cinquième, elle se fit un ennemi. Il s'appelait Brandon Wheeler. La genèse du conflit est toujours restée floue. Rae est aussi secrète que moi sur sa vie privée. Ce que je sais, c'est que Brandon était arrivé au lycée de Rae à l'automne de cette année-là. En quelques semaines, il était devenu l'un des garçons les plus appréciés de sa classe. Il était excellent en sport, réussissait bien dans les matières de base et n'avait pas d'acné.

Entre lui et Rae, il n'y avait aucun contentieux. Jusqu'au jour où, pendant un cours, alors que Jeremy Shoeman lisait à haute voix un passage de *Huckleberry Finn*, Brandon fit une imitation impeccable du bégaiement de Jeremy. Toute la classe hurla de rire, ce qui ne fit qu'encourager Brandon, et il ajouta cette imitation à sa liste. Jamais Rae n'avait trouvé à redire aux autres imitations de Brandon, qui comptaient notamment celle d'un rouquin qui zozotait, d'une petite boiteuse à lunettes cerclées d'écaille, et d'un professeur à l'œil baladeur. Rae n'était même pas particulièrement amie avec Shoeman. Mais elle prit la chose à rebrousse-poil, allez savoir pourquoi, et décida d'y mettre un terme.

Elle commença son offensive par un message dactylographié et anonyme, disant : *Laisse Jeremy tranquille, sinon tu le regretteras.* Le lendemain, quand elle vit Brandon Wheeler coincer Shoeman pendant l'heure du déjeuner, pensant apparemment que la note venait de la victime elle-même, Rae se décida à dire la vérité. Alors, Wheeler fit courir dans le lycée le bruit que Rae et Jeremy Shoeman étaient ensemble. Furieuse, Rae garda cependant son calme en préparant sa vengeance. J'ignore comment elle se procura cette information, mais elle découvrit que Brandon avait quatorze ans, et non douze, et qu'il redoublait sa cinquième une seconde fois. Si bien qu'à la première occasion où elle entendit louer les talents scolaires de Brandon, elle fit en sorte que ses camarades de classe comprennent bien que ses bons résultats n'étaient pas dus à son intelligence, mais à sa longue pratique des matières enseignées.

Il y eut quelques joutes verbales entre ma sœur et l'adolescent. Mais Brandon ne tarda pas à comprendre que la parole était l'arme favorite de Rae, alors il eut recours à la seule arme à sa disposition. Je ne connais aucune fille plus coriace que Rae, mentalement parlant. Mais physiquement, elle tient de ma mère : à douze ans, elle mesurait encore moins d'un mètre cinquante, et ne pesait même pas quarante-cinq kilos. Elle avait beau courir vite, il lui arrivait de ne pas toujours pouvoir se dérober à temps. Le jour où je vis la trace rouge reconnaissable entre mille d'une brûlure indienne sur son poignet, je lui demandai si elle voulait que j'intervienne. Elle refusa. Mais le soir où elle rentra à la maison avec un œil au beurre noir, soi-disant un accident de balle au prisonnier, je renouvelai mon offre. Rae m'assura qu'elle avait la situation bien en main. Mais moi, j'avais l'impression que ce harcèlement permanent commençait à entamer sa résistance.

Je venais de prendre Petra chez elle et nous étions en route pour le cinéma lorsque mon portable sonna. Ce fut Petra qui répondit.

« Allô ? Non, c'est Petra, Rae. Izzy est à côté de moi. Hmmmm-hmm. Qu'est-ce qui est arrivé à ton vélo ? Ouais, on n'est pas loin. Bien sûr. On arrive. » Et Petra coupa la communication.

« Il faut qu'on passe chercher ta sœur au lycée.

– Qu'est-ce qu'il a, son vélo ?

– Elle dit qu'il ne marche pas. »

Nous étions à cinq minutes et, en arrivant, nous avons trouvé Rae assise sur l'herbe devant le lycée, son vélo devant elle, en pièces détachées. C'était le VTT à 500 $ que David lui avait offert pour son anniversaire. Je vis plusieurs garçons, en retrait non loin de là, en train de rire à ses dépens. Rae me demanda d'ouvrir le coffre, et Petra l'aida à rassembler les débris de l'épave et à les mettre dedans. Rae grimpa sur le siège arrière, prit l'un de ses manuels scolaires et fit semblant de s'y plonger. Je vis qu'elle avait les larmes aux yeux et n'en crus pas les miens. Je ne l'avais pas vue pleurer depuis le jour où, à huit ans, elle s'était ouvert un bras sur une clôture en fil de fer barbelé. Elle avait tant saigné ce jour-là qu'on ne pouvait pas voir la blessure.

« Rae, laisse-moi régler ça, je t'en prie », dis-je, brûlant de remettre les choses en ordre. Il y eut un silence de quelques minutes, puis elle regarda la bande de garçons et aperçut Brandon qui agitait joyeusement les bras dans sa direction. Ce fut le déclic.

« D'accord », chuchota-t-elle. Je descendis aussitôt.

En roulant les épaules, je m'avançai vers le groupe de futurs étudiants, m'efforçant de jauger le genre de gros durs à qui j'avais affaire. Je sais prendre l'air menaçant – pour une femme – et me forçai à marcher d'un pas lent et décidé, espérant au fond de moi que quelques-uns iraient voir ailleurs avant que je ne sois trop près. Trois répondirent à ma prière silencieuse et filèrent. Il en restait quatre. Avec mon mètre soixante-dix, j'avais au moins sept centimètres de plus que Brandon et je pesais bien huit kilos de plus que lui, qui était le plus grand. Je savais aussi que je pouvais le battre. En revanche, si les quatre restaient soudés, l'issue du combat était plus incertaine. Petra devina mes pensées et descendit de voiture. Appuyée à la portière du passager, elle sortit un couteau de sa poche de derrière et commença à se curer les ongles. La lame étincela au soleil et, avant que je n'arrive à la hauteur de Brandon, les autres garçons décidèrent qu'il était l'heure de rentrer chez eux. En fait, Brandon aussi.

« Toi. Tu t'arrêtes », dis-je en pointant le doigt vers lui. Il se retourna et me décocha un regard méprisant.

Je m'approchai un peu plus, l'obligeant à reculer contre une clôture à mailles en losange.

« J'aime pas ton sourire de guignol », grinçai-je.

Le sourire disparut, mais pas l'attitude insolente.

« Qu'est-ce que tu vas faire ? Me tabasser ?

– Exact. Je suis plus grande que toi, plus forte que toi, j'ai la rage et pour moi, tous les coups sont permis quand je me bats. Et puis j'ai du renfort. Pas toi. Si je devais prévoir l'issue de la bagarre, je parierais sur moi.

– Et alors, on n'a rien fait de bien méchant. On rigolait, c'est tout, dit Brandon, beaucoup moins rassuré.

– Vous rigoliez ? Pas possible ? Tu trouves que détruire le bien d'autrui, c'est rigolo ? Qu'un œil au beurre noir, c'est rigolo ? Que t'en prendre à une gamine qui fait la moitié de ta taille, c'est rigolo ? Alors on va bien s'amuser, tous les deux. » Je l'empoignai par son col de chemise, que je tordis, poussant l'adolescent contre le grillage.

« Je m'excuse, souffla-t-il nerveusement.

– Tiens donc.

– Je suis sérieux.

– Écoute-moi bien, soufflai-je à mon tour. Si jamais tu touches à ma sœur ou à ses affaires, si tu la regardes de travers, je te massacre. Compris ? »

Brandon hocha la tête.

« Je veux entendre : "J'ai compris."

– J'ai compris. »

Je relâchai mon étreinte et lui dis de se casser. Il détala. Un homme nouveau, pensai-je.

Lorsque je regagnai la voiture, Petra suggéra qu'on

aille massacrer quelques punks à la maternelle du coin. Je regardai Rae dans mon rétro.

« Ça va ? »

Elle me rendit mon regard, les yeux secs. Puis elle demanda : « On peut acheter des glaces ? » comme si de rien n'était.

J'aurais aimé que l'histoire s'arrête là, mais non. En rentrant chez lui, Brandon alla pleurnicher sur l'épaule de son père, lequel a appelé mes parents, puis déposé plainte contre moi. Quand Rae et moi sommes rentrées à la maison avec nos cornets de glace, mes parents avaient déjà reçu le premier coup de fil menaçant de Mr. Wheeler. Face à leur mine sévère, je me suis rappelé ma jeunesse indigne. Je suis sûre qu'ils se demandaient si l'ancienne Isabel faisait son retour. Mon père m'a dit qu'ils voulaient me parler en tête à tête dans le bureau, et a envoyé Rae regarder la télévision.

Bien entendu, elle n'a pas obéi, mais est restée près de la porte (que mon père avait fermée à clé), essayant d'entendre la conversation.

« Qu'est-ce qui t'est passé par la tête, Isabel ?

– Crois-moi, tu aurais fait la même chose à ma place.

– Tu as menacé de mort un gamin de douze ans.

– D'abord, il en a quatorze.

– C'est un gamin.

– Et puis je n'ai pas menacé de le tuer. Je lui ai dit que je le massacrerais. Ça n'est pas la même chose, tu comprends.

– Mais qu'est-ce qui t'a pris ? hurle ma mère.

– Voilà des années que tu n'avais rien fait d'aussi imprudent et irresponsable », glapit mon père.

À ce moment-là, Rae abat le plat de sa main sur la porte et hurle de toute la force de ses poumons : « Fichez-lui la paix !

– Rae, retourne devant la télé », hurle ma mère en retour.

Rae cogne une seconde fois sur la porte fermée à clé. Le coup est si fort qu'on a l'impression qu'elle y est allée de tout son corps. « Non. Fichez-lui la paix ! Ouvrez la porte ! »

Mon père soupire et lui ouvre. Rae plaide ma cause, ce dont je m'abstiens, parce que je ne veux pas m'abaisser à ça. Mon père est bien forcé de mettre un bémol à sa réprimande et se borne à dire : « À l'avenir, laisse-nous régler ce genre de problèmes, Izzy. »

Ma mère ne recule devant rien pour défendre sa progéniture, même si c'est moralement répréhensible. C'est elle qui se charge des tentatives de voies de fait, surtout parce que, à propos de n'importe qui, elle repère d'un œil infaillible où est le talon d'Achille. Si j'ai hérité d'elle un trait sans mélange, ce pourrait être celui-là.

Olivia vérifie les antécédents de Mr. Wheeler au civil, et elle découvre une série de plaintes pour harcèlement sexuel. Le schéma pique sa curiosité, et elle file officieusement le père de Brandon pendant une semaine. Elle le surprend avec une maîtresse, prend quelques clichés sans équivoque, puis le coince au café avant qu'il ne commence sa journée de travail pour lui suggérer de laisser tomber sa plainte. Wheeler refuse. Ma mère lui montre les photos et répète sa suggestion, ajoutant qu'elle espère que le vélo de Rae sera remplacé dans la semaine. Wheeler la traite de salope, mais la plainte est retirée l'après-midi même et un nouveau vélo livré le vendredi.

Rae ne devait jamais oublier ce que j'avais fait pour elle ce jour-là. Toutefois, il faut que je vous rappelle que la loyauté, chez elle, s'exprime d'une façon très différente de la dévotion que vous attendriez peut-être. Si elle dit volontiers qu'elle vous aime, son affirmation n'a pas la sentimentalité dégoulinante de certaines cartes de vœux. Elle énonce un fait pour votre gouverne, voilà tout. À une certaine époque, on aurait pu croire que Rae ne songeait qu'à faire plaisir à mes parents et parfois même à moi, ce qui a endormi notre vigilance : l'intérêt qu'elle éprouvait à nous faire plaisir cessait s'il ne coïncidait pas avec son programme à elle. Pourtant, il lui arrivait de suivre les instructions avec la fidélité aveugle d'un chien bien dressé.

Comment éviter de se faire prendre

Quand Rae eut environ treize ans, les médias locaux se mirent à couvrir les rapts d'enfants avec la régularité des prévisions météorologiques.

Statistiquement, par comparaison avec les années précédentes, on notait une baisse du nombre d'enlèvements. Toutefois, la technique alarmiste des médias engendra une véritable paranoïa de masse parmi les parents d'enfants d'âge scolaire. Même les nôtres gobèrent la mouche.

Lorsque, aux informations de 6 heures, l'agent spécial Charles Manning exposa une série de mesures préventives pour mettre en échec les ravisseurs potentiels, mes parents prirent des notes et appliquèrent la seule règle qui ne fût pas déjà au nombre de celles que Rae devait observer : éviter les habitudes. On la pria de perdre les siennes, de varier son train-train quotidien et de devenir une cible mouvante.

Pour saisir la différence, il vous faut connaître son rituel matinal antérieur : elle sort du lit en titubant à 8 heures, se lave les dents, attrape une galette fourrée en sortant, fait en vélo le trajet jusqu'à l'école et se glisse dans la classe à 8 h 30 précises. Le week-end, elle dort jusqu'à 10 heures et passe une heure à avaler un petit déjeuner copieux très chargé en sucre.

Le dimanche soir, elle reçut ses directives. Le lendemain matin, elle avait mis au point un emploi du temps entièrement nouveau.

LUNDI

Rae se réveille à 6 heures. Elle sort faire un jogging de vingt minutes et prend une douche. Rae n'aime pas le jogging – ni les douches, d'ailleurs. Elle boit un verre de jus d'orange enrichi en calcium avec un bol de corn-flakes. Elle part à l'école à pied et arrive trente-cinq minutes en avance.

MARDI

Rae met son réveil à 7 h 30, appuie sur le bouton d'arrêt momentané pour les trois quarts d'heure suivants. Elle sort mollement du lit à 8 h 15, descend sans se presser à la cuisine et commence à se préparer des crêpes au chocolat.

Bien que j'aie une cuisine en état de fonctionnement dans mon appartement, je descends en général chez mes parents le matin pour boire leur café et lire leurs journaux. En voyant Rae officier, j'en conclus qu'elle n'est pas pressée. Alors, j'énonce l'évidence :

« Rae, il est 8 h 25.

– Je sais.

– Les cours commencent à 8 heures et demie, non ?

– Aujourd'hui, je serai en retard », déclare Rae avec nonchalance en versant une louchée de pâte sur la tôle de la crêpière.

MERCREDI

J'arrive dans la cuisine à 8 h 10. Rae me verse une tasse de café et me tend le journal.

« Dépêche-toi de le lire, dit-elle. Tu me conduis à l'école.

– Dis donc, Rae, tu ne trouves pas que tu jettes le bouchon un peu loin ?

– Non », répond-elle en mordant dans une pomme.

La dernière fois que j'ai vu Rae manger une pomme, c'était sous forme de purée, dans un petit pot avec l'image d'un bébé sur l'étiquette. En fait, les produits frais en général n'ont jamais fait partie de son alimentation, qui se compose surtout de crèmes glacées, bonbons, snacks au fromage et, à l'occasion, de bœuf séché. Je suis tellement contente de la voir absorber quelque chose qui est tombé d'un arbre que je ne proteste pas quand Rae attrape son sac à dos et me dit qu'elle va m'attendre dans ma voiture, une Buick Skylark, modèle 1995.

JEUDI

À 7 h 45, mon père hurle dans l'escalier : « Rae, tu as encore besoin qu'on t'emmène en voiture ? »

La voix lointaine de Rae répond : « Ouais.

— Alors, magne-toi », rugit mon père.

Rae surgit en haut de l'escalier, saute sur la rampe et se laisse glisser jusqu'en bas. Tandis qu'ils sortent tous les deux, j'entends mon père déclarer : « Je t'ai demandé de ne plus faire ça.

— Oui, mais tu m'as dit de me dépêcher. »

Mon père lance à Rae une galette fourrée avant de monter dans la voiture.

VENDREDI

J'entre dans la cuisine à 8 h 05. Rae est assise à table, en train de boire un verre de lait (une autre grande première) et de manger un sandwich banane-beurre de cacahuètes.

En espérant qu'elle ne va pas me mettre encore à contribution, je demande : « Tu vas au lycée comment aujourd'hui ?

— C'est David qui m'emmène.

— Comment as-tu réussi ce coup-là ?

— On a négocié. »

Je n'essaie même pas d'en savoir plus. Je me verse une tasse de café et je m'installe à table.

« Ça fait cinq jours que tu fais la même chose, Isabel. Tu bois ton café et tu lis le journal.

— Personne ne va m'enlever, Rae.

— C'est ce que disent toutes les victimes. »

Les faits décousus que je m'efforce d'assembler résultent des méthodes les plus diverses : contact direct, observation indirecte, questions après l'événement, enregistrements, interrogatoires, photos et écoute aux portes chaque fois que s'en présente l'occasion.

Je ne prétends pas que mon témoignage est parfait. Ce que je propose, c'est un documentaire de mon cru. La vérité, telle qu'elle apparaît dans les faits pris séparément, est fidèle. Mais n'oubliez pas que chaque image est présentée dans mon cadre à moi, et qu'il y a de nombreux cadres que je ne peux fournir.

L'inspecteur Stone a dit que le passé n'a pas de pertinence, et que ma recherche de preuves est sans objet réel. Mais il se trompe. Il ne me suffit pas de savoir CE QUI est arrivé à ma famille. J'ai besoin de comprendre COMMENT cela s'est produit, parce que, alors peut-être, je pourrai me convaincre que cela aurait pu arriver à n'importe quelle famille.

Vingt mois avant

Vingt mois avant la disparition de ma sœur : c'est la troisième semaine du mois de mai, et moi, j'en suis au troisième mois du petit copain n° 6. Nom : Sean Ryan. Activité : barman à la Red Room, un bistrot assez branché du quartier de Nob Hill. Passion : aspirant romancier. Malheureusement, ce n'était pas la seule. Mais j'y arriverai plus tard.

Ma mère et moi surveillons depuis cinq jours Mason Warner, restaurateur de trente-huit ans, patron d'un établissement prospère de North Beach. Nous travaillons pour l'un de ses actionnaires, qui le soupçonne de détourner des fonds. Un expert-comptable asser- menté eût sans doute été plus indiqué pour ce travail, mais notre client ne veut pas faire de vagues. Warner a la beauté lasse d'une star de cinéma moderne et porte d'élégants complets. Aussi ma mère penche-t-elle en faveur de son innocence. Quant à moi, ce travail me plaît, car Warner circule presque toute la journée, et je ne suis pas coincée dans la voiture pendant huit heures à écouter ma mère répéter : « Tu ne pourrais pas ramener à la maison un type comme ça ? »

Je suis Warner dans un immeuble de bureaux de Sansome Street. Comme je porte une casquette de baseball et des lunettes noires, je m'autorise à entrer dans l'ascenseur avec lui pour voir sa destination finale. Heureusement, il y a beaucoup de monde avec nous. J'entre la première, appuie sur le bouton du douzième (il y a douze étages) et vais m'installer dans un des coins du fond. Warner descend au septième. J'en fais autant. J'ôte mes lunettes et ma casquette et reste loin derrière jusqu'à ce que Warner tourne dans le couloir. Il entre dans le bureau d'un psychanalyste, le Dr Katherine Schoenberg. Je redescends dans le hall et attends dans le coin salon. Je branche ma radio et préviens ma mère que nous en avons environ pour cinquante minutes d'attente. Elle décide d'aller prendre un café. Je m'installe sur un banc en cuir et lis le journal. Cinq minutes plus tard, Warner redescend et se dirige vers la sortie.

Je glisse dans ma radio : « La cible est en route.

– Prends la filature, dit ma mère. Je suis encore au café. »

En temps normal, nous donnerions à Warner une avance généreuse et c'est ma mère qui le filerait en voiture. Mais comme j'assure seule la filature, je ne peux pas le perdre de vue avant que ma mère ne vienne en renfort. Je pose le journal et suis Warner dans la rue. J'ai à peine franchi la porte qu'il fait demi-tour et vient droit vers moi. Je fouille dans mon sac pour en sortir un paquet de cigarettes. J'ai cessé de fumer il y a des années, mais une cigarette est précieuse pour donner une contenance dans notre travail. Comme je tâte mes poches pour trouver des allumettes, Warner m'offre du feu.

« Arrêtez de me suivre », me dit-il avec un charmant sourire avant de s'éloigner nonchalamment.

J'aurais dû m'en douter. Les hommes comme lui ne vont jamais voir un psy.

Ce soir-là, l'ex-petit ami n° 6 et moi prenons un pot au Philosopher's Club, un vieux bar de West Portal, fréquenté en majorité par des hommes. Il est trop bien tenu pour être un bar louche, mais on voit à ses lambris et ses affiches de sport anciennes que ce n'est pas non plus le genre d'endroit que fréquente l'élite de San Francisco. J'avais vu une affiche avec un verre de Martini à côté des mots Philosopher's Club un jour où je revenais en métro avec Petra après avoir fêté son anniversaire[1]. Attirées par l'affiche, nous y sommes allées et y avons passé toute la nuit, surtout conquises par les coupes de cacahuètes et de pop-corn copieuses servies par Milo, le patron. Cette soirée-là, c'était il y a sept ans, et six avant celle où je suis arrivée avec l'ex n° 6. J'y vais régulièrement, mais la seule raison pour laquelle je l'y avais amené, c'était que j'avais gagné la soirée à pile ou face.

« Raconte-moi ta journée ? me demande l'ex n° 6.

– Je me suis fait surprendre pendant une filature.

– Ça veut dire que tu as été grillée ? dit-il pour montrer qu'il maîtrise l'argot du métier.

– Mmm.

– Tu m'avais dit que ça ne t'arrivait jamais.

– Rarement. Je crois avoir dit rarement. »

Milo s'approche et me verse un autre whisky. À l'époque, il avait environ cinquante-cinq ans, ce qui, pour les nuls en maths, veut dire qu'aujourd'hui il a franchi le cap de la soixantaine. Italien, environ un mètre quatre-vingts, le cheveu brun grisonnant et clairsemé, il ne porte que des pantalons bien repassés, des chemises en oxford à manches courtes, un tablier, et

---

1. Quand je lui avais demandé ce qu'elle voulait faire pour fêter ses vingt et un ans, Petra m'avait répondu : « Me défoncer et aller au zoo de San Francisco. »

en général, des baskets dernier cri, ce qui donne à sa tenue une touche moderne. La seule. Vous pourriez croire que je n'ai avec lui qu'une relation superficielle, mais c'est faux. À force de voir cet homme-là deux fois par semaine depuis sept ans, je le considère comme l'un de mes intimes.

L'ex n° 6 tapote le bar et tend le doigt vers son verre. Milo fronce les sourcils et le lui remplit à une vitesse d'escargot. L'ex n° 6 pose quelques billets sur le bar et laisse tomber un merci sec comme un coup de trique.

« Faut que j'aille pisser », annonce-t-il, et il s'éloigne à grandes enjambées vers le fond du bar.

« Il ne me plaît pas trop, ce mec », dit Milo. Cela ne me fait ni chaud ni froid, vu qu'il dit la même chose de tous mes copains depuis que j'ai vingt et un ans.

« On ne va pas recommencer, Milo.

– C'est ta vie », dit-il.

J'ai parfois l'impression que non.

Le lendemain matin, je suis dans les bureaux de l'agence, à taper un rapport de filature pour un travail fait au début de la semaine. Ma mère attend Jake Hand, un aimable beatnik de vingt-quatre ans, guitariste, vendeur dans un sex-shop, que nous faisons travailler de temps à autre quand nous sommes débordés pour les surveillances. Papa et l'oncle Ray travaillent sur une affaire à Palo Alto. La pendule sonne 8 heures et Jake et ses tatouages franchissent le seuil d'un pas guilleret.

« Mrs. Spell, regardez l'heure. »

Ma mère lève les yeux vers la pendule, du genre de celles qu'on trouve dans les classes, et dit :

« Quelle ponctualité. Pour un peu, je t'embrasserais. »

Jake prend la remarque pour argent comptant et lui tend la joue. Elle y dépose un petit baiser et renifle.

« Tu as pris une douche, Jake ?

— En votre honneur, Mrs. Spell. »

Jake est secrètement amoureux de ma mère, ce qui se manifeste surtout par des détails liés à la toilette. En fait, la plupart des collègues masculins de ma mère sont amoureux d'elle. Les yeux bleus de maman et son teint d'ivoire sont parfaitement mis en valeur par ses longs cheveux auburn (couleur qui sort d'une bouteille à présent). Seule la patte-d'oie au coin de ses yeux trahit son âge. Mais malgré leur différence d'âge de trente ans, Jake ne voit aucun défaut et maman savoure le plaisir d'avoir un employé tout dévoué à sa cause. Je me demande souvent quel tour prennent leurs conversations après huit heures passées ensemble dans une voiture.

« Isabel, quand tu auras fini ton compte rendu, j'aimerais que tu ailles rafraîchir la mémoire de ton frère », laisse tomber ma mère comme si de rien n'était en rassemblant les accessoires nécessaires pour la surveillance.

— À quel sujet ?

— Au sujet des vingt mille dollars que sa société nous doit toujours sur l'affaire Kramer.

— Il va me répondre comme d'habitude. On sera payés quand ils le seront.

— Ça fait trois mois. Nous en sommes à six mille dollars de notre poche et nous n'avons toujours rien vu venir. Je n'ai plus de quoi régler les dépenses courantes. »

Chaque fois que mon père me donne mon chèque, s'il a quelques minutes, il aime à me rappeler que le travail de détective privé ne fera jamais de moi une femme riche. Et c'est vrai que l'enquêteur est le dernier payé. Le loyer, les fournitures de bureau, l'eau, le gaz et l'électricité, tout cela est nécessaire à la bonne marche d'une affaire. Mais on peut vivre sans détective privé. Si mes parents parviennent à gagner convenablement leur vie, il arrive parfois que nous ayons de sérieux problèmes de trésorerie, notamment lorsque nous travaillons pour David.

« Alors, parle-lui. C'est ton fils. Tu sauras très bien le culpabiliser.

– Ton frère réagit plus à la violence qu'à la culpabilité. Tu peux le rudoyer si besoin est. Mais ne quitte pas son bureau sans chèque. »

Maman remonte la fermeture éclair de son sac et se dirige vers la porte, Jake sur les talons. À mi-chemin, elle se retourne vers moi. « Oh. N'oublie pas d'embrasser David de ma part. »

Je décide de passer voir David à 13 heures, en espérant me faire inviter à déjeuner. Quand j'arrive, Linda, sa secrétaire, qui est amoureuse de lui, et n'en fait guère mystère, me dit que ma sœur est déjà là. Comme toutes les secrétaires de David, Linda croit qu'un jour ses sentiments seront payés de retour. Mais semblable en cela à tant d'autres mâles dominants, mon frère estime que la monogamie se pratique entre l'âge de quarante ans et la retraite. En fait, si on cherchait le défaut unique de David, ce serait celui-là : mon frère est un bourreau des cœurs authentique et impénitent.

J'ouvre les hostilités dès mon entrée dans le bureau de David en demandant à Rae, le regard soupçonneux et glacial : « Qu'est-ce que tu fais là ?

– Je suis passée, répond-elle, pas contrite le moins du monde.

– Et pourquoi tu n'es pas à l'école ?

– On ne travaille pas l'après-midi, aujourd'hui, répond-elle en levant les yeux au ciel.

– Montre-lui la preuve », dit David.

Rae me tend un bout de papier froissé – une note officielle du lycée. À l'évidence, elle s'attendait à ce que David lui demande un justificatif. Je n'ai jamais vu Rae sécher les cours, mais étant du même sang, il est normal que j'aie des doutes.

« Bon, je file. À vendredi prochain, David. À plus, Isabel. »

Lorsqu'elle est sortie, je me retourne vers David, attendant une explication. « Vendredi prochain ?

– Elle passe tous les vendredis, explique David.

– Pourquoi ?

– Pour me voir, d'abord.

– Et puis ?

– Et puis, elle demande en général un peu d'argent de poche.

– David, elle gagne dix dollars de l'heure en travaillant pour les parents. Elle n'a pas besoin de ton fric. Ça dure depuis combien de temps, cette histoire ?

– Un an environ.

– Tu lui donnes du blé toutes les semaines ?

– On peut dire ça comme ça.

– Combien ?

– En général dix dollars, parfois vingt, mais j'essaie d'avoir de petites coupures sur moi ces jours-là.

– Alors comme ça, tu lui as filé environ cinq cents dollars cette année ? C'est nul.

– Isabel, qu'est-ce que tu es venue faire ici ? demande David, pressé de changer de conversation.

– Récupérer du fric.

– Je vois, rétorque David avec un sourire en coin,

prompt à saisir l'ironie de la situation. Une collecte de fonds.

– Je pourrais te casser un doigt ou deux, te caresser quelques côtes, mais maman a dit de ne pas t'abîmer. C'est vingt mille dollars, David. Tu craches.

– Tu connais nos principes : on paie quand le client paie. Je peux te faire un chèque personnel si tu veux.

– Maman ne l'acceptera pas.

– Qu'est-ce que tu veux que je te dise, Isabel ? »

Les choses n'en restent pas là. Je me laisse tomber sur le canapé de David et refuse de bouger tant que je n'aurai pas parlé à l'un de ses supérieurs. David soupire et sort, pour revenir dans le bureau dix minutes après, en compagnie de Jim Hunter. Hunter est l'un des associés de la société depuis cinq ans, et il est spécialiste des fraudes. Divorcé, quarante-deux ans, sportif, il a une coupe de cheveux juvénile et une façon de vous regarder droit dans les yeux plutôt déstabilisante. Puisque je ne peux pas rentrer chez moi les mains vides, je suis obligée de me mesurer du regard avec lui.

Je crois au succès de ma tactique d'intimidation quand Hunter dit qu'il peut demander au comptable de me faire un chèque de dix mille dollars avant que je parte.

« À une condition, ajoute-t-il. Que vous dîniez avec moi vendredi prochain. »

Prise au dépourvu, j'accepte, sachant que sinon, je ne serai pas payée cette semaine et que si maman apprend que j'ai refusé un rendez-vous avec un avocat et un chèque de dix mille dollars, je n'aurai pas fini d'en entendre parler.

« Je passerai vous prendre à 8 heures », dit Hunter en quittant le bureau.

David réprime un sourire et je comprends qu'il a manigancé toute l'affaire.

« Alors, tu es mon mac, maintenant ? »

Tandis que j'essaie de forcer la main à David, maman s'emploie à éviter les questions très orientées de Jake pendant qu'ils sont en planque dans la voiture, devant le restaurant de Mason Warner.

« Mrs. Spell, vous avez toujours été aussi sexy ?

– Jake, lâche-moi un peu. »

Warner sort. Il saute dans sa Lexus et descend Larkin Street. Il se gare au carrefour de Larkin Street et de Geary Street et entre au New Century Theatre, un club de strip-tease. Quand il y a disparu, Jake défait sa ceinture et se tourne vers ma mère, attendant les instructions.

« Non, mais tu crois au Père Noël ! » dit ma mère en ôtant sa ceinture et en descendant de la camionnette.

Une fois dans le club, elle s'assied dans un box et commande un soda géant. Warner ne paraît pas s'intéresser du tout au spectacle ; il examine des papiers que lui tend le patron, un homme grisonnant en col roulé noir et jean de créateur. Il y a quelques clients disséminés sur cette mer de velours bordeaux.

Toutefois, ce n'est pas Warner qui monopolise l'attention de ma mère. Installé au premier rang, l'œil scotché à la strip-teaseuse auburn avec l'ardeur d'un mystique en transe, se trouve Sean Ryan, le futur ex-petit copain n° 6. Ma mère est une femme qui a tout vu, donc, trouver le copain de sa fille dans un club de strip-tease ne mérite pas en soi qu'on tire le signal d'alarme. En revanche, ce qui la tracasse, c'est que tout le personnel le connaît par son nom.

Après une demi-heure de conciliabule avec le type

au polo noir, Warner s'en va. Leur conversation a été couverte par une bande-son qui évoque celle de *Shaft*. À regret, ma mère quitte le club sur ses talons et finit sa filature avec Jake.

Mais le lendemain, elle refile le bébé à papa et à l'oncle Ray et retourne au New Century Theatre en perruque blonde mi-longue et lunettes de soleil. Elle ne s'attend guère à revoir Sean, mais il revient exactement à la même heure et s'installe exactement au même endroit. Deux jours d'affilée dans un club de strip-tease, voilà qui excite les soupçons maternels, et elle file l'ex n° 6 pendant une semaine. Il revient encore deux fois au club et fréquente un certain nombre de sex-shops du quartier pendant la journée. Le soir, maman laisse tomber sa filature, sachant que Sean est soit avec moi, soit à son boulot.

Elle me demande sa date d'anniversaire. Je tombe dans le panneau, parce qu'elle lit toujours les horoscopes, qu'elle a fait celui de tous les membres de la famille et demande en préalable la date de naissance de nos intérimaires. Quand elle me pose la question, elle le fait d'une façon si naturelle que je ne tique pas. Je suppose juste qu'elle manifeste un certain intérêt parce que Sean et moi sortons ensemble depuis plus de trois mois, ce qui est un record pour moi, je vous le rappelle.

Mais ce n'est pas pour lui acheter un cadeau d'anniversaire que maman va utiliser ladite date de naissance. Elle s'en sert pour trouver son numéro de sécurité sociale et faire une enquête de solvabilité. (Je ne me laisserai plus avoir après ça.) À partir des renseignements ainsi obtenus, elle utilise ses sources auprès d'une des compagnies de cartes de crédit pour vérifier les dernières dépenses de Sean. Sur un plan éthique et légal, c'est une initiative plus que discutable, certes. Mais elle veut avoir des réponses à une question qu'elle se pose.

Le jeudi matin, lorsque ma mère estime que son enquête est concluante, elle m'appelle dans son bureau pour un compte rendu.

« Ma chérie, ton petit copain est un accro du porno.

– Oh, merde ! » Je me dis que si elle m'aimait vraiment, elle aurait attendu que j'aie pris mon café pour m'annoncer ça.

« Et tu sais ça comment ? »

Ma mère me donne le détail des activités de Sean la semaine passée, puis me montre plusieurs reçus de carte de crédit, ainsi qu'une liste des cassettes empruntées au vidéoclub de la Langue de Cuir. Je parcours les titres en m'efforçant de ne pas broncher, ce qui est difficile quand la liste comprend *Blanche-Fesse et les sept mains, M.Q., Où est passé mon vibro ?* et *Spermission de minuit*. Entre autres titres plus élaborés, mais également classés X.

« Ma puce, je ne vois pas d'objection à ce que les gens pimentent un peu leur vie sexuelle avec une vidéo porno de temps à autre. Mais ce que j'ai vu révèle un trouble obsessionnel compulsif.

– Et que veux-tu que je fasse de cette information ?

– C'est toi qui vois, ma chérie. Je ne te suggère pas de rompre avec lui. Tout ce que je te dis, c'est que si tu restes avec Sean, tu as intérêt à t'entraîner pour devenir championne de lap dance. »

Je suis sortie sans un mot. Je n'allais pas donner à ma mère la satisfaction du moindre commentaire. Si je ne m'étais jamais doutée de ce qu'elle venait de m'annoncer, je la connaissais assez pour savoir qu'elle ne faisait pas d'erreurs dans son interprétation des faits. Mais il fallait que je les constate par moi-même, et que je rassemble mes propres preuves. Cette nuit-là, j'ai attendu que l'ex n° 6 dorme profondément pour allumer son ordinateur. Si un homme n'est pas très prudent, on peut apprendre beaucoup de choses sur lui de cette façon-là.

J'ai rompu avec le n° 6 le lendemain matin. Mais cette fois, c'est moi qui ai prononcé ces derniers mots : *Je crois que nous n'avons pas assez de choses en commun.*

Avocat n° 3

Le vendredi soir, une heure avant mon rendez-vous avec l'avocat des fraudes, David m'a appelée pour me dire de bien me tenir sous peine de représailles. En me voyant sortir de mon appartement à la course pour retrouver Hunter dehors, dans l'espoir d'éviter une rencontre parents-avocat, ma mère me cria par la fenêtre : « Sois toi-même, ma puce. » Ce sont des contradictions comme celle-ci qui ont rendu ma vie de famille si difficile.

J'ai su tout de suite que ça n'allait pas marcher. Hunter est le genre de type à aimer les femmes qui portent des talons aiguilles et des robes de cocktail pour le premier rendez-vous. Moi, je ne sais pas marcher avec des talons, et j'estime qu'il faut gagner le droit de voir mes jambes. En plus, je venais de rompre avec le n° 6 le matin même. Et si je ne portais pas le deuil de cette relation, la façon dont elle s'était terminée me meurtrissait encore l'amour-propre. Je n'éprouvais pas la moindre attirance sentimentale pour le juriste n° 3, mais je ne voyais pas pourquoi je refuserais une occasion d'étudier le sexe opposé. J'ai donc décidé de poser une série de questions destinées à éliminer subtilement à l'avenir les potentiels accros du porno et Hunter m'a servi de cobaye.

1. Vous aimez le cinéma ?

2. L'intrigue d'un film, ça compte beaucoup pour vous ?

3. Combien de vidéos louez-vous par mois environ ?

4. Si vous vous trouviez sur une île déserte, que préféreriez-vous avoir :

    a) Les œuvres complètes de Shakespeare ?

    b) Le coffret des albums de Led Zeppelin ?

    c) La série complète de *Debbie does Dallas** ?

5. Quelle est votre actrice favorite ?

    a) Meryl Streep ?

    b) Nicole Kidman ?

    c) Judi Dench ?

    d) Jenna Jameson** ?

6. Quel genre de films préférez-vous ?

    a) Action et aventure ?

    b) Drame ?

    c) Comédie sentimentale ?

    d) Films pornos ?

David me téléphona le lendemain matin pour me menacer des pires sévices. Puis il appela ma mère pour déblatérer sur moi. Au petit déjeuner, ma mère me reprocha mon manque d'éducation et suggéra que si je voulais sortir avec un homme qui faisait autre chose pour gagner sa vie que servir à boire, je ferais bien de

---

* Série porno soft (1978).
** Star américaine du porno.

suivre des cours de maintien. Mon père me demanda ce que j'avais commandé pour le dîner.

*

Pour mémoire : Ex nᵒ 7

Nom :	Greenberg, Zack
Âge :	29 ans
Activité :	Patron d'une société de Web design
Passions :	Football
Durée :	1 mois 1/2
Dernières paroles :	« Tu as fait une enquête de solvabilité sur mon frère ? »

À cause de mon travail, et non malgré lui, j'ai toujours accordé une grande importance à la vie privée et j'ai essayé de la respecter dans la mesure du possible – ou dans la mesure où c'était compatible avec mon travail. Enfin, avant. Avant l'ex nᵒ 6. Avant que ma mère ait fait irruption dans notre vie privée et m'ait révélé des secrets que j'aurais dû deviner moi-même. Après lui, je me suis mise à douter de mon intuition et à me demander si au bout de quinze ans dans ce métier, j'en savais toujours aussi peu sur la nature humaine.

Trois semaines plus tard, Petra m'a appelée, insistant pour me faire rencontrer son dernier client. Depuis cinq ans, elle travaillait comme styliste dans un salon de coiffure chic de Lower Haight. Jamais je n'aurais cru que faire une école de coiffure pouvait vous permettre un jour d'avoir un salaire à six chiffres, mais c'était le cas de Petra. Comme elle avait un coup de ciseaux fantastique et un physique à attirer les métrosexuels friqués de San Francisco, Petra faisait payer une coupe plus de cent dollars. Sa clientèle était masculine à quatre-vingts pour cent, et personne ne prétendait que la fidélisation de la clientèle était due à ses seuls ciseaux. Ses pantalons de cuir se payaient tout seuls, aimait-elle à dire. Je dirais plutôt qu'ils payaient les traites de sa maison.

Petra cherchait à me trouver un mec, et plus précisément un qui ne soit pas un accro du porno. C'est à ce moment-là qu'elle rencontra Zack Greenberg, un client de passage qui arriva dans un moment creux, chose inhabituelle pour Petra. Il était poli, flatteur, et entretenait bien ses cheveux.

Sans se douter de ce que j'allais faire de ces informations, Petra me communiqua l'adresse personnelle de Zack et sa date de naissance. À partir de cela, je pus remonter à son numéro de sécurité sociale et faire une enquête de solvabilité, obtenir un casier judiciaire (pour l'État de Californie seulement) et une recherche de patrimoine. Sur le papier, Zack était irréprochable et impressionnant. J'obtins un certificat de naissance et fis une enquête supplémentaire sur ses parents, ses deux frères et sa sœur. Hormis le fait que son frère cadet avait été fiché en 1996 pour faillite non frauduleuse, toute la famille paraissait sortie d'une sitcom des années cinquante. Ce fut seulement lorsque Petra me dit que Zack n'avait pas de télévision que j'acceptai de le rencontrer. L'équation paraissait simple : pas de télé = pas de porno. Bien entendu, il pouvait avoir une collection de magazines et fréquenter des sites sur le net, mais un véritable accro serait aussi un fana de vidéos.

Nos premiers rendez-vous furent légèrement ennuyeux, peut-être parce qu'il me parlait de choses que je savais déjà. Ses parents avaient une boulangerie à Carmel. Sa sœur était femme au foyer, avec 1,8 enfant (elle attendait le second). Son frère aîné tenait un restaurant familial qui marchait bien à Eugene, dans l'Oregon. Son frère cadet avait une boutique de livres d'occasion à Portland, et sa librairie marchait mal. D'après tous les renseignements dont je disposais, l'ex n° 7 était un enfant de chœur, issu d'une longue lignée d'enfants de chœur (avec, à l'occasion un fichier de faillite). N'étant encore jamais sortie avec un homme qui avait le courage de commander du jus de fruits-vin blanc pendant les Happy Hours, je fus très intriguée au départ par ses habitudes timorées.

Pour notre premier rendez-vous, nous sommes allés au cinéma voir un remake d'*Indiscrétions*, de Cukor, puis nous avons pris des cappuccinos et sommes allés nous promener dans Dolores Park, où un certain nombre d'ados nous ont proposé de la drogue. Zack a répondu avec des « Non, merci » polis, comme s'il refusait un produit douteux proposé par un marchand de jus de fruits ambulant. À notre second rendez-vous, nous avons joué une heure à des jeux de plein air (au ball-trap surtout) et avons mangé des glaces avant qu'il ne me donne une brève leçon de foot. Résultat des courses : Zack a fini sur mon canapé, un sac de glace sur le tibia, pendant que je me confondais en excuses. La relation s'est poursuivie dans le style Norman Rockwell jusqu'au moment où j'ai fait allusion à la faillite de son frère (ne me posez pas de questions) et où Zack s'est rendu compte qu'il ne m'en avait jamais parlé.

Petra m'avertit qu'elle ne me présenterait plus personne tant que je n'aurais pas appris à utiliser mes talents « pour le meilleur et non pour le pire ». Ma mère, qui, après avoir rencontré Zack, s'était aussitôt mise à rêver à un mariage, ne m'adressa pas la parole de trois jours. Mon père me proposa de payer pour m'inscrire à un service de vidéorencontres, perspective qui déclencha chez lui un fou rire inextinguible. Je déclinai son offre dans des termes modérément polis.

Le camp Winnemancha

À l'automne dernier, lorsque Rae retourna au lycée après les vacances d'été, on lui demanda de rendre la traditionnelle rédaction de cinq cents mots sur le thème « ce que j'ai fait pendant les vacances » pour la classe de quatrième de Mrs. Clyde, le prof de lettres. Au lieu de la rédaction demandée, Rae (âgée de douze ans et demi) rendit un exemplaire du rapport de surveillance sur les Investissements Merck, pour lequel elle avait rédigé toutes les informations sensibles. Après avoir lu la copie de Rae, Mrs. Clyde convoqua sans délai mes parents et leur suggéra très fermement d'envoyer Rae en camp de vacances l'été suivant.

Au printemps, quand Rae eut treize ans, Mrs. Clyde convoqua mes parents à une réunion de parents d'élèves et réitéra sa suggestion avec toute l'autorité dont elle était capable. Ma mère riposta en proposant leçons de natation et cours de danse, mais Mrs. Clyde tint bon, faisant valoir que Rae avait besoin de commencer à fréquenter davantage les jeunes de son âge et à se livrer à des activités convenant à une adolescente. Ma mère prit clandestinement toutes les dispositions nécessaires au départ pour le camp (mot chuchoté). À l'insu de tout le monde, elle choisit le lieu, paya les frais d'encadrement, et acheta la plupart des objets requis sur la liste fournie. Mon père et elle décidèrent d'attendre la semaine précédant le départ de Rae pour lui révéler le programme de son été.

Maman annonça la nouvelle à ma sœur le samedi matin à 7 h 15 exactement. Je le sais, parce que les gémissements de Rae, dignes d'une tragédie grecque, m'arrachèrent à un sommeil réparateur bien nécessaire. Ses protestations éperdues continuèrent toute la matinée et au début de l'après-midi, où elle se mit à téléphoner à la famille pour essayer de trouver des alliés dans sa campagne anti-camp. Elle menaça même de contacter le Service d'aide à l'enfance.

Bien entendu, elle finit par s'adresser à moi. Qui répondis « David est parti en camp d'été, je suis partie en camp d'été. Pourquoi pas toi ? » Ce à quoi elle rétorqua que si j'y étais allée, c'était sur ordre du tribunal [1].

Ma mère envoya Rae dans sa chambre avec une boîte de biscuits soufflés au chocolat, et lui conseilla de prendre le temps de digérer le traumatisme de la nouvelle. Puis elle m'envoya au supermarché chercher des nourritures sucrées pour amadouer sa cadette. Pendant que j'hésitais devant des biscuits fourrés au beurre de cacahuètes pour savoir si j'achetais la marque ou le générique, mon portable sonna.

---

1. Et c'est vrai. Peu avant mon quinzième anniversaire, Petra et moi avions décidé d'apprendre comment voler une voiture en bidouillant les fils d'allumage. Nous avions pris nos renseignements dans un livre intitulé *Comment empêcher qu'on vous vole votre voiture* (qui donnait précisément tous les détails techniques) et nous avions écumé le voisinage, le livre à la main, à la recherche d'une voiture avec une fenêtre mal fermée ou une portière non verrouillée. Nous nous sommes fait prendre peu après minuit quand le propriétaire de la voiture a regardé par la fenêtre et, voyant la lueur d'une lampe de poche (une loupiote pour lire) à l'intérieur de sa voiture, a appelé les flics.

« Allô ?

– Izzy, c'est Milo, du Philosopher's Club.

– Tout va bien ?

– Il n'y a pas d'urgence. Mais ta sœur est chez moi et je n'arrive pas à la faire partir. Tu peux venir la chercher ?

– Ma sœur ?

– Oui. Rae. T'as compris ?

– J'arrive. »

Vingt minutes plus tard, j'étais chez Milo. Je me suis arrêtée dans l'entrée pour écouter les vaines suppliques de ma sœur.

« J'ai une moyenne de 13. C'est pas comme si j'avais, mettons, 18 en éducation physique et 10 en maths. Non, j'ai 13 partout. J'ai dit que je voulais bien négocier. J'ai dit que j'étais prête à être souple. J'ai même proposé qu'on aille voir un médiateur. Mais rien. Que dalle. Ils n'ont rien voulu savoir. »

Je lui ai tapé sur l'épaule. « Viens. Il est temps d'y aller.

– Je n'ai pas encore fini mon verre », rétorqua-t-elle froidement. Regardant le liquide ambré, je me suis tournée vers Milo.

« Bière au gingembre », précisa-t-il, lisant dans mes pensées.

Je finis le verre de Rae.

« Et maintenant, ça suffit. On y va. » Empoignant le dos de sa chemise, je l'ai fait descendre de son tabouret.

Dans la voiture, Rae ne dit plus rien. Son silence était désespéré, pitoyable.

« Je vais au camp, c'est ça ?

– Oui.

– Et il n'y a rien à faire ?

– Non. »

Elle accepta son sort avec un calme suspect. Pendant le reste de la semaine, pas un autre mot de protestation. Elle parla de choses et d'autres pendant les deux heures de trajet en voiture à travers les vignobles et en montant la route en terre recouverte de gravier menant au camp de Winnemancha. Ma mère avait toujours appris à Rae à choisir ses batailles et ses ennemis avec discernement. Il allait nous falloir un certain temps pour comprendre qu'elle n'avait que trop bien intégré la leçon.

*

Cela commença par des coups de téléphone – des messages d'heure en heure, spontanés et désespérés. « Sortez-moi d'ici, ou vous claquerez l'argent de mes études supérieures en soins de santé mentale. » « Je ne plaisante pas, si vous connaissez votre intérêt, vous ne me laisserez pas passer un jour de plus dans cet enfer. » Là-dessus, le téléphone portable de Rae, à utiliser en cas d'urgence, lui fut confisqué, ce qui lui donna du temps pour se ressaisir et imaginer de nouvelles stratégies.

La première fut la campagne épistolaire. Le soir, mon père se détendait en buvant une bière et en faisant à haute voix la lecture des suppliques de Rae :

Très chers vous tous,

Je suis persuadée que l'idée du camp est excellente en théorie. Mais pour moi, je ne pense franchement pas qu'elle le soit. Pourquoi ne pas faire passer ça aux profits et pertes, point barre ?

J'attends avec impatience de vous voir demain quand vous viendrez me chercher.

Je vous aime tous,

Rae

La seconde lettre arriva le même jour.

Très chers vous tous,
J'ai finement négocié avec le directeur du camp, Mr. Dutton, qui me garantit que si vous venez me chercher demain, il vous remboursera la moitié de ce que vous avez versé. Si l'argent vous préoccupe davantage que mon équilibre mental, je suis prête à vous rembourser le reste en travaillant pour vous gratuitement le reste de l'été. J'attends avec impatience de vous voir demain quand vous viendrez me sortir d'ici.

Je vous embrasse,

Rae

P-S : Ci-joint une carte et un billet de 20 dollars (pour l'essence).

Puis il y eut une seconde rafale de messages téléphonés, d'un ton radicalement différent.
Mardi matin, 5 h 45 :

Salut, c'est encore moi. Merci pour les bonbons, mais je fais une grève de la faim, alors je n'en ai pas l'usage. Si vous recevez ce message d'ici dix minutes, appelez-moi à...

Mon père fit directement passer au message suivant.
Mardi matin, 7 h 15 :

Je crois qu'ils dirigent un réseau de traite des Blanches ici. Vous ferez ce que vous voudrez de cette info. Ouh là là, faut que j'y aille...

Il n'y eut plus de message avant 15 h 42 :

Salut, c'est Rae. J'ai changé d'avis. On n'est pas si mal ici. Je viens juste de me faire une ligne de coke et je vois la vie sous un bien meilleur jour. Si vous pouviez m'envoyer un peu d'argent, ça serait sympa, mille dollars, par exemple. Et peut-être des cigarettes.

Ce dernier message fit tellement rire mon père qu'il s'étrangla avec son café et il lui fallut dix minutes pour se remettre de sa crise de toux. Il déclara qu'à eux seuls, les messages valaient bien ce qu'avait coûté le camp. Puis les appels téléphoniques à l'agence Spellman cessèrent brutalement.

À mon arrivée au bureau de David pour un rendez-vous à 11 heures le lendemain matin, Rae en était déjà à son quatrième coup de fil de la journée. Ce fut alors que je remarquai pour la première fois que David parlait à tous les membres de sa famille comme à des clients prospères mais extrêmement difficiles.

« Écoute-moi bien, Rae, dit mon frère. Je vais demander à ma secrétaire de t'envoyer un colis aujourd'hui – laisse-moi terminer. Il y aura dedans toutes les saletés que tu aimes. Tu les manges, tu les partages. Et tu m'écris une lettre, une seule, pour me remercier de mon gentil cadeau et me dire que tu t'es fait au moins un copain (ou une copine). Si je reçois cette lettre et si tu t'abstiens dorénavant de me retéléphoner, je te donnerai un billet de cinquante dollars à ton retour. D'accord ? Je ne prendrai plus aucun appel de Rae Spellman. »

Là-dessus, il raccrocha, satisfait de s'être bien fait comprendre.

« Pour cinquante dollars et des bonbons, moi aussi, j'accepterais de ne plus t'appeler », lançai-je.

Cinq minutes plus tard, David eut un autre appel. La réceptionniste intérimaire le sonna.

« Mr. Spellman, votre sœur Isabel au bout du fil.

– Ma sœur Isabel est assise en face de moi, rétorqua-t-il.

– Pardon, monsieur ?

– Passez-la-moi. » David marqua une pause avant de décrocher, hésitant sans doute sur la technique à adopter.

« Ça suffit, Rae. Tu n'auras ni bonbons, ni argent, dit-il de son ton le plus professionnel et le plus intraitable, puis il raccrocha brutalement.

– J'ai du mal à croire que nous sommes de la même famille », dit-il. Puis il réfléchit et ajouta : « La remarque vaut pour toi aussi. »

Ce que j'eus du mal à croire, c'est que Rae ne rappela pas David. Je ne compris que beaucoup plus tard qu'elle avait choisi un nouvel adversaire et une tout autre bataille.

Plusieurs semaines plus tard, Rae me raconta qu'elle avait senti précisément quand la chance avait tourné pour elle, et comment elle avait su « que c'était une question de vie ou de mort ».

« Ça n'a jamais été une question de vie ou de mort, Rae. »

À quoi elle rétorqua : « S'il n'y a que ça pour te faire plaisir, Isabel. »

Toute considération sémantique mise à part, le moment-clé du séjour au camp fut la soirée des jeunes talents de Winnemancha.

Kathryn Stewart, douze ans, interprétait la « chanson ringarde » de *Titanic*. Haley Ganger et Darcy Spiegelman venaient de finir un numéro de claquettes à deux sur une musique nulle. Tiffany Schmidt avait chanté en play-back sur une chanson de Britney Spears en se déhanchant. Et Jamie Gerber avait fait avec Brian Hall un numéro de hip-hop original, « tellement gênant que j'en avais mal au ventre », dit Rae. Elle prétendit que ce spectacle l'avait fait pleurer pour la première fois en plus de deux ans. Elle réalisa un numéro très personnel, à savoir piquer le portable du directeur et filer sans que personne s'en aperçoive. Cette fois-ci, elle n'appela ni papa, ni maman, ni mon frère. Elle avait un plan, et ne voulait parler qu'à une seule personne. Moi. Il y avait trois messages sur mon portable, un au bureau, et cinq sur mon fixe quand je me résolus à répondre au dernier appel. J'avais l'intention de mettre fin à cette comédie une bonne fois pour toutes.

« Rae, si tu n'arrêtes pas de me téléphoner, je vais à la police et je porte plainte pour harcèlement.

– Je ne crois pas que tu puisses faire ça à l'encontre d'une mineure. Tu pourrais porter plainte contre maman ou papa, en tant que responsables légaux, mais je crois qu'ils seraient furieux contre toi.

– Tu m'appelles d'où, Rae ?

– D'un portable.

– Je croyais qu'on t'avait confisqué le tien ?

– Oui.

– Alors où as-tu pris celui-là ?

– Je l'ai emprunté.

– "Emprunté" entre guillemets, j'imagine ?

– Tu te souviens de l'affaire Popovsky ? » demanda Rae avec aplomb.

Ma main se crispa sur le téléphone. Je me mis à craindre le pire.

« Oui, répondis-je.

– Tu as dit à maman et à papa de ne pas l'accepter. Que Mrs. Popovsky était une horrible mégère et que Mr. Popovsky ne méritait pas d'avoir des détectives privés à ses trousses.

– Je sais très bien ce que j'ai dit, Rae.

– Tu te souviens d'avoir appelé Mr. Popovsky pour le prévenir qu'il allait être surveillé vingt-quatre heures sur vingt-quatre ?

– Oui.

– Tu te souviens d'avoir conduit Mr. Popovsky en pleine nuit à l'aéroport et de lui avoir dit que sa future ex-femme cachait des fonds sur un compte à l'étranger ?

– Je t'ai dit que je m'en souvenais.

– Tu te souviens de lui avoir donné le numéro du compte ?

– Viens-en au fait, Rae.

– Je ne crois pas que papa ou maman apprécieraient s'ils l'apprenaient. »

Je savais ma sœur capable de beaucoup de choses. Mais quand même, ceci me surprit et je demandai à brûle-pourpoint : « C'est un chantage ?

– Quel vilain mot », riposta Rae. Je me demandai dans quel film elle avait entendu cette réplique.

« Oui, hein ?

– À demain », dit-elle en raccrochant.

Le trajet à travers le vignoble californien ne me parut pas long. La rage tue beaucoup mieux la monotonie qu'un livre sur cassette. Je m'arrêtai dans un crissement de pneus devant le bureau du camp, installé dans un bâtiment imitant une cabane en rondins. À travers le nuage de poussière que j'avais soulevé, j'aperçus Rae assise sur un tas de sacs marins. Quand elle vit la voiture, ses yeux s'illuminèrent et elle courut vers moi pour me sauter au cou.

« Merci. Merci. Merci. »

Je me dégageai et la repoussai. « Il faut que je signe tes papiers de sortie », dis-je d'un ton aussi brutal que possible.

Hésitante, elle me montra le bureau du doigt. Après avoir rempli les formalités, je revins à la voiture. J'ouvris le coffre et lui dis d'y mettre ses affaires.

« Jamais je n'oublierai ça, Izzy. »

Après avoir brutalement refermé le coffre, j'empoignai Rae par son T-shirt vert foncé – celui du camp Winnemancha – et tournai l'encolure jusqu'à ce qu'elle lui serre un peu le cou. Puis je la plaquai contre la portière. (Si vous estimez que j'ai exagéré, faites-moi confiance, elle peut encaisser ce genre de traitement.)

« Bon, tu veux la jouer bons sentiments ? Pas d'accord. Ça ne va pas se passer comme ça. Je ne vais pas laisser ma sœur de treize ans me manipuler comme une chiffe. Le chantage n'est pas un jeu, Rae, c'est un délit. Ce n'est pas bien de manipuler les gens. On ne fait pas toujours ce qu'on veut dans la vie, et parfois, on est bien obligé d'avaler des couleuvres. Tu es capable d'accepter ça ou tu veux continuer ton petit manège avec moi ? D'accord. Mais je te préviens. Tu as tort d'essayer de me baiser. Alors, tu choisis, Rae.

Ou bien on respecte les règles, ou bien tu vas vite comprendre que je ne te ferai pas de cadeau. »

Il arrive qu'on sente des regards. Deux moniteurs et deux ados, figés, se demandaient s'ils devaient appeler les autorités. Je lâchai Rae et contournai la voiture pour ouvrir la portière du conducteur. Rae se tourna vers notre public et rompit la tension avec un haussement d'épaules.

« On est comédiennes », dit-elle avant de monter dans la voiture.

Elle garda le silence pendant les sept premières minutes du trajet, ce qui ajoutait cinq minutes et demie à son précédent record. Je ne fus pas étonnée quand elle prit la parole.

« Je t'adore, Isabel. Je t'aime vraiment très très fort.

– On ne parle pas », répondis-je, me demandant combien de temps je pouvais espérer jouir du silence.

Cinq minutes plus tard, Rae demanda : « On peut acheter des glaces ? » comme si de rien n'était.

Avocat n° 4

Quand David apprit que j'étais allée chercher Rae au camp, il eut aussitôt des soupçons et m'invita à déjeuner au Café Claude. Devant des moules-frites, il me posa une question qui ne pouvait sembler évidente qu'à lui :

« Rae sait sur toi des choses compromettantes ?

– Pardon ? fis-je, l'air innocent.

– C'était toi qui tenais le plus à ce qu'elle parte au camp, et puis brusquement, tu changes d'avis et tu la ramènes. Elle sait quelque chose qui lui donne barre sur toi, c'est la seule explication logique.

– Qu'est-ce que tu racontes...

– Tu peux nier tant que tu voudras, mais si elle sait quelque chose sur toi, moi aussi, puisque je pourrais te balancer aux parents, même si je ne sais pas de quoi il s'agit. Il ne leur faudrait pas longtemps pour tirer les vers du nez de Rae. Et j'ai l'impression que tu préférerais éviter ça. Alors si Rae te tient, moi aussi.

– Tu vas où comme ça ? demandai-je nerveusement.

– Samedi, tu as rendez-vous avec mon copain Jack. Je ne te donne pas son nom de famille. Il passera te prendre à 7 heures. Tu es priée de venir habillée correctement et de t'être peignée. »

Je rassemblai lentement mes affaires et me dirigeai vers la sortie. Au dernier moment, je me retournai pour lancer : « Ça, c'est pas normal.

– C'est ce que je me tue à dire depuis des années », rétorqua David.

*

Jack Weaver, l'avocat n° 4, arriva à 18 h 55, ce qui rendit inévitable une présentation aux parents. Ma mère traita l'homme de loi tout de cachemire vêtu avec le tact transparent d'un personnage politique en campagne. Je regardais ma montre chaque minute ou presque pour dire qu'il était temps de partir, jusqu'à ce que ma mère jette, cassante : « Lâche-nous, Izzy, tu veux. » Mon père donna à Jack son numéro de téléphone en lui disant de l'appeler si je ne me tenais pas bien, puis il rit à perdre haleine de sa petite plaisanterie.

À 19 h 45, nous étions sur la voie 101, en direction du champ de courses de Bay Meadows. Apparemment, Jack aimait jouer, et pas seulement avec son temps.

J'eus aussitôt des soupçons : à l'évidence, il n'était pas homme à avoir besoin d'un rabatteur pour se trouver une fille. Il avait ce look savamment négligé que j'associe aux hommes qui essaient de ne pas trop mettre leur belle gueule en valeur : légèrement débraillé et décoiffé tout en étant très naturel. J'acquis la certitude que pour rien au monde Jack n'avait pu accepter de plein gré ce rendez-vous. Des pressions avaient été exercées, mais je ne voyais pas comment David avait pu s'y prendre. La seule personne qui en retirait un quelconque avantage, c'était ma mère.

La chose est assez rare, mais ma mère a toujours eu un faible pour les avocats. Je peux émettre quelques hypothèses. Peut-être est-ce parce que son fils adoré est avocat, ou que ce sont les avocats qui nous fournissent l'essentiel de nos affaires. Ou à cause des beaux costumes qu'ils portent, à moins qu'elle ne soit fascinée par leur niveau d'éducation. L'explication m'importe moins que le fait lui-même, car il me pourrit la vie.

Au fil de la soirée, une attirance de plus en plus nette s'associa à mes soupçons. Ce que je découvrais sous la surface de cet avocat soigné de sa personne, c'était un homme avec un sérieux problème d'addiction au jeu. Ce fut l'attention avec laquelle il étudiait les partants, assortie de mises complètement disproportionnées qui le trahit. La plupart des femmes auraient trouvé ça rédhibitoire. Moi pas. J'ai toujours préféré les hommes qui ont des défauts : j'ai beaucoup moins de mal à établir une relation avec eux. Mais ce qui me réjouit particulièrement dans cette découverte, c'est que ma mère avait sanctionné à son insu un rendez-vous entre sa fille et un homme qui avait sans doute un bookmaker à sa solde.

Pendant que Jack pariait encore cinq cents dollars sur un hongre de deux ans qui lui inspirait confiance, mon attention fut attirée par un individu louche qui circulait au dernier rang des gradins découverts. J'observai l'Individu Louche de loin, au début, et remarquai qu'il ne paraissait pas du tout s'intéresser aux courses de chevaux elles-mêmes. Pendant le déroulement d'une course, l'Individu Louche regardait rarement la piste, mais les turfistes. Quand je le vis bousculer un homme en train de manger une glace près de la buvette, je m'approchai et demandai à ce dernier de vérifier s'il avait toujours son portefeuille. Ledit objet avait disparu.

Je courus derrière l'Individu Louche, qui descendait maintenant les gradins en direction des toilettes pour hommes. Jack me rattrapa pour me demander ce que je faisais. Je lui expliquai que je poursuivais un pick-pocket potentiel.

Je rattrapai l'Individu Louche et lui bloquai l'accès aux toilettes.

« Allez, rends-moi ça, connard. »

Je le vis pâlir et il dit : « Je vous demande pardon, madame ?

— Ne m'appelle pas "madame". File-moi ce portefeuille », dis-je en poussant l'Individu Louche contre le mur couvert de graffitis. Après avoir regardé Jack, puis moi, il décida que le jeu n'en valait pas la chandelle, me tendit le portefeuille et courut se réfugier dans les toilettes.

Mon opération coup de poing avait distrait l'avocat n° 4 de la course n° 7. Son cheval perdit, ce qui était prévisible, car c'était un outsider, mais Jack était néanmoins déçu d'avoir raté la course. Comme beaucoup de joueurs ou d'habitués des stades ou des champs de courses, il était convaincu que le fait de regarder pouvait changer l'issue du match ou de la course. Après avoir restitué le portefeuille à son propriétaire légitime et donné le signalement du malfrat au chef de la sécurité, je demandai à Jack s'il voulait jouer dans une autre course, mais il refusa, disant qu'il avait le sentiment que sa chance avait tourné.

Le lendemain, je passai au bureau de David pour discuter d'une surveillance imminente et du juriste n° 4. En vérité, celui-là était susceptible de me plaire. « Qu'est-ce qu'il a dit sur moi ? demandai-je finement.

– Qui ça ?

– L'avocat n° 4.

– Jamais tu n'auras une relation normale avec qui que ce soit si tu continues à mettre un code-barres sur les types avec qui tu sors.

– Je sais qu'il a fait des commentaires. »

David réfréna avec peine un sourire narquois et dit : « Il t'a décrite comme un mélange de l'Inspecteur Harry et de Nancy Drew *.

– C'est un compliment ?

– Je ne pense pas. »

Week-end au tapis n° 22

L'oncle Ray disparut une nouvelle fois. Cela faisait douze jours que personne ne l'avait vu en ville. Grâce

---

* Nancy Drew : célèbre personnage de détective au féminin, créé en 1930 par Edward Statemeyer sous le nom d'auteur fictif de Carolyn Keene. Le personnage a inspiré de nombreux livres, écrits par des auteurs différents, des adaptations à la télévision et au cinéma, ainsi que des jeux vidéo. Les *Dossiers Nancy Drew* sont publiés aux États-Unis par le même éditeur que *Spellman & Associés*...

120

aux cartes de crédit, mon père suivit sa trace jusqu'à un certain Caesar's Palace au lac Tahoe. Ni mon père ni ma mère n'était libre pour faire le voyage et aller le chercher, la responsabilité retomba sur moi. Je n'avais pas envie d'y aller seule et téléphonai à David, sachant que le pari était risqué.

« J'aurai le temps de skier ? me demanda-t-il.

— Absolument : le temps que j'arrache la bouteille de bourbon de la main du tonton et que je paie ses putes, tu pourras te faire plaisir. »

Ignorant mes sarcasmes, David déclara : « D'accord, je viens. »

Je pensais que le trajet en voiture allait me fournir l'occasion d'en savoir plus sur les infos confidentielles dont disposait ma mère pour faire pression sur mon frère.

« Avoue-le, David, tu as honte de moi.

— Je le reconnais volontiers.

— Tu n'as aucune raison logique de vouloir me refiler à tes amis.

— J'espère que leurs bonnes manières déteindront un peu sur toi. Faute de mieux, ces rencontres pourront faire fonction d'école de charme.

— Oui, tout ça c'est une magouille de maman. Et je te connais. Tu n'accepterais jamais simplement pour lui faire plaisir. Elle a une casserole sur toi.

— Tu insinues que maman m'a fait un chantage pour que je te fasse sortir avec mes collègues ?

— Y a-t-il quelqu'un dans cette famille qui soit capable de répondre à une question directe ?

— L'oncle Ray se débrouille pas mal. »

Sept heures plus tard, j'ai trouvé mon oncle en train de jouer au poker des Caraïbes au casino Harrah, à

Tahoe. Quand je lui ai demandé ce qu'il avait fabriqué pendant la dernière quinzaine, il m'a répondu : « Voyons. J'ai fait la bringue pendant cinq jours, et puis j'ai dessoûlé pendant un jeu de poker de quarante-huit heures. J'ai eu quelques rendez-vous à Reno. Encore un poker. Et puis trois jours dont je n'ai plus aucun souvenir. Ces trois ou quatre derniers jours, j'ai tenté ma chance aux tables de jeu. Et toi, ma puce, comment tu vas ? »

David avait raison, l'oncle Ray était le seul membre de la famille qui n'était pas retors. À l'occasion, ma sœur marchait sur ses traces, mais elle n'hésitait pas à utiliser la tromperie si nécessaire. Il n'y avait rien de furtif dans les frasques de mon oncle. Il les arborait comme une couronne.

Il fallut quatre heures de recherches dans le casino pour retrouver l'oncle Ray. Fidèle à sa parole, David me laissa le sale boulot et partit skier. Il s'avéra que pendant ces quinze derniers jours, l'oncle Ray avait tout perdu – en fait, davantage encore : toutes ses économies, sa pension des six mois à venir, sa montre à cinquante dollars, une pince à billets en or que ma mère lui avait offerte pour son dernier anniversaire, et même une paire de chaussures (je suppose, puisqu'il portait des tongs de magasin à prix unique). Je tentai de l'arracher aux tables de jeu, mais il refusa de partir tant qu'il n'aurait pas gagné.

« Juste un petit quelque chose, Izzy. Je ne peux pas m'arrêter sur une pareille série noire. C'est mauvais pour mon karma.

– Tu penses à ton compte en banque ?

– Izzy, il y a des choses plus importantes que l'argent dans la vie.

– Vu qu'il ne t'en reste pas, tu ne peux pas dire autre chose.

– Ma puce, j'aimerais te voir réagir contre ta tendance à être négative. »

L'oncle Ray joua encore une partie et perdit. Mais il restait des jetons sur la table et je ne vis qu'une solution pour le faire décoller.

« Tonton, si on allait au bar pour que je t'offre un verre ?

– Bonne idée, Izzy. Mais il faudra m'en offrir plus d'un. »

Dès qu'il fut monté à l'arrière de la voiture de David, l'oncle Ray s'effondra, ivre mort. Il nous fallut tirer son torse et ses jambes pour l'installer de côté, au cas où il se mettrait à vomir.

Sur le chemin du retour, David et moi renouâmes avec notre vieille habitude de noter les week-ends au tapis de l'oncle Ray.

« Si celui-ci n'est pas un cinq étoiles, alors je ne sais pas ce que c'est, dis-je.

– Au risque de paraître naïf, j'ai toujours cru que ce serait une phase passagère. Que l'ancien oncle Ray reviendrait un jour.

– Il est parti pour de bon, répondis-je catégoriquement. Et je t'avertis, il y a de grandes chances qu'il se pisse dessus. »

David soupira et répondit avec naturel : « Oui, je sais. »

L'oncle Ray et la désintoxication : brève rencontre.

Le week-end au tapis n° 22 fut une catastrophe encore plus grave que les autres sur le plan financier.

L'oncle Ray avait vraiment tout perdu. Ne sachant plus à quel saint se vouer, mon père prit les dispositions nécessaires pour que Ray aille suivre un programme de désintoxication et de réadaptation traitant plus spécialement les toxicomanies associées, dans un endroit qui s'appelait le Centre de réadaptation Marie-Jeanne (nom qui nous fit rire comme des malades, David et moi) à Petaluna, en Californie. Ray était d'accord pour tenter l'expérience, mais quand ils s'approchèrent de la petite route verdoyante bordée de maisons trapues en forme de A, il se tourna vers mon père et dit : « Ça ne va pas marcher, tu sais.

— Tu vas essayer ? demanda papa.

— Je ferais tout pour te faire plaisir. Mais ça ne marchera pas.

— Comment le sais-tu ?

— Je me connais. Maintenant, en tout cas.

— Dis-moi quoi faire, Ray.

— Garde ton argent.

— Tu ne peux pas continuer à disparaître comme ça. »

L'oncle Ray attendait le bon moment pour poser la question qu'il avait en tête.

« Alors peut-être que je pourrais venir m'installer chez vous jusqu'à ce que je sois remis sur pied ? Que j'aie payé mes dettes, enfin tout ça, quoi.

— Tu veux venir habiter chez nous ?

— Je m'étais dit que peut-être, je pourrais loger dans l'ancienne chambre de David. Tu crois que ça l'ennuierait ?

— Non », répondit mon père, laconique. David n'avait vraiment que faire de retrouver son ancienne chambre.

Papa démarra, puis se tourna vers Ray pour bien

confirmer le marché. « Ni filles, ni drogue, ni poker dans la maison.

– Entendu, Al. »

C'est ainsi que l'oncle Ray est venu habiter au 1799, Clay Street.

L'interrogatoire

CHAPITRE 3

« Vous trouvez que c'était une bonne idée de la part de vos parents d'introduire un alcoolique toxicomane et obsédé sexuel dans le foyer d'une adolescente fragile ? demande l'inspecteur Stone.

– Je ne dirais pas que l'oncle Ray était un obsédé. Il aimait les putes, c'est vrai, mais ce n'était pas chez lui une habitude régulière.

– Dois-je répéter ma question ?

– L'oncle Ray était une catastrophe ambulante, mais il ne cherchait pas à faire plonger qui que ce soit. On ne pouvait pas compter sur lui pour tondre la pelouse, mais il n'aurait pas fait de mal à une mouche.

– D'après toutes les sources, votre sœur a réagi très violemment à son arrivée. Pouvez-vous en dire plus ?

– Ils étaient en conflit.

– Alors, parlez-moi de ce conflit. »

Ce que l'inspecteur Stone ne sait pas, c'est qu'il n'y avait pas qu'un conflit, mais toute une série de batailles et d'empoignades constamment en cours. Cela n'en finissait pas. Si je faisais le schéma des membres de la famille sur une feuille de papier et si je dressais une carte des bagarres, elle finirait par ressembler à une toile d'araignée. Ce n'est pas une seule guerre qui est à l'origine de celle dont nous nous souviendrons tous. Comme pour un château de cartes, si vous en ôtez une, tout s'écroule.

DEUXIÈME PARTIE

Les guerres spellmaniennes

La guerre du sucre

À la vague de discordes familiales provoquée par l'épreuve du camp de Rae succéda un calme étrange. Quelques semaines plus tard, encore sous le coup de la gratitude après sa délivrance, Rae s'efforçait de filer doux. Mais à moi qui étais encore sous celui de ses manœuvres crapuleuses, il fallait un minimum de représailles. Faute de pouvoir lui découvrir des activités répréhensibles, je ne pouvais l'atteindre qu'en l'empêchant de satisfaire son seul vice, à savoir manger des saloperies. Je commençai à remarquer qu'à ses petits déjeuners de galettes fourrées succédaient des déjeuners de chips de maïs et de moelleux à la vanille ou autres. Au dîner, pris en famille, elle picorait le plat principal, ne mangeait ses légumes que sous la contrainte et se jetait sur son dessert comme un animal affamé. Cela m'agaçait de voir que j'étais la seule à m'en apercevoir. Mais aussi, c'était de ma faute, non ? C'était moi qui avais élevé le niveau moral de cette maison, et Rae s'arrangeait toujours pour rester largement au-dessous.

Ses habitudes passaient inaperçues, mais ce n'était pas une raison pour ne pas alerter mes parents afin qu'ils y remédient. Je rapportai à la maison des articles sur les effets d'une consommation excessive de sucre sur les adolescents, et son rapport avec des résultats médiocres aux tests d'aptitudes scolaires. Je leur montrai des documents sur la corrélation entre le diabète tardif et la consommation de sucre chez les jeunes. Je suggérai la mise en œuvre de mesures préventives. Ma mère accepta, non sans méfiance : sucreries autorisées seulement pendant le week-end. Aucune exception.

Quand elle apprit la nouvelle, Rae grimpa les escaliers quatre à quatre et vint tambouriner à ma porte. « Comment as-tu pu faire ça ? » demanda-t-elle. Elle en avait presque les larmes aux yeux.

« Je me fais du souci pour ta santé.

– Ben tiens !

– Tu veux qu'on fasse la paix ?

– D'accord. »

Elle tendit la main de mauvaise grâce pour toper là. Mais un cessez-le-feu avec moi devait paraître dérisoire par la suite, au vu de la bataille que Rae allait entamer, et dont je ne la soupçonnais pas capable.

Les guerres des Ra(e/y)

Je fermai à clé la porte de chez moi et descendis l'escalier sur la pointe des pieds, espérant éviter d'avoir à faire la conversation à un des membres de la famille. Surtout à ma mère, qui avait trouvé un autre avocat avec qui elle voulait absolument que je prenne un café. J'avais essayé de lui expliquer que je pouvais boire un café sans aide légale, mais ma logique lui restait étrangère.

Au lieu de tomber sur ma mère, je trouvai Rae (armée de jumelles) en train de regarder par la fenêtre du premier étage. Ce qu'elle observait, c'était l'oncle Ray en train d'emménager. Mais au lieu d'un gros camion de déménagement orange et blanc, il avait pour tout véhicule un taxi jaune. C'était un spectacle désolant. Je me tournai vers Rae, espérant qu'elle l'avait remarqué elle aussi.

« Qu'est-ce que tu fabriques ? demandai-je.

– Rien », répondit-elle d'un ton sec. Et je compris qu'elle voyait non pas un vieil homme pathétique, mais son ennemi juré.

« Tu ne crois pas que c'est le moment de calmer le jeu, non ? »

À voir son expression butée, la réponse était claire.

Je m'explique : ça faisait environ six ans que ma

sœur Rae et l'oncle Ray étaient à couteaux tirés. Cela avait commencé quand, à huit ans, Rae avait découvert que l'oncle avait puisé dans sa cagnotte de Halloween. La tension monta lorsqu'elle eut dix ans et que l'oncle Ray lui acheta pour son anniversaire une robe rose au lieu des talkie-walkies qu'elle avait demandés avec insistance. Les hostilités se transformèrent en bataille en règle quand l'oncle Ray s'endormit pendant l'une de leurs surveillances communes et qu'elle ne put le réveiller, même en le bourrant de coups de pied. Entre les événements susmentionnés, le conflit était entretenu par divers incidents : monopolisation de la télévision, appropriation des céréales préférées, le tout assaisonné par les remarques acerbes de ma sœur rancunière.

Malgré tout, je répétai ma question : « Tu ne crois pas que c'est le moment de calmer le jeu ?

– Non », rétorqua Rae. Je la laissai donc seule dans l'escalier, à surveiller son oncle.

Je me trouvai face à l'oncle Ray qui montait les marches de la véranda en portant sur l'épaule un sac marin bourré n'importe comment. Je le lui pris et demandai ce qu'il y avait dedans.

« Voyons... un manteau d'hiver, deux paires de chaussures, une balle de bowling et aussi, je crois, des sandwiches que j'ai préparés ce matin avec ce qui restait dans le frigo.

– La prochaine fois, demande à maman de t'aider à faire tes bagages. » Je portai le sac à l'intérieur et le déposai sur le lit de David – non, maintenant celui de mon oncle.

« Je suis contente que tu sois chez nous, tonton. »

Ray me pinça la joue en disant : « Tu as toujours été mon chauffeur favori. »

Pendant que Ray se préparait à déballer, je m'appuyai contre le rebord de la fenêtre. Il sortit ses affaires du sac informe et les répartit dans la pièce sans ordre ni logique. Un seul objet avait été emballé avec un soin particulier : enveloppée dans une série de serviettes de plus en plus grandes se trouvait une photographie joliment encadrée du clan Spellman. L'oncle Ray la posa sur la coiffeuse et en ajusta soigneusement l'angle. S'il y a des dizaines de photographies chez mes parents, on n'en trouve pas une seule de tous les membres de la famille. Ce qui me frappa dans celle-ci, c'était le caractère hétéroclite du groupe que nous formions.

Avec ses cheveux longs et sa silhouette menue et musclée, ma mère paraissait facilement dix ans de moins que ses cinquante-quatre ans. Ses traits réguliers et nets résistaient bien aux injures du temps. Mais les cheveux clairsemés de papa et sa silhouette bedonnante le faisaient paraître plus vieux ; seules ses rides conféraient une certaine unité à ses traits mal assortis. L'oncle Ray et lui n'avaient qu'un point commun : le large nez un peu aplati. Ray était plus mince, plus beau et plus blond que mon père. Et puis, il y avait David, avec son physique parfait de mannequin. Il paraissait complètement étranger à la famille, à côté de Rae, qui était finalement un modèle réduit de son oncle, en plus mignon. C'était la plus blonde des enfants Spellman, avec ses cheveux cendrés, ses yeux gris-bleu et ses taches de rousseur sur un visage souvent bronzé. Dominant Rae de toute ma taille, j'avais l'air d'une version mal dégrossie de ma mère.

L'oncle Ray ôta la poussière de la photographie, et

décida qu'il avait besoin de souffler un peu après l'effort fourni pendant ces cinq minutes de rangement. Il proposa de me faire un sandwich, offre que je déclinai en pensant que ce serait peut-être une bonne idée de prévenir mon père.

Je le trouvai à son bureau.

« La petite nous mijote une connerie. À ta place, j'essaierais d'en savoir plus, dis-je.

– Grave ?

– Cinq étoiles, si tu veux mon avis. Mais c'est le temps qui nous le dira. »

Cet après-midi-là, je passai au bureau de David afin de lui apporter le compte rendu d'une surveillance pour l'affaire Mercer (analyste en Bourse soupçonné de délit d'initié).

Si je pouvais rendre ce rapport de bonne heure, c'était que la cible avait le même emploi du temps sept jours sur sept. Club de gym. Boulot. Maison. Dodo. Et ainsi de suite. J'adore les gens routiniers. Ils me facilitent vraiment le travail.

Quand je fis mon apparition chez la secrétaire de David, Linda, elle m'expliqua qu'il était en train de se faire couper les cheveux. J'entrai d'un pas décidé dans le bureau, et découvris ma meilleure amie, Petra, en train d'officier.

« Qu'est-ce que tu fais là ? demanda Petra le plus naturellement du monde.

– Je viens rendre un rapport de surveillance. Pourquoi es-tu en train de couper les cheveux de mon frère ?

– Je peux t'énumérer deux cent cinquante raisons », rétorqua Petra, qui évoluait maintenant dans une autre tranche d'impôts.

Je feignis d'être choquée par la prodigalité de mon frère, mais en fait, je n'étais pas du tout surprise.

« Est-ce que tu étais obligée de lui dire combien je te paie ? demanda David.

– Il n'y a pas de devoir de réserve entre un coiffeur et son client.

– Ça fait combien de temps que ça dure ? » demandai-je.

Ils se tournèrent l'un vers l'autre pour calculer leur réponse. Ce qui me déçut. Mes proches devraient mieux savoir gérer leurs secrets.

Je poussai un soupir appuyé et dis : « On laisse tomber. » Après avoir lancé le rapport sur le bureau de David, je me dirigeai vers la porte. « Pourquoi vous éprouvez le besoin de faire des cachotteries pour une coupe de cheveux, ça me dépasse.

– À ce soir, Isabel », se borna à répondre David. Ce soir, c'était le dîner en l'honneur de l'arrivée chez nous de l'oncle Ray.

Je l'avais oublié, ce dîner, avant que David le mentionne. Sinon, j'aurais essayé de trouver le moyen de ne pas y assister. Les guerres des Ra(e/y) couvaient et j'étais bien décidée à rester en dehors. Mais je me doutais que je ne pourrais pas me mettre à l'abri de leurs retombées, et j'avais raison.

Ce soir-là, je rentrai de bonne heure, et trouvai Rae sur le sol du living, aux prises avec un paquet-cadeau venant du magasin d'électronique local. C'était un lecteur de DVD digital dernier cri. En fait, l'agence Spellman n'avait pas encore modernisé son équipement à ce niveau. Mes parents avaient jugé bon de faire cet énorme cadeau à une adolescente alors que son anniversaire était passé et Noël à venir.

Rae était assise au milieu d'un océan de polystyrène, d'emballages plastique et de carton. Je regardai mes parents avec le scepticisme marqué d'un agent du fisc et attendis patiemment que leur regard croise le mien. Ce qu'ils évitèrent, comme on pouvait s'y attendre, sachant pertinemment ce que je pensais. Je m'approchai de mon père avec désinvolture.

« Pas un mot, Isabel.

– Tu veux bien me payer mon silence ? »

Il se voûta, imaginant une interminable succession de transactions propitiatoires. Je plaisantais, bien entendu, mais laissai planer la menace.

« C'est de bonne guerre, je le reconnais. Qu'est-ce que tu veux ?

– Du calme, papa ! Je ne vais pas te faire de chantage. Mais je voudrais dire...

– Je t'en prie, Isabel, ne dis rien. »

La perspective de tenir ma langue me paraissant intolérable ou presque, je saisis une bière et allai m'effondrer sur le canapé du salon, à côté de l'oncle Ray, qui me passa gentiment son assiette de fromage et de biscuits salés pendant qu'il zappait. Quand il arriva sur un épisode de *Max la Menace,* première saison, je dis « Arrête ».

Max[1] et l'agent 99, déguisés respectivement en médecin et infirmière, parcouraient les couloirs du sanatorium de Harvey Satan[2].

« Tu peux me mettre au parfum ? demanda l'oncle Ray chez qui, hélas, le catalogue des épisodes n'est pas imprimé dans le cerveau.

– Les agents du KAOS[3] ont kidnappé le chef pour

---

1. Alias l'agent 86.
2. Surnommé « Chez Satan ».
3. Prononcer Chaos. Organisation internationale du mal.

obtenir une rançon en échange. Ah, oui, tu as aussi manqué la scène où Max utilise sept sortes de téléphones différents : un téléphone-chaussure, un téléphone-porte-feuille, un téléphone-lunette, un téléphone-cravate, un téléphone-mouchoir et... le dernier, je ne m'en souviens plus[1].

– Qu'est-ce qu'il fait dans le placard, le chef ?

– Ce n'est pas un placard, c'est une chambre froide.

– Pourquoi l'a-t-on mis là ?

– Ils ont besoin de faire baisser sa température corporelle pour réussir une opération de contrôle de son cerveau.

– Oui, bien sûr. C'est logique », dit Ray qui reprit son assiette.

Une pub remplaça l'image et l'oncle Ray fit semblant de s'intéresser au dernier remède contre l'acné.

« Tu crois que cette gamine va finir par s'habituer à moi ?

– Mais oui, tonton. Elle s'y fera. Avec le temps.

– Je l'espère. J'ai mis ma chemise porte-bonheur.

– J'ai remarqué. »

La chemise fétiche : une liquette élimée, en imprimé hawaïen, qu'il portait depuis près de deux décennies. Il ne la sortait plus que dans les grandes occasions : le championnat de football américain, les matchs éliminatoires et la Coupe du monde de baseball. Il la mettait aussi pour quelques parties de poker et des mariages dans l'intimité. Mais ces derniers temps, il n'en portait presque plus d'autre.

Au dîner, les regards appuyés de ma sœur à son vis-à-vis mirent tout le monde mal à l'aise. David et mon père parlèrent travail, conversation sans grand intérêt,

---

1. Un téléphone-fixe-chaussette.

mais ce fut ma mère qui détendit l'atmosphère en changeant l'objet de la tension.

« Tu ne crois pas que tu as mangé assez de viande rouge pour aujourd'hui ? » demanda-t-elle au moment où mon père s'apprêtait à se resservir de rôti de bœuf.

Après avoir pris deux autres tranches, papa répondit : « Oui, maintenant c'est assez.

– Je croyais que le Dr Schneider t'avait mis au régime ?

– Exact.

– Et comment ça se passe ? demanda ma mère.

– Très bien.

– Tu as perdu du poids ?

– Eh bien oui.

– Combien ?

– Cinq cents grammes, répondit fièrement mon père.

– Tu étais censé commencer ce régime il y a un mois. Et c'est tout ce que tu as perdu : une livre ?

– Tous les spécialistes te diront que l'idéal, c'est de maigrir lentement et régulièrement.

– Alors à ce compte-là, tu seras mince au moment de prendre ta retraite, dit maman, l'œil toujours noir.

– Ce n'est pas à toi de me dicter ma conduite, Olivia.

– Ça me ferait mal ! »

Ce genre de conversation étant une variante de celle qu'on entend à la plupart des repas de famille chez les Spellman, les autres convives continuèrent à manger sans y prêter grande attention. Mais mon oncle commit l'erreur fatale d'adresser la parole à ma sœur :

« Rae-Rae, tu veux me passer les pommes de terre ? »

Ma sœur continua à manger délibérément, sans broncher. Ma mère attendit quelques instants, en priant, sans doute. Voyant que sa fille cadette ne bougeait pas, elle intervint :

« Ma puce, l'oncle Ray te demande de lui passer les pommes de terre.

— Non, il a demandé à "Rae-Rae" de lui passer les pommes de terre. Je ne sais pas qui est Rae-Rae », lança sèchement ma sœur.

Je tendis le bras, envoyant au passage un coup de coude à Rae, et pris le plat de pommes de terre pour le passer à mon oncle

« Je m'appelle Rae. Un seul Rae, pas deux. Un seul. » Rae débita ces mots comme si elle avait le rôle de la méchante dans un débat préparé.

« Combien de temps vas-tu m'en vouloir ? demanda mon oncle.

— Combien de temps vas-tu porter cette chemise ?

— Pourquoi ? Elle peut m'entendre ?

— Ne parle pas d'elle. Évitons les énergies négatives. »

Mon frère, l'avocat de sociétés, le conciliateur de choc, l'homme dont le temps vaut quatre cents dollars l'heure, s'imagine pouvoir tout négocier. Il a la sottise de penser qu'il peut négocier la paix sur une base de compréhension mutuelle. Dans des cas pareils, je suis prête à croire que David a été échangé contre le vrai bébé Spellman à la maternité.

« Oncle Ray, raconte-lui l'histoire de la chemise. Peut-être qu'elle comprendra, dit David.

— Hors de question.

— Si tu ne la lui racontes pas, je m'en charge, dit mon frère, anticipant l'effet de ses paroles.

— Tu ne la raconteras pas correctement, David.

— Vas-y, raconte-la-moi, l'histoire de la chemise », dit Rae, se croisant les bras sur la poitrine.

L'oncle Ray réfléchit à ce qu'il va dire, s'éclaircit la voix et attend quelques instants, ménageant ses effets.

« Vingt-deux janvier 1989. Superbowl XXIII[*]. Le pointage est de seize à treize pour les Bengals, avec encore trois minutes vingt secondes de jeu. Montana fait cinq passes consécutives pour avancer le ballon à la ligne de 35 des Bengals. Pénalty pour retenue, et recul de dix mètres. À ce moment, Montana complète une passe de 27 mètres à Rice. Arrêt de jeu demandé, ce qui lui permet de compléter une passe de touché à Taylor au milieu de la zone des buts. Je porte la chemise.

« Deux juin 1991. Oak Tree. Je mise 100 sur Blue Lady. Allez savoir pourquoi, je suis d'humeur à prendre des risques. Blue Lady dépasse Silver Arrow d'une demi-tête dans la ligne droite finale ; rapport : trente-six à un. Je porte la chemise. Trois septembre 1993. Je vais acheter des billets de loterie chez Sal, traiteur, vins et spiritueux. Je tombe sur un flag, un cambriolage, et je surprends le type. Il tire cinq balles dans ma direction avant que je puisse dégainer et le désarmer. Je m'en sors sans une égratignure. Pas un seul mort ce jour-là, et le type n'a qu'une petite blessure superficielle. Je porte la chemise. »

L'oncle Ray se racle la gorge et continue à manger ses pommes de terre.

Rae pose son pied chaussé d'une basket bleue sur la table. Je donne un grand coup à son pied, mais elle le repose.

« Février de cette année, dit-elle. Je suis troisième au tournoi de *tetherball*[**] des cinquièmes. Je porte ces

_____

[*] Vingt-troisième championnat de football américain.

[**] Jeu de ballon entre deux joueurs : le ballon est au bout d'une corde fixée à un poteau, et le but du jeu est d'enrouler la corde autour du poteau en frappant le ballon.

chaussures. Juin de la même année. Je réussis à avoir 83 sur 100 à mon examen d'algèbre sans avoir ouvert le manuel. Je porte ces chaussures. Jeudi dernier, je manque de peu de percuter un squad avec mon vélo. Je porte ces chaussures. Mais n'empêche, j'en change !

– Ôte-moi tes pieds de cette table », grince ma mère. Rae transfère sa chaussure par terre et lance un autre regard noir à l'oncle Ray. Je décide de rappeler à ma sœur certains événements récents et leurs implications.

« Au cas où cela t'aurait échappé, Rae, aujourd'hui, tu t'es fait acheter. Cet appareil digital high-tech que tu as reçu n'est pas un cadeau désintéressé, ne t'y trompe pas. Il t'a été donné pour te persuader d'observer un minimum de politesse à l'égard de ton oncle pendant la durée de son séjour ici. »

Incrédule, Rae garde un demi-sourire aux lèvres, attendant une chute à mes remarques. Comme aucune ne vient, elle regarde autour de la table et finit par se tourner vers papa.

« C'est vrai ? demande-t-elle.

– Oui, ma petite chatte, c'est vrai. »

La guerre contre
la surveillance sauvage

CHAPITRE 1

Ça avait commencé quand Rae avait treize ans, et je n'avais pas prêté attention à la chose. Ni personne d'ailleurs pendant quelque temps. Elle s'y adonnait après les cours, pendant les week-ends, et les vacances, quand il faisait beau et qu'elle avait envie d'aller se balader à pied ou à bicyclette. Seulement voilà : quand l'oncle Ray est arrivé chez nous, il a apporté avec lui son potentiel de travail. Non qu'il ait été particulièrement assidu à la tâche, mais il y avait quelque avantage à utiliser ses services plutôt que ceux de Rae, et la décision se défendait, qu'elle ait été consciente ou non. Nous facturions le travail d'une gamine de quatorze ans 25 dollars l'heure, plus les frais. Mais pour celui d'un ancien inspecteur de la police de San Francisco, nous faisions payer le double. De plus, Ray conduisait et il était capable de pisser dans un bocal (talent spécifiquement masculin qu'il ne faut pas sous-évaluer). Et en général, on pouvait être sûr qu'il ne mettrait pas le pied dans un bar avant la fin de ses dix heures de travail. Cela faisait donc quatre raisons sérieuses pour avoir recours à Ray plutôt qu'à Rae. Celle-ci fut la seule à remarquer que le volume de travail qu'on lui confiait avait diminué au cours des derniers mois. Je fus la seule à remarquer comment elle rétablissait l'équilibre.

Maintenant qu'elle avait quatorze ans, ma sœur avait la permission de sortir jusqu'à 10 heures du soir le week-end et 8 heures la veille des jours où elle avait cours. Jusqu'à récemment, elle avait toujours respecté ces horaires. Au lycée, elle n'avait que deux amies – Arie Watt et Lori Freeman –, qui devaient rentrer beaucoup plus tôt qu'elle. Cela dit, un jour d'école normal, Rae rentrait à 5 heures, parfois 7 quand elle travaillait avec ses copines, et le week-end, elle ne quittait jamais la maison, sauf si elle était en service commandé, allait au cinéma ou avait des projets particuliers avec Arie ou Lori. Il était rare qu'elle passe la nuit ailleurs (chez Lori) et plus encore qu'elle aille à des soirées (supervisées par les adultes). En règle générale, Rae se trouvait très bien chez elle, et elle adorait revenir au nid ou, à défaut, rester dans la camionnette des surveillances.

Aussi, quand elle commença à rentrer au dernier moment, rouge et suante d'avoir couru pour arriver avant que sonnent 8 heures, je me dis qu'elle cachait quelque chose. J'aurais pu lui poser la question, mais ce n'est pas le style de la maison. Je l'ai donc filée.

Elle avait réussi à avoir la moyenne de 13 exigée par les parents, et ce, pratiquement sans travailler en dehors de l'enceinte du lycée. Je la suivis donc à la sortie des cours. Elle sauta sur sa bicyclette et alla jusqu'à Polk Street. Là, elle passa soigneusement son antivol dans la roue avant, comme le lui avait appris papa, s'assit sur un banc et sortit un livre de classe. Un observateur non averti aurait cru qu'elle apprenait une leçon en attendant l'autobus – le manuel, l'uniforme de l'école et le banc de l'abribus corroboraient cette hypothèse. Mais moi, je savais qu'elle attendait quelqu'un à suivre. Au bout de quelques minutes, une femme, la trentaine, chargée d'un gros sac, sortit de la librairie à quelques dizaines de mètres plus bas. Elle prit des papiers dans son sac informe, les déchira et les jeta vivement dans la poubelle à côté de Rae.

Les mains tremblantes de la femme et sa nervosité piquèrent la curiosité de ma sœur. Elle ferma son livre quand la femme s'éloigna, attendit les vingt secondes requises et se mit à la suivre. J'étais garée après le carrefour suivant. Je démarrai rapidement et tournai dans Polk Street, en conduisant aussi lentement que possible jusqu'à ce que j'arrive à la hauteur de Rae. Je fis un demi-tour rapide devant elle pendant qu'elle traversait.

« Tu veux que je te dépose ? » proposai-je en baissant ma vitre. Elle comprit que je la suivais, et que j'avais deviné ce qu'elle faisait. J'aurais pu écrire ce qui lui passait par la tête. Ma sœur n'est pas une adepte de la provocation. Contrairement à moi, elle a plutôt tendance à obtempérer de bonne grâce. Et en l'occurrence, elle ne tenait pas à faire naître des soupçons plus graves.

« Merci. Je n'avais plus trop envie de marcher », dit-elle en montant.

Je gardai le silence, me disant qu'après tout, c'était peut-être une occurrence isolée. Et après tout, si après l'école ma sœur filait des inconnus, c'était une façon de s'exercer, non ?

Pendant quinze jours, je m'abstins d'intervenir, mais constatai qu'elle arrivait de plus en plus souvent à la dernière minute. Et puis elle sembla renoncer à ses filatures sauvages. Brusquement, elle se remit à rentrer avant le dîner et à passer presque toutes les soirées dans sa chambre. Mes parents attribuèrent ce goût de la solitude au désir d'éviter l'oncle Ray. Mais moi, j'avais plutôt tendance à me méfier de quelqu'un qui avait les mêmes gènes que moi.

Mon appartement est juste au-dessus de la chambre de Rae au premier. Une échelle d'incendie fait communiquer les deux chambres. À cinq ans, Rae m'avait surprise en train de faire le mur un soir, et avait découvert qu'elle aussi pouvait passer par chez moi. Je l'en avais rapidement dissuadée, non seulement parce que c'était dangereux, mais aussi parce que mon lit était juste au-dessous de la fenêtre et que ses retours nocturnes laissaient en général sur ma figure les marques de semelles taille trente-deux.

Six mois plus tôt

J'entendis le lent craquement de l'échelle à incendie peu avant 7 heures du soir. Je m'apprêtais à regarder par la fenêtre quand le téléphone sonna.

« Allô ?

– Allô, je parle à Isabel ? » demanda une voix d'homme.

En général, je ne réponds pas à ce genre de question, mais c'était un appel sur ma ligne privée.

« Oui. Qui est à l'appareil ?

– Bonjour. Je m'appelle Benjamin McDonald. J'ai fait la connaissance de votre mère à la bibliothèque.

– À la bibliothèque ?

– Oui.

– Laquelle ?

– La bibliothèque principale. En centre-ville.

– Qu'est-ce qu'elle faisait là-bas ?

– Elle choisissait des livres, je suppose.

– Vous l'avez vue avec des livres ?

– Non.

– Même pas un ?

– Non. Mais si je vous appelle, c'est...

– Qu'est-ce que vous faisiez là-bas ?

– Où ça ?

– À la bibliothèque ?

– Ah. J'avais des recherches à faire.

– Juridiques, les recherches ?

– Ma foi... oui.

– Alors, vous êtes avocat ?

– Oui. Et je me disais que nous pourrions peut-être...

– Prendre un café ?

– Oui. Un café.

– Eh bien non. Je ne prends plus de cafés avec des avocats. Mais puis-je vous poser une question avant de raccrocher ?

– Mais vous n'avez fait que ça : me poser des questions !

– Bonne remarque. Qu'est-ce que ma mère vous a dit à mon sujet ?

– Pas grand-chose.

– Alors pourquoi avez-vous accepté de me téléphoner ?

– Elle m'a proposé une réduction de 20 % sur ses services d'enquête. »

Sitôt le téléphone raccroché, je dévalai l'escalier.

« Maman, il faut qu'on appelle les infirmiers et qu'on te fasse interner comme Blanche DuBois. »

Ma mère battit des mains avec enthousiasme. « Benjamin a appelé, c'est ça ?

— Oui. Et je te garantis qu'il ne rappellera pas.

— Eh bien, Isabel, ton augmentation tombe.

— Tu n'allais pas m'augmenter.

— Si. Si tu étais sortie avec Benjamin. Mais maintenant, c'est hors de question.

— Je suis capable de me dégotter mes rendez-vous toute seule. »

Ma mère leva les yeux au ciel et dit : « Ben voyons. » Puis elle passa à autre chose, sachant pertinemment que rien ne changerait. Elle continuerait à me trouver des rendez-vous avec des avocats et moi, je continuerais à sortir avec des types qui pouvaient vider leur verre au même rythme que moi.

« Demain, je te retire l'enquête d'antériorité de Spark Industries et je te donne un boulot de surveillance, dit ma mère.

— Un nouveau client ?

— Une cliente. Mrs. Peters. Elle nous a contactés la semaine dernière. Elle soupçonne son mari, Jake, d'être homo.

— Tu ne lui as pas suggéré de lui poser la question ?

— Bien sûr que non, répondit maman en riant. Le travail se fait rare. »

Je rentrai chez moi et passai en revue les renseignements pour la surveillance du lendemain

À 10 h 15 ce soir-là, j'entendis vibrer l'échelle à incendie. J'éteignis soigneusement les lumières de ma chambre et regardai à travers les rideaux. Je vis se tortiller les jambes de Rae qui regagnait sa chambre par la fenêtre. J'enfilai rapidement une paire de baskets, me défenestrai et descendis l'échelle. Je me glissai dans la chambre de Rae par la fenêtre avant qu'elle ait eu le temps d'ôter ses chaussures.

« J'ai une porte, Isabel.

– Alors pourquoi tu ne t'en sers pas ?

– Allez, crache le morceau ! dit-elle comme un malfrat dans un vieux film de gangster.

– La surveillance n'est pas une activité de dilettante.

– Autrement dit ?

– Arrête de suivre des inconnus.

– Pourquoi ? Tu le fais tout le temps, toi.

– Je suis des gens quand je suis payée pour le faire. Nuance.

– Moi, ça me plaît assez pour que je le fasse gratos.

– On te donne autant de boulot qu'on peut.

– Moins qu'avant.

– C'est un travail à risques, Rae.

– J'en cours aussi en jouant au squash.

– Tu ne joues pas au squash.

– Ça n'est pas le sujet.

– Si tu suis quelqu'un de dangereux, tu peux te faire kidnapper ou assassiner.

– Peu probable.

– Mais pas exclu.

– Si tu crois que je vais arrêter comme ça, tu te mets le doigt dans l'œil », dit Rae en se glissant sur une chaise derrière son bureau.

Je m'assis en face d'elle. « Arrêter, non, mais réduire ? »

Rae griffonna sur un bloc carré, plia le papier en quatre et le poussa vers moi. « Qu'est-ce que tu penses de ce chiffre ?

– David a une mauvaise influence sur toi », dis-je,

150

commentant sa technique. En dépliant le papier, je faillis m'étrangler. « Dix pour cent ! m'égosillai-je.

– L'intérêt d'écrire, c'est d'éviter de prononcer les chiffres.

– Tiens donc. Eh bien dix pour cent, ça ne me va pas du tout. »

Rae poussa le bloc et le stylo vers moi. « Je suis disposée à négocier. »

Je décidai de jouer le jeu, sachant que sinon, c'était la méthode que nous négocierions pendant des heures. J'écrivis mon chiffre, pliai le papier et le fis glisser vers elle.

Elle eut un rire incrédule. « Jamais de la vie. » Elle nota son chiffre et le glissa vers moi. « Voyons ce que tu dis de ça ?

– Quinze pour cent ? Tu plaisantes !

– Et toi, tu ne respectes pas les règles ! On ne dit pas le chiffre tout haut ! »

J'écrivis mon chiffre et tins le papier devant moi pour qu'elle lise : quarante pour cent.

« Rae, je ne sors pas d'ici tant que tu n'auras pas accepté. »

Elle retourna la proposition dans sa tête, se disant qu'il y avait sûrement une façon de la tourner à son avantage.

« Si je réduis à ce point les surveillances que je fais pour le plaisir, j'aurai besoin de compensations.

– Où veux-tu en venir ?

– Tu m'emmènes avec toi au moins une fois par semaine quand tu bosses.

– Si c'est à ça que tu as envie de passer tes week-ends...

– Y compris les vacances et les demi-journées fériées.

– Ça marche. »

Après que nous eûmes topé là, Rae se paya de culot : « Demain, ça te va ? »

D'après Mrs. Peters, Jake jouait au tennis le lendemain matin avec un homme qu'elle ne connaissait pas et qu'elle soupçonnait d'être son amant. Le travail devait commencer au tennis club de San Francisco, où Mrs. Peters avait déjà suivi son mari bon nombre de fois, et elle ne tenait pas à courir le risque de se faire griller pendant les dix minutes de voiture qui séparaient leur domicile du club.

Le matin, je pris le café avec ma mère en repassant le dossier sur Mr. Peters, où se trouvait l'emploi du temps fourni par sa femme. Entre mes deuxième et troisième tasses, et juste après que ma mère m'eut dit : « Tu serais peut-être moins speedée si tu réduisais ta consommation de café » et que j'eus rétorqué : « Tu ne devrais pas dire "speedée", ça ne te va pas », Rae fit son apparition en short blanc, polo rose et chaussettes à pompons, une raquette de tennis Wilson en aluminium à la main.

« Ça va comme ça, maman ? demanda-t-elle.

– Parfait, dit ma mère avec un grand sourire approbateur.

– Rae, tu as un haut rose, lançai-je, espérant qu'elle me fournirait une explication logique.

– Je ne suis pas aveugle », répliqua-t-elle en attrapant le paquet de céréales, des Fruit Loops. J'allais protester quand je me rappelai qu'on était samedi. Rae secoua la boîte, et entendit un faible bruit de sucre en poudre. Elle se versa le reste de la boîte, où il n'y avait même plus une rondelle entière.

« Le bâtard ! s'écria-t-elle.

– Rae, grand-mère était mariée quand elle a eu ton oncle, rectifia ma mère.

– Pardon », dit Rae, qui remplaça l'insulte précédente par : « "Le gros dégueulasse !"

– Je préfère, dit ma mère, comme si elle avait là le retour de son message pédagogique. Ma minette, regarde sur l'étagère du bas de l'office, derrière les serviettes en papier. »

Rae alla farfouiller dans les régions inférieures de notre arrière-cuisine et en ressortit avec une boîte de Captain Crunch et une autre de Lucky Charms*. Ma mère, géniale dans le désamorçage des conflits potentiels, avait acheté une réserve secrète. Elle m'épatait parfois.

« Je t'adore, dit Rae, plus sincèrement qu'on ne l'aurait attendu.

– Je croyais que tu voulais des Fruit Loops, dis-je.

– Je ne savais pas que j'avais le choix », rétorqua Rae en se versant deux bols de glucides.

Je posai une question dont je devinai la réponse en la formulant : « Pourquoi cette tenue, Rae ? »

Avant de répondre, elle se tourna vers maman. Laquelle hocha la tête, l'autorisant à poursuivre.

« Maman invoque la clause D de l'article cinq. »

Rae faisait allusion au contrat d'embauche de l'agence Spellman. Tous les employés (plein temps ou intérimaires) doivent le signer. Comme ma famille elle-même, le contrat oscille entre des exigences d'employeur légitimes et des caprices saugrenus. Catégorie dans laquelle tombe la clause D de l'article cinq. Ladite clause spécifie qu'Olivia et Albert décident de la tenue à porter lorsqu'une affaire requiert un mini-

---

* Pétales de maïs avec de petits morceaux de marshmallow en forme de porte-bonheur.

mum de camouflage. Ce qui est le cas lorsqu'il faut aller dans un club de tennis. Quand j'atteignis l'âge adulte et dus signer le contrat, là encore, je négociai un addendum stipulant que la clause D de l'article cinq ne pouvait être invoquée plus de trois fois en l'espace de douze mois. Mes parents ajoutèrent une autre stipulation, à savoir qu'en cas d'infraction à cette clause, je pourrais me voir infliger une amende de cinq cents dollars (clause qui fut rajoutée lorsque la menace de me virer se révéla vaine). Au fil des ans, le contrat avait été peaufiné et repeaufiné par mon frère. Il était donc légalement contraignant, et ma mère affirmait que si une partie dudit contrat n'était pas respectée, elle exigerait les pénalités.

Malgré tout, je ne pus m'empêcher de protester.

« Non, non et non ! criai-je en jetant mon café dans l'évier et en remontant l'escalier à la course.

– À ta place, je me raserais les jambes ! » lança ma mère derrière moi. Je sentis une boule se former dans ma gorge.

Je trouvai la tenue pendue à ma porte d'entrée. Amidonnée, immaculée, et dangereusement courte. Jamais je n'avais mis une tenue de tennis – pour la bonne raison que je n'avais jamais joué au tennis. Mais si je jouais au tennis, je vous garantis que je ne porterais jamais de mon plein gré ce genre de tenue. Je pris une douche et me rasai les jambes (pour la première fois depuis deux mois). Pendant près de dix minutes, je me regardai dans la glace en essayant de tirer sur la jupe et de me tenir de façon à ce qu'elle paraisse plus longue. Rien n'y fit. Je sortis de mon tiroir un vaste sweat-shirt gris et descendis.

David attendait dans l'entrée quand j'atteignis le bas de l'escalier. Il émit d'abord un gloussement franc et massif, mais quand mon père en fit autant et se plia en deux, ils perdirent l'un et l'autre tout contrôle et éclatèrent d'un rire si convulsif que je me dis qu'ils devraient aller consulter.

En entrant dans la cuisine, je me versai un autre café. Mon père et David restèrent dans l'entrée, apparemment encore paralysés par leur crise d'hystérie. L'oncle Ray entra et me regarda avec curiosité, mais s'abstint gentiment de toute réaction. Il se borna à dire : « Clause D, article cinq ? »

Je hochai la tête et dis à ma sœur d'aller chercher ses affaires. Debout dans un coin de la cuisine, ma mère sirotait son café avec un sourire satisfait. Lorsqu'ils retrouvèrent l'usage de leurs jambes David et mon père vinrent nous rejoindre.

David s'adressa à maman : « Tu avais raison, maman, ça valait vraiment le coup. » Puis il me tendit son sac de tennis en me déconseillant de le perdre.

« Vous n'avez vraiment rien de mieux à faire, tous autant que vous êtes ? » lançai-je en sortant.

Rae me rejoignit en courant, raquette à la main. Je m'arrêtai net et la regardai par-dessus mon épaule.

« Dis-moi la vérité. J'ai le cul qui dépasse, non ?

– Faut pas qu'on en voie un peu ? »

Je nouai le sweat-shirt autour de ma taille et montai dans la voiture.

La guerre du tennis
(tennis pour les nuls)

Rae et moi étions entrées au tennis club de San Francisco sans avoir à subir l'interrogatoire protocolaire que nous avions redouté. Avec notre tenue blanche immaculée, sans doute avions-nous l'air de deux habituées. Suivant les instructions de David concernant la disposition des lieux, nous montâmes au premier. Un vaste couloir impeccable faisait le tour du bâtiment, offrant une vue plongeante sur les quatre courts en contrebas. L'espace entre le sol en ciment et les poutres de bois au-dessus de nos têtes était empli d'un curieux mélange d'échos et de silence. Le bruit des balles résonnait à travers le bâtiment, mais les voix, les conversations et tout ce qu'on aurait aimé entendre restait aussi inaudible qu'incompréhensible.

Je montrai à Rae la photo de Jake Peters, qu'elle repéra aussitôt sur le court du milieu. En retournant à l'étage principal, nous sommes allées nous installer sur les gradins à quatre niveaux séparant les courts. Nous avons pris place à gauche du centre, faisant semblant de regarder deux joueuses d'un certain âge dont les tenues étaient plus indécentes que la mienne.

En réalité, nous observions Jake, qui était en train de servir, lentement mais très correctement. Son adversaire réagit par un revers encore plus lent.

« Qui c'est, l'autre type ? » demanda Rae en désignant l'adversaire de Jake, un joueur mou mais extrêmement séduisant. Entre autres traits dignes d'intérêt chez ce type, ses jambes avaient de quoi attirer l'attention. Couleur chocolat, elles étaient merveilleusement mises en valeur par son short blanc. Sa musculature nerveuse, longue et élégante était presque féminine, sans toutefois franchir la limite subjective en ce sens. Il était brun sans être basané, avec un front volontaire au-dessus d'un nez décidément aquilin.

« Qu'est-ce que tu regardes comme ça, Isabel ? lança Rae, dont le ton sec me sortit de ma rêverie.

– Rien. Tu peux me dire qui gagne ? »

Rae et moi avons continué à observer le long échange d'une lenteur pénible, où les efforts olympiens côtoyaient les trébuchements maladroits.

« Quand on joue aussi mal, tout le monde s'en fout », dit Rae.

Il y avait quelque chose d'anormal dans cette partie, de suspect, même. Quand nous avons entendu le score à la fin de la première manche, c'était Jake qui menait par quatre à trois.

Puisque tout est possible en ce bas monde, pourquoi pas la victoire de Jake sur son bel adversaire ? Mais tout de même, c'était un homme de quarante-huit ans qui, de l'aveu même de sa femme, ne jouait au tennis que depuis trois mois. Il avait des jambes maigrichonnes sous un ventre qui ne l'était pas. Sur ses bras, surtout celui qui servait, on n'observait aucune catégorie de muscles identifiable. Qu'il puisse battre au tennis un homme de dix ans son cadet, qui avait manifestement pratiqué ce sport avec régularité ces dernières années, semblait incongru.

Cela dit, nous n'étions pas là pour observer ses

talents au tennis, mais pour voir s'il avait l'air amoureux de son adversaire. Eh bien non. Il semblait désireux de le battre, de crier *quarante-zéro*, mais pas de se glisser sous la couette avec lui. Or, je peux personnellement garantir que s'il avait été gay, il n'aurait pensé qu'à ça.

« Pourquoi tu le regardes comme ça, ce mec ? Tu le connais ?

– Non.

– Tu voudrais ?

– De quoi tu parles ?

– Tu sais bien, dit-elle avec son air entendu qui m'agaçait.

– Arrête, Rae. »

Pendant quarante-cinq minutes, nous avons regardé ce qui aurait pu passer pour le match de tennis le plus ennuyeux des annales s'il avait eu plus de spectateurs. Des services par en dessous et des lobs si lents que la balle semblait figée en l'air. Des adultes qui se battaient avec leur propre raquette et marchaient sur leurs lacets. Quand le jeu se termina enfin sur la victoire de Jake Peters par deux jeux à zéro, il sauta par-dessus le filet et s'étala sur le ventre.

Son adversaire aux jambes chocolat lui serra la main, l'aida à se relever et dit « joli jeu » sans une ombre de rancœur.

Jake lui tapa dans le dos et lui fit un compliment, essayant de manifester l'aisance et l'assurance du gagnant. Ce qui paraissait aussi naturel chez lui que de marcher sur l'eau.

Les deux joueurs mal assortis se séparèrent sans le moindre regret de part et d'autre. Je me demandais ce qui avait bien pu éveiller les soupçons de Mrs. Peters. On pouvait lui dire qu'elle s'était trompée, tout simplement, et qu'elle ferait mieux de chercher en elle-même ce qui avait provoqué ses soupçons. Mais cela la laisserait frustrée et les poches vides. Elle voulait des informations supplémentaires. Pour cela, elle était disposée à payer, et moi à enquêter.

Rae et moi sommes restées à distance de notre sujet pendant qu'il sortait du court et traversait le couloir pour se rendre au vestiaire des hommes. J'ai dit à Rae de rester assise dans l'entrée et d'ouvrir l'œil au cas où Mr. Peters réapparaîtrait. Elle a réglé le volume de sa radio et sorti un journal. En me retournant, j'ai jeté un coup d'œil à ma sœur. Cela faisait des années qu'elle utilisait la technique du journal comme couverture, et j'avais toujours trouvé ça stupide, à la limite de la parodie, surtout quand, à l'âge de huit ou neuf ans, elle choisissait de se plonger dans les pages financières du *Chronicle*. Mais aujourd'hui, installée derrière son journal plié en deux, à regarder tantôt sa page, tantôt ce qui se passait autour d'elle, elle me parut pour la première fois avoir adopté une pose légitime.

Je suivis le couloir jusqu'aux vestiaires et avisai l'homme aux jambes chocolat en train de parler avec un homme très BCBG, en chemise bleu roi et poignets bleu pastel. Son eau de Cologne coûteuse dominait l'odeur de sueur dans l'air. Je me penchai prestement sur la fontaine à eau, m'efforçant de ne pas me faire remarquer.

« Daniel, tu as le temps de jouer un match, demanda BCBG. Frank a été rappelé au bloc et il a dû se décommander. J'ai le court pour moi. »

Daniel. Daniel. J'ai un nom pour Jambes Chocolat.

« Je retournais au cabinet », dit Daniel.

Je sais maintenant que Daniel a un cabinet. Vous

voyez comment ça marche, ce boulot de détective privé ?

« Allez, tu m'as massacré la dernière fois. Laisse-moi prendre ma revanche. »

J'enfonce peut-être des portes ouvertes, mais cette conversation m'a paru louche. Ainsi, Daniel n'arrivait pas à battre Jake Peters, mais il parvenait à venir à bout d'un mec BCBG qui donnait l'impression d'être né une raquette à la main ? Comme ma consommation d'eau commençait à devenir invraisemblable, je me suis dirigée alors vers le téléphone public pendant que les deux hommes terminaient leur conversation.

« D'accord, dit Daniel. Tu as une heure pour prendre ta revanche. Voilà. »

Je ne crois pas être la seule à remarquer les petites choses, mais à ma connaissance, je suis la seule à être capable de planter là mes tâches pour élucider le détail incongru.

Je suis retournée auprès de ma sœur dans le hall et lui ai dit de continuer à guetter Jake et d'éviter de se servir de la radio, parce que c'était trop risqué à l'intérieur du club.

« Appelle-moi sur mon portable quand il sortira de la douche.

— Où vas-tu ?

— Je vérifie un truc », dis-je en saisissant quelques feuilles de son journal.

De retour sur les courts, je me suis assise à nouveau sur les gradins adjacents.

Daniel a servi et BCBG a essayé mais en vain de rattraper la balle. Dix-zéro. Daniel a servi une seconde fois. Cette fois-ci, BCBG a renvoyé la balle et une volée musclée s'en est suivie, qui s'est terminée par une balle out : vingt-zéro. J'étais sans l'ombre d'un doute en train de regarder un joueur de tennis radicalement différent. Je ne pouvais détacher mes yeux de la partie, aussi passionnante que la précédente avait été mortelle. Je regardai, espérant parvenir à une explication logique, mais aucune ne se présentait. C'était un jeu schizo.

Mon téléphone était sur vibreur, et j'ai décroché.

« La cible est en train de sortir », dit Rae.

Je savais que je ne pouvais pas bouger.

« Tu peux assurer toute seule ? demandai-je, sachant que c'était irresponsable de ma part.

– Pas de problème, dit Rae, qui avait déjà franchi la porte. Maman m'a donné de l'argent pour un taxi, au cas où. »

J'hésitai un instant, mais dis : « Garde ton portable allumé, reste dans les lieux publics et ne fais rien qui risque de m'énerver. O.K. ?

– O.K. »

Je commençais à avoir peur de me faire remarquer, à force de rester assise à côté des courts. Je retournai donc à l'étage et m'installai au bar, à côté de la fenêtre, pour observer la suite du match. Je n'entendais plus le score, mais le résultat était clair, et moi, plus perplexe que jamais. Je redescendis et attendis que Daniel sorte des vestiaires. J'appelai Rae sur son portable.

« Où es-tu ?

– Devant le Mitchell Brothers O'Farrel Theatre, au Tenderloin. La cible est à l'intérieur depuis dix minutes environ. J'ai essayé d'entrer, mais ils n'ont pas cru ma fausse carte d'identité.

– Parce que tu as quatorze ans.

– Mais ma carte dit vingt et un.

– Ne bouge pas, ne parle pas à des inconnus. J'arrive dès que je peux.

– Izzy, je crois que c'est un club de strip-tease, avec des danseuses.

– Exact.

– Tu veux savoir ce que je pense ?

– Non.

– J'ai pas l'impression que Mr. Peters soit gay.

– Là-dessus, je suis d'accord. »

Daniel, douché de frais, en jean, vieux T-shirt et tongs, sortit du vestiaire et se dirigea vers l'étage. J'aurais dû aller rejoindre ma sœur, mais je voulais avoir le fin mot de l'histoire et je le suivis.

Il s'assit au bar et commanda une bière. Sans plus attendre, j'allai m'asseoir à côté de lui. Il se tourna légèrement et me sourit. Pas le sourire de l'artiste dragueur, mais le sourire franc et amical de quelqu'un qui réagit à une présence à côté de lui. De près, je vis que ses yeux aux paupières lourdes étaient brun très clair. Ses cheveux presque noirs, encore humides, sentaient bon le shampooing sublime et lui retombaient sur le front en grande mèche rebelle. Ses dents régulières et saines n'avaient cependant pas le blanc aveuglant du présentateur de télévision lambda. Je me rendis soudain compte que je le dévisageais depuis un peu trop longtemps.

Quand le barman servit son verre à Daniel, je sortis de ma transe et posai quelques billets sur le comptoir.

« C'est moi qui invite », dis-je.

Daniel se tourna vers moi. « On se connaît ? demanda-t-il avec une pointe de méfiance.

– Absolument pas.

– Mais vous voulez m'offrir un verre ?

162

– Pas sans contrepartie.

– C'est-à-dire ?

– Je propose un troc. Je vous offre une bière et vous répondez à une question. Ça vous va ?

– Je voudrais d'abord entendre la question, dit-il, sans toucher à sa bière.

– Vous avez joué deux matchs de tennis ce matin. Le premier, contre un homme de près de cinquante ans en assez mauvaise forme. Vous ne paraissiez ni l'un ni l'autre très bons joueurs. J'ai trouvé ça bizarre, parce que ce club est plutôt élitiste et qu'il a pour clients des gens qui savent jouer. Si l'un de vous deux avait été bon joueur, cela n'aurait pas attiré ma curiosité.

– Normal.

– Vous perdez le match contre l'adversaire nul et vous démolissez celui qui joue bien.

– "Démolissez". Le mot me plaît.

– Vous ne trouvez pas que c'est le moment de m'expliquer ? »

Daniel but une gorgée de bière. « Il y a des gens qui ont besoin de gagner, et d'autres de perdre. »

La simplicité de la réponse me laissa sans voix. Qu'un homme soit capable d'utiliser le tennis comme moyen de nivellement de l'univers me parut, ma foi, cela me parut... très beau. Je ne suis pas habituée à tomber raide amoureuse d'un coup, mais voilà, c'est ce qui était en train de m'arriver.

« Ah. Et c'est tout ? demandai-je, m'apprêtant à prendre congé.

– Oui.

– Comment vous appelez-vous ? demandai-je, m'apprêtant toujours à descendre de mon tabouret.

– Daniel Castillo.

– Et vous faites quoi, dans la vie ?

– Je suis dentiste. » J'eus l'impression de recevoir un coup dans l'estomac, d'être punie pour toutes mes mauvaises actions.

« C'est votre jour de congé ? demandai-je, certaine d'être blanche comme un linge.

– Oui, samedi et dimanche, comme tout le monde.

– Eh bien, bonne journée », dis-je, alors que j'étais à mi-chemin de la porte.

Daniel me rattrapa dehors, juste au moment où j'arrivais à ma voiture.

« Qu'est-ce que c'était que toute cette histoire ?

– Il y a un problème ?

– Et vous, comment vous appelez-vous ?

– Isabel.

– Vous avez un nom de famille ?

– Je ne donne pas ce genre d'informations.

– Qu'est-ce que vous faites ?

– Comment ça ?

– Dans la vie ? Vous faites quoi ? »

Dès que j'ai prononcé les mots, je les ai regrettés et j'ai payé cher ma réponse.

« Je suis enseignante. »

J'ai dit ça parce que les hommes, ma foi, aiment bien les enseignantes. Je lui ai dit ça parce que si je lui avais dit la vérité, il aurait été mal à l'aise. Il aurait eu peur que je ne l'aie suivi. Il aurait voulu savoir ce que je faisais au club de tennis et je n'aurais pas pu le lui dire. Enseignante m'a semblé tellement plus simple sur le moment.

« Vous n'avez pas l'air d'une enseignante.

– Et pourquoi donc ? rétorquai-je, un peu vexée.

– Je ne vous sens pas assez patiente pour ce métier.

– Voilà un jugement bien hâtif.

– Puis-je vous proposer une partie de tennis ?

– Non. Je ne joue pas. » Comme je portais une jupe de tennis, une raquette et que je me trouvais dans un club de tennis, ma réponse n'était pas très futée. Mieux valait ne pas s'attarder là-dessus.

« À un de ces jours, docteur », dis-je en montant prestement dans ma voiture.

Daniel se tourna lentement et s'éloigna. Je le suivis des yeux jusqu'à ce qu'il rentre dans le club et disparaisse. Pendant tout ce temps, je n'avais qu'une idée en tête : Se pouvait-il que ce soit l'ex-petit copain n° 9 ?

Quand je m'arrêtai devant le théâtre des Mitchell Brothers, Rae était en train de bavarder avec deux prostituées. Elle prit congé de Tiffani et de Dawn en montant dans la voiture. Je l'envoyai faire ses provisions de bonbons en perspective de notre planque. Nous nous sommes goinfrées de cocktails de noix, de réglisse et de choux au fromage tout en observant des hommes d'âges, de tailles et de couleurs différents entrer et sortir de l'établissement, comme des vagues léchant le sable.

« Ces choux au fromage font trop de saletés dans la voiture, Rae.

– Oui, mais on avait besoin de quelque chose qui tienne au corps.

– Y a rien qui tienne au corps dans un chou au fromage, dis-je en jetant une noisette enrobée de chocolat par la fenêtre.

– Faut pas gâcher, Isabel.

– Personne ne mange les noisettes.

– Si, moi.

– Quand ?

– En cas d'urgence.

– Tu peux préciser ?

– Quand tu n'as plus d'amandes, ni de noix de cajou, ni de cacahuètes ni rien, et qu'il ne te reste plus que les noisettes.

– Mais c'est l'exception.

– Quand l'oncle Ray est là, il bouffe tout sauf les noisettes.

– Tu ne préférerais pas qu'il mange tout le paquet plutôt que de laisser juste les noisettes ? Quand tu les vois toutes seules dans le paquet, ça ne te rappelle pas tout ce que tu rates, justement ?

– Non, les noisettes me dépannent en urgence.

– Tu viens de quelle planète, toi ?

– De la Terre.

– C'était une question rhétorique, Rae.

– Et alors ?

– Alors tu n'es pas censée y répondre.

– Inexact. Tu n'es pas obligée d'y répondre, mais tu peux si tu veux. »

La discussion aurait pu se prolonger indéfiniment, mais le sujet sortait et il fallait bouger.

Ce soir-là, Rae et moi avons travaillé toutes les deux sur le rapport de surveillance, en terminant le reste du cocktail de noix (noisettes comprises). Maman téléphona à Mrs. Peters pour lui expliquer que son mari était sans aucun doute de confession hétérosexuelle, et lui suggéra d'entreprendre une thérapie de couple. Je restai au bureau jusqu'à minuit pour finir de la paperasse.

Je me dis que j'allais m'abstenir, mais je cédai à la tentation. Daniel Castillo est un nom assez commun, mais pas tellement si on l'associe à un cabinet dentaire. À 1 heure du matin, j'avais un numéro de sécurité sociale, une date de naissance, une situation de

famille (célibataire), ainsi que ses adresses, professionnelle et personnelle. Je m'étais juré que j'avais
tourné la page. Mais voilà. Je marchais sur les traces
de ma mère. Et puis il fallait que j'en sache davantage
sur Daniel Castillo : si j'empruntais la voie ordinaire,
je n'étais pas sûre d'obtenir des informations fiables,
et je m'exposais à une perte de temps considérable.

Petra me faisait une de ses coupes trimestrielles sur
l'air de *Je refuse d'être vue en public avec toi* quand
je lui posai la question qui me brûlait les lèvres depuis
une semaine :

« Ça fait combien de temps que tu n'es pas allée
chez le dentiste ?

– Je n'en sais rien. Il doit y avoir un an.

– Tu ne crois pas qu'il serait temps de te faire faire
un détartrage ?

– Je pourrais t'en dire autant.

– Je ne peux pas aller chez ce dentiste-là.

– Si tu me disais ce dont il s'agit ?

– J'ai rencontré un dentiste, bafouillai-je avant
d'être vraiment prête à donner cette info.

– Un dentiste ? Tu es folle ?

– Il me plaît. Je veux juste m'assurer qu'il vaut le
coup. »

Rendez-vous bidon chez le dentiste n° 1

Petra prit rendez-vous à 15 heures le lundi suivant
au cabinet de Daniel Castillo, docteur en chirurgie
dentaire. Le marché était le suivant : je paierais le
détartrage, et elle glisserait mine de rien dans la
conversation neuf questions soigneusement préparées
au préalable. Ces questions couvraient des sujets qui

167

n'étaient pas accessibles par une enquête d'antériorité ni par une surveillance à court terme. Je m'attendais à l'entendre protester lorsque je lui tendis la feuille de papier proprement tapée, mais Petra ne recula pas. Elle mémorisa les neuf questions et entra dans l'immeuble.

Deux heures plus tard, nous nous sommes retrouvées au Philosopher's Club devant un verre. J'avais insisté pour que Petra emporte un magnétophone dans la salle d'examen afin de pouvoir écouter la scène sans avoir à me fier au filtre douteux de sa mémoire.

« Prête », dit-elle en soulevant un sourcil, la mine gourmande et goguenarde. Et elle mit la machine en route.

« Petra Clark à l'appareil. Lundi après-midi. Il y a du brouillard et je m'apprête à entrer au cabinet de Daniel Castillo, chirurgien-dentiste, dans le but de l'épier au bénéfice d'une certaine Isabel Spellman. »

(Clic du bouton d'enregistrement.)

Dr CASTILLO. Bonjour, madame. Je suis le Dr Castillo.

P. CLARK : Enchantée, docteur.

Dr CASTILLO : Je vois que c'est la première fois que vous venez. Qui vous a adressée à moi ?

P. CLARK : Qui se souvient de ce genre de choses ?

Dr CASTILLO : Votre dernier détartrage, vous vous souvenez quand vous l'avez fait faire ?

P. CLARK : Il y un an environ. Je m'en souviens parce que c'était juste après mon divorce. Vous avez divorcé, docteur ? (Question n° 3.)

Dr CASTILLO (toussotant) : Hum, non. Je n'ai pas divorcé. On y va ?

P. CLARK : Vous êtes marié ? (Question n° 2. La situation de famille ayant été précisée, la question est posée pour voir la réaction du sujet.)

Dr CASTILLO : Non. Ouvrez grand.

(Le Dr Castillo enfile une paire de gants en latex et examine la bouche de la patiente.)

P. CLARK : (Grognements indistincts.)

Dr CASTILLO : Vous disiez ?

P. CLARK : Vous préférez les anesthésies locales ou générales ? (Question n° 5.)

Dr CASTILLO : Ms. Clark...

P. CLARK : Appelez-moi Petra, je vous en prie.

Dr CASTILLO : On n'a besoin d'aucune anesthésie pour cet examen, Petra.

P. CLARK : Oh, je sais, mais je voulais dire en général. Que préférez-vous ?

Dr CASTILLO : Ça dépend des cas. Pour ma part, je préfère utiliser l'anesthésie locale si possible. Je ne peux pas m'occuper de vos dents si vous n'ouvrez pas la bouche.

(Trente secondes de détartrage.)

Dr CASTILLO : Rincez-vous.

P. CLARK : Mais n'y a-t-il pas de gros avantages à ce qu'un client soit complètement hors circuit ? (Suite de la question n° 5.)

Dr CASTILLO : Si, bien sûr.

P. CLARK : Vous avez toujours habité la Baie, docteur ? (Variante de la question n° 6 : D'où êtes-vous originaire ?)

Dr CASTILLO : Je suis né au Guatemala. Mes parents sont venus s'installer ici quand j'avais neuf ans. Voulez-vous ouvrir à nouveau la bouche ?

(Trente secondes de détartrage.)

Dr CASTILLO : Rincez-vous.

(Bruit d'eau recrachée.)

P. CLARK : Alors, vous êtes bilingue ? (Question n° 1, du cru de Petra.)

Dr CASTILLO : Oui. Vous utilisez du fil dentaire ?

P. CLARK : Souvent.

Dr CASTILLO : Tous les jours ?

P. CLARK : Non, mais c'est l'impression que ça donne. Vous êtes déprimé ? (Question n° 2, cru Petra.)

Dr CASTILLO : Non. Pourquoi me posez-vous cette question ?

P. CLARK : Il paraît que les dentistes ont des problèmes affectifs.

Dr CASTILLO : Je vais très bien, merci. Mais c'est gentil de vous en préoccuper.

P. CLARK : Je vous en prie.
(Bruit de détartrage.)

Dr CASTILLO : Rincez-vous.
(Bruit d'eau recrachée.)

P. CLARK : Vous avez déjà eu des problèmes de toxico-manie ou d'alcoolisme ? (Question n° 7.)

Dr CASTILLO : Vous êtes journaliste au *Chronicle* ou quoi ?

P. CLARK : Non, je suis coiffeuse-styliste. Voici ma carte. Alors... drogue ou alcool ?

Dr CASTILLO : Rien, merci. Je termine, madame. Vous savez que ce serait allé beaucoup plus vite si je n'avais pas eu à vous demander sans cesse d'ouvrir la bouche.
(Bruit de détartrage.)

Dr CASTILLO : Rincez-vous.

P. CLARK : Alors, docteur, qu'est-ce que vous faites pendant vos loisirs ? (Question n° 4.)
(Un soupir.)

Dr CASTILLO : Je joue au tennis.

P. CLARK : Et à part ça ?

Dr CASTILLO : Je suis dentiste. Entre les deux, j'ai lar-gement de quoi m'amuser, non ?

P. Clark : Alors vous aimez faire souffrir ? (Question n° 2, cru Petra.)

Dr Castillo : Vos questions commencent à me gêner.

P. Clark : Je vous prie de m'excuser, docteur. C'est juste que je suis très curieuse. Vous êtes catholique ? (Variante sur la question n° 9 : orientation religieuse.)

Dr Castillo : Oui.

P. Clark : Vous estimez qu'une femme a le droit de choisir ? (Question n° 4, cru Petra.)

Dr Castillo : Vous voulez bien ouvrir la bouche ?

P. Clark : Je suis allée un peu loin, là, non ? (Bruit de soupir.)

Dr Castillo : Vous voulez que je vous détartre les dents ou non ?

P. Clark : Pourquoi serais-je là sinon ?

Dr Castillo : Franchement, je me demande. (Long silence.) Surtout ne refermez pas. (Grognements inintelligibles. Bruit de détartrage.)

Dr Castillo : Rincez-vous et ne parlez plus. (Bruit d'eau recrachée.)

P. Clark : Alors, vous êtes provocateur ou prudent ?

Dr Castillo : Pardon ?

P. Clark : Avec vos impôts. Vous remplissez votre déclaration de façon provocatrice ou prudente ? (Question n° 8.)

Dr Castillo (franchement exaspéré) : Je ne vois pas en quoi ça vous regarde.

P. Clark : Ça fait vingt minutes que j'ai vos doigts dans la bouche, alors j'estime avoir le droit de poser une ou deux questions personnelles.

Dr Castillo : Je suis prudent. Nous en avons presque terminé, madame. Ouvrez grand. (Bruit de détartrage.) Rincez-vous. (Bruit d'eau recrachée.)

P. CLARK : Ça vous arrive de sortir avec vos patientes ?
(Question n° 1.)

Dr CASTILLO : Non. Absolument exclu. (Long silence.)
Ne me le faites pas répéter.
(Grognements inintelligibles, indiquant que la
patiente a ouvert la bouche et entend la garder ainsi.
Bruit de détartrage.)

Dr CASTILLO : Rincez-vous.

P. CLARK : Vous avez l'air tendu, docteur.

Dr CASTILLO : La matinée a été longue.

P. CLARK : Il y a des gens qui se détendent en regardant
des films pornos. (Version affirmative de la question n° 10 qu'elle était censée sauter : Vous aimez
le porno ?)

Dr CASTILLO : Merci d'être venue, madame. Vous voudrez bien régler auprès de Mrs. Sanchez à l'entrée ?
(Bruit de porte qu'on ouvre et referme.)

P. CLARK : Ici Petra Clark, qui sort du cabinet du
Dr Castillo, chirurgien-dentiste.
(Fin de la bande.)

« Je croyais qu'il était entendu qu'on ne poserait
pas la question sur le porno ? dis-je

— C'est venu tout naturellement, alors j'ai pensé :
On y va.

— Complètement déplacé.

— C'est pas du tout un type pour toi, dit Petra,
enfournant encore un bretzel.

— Je sais », répondis-je sans me formaliser, car je
ne suis pas le genre de fille à m'embarrasser de ça. Je
pense que c'est grâce à toutes ces années où j'ai été
rejetée que je suis blindée quand j'entends le mot :
« Non. » Je ne l'entends pas comme la plupart des
autres femmes, voilà tout.

« Il va falloir essayer de te comporter normalement, dit-elle.

– Je m'entraîne déjà.

– Une relation entre vous sera fatalement basée sur un mensonge.

– Cela mis à part, ça pourrait marcher. Alors ? »

En quinze jours, j'avais réduit la vie de Daniel à un schéma tenant sur une page :

Lundi :	Cabinet	(8 h-16 h)
	Tennis	(17 h 30-19 h 30)
	Domicile	(20 h-7 h)
Mardi :	Cabinet	(8 h-15 h)
	Activités variées avec un garçon de 11 ans [*]	(16 h-20 h)
Mercredi :	Cabinet	(8 h-16 h)
	Tennis	(17 h 30-19 h 30)
	Domicile	(20 h-7 h)
Jeudi :	Cabinet	(8 h-16 h)
	Dîner avec copains divers	(18 h-19 h 30)
	Poker avec copains divers [1]	(19 h 30-24 h)
Vendredi :	Cabinet	(8 h-16 h)
	Tennis	(17 h 30-19 h 30)
	Apéritif/Dîner avec des amis	(21 h-23 h)
Samedi :	Tennis	(10 h-12h)
	Activités diverses [2]	(13 h-24 h)

---

[*] Big Brothers of America, association de bénévoles où un adulte s'occupe une fois par semaine d'un enfant de 6 à 18 ans afin de lui fournir un modèle masculin et de l'aider à se réaliser.

1. Les mêmes.
2. Impossible de dégager une tendance.

Dimanche : Déjeuner avec sa mère [1]   (11 h-14 h)
              Activités diverses [2]   (15 h-19 h)
              Domicile   (20 h-7 h)

J'aboutis donc à deux conclusions au bout de quinze jours de surveillance : Daniel Castillo allait assurément devenir l'ex-petit copain n° 9 et il fallait que j'apprenne à jouer au tennis.

Je commençai aussitôt à prendre des leçons avec un Suédois dont je trouvai l'annonce dans un café branché d'une rue proche de Dolores Park. Stefan me dit que j'étais très douée, mais je ne sais pas si sa remarque était une observation simple ou si elle faisait partie de sa stratégie pour caresser ses élèves dans le sens du poil quand il enseignait. Tout ce que je sais, c'est que je m'entraînais avec détermination, que j'apprenais à tenir le score et que j'achetai un short marine et un haut blanc qui me donnaient l'impression d'être une imposture ambulante mais, Dieu merci, pas une exhibitionniste. Au bout d'un mois, j'étais parvenue au niveau de Daniel quand il avait joué contre Jake Peters. Je décidai que l'heure était venue de retourner au tennis club de San Francisco. Il n'y avait qu'un hic : David.

Mon frère posa les pieds sur son bureau, se pencha en arrière, s'installant confortablement pour ce qu'il imaginait comme une longue conversation amusante à mes dépens.

« Tu peux me répéter ça ?

– Je ne vois pas où est le problème. Je te demande juste de me retrouver au tennis club de San Francisco samedi à 10 heures précises pour jouer au tennis. Je

---

1. Ou une femme à qui il ressemble et qui paraît être sa mère.
2. Impossible de dégager une tendance.

t'invite à déjeuner. Pourquoi tu ne peux pas dire :
"C'est sympa, Isabel" comme n'importe quel frère
normal ?

– Depuis quand joues-tu au tennis ?

– J'ai commencé il y a environ un mois.

– Il doit être canon.

– Je ne vois pas de quoi tu parles.

– Désolé, Izzy, samedi matin, je suis pris.

– Celui d'après, alors ?

– Je suis pris aussi.

– Je t'assure qu'il n'est pas barman. »

La secrétaire de mon frère appela pour le prévenir :
« David, votre sœur Rae est là.

– Qu'elle entre. »

Sitôt dans le bureau, Rae demanda pourquoi j'étais
là. Je lui retournai le compliment, sachant pertinemment qu'elle venait pour sa manœuvre d'extorsion
hebdomadaire. Elle se percha sur le coin du bureau de
David et lui tendit une feuille de papier. Il la parcourut, barra une ligne et tendit la main vers son portefeuille. « Je ne te paie pas les snacks. Tu ne manges
que des saloperies.

– Et si je te fournis un reçu ?

– Hors de question. Tu feras des échanges. Là-dessus, je suis d'accord avec ta sœur. Il faut qu'on te
désintoxique des sucreries. »

David tendit à Rae un billet de vingt dollars et lui
demanda de lui rendre trois dollars.

« Et Izzy, elle veut de l'argent elle aussi ? demanda
Rae.

– Non. Izzy veut que je l'aide à piéger un mec. À
ceci près que je ne suis pas d'accord avec ses
méthodes.

– Lesquelles ? demanda Rae innocemment.

– Elle commence par suivre le gars. À découvrir tous les détails de sa vie et à s'y insinuer jusqu'à ce que le malheureux n'ait d'autre choix que de l'inviter à sortir.

– Pourquoi ne pas simplement dire que je me renseigne ?

– Qu'est-ce qu'il y a de mal à ça ? demanda Rae. Elle essaie de savoir qui ils sont avant de s'engager. »

Sidéré, David se tourna vers moi, attendant une réponse.

« Ne me soutiens pas, Rae.

– Et pourquoi ? C'est pourtant logique, dit-elle avec un naturel incroyable.

– Il ne faut surtout pas que tu fasses ça. Jamais, tu entends ? lançai-je.

– Fais ce que je dis, pas ce que je fais », railla David.

Je m'adossai aux coussins de son canapé, blessée par la conversation, consternée d'avoir une fois de plus créé un précédent.

« David, explique-lui comment on est censé faire, marmonnai-je.

– Rae, quand les femmes – à part ta sœur – sont attirées par une personne du sexe opposé (ou du même sexe, ça dépend des préférences), elles s'arrangent pour faire connaissance d'une façon ou d'une autre. Elles sourient, elles font un signe de la main, elles présentent leur carte professionnelle, ou donnent un bout de papier avec leur numéro de téléphone écrit dessus, ou elles lui demandent le leur. Elles manifestent leurs intentions en espérant que l'autre réagira dans le même sens. Elles ne suivent pas la personne pendant quinze jours pour apprendre son emploi du temps, évaluer sa moralité et s'assurer qu'aucune mauvaise surprise ne surgira si jamais elles sortaient avec elle. Une relation implique une part d'inconnu. C'est incontournable, quoi que tu fasses. »

Une Rae blasée répondit : « David, maman m'a déjà servi le discours "Ne fais pas comme ta sœur". Et si ton sujet, c'est plus la façon de draguer que l'abus de marijuana, ça revient au même. Merci pour le fric. Je t'adore. »

Elle l'embrassa sur la joue, ayant appris dès son jeune âge qu'il avait les poches bien garnies. Pour ne pas faire de jaloux, elle s'approcha de mon canapé, ôta le coussin qui me cachait le visage et m'embrassa aussi.

« Salut, Izzy, à plus tard », dit-elle, me laissant seule avec mon frère aîné et ses jugements catégoriques.

Je me redressai lentement sur le canapé, avec l'impression de peser cent cinquante kilos, me levai et mis mon manteau.

« À plus tard, David, dis-je mollement.

– À samedi, 10 heures précises, au club », répondit-il. Je sentis glisser de mes épaules quelques-uns des kilos susmentionnés.

Les préparatifs de mission, nécessaires de part et d'autre avant d'entrer dans le club, prirent vingt bonnes minutes. Entre autres instructions données à David, je précisai qu'il ne devait pas parler le premier, ni révéler quoi que ce soit concernant ma famille, ma carrière ou mes précédentes relations. Il lui était interdit de rectifier les informations données par moi ou de donner des informations sur moi à un tiers. David n'émit qu'une seule condition : s'il constatait un comportement irrégulier, il appellerait la police.

Nous avons tiré à pile ou face pour savoir qui commencerait. C'est donc moi qui ai servi la première.

Mon service avait beau être parfaitement dans les règles, David refusa de me le renvoyer. Il me fit signe avec sa raquette de venir au filet.

« Tu as dit que tu jouais depuis un mois.

– Exact.

– C'était un sacré service.

– Merci. Tu veux jouer, oui ou non ?

– Allons-y.

– Dix-zéro. »

Je servis à nouveau. David renvoya avec un lob modéré, me donnant le temps de cueillir la balle d'un revers vigoureux qui lui fit retraverser le court en diagonale. David préféra ne pas la rattraper. Nous fîmes encore un échange de quelques minutes, après quoi David m'appela de nouveau au filet.

« C'est quoi, cette histoire, Izzy ? Tu sais que je t'ai vue à l'œuvre en cours de gym, ta coordination œil-main n'était pas terrible.

– Stefan ne serait pas d'accord avec toi.

– Personne ne peut parvenir à ce niveau en un mois.

– Ça doit faire cinq semaines à présent. Mais j'ai pris des leçons, et je m'entraîne pendant mes jours de congé.

– Combien de leçons ?

– Environ vingt-cinq.

– En un mois ?

– Oui. À peu près. »

David secoua la tête et retourna au bord du court. Avant de servir, il fallut qu'il mette encore son grain de sel. « Tu sais, Izzy, il y a quelque chose qui ne tourne pas rond du tout chez toi. »

Si c'est vrai que j'étais devenue assez bonne en un mois, je ne faisais quand même pas le poids devant David, surtout s'il avait décidé de m'humilier.

Il a gagné en deux sets, six-zéro, six-zéro, et c'est à peine s'il a mouillé son T-shirt. Moi, en revanche, j'avais l'air d'avoir subi une tornade à notre arrivée au bar du dernier étage. Il me restait quelques minutes pour rappeler mes consignes à David avant l'heure où, statistiquement parlant, Daniel risquait d'arriver.

« C'est important, David. Sois gentil, ne profite pas de l'occasion pour te venger. »

Daniel entra au café-bar de la Balle de Match au moment où David passait la commande. Je m'avisai que consommer des boissons alcooliques avant midi pouvait sembler louche, mais c'était trop tard. Daniel me repéra en s'approchant du bar.

Je voulais prendre la mine appropriée à la circonstance : un regard qui revient sur la personne et signifie *Je ne vous ai pas déjà vu quelque part ?* au lieu de *Statistiquement parlant, je m'attendais à vous voir, mais maintenant que vous êtes là, je ne sais pas quoi dire.* Je n'avais pas encore réussi à afficher sur mon visage une expression convenable quand Daniel s'approcha de moi.

« Je me demandais si je vous reverrais ici.

— Oh, bonjour », répliquai-je. Malin ! Je me sentais me figer, les mots se bousculaient dans ma tête et mon talon battait le sol spasmodiquement. David apparut alors et me tendit un demi, me sauvant d'une humiliation certaine.

« Salut, je suis David. Vous êtes un ami d'Izzy ?

— Izzy ?

— Isabel. La fille qui est assise là.

— On s'est rencontrés il y a quelque temps.

— Vous voulez vous joindre à nous ? » demanda David.

Daniel allait refuser, supposant automatiquement que David était mon petit ami, et non mon frère. Notre ressemblance est si lointaine que cette erreur est commune. Encore que de la part des autres femmes, ladite erreur s'assortit souvent de remarques audibles du genre : *Waouh, elle a dû faire quelque chose d'exceptionnel dans une vie antérieure, celle-là.*

« Oh, je vous remercie. Je ne veux pas m'imposer.

– Asseyez-vous, insista David. J'ai assez parlé à ma sœur pour la journée. »

J'enregistre souvent des conversations familiales pour prouver à mes proches qu'ils font des remarques désobligeantes. Bien sûr, David me rendait service, mais dans la famille, les services mènent souvent droit à la catastrophe. Je branchai mon magnétophone digital grand comme la main, juste au cas où.

Voici la transcription :

DANIEL : Je vais me chercher un verre. Je reviens. Vous avez ce qu'il vous faut ?

DAVID : Moi, ça va. Mais Izzy a une descente rapide, alors vous pourriez lui commander une autre bière. Aïe.

ISABEL : Non, ça ira. Merci. (Daniel s'éloigne vers le bar.)

DAVID : C'est pas ton genre.

ISABEL. Il me plaît. Donc, c'est mon genre.

DAVID : Je vais te le dire autrement : tu n'es pas son genre.

ISABEL : Comment le sais-tu ?

DAVID : Je le sais.

ISABEL : Comment ?

DAVID : Les types comme lui aiment les filles qui s'épilent les sourcils.

ISABEL : Je me les épile.

DANIEL : Deux fois par an, ça ne compte pas.

ISABEL : Mais je m'épile souvent et il faut y regarder de très près pour savoir quand je ne le fais pas.

DAVID : Franchement, je ne vous vois pas ensemble.

ISABEL : David, si tu me sabotes ce coup-là, je te jure que...

DAVID : Isabel, tu t'es immiscée pendant quinze jours d'affilée dans la vie privée de ce type, alors à mon avis, tu as fait ce qu'il fallait pour te le saboter toute seule.

(Daniel revient avec deux bières.)

DANIEL : J'en ai pris une de plus, au cas où.

DAVID : Ça c'est de la prévoyance ! Alors, Daniel, comment avez-vous rencontré ma sœur ?

DANIEL : Nous nous sommes rencontrés il y a quelques semaines, c'est ça ?

ISABEL : Sans doute.

DAVID : Vous êtes sûr que ça ne fait pas plutôt cinq semaines ?

DANIEL : Peut-être bien.

ISABEL : Je lui avais emprunté sa carte de membre. David a une mémoire incroyable pour les détails.

DAVID : Je m'en souviens, parce que c'est à ce moment-là qu'Izzy a décidé de se mettre au tennis.

DANIEL : Vous préférez qu'on vous appelle Izzy ou Isabel ?

DAVID : Appelez-la Izzy. Pourquoi perdre du temps avec une syllabe supplémentaire ?

ISABEL : Je n'ai pas de préférence.

DAVID : Alors comment avez-vous fini par vous parler, Izzy et vous, il y a environ cinq semaines ?

DANIEL : Votre sœur avait une question à me poser à propos d'un match que j'ai joué.

DAVID : Quel genre de question ?

DANIEL : Disons simplement qu'Isabel est très observatrice.

DAVID : Vous n'avez pas idée. Aïe !

ISABEL : Oh pardon. C'était ta jambe ?

DAVID : Comme si tu ne le savais pas.

ISABEL : Excuse-moi. Alors, Daniel, qu'est-ce qui vous amène ici aujourd'hui ?

DANIEL : Je dispute un championnat de dentistes, et j'ai quelques matchs ce matin.

DAVID : Parce que vous êtes dentiste ?

ISABEL : Je croyais qu'on éviterait de parler boulot.

DAVID : Vous êtes dentiste ?

DANIEL : Je suis dentiste.

DAVID : Tu le savais, Isabel ?

ISABEL : Oui, David, je le savais.

DANIEL : Et vous, David, qu'est-ce que vous faites ?

DAVID : Je suis avocat. Spécialisé en droit des sociétés. Fusions et acquisitions. Ce genre de choses. Ma sœur vous a dit sa profession ?

DANIEL : Oui. Quand nous nous sommes rencontrés.

DAVID : Alors vous êtes au courant ? Aïe !

DANIEL : Oui, je suis au courant.

ISABEL : Pourquoi veux-tu que je fasse mystère du fait que je suis enseignante, David ?

DAVID : Enseignante ? Quelle idée ! Enfin, je veux dire, quelle idée d'en faire un mystère.

ISABEL : En fait, je suis suppléante. Mais une fois que j'aurai assez de références, je chercherai sans doute un poste à plein temps.

DAVID : Sinon, tu pourras toujours entrer dans l'affaire familiale. Aïe. Isabel, est-ce que tu comprends que si tu partages une table avec d'autres personnes, cela veut aussi dire que tu partages l'espace sous la table ?

Isabel : Désolée. Je t'ai fait mal ?

Daniel : Et l'affaire de famille, c'est quoi ?

Isabel : L'enseignement. Nous sommes tous dans l'enseignement.

David : Sauf moi. Finalement, je vais la boire, cette bière, si ça ne vous ennuie pas.

Isabel : Non. C'est ma bière. Va t'en commander une.

David : Je crois que je vais appeler maman pour lui demander des nouvelles de sa carrière. Aïe. Il faut que tu ailles consulter pour ton tic à la jambe. Tu as peut-être un problème neurologique.

Isabel : Il y a un téléphone public là-bas. Vas-y.

(David s'éloigne en boitant.)

Daniel : Il n'a pas de portable, votre frère ?

Isabel : Si. Mais j'avais envie de me débarrasser de lui.

Daniel : Vous êtes toujours comme ça ensemble ?

Isabel : Comment, « comme ça » ?

Daniel : Vous n'avez pas arrêté de lui envoyer des coups de pied.

Isabel : David a tendance à raconter n'importe quoi. J'essayais de le contrôler.

Daniel : Je vois.

Isabel : C'est épuisant, je vous assure.

Daniel : Alors pourquoi le faites-vous ?

Isabel : C'est mon frère.

Daniel : Ça ne vous oblige pas à jouer au tennis avec lui.

Isabel : Non, sans doute. Mais j'aime bien ce club, et il en est membre.

Daniel : Moi aussi

Isabel : Oui bien sûr.

(David revient s'asseoir.)

David : Maman t'embrasse.

Isabel : Comment va-t-elle ?

DAVID : Elle songe à prendre sa retraite. Les enfants ne sont plus ce qu'ils étaient. À propos d'enfants, vous en avez ?

DANIEL : Aïe. Non.

ISABEL : Désolée. Je croyais que c'était David.

DANIEL : C'est ce que je me suis dit. (Il sort un bristol de son portefeuille.) Voici ma carte. Si vous avez envie de venir jouer ici un de ces jours. Cela ne vous ennuie pas, David ?

DAVID : Jouez tant que vous voudrez avec elle. Aïe.

ISABEL : C'était pas moi.

DAVID : *Mais je sais !* Je me suis cogné.

DANIEL : Au revoir.

(Daniel s'est éloigné.)

ISABEL : Tu n'aurais pas pu être encore plus lourd ?

DAVID : Si. J'aurais pu lui dire la vérité.

*Rendez-vous de tennis n° 1 à 3 :
rendez-vous normaux n° 1 à 3*

Après les présentations désastreuses au club, je téléphonai à Daniel sous prétexte de vouloir jouer au tennis avec lui. Le seul inconvénient de ce plan était le tennis. Chaque match se terminait par un résultat calculé sous des apparences aléatoires. Daniel gagnait deux sets d'affilée, par six-deux, six-un s'il ne faisait pas d'effort, ou à l'occasion six-trois, s'il se sentait particulièrement généreux. Si son échelle de compétitivité m'intriguait vue de loin, je trouvais agaçant qu'il me l'applique. En réalité, le tennis ne m'intéressait pas. Certes, j'adorais regarder ses jambes chocolat bondir sur le court, mais je venais là pour la bière, les biscuits apéritif et la conversation empruntée qui suivait une partie. Perdre ne me fait pas peur. Cela m'est aussi naturel que de respirer.

Au cours du quatrième jeu du deuxième set de mon troisième « match » de tennis avec Daniel, j'allai au filet après qu'il m'eut fait un coup droit particulièrement approximatif et maladroit. Il vint m'y retrouver et me complimenta sur mon dernier retour.

« Je l'ai bouclée assez longtemps, dis-je.

— Pardon ?

— Vous vous entraînez pour une imitation de Jerry Lewis ou quoi ? Si on jouait un match normal ?

— Vous voulez que je joue normalement ?

— Je me demande si vous connaissez encore le sens du mot.

— Mais dans ce cas-là, je vais gagner.

— Vous gagnez, de toute façon.

— Je gagnerai plus vite.

— D'accord. Vous servez. »

Sept minutes plus tard, Daniel et moi nous trouvions au bar et en étions à la moitié de notre première bière.

« Alors, que dites-vous de cette partie ? demanda-t-il.

— Peut-être que la prochaine fois, vous pourrez ralentir un peu le rythme ? »

Daniel regarda pensivement son bretzel. J'eus le sentiment que ma « prochaine fois » le chagrinait. Je me préparai à me faire jeter.

« On est obligés de jouer au tennis ? demanda-t-il.

— Non.

— On ne pourrait pas faire autre chose ?

— Comme jouer au bowling, vous voulez dire ?

— Non, répondit-il, haussant un peu la voix.

— J'en conclus que vous n'êtes pas très bon au bowling.

– Je préférerais éviter toute activité de compétition.

– Parce que ça ne vous amuse pas de gagner tout le temps ?

– Isabel, la politesse voudrait que vous me facilitiez un peu les choses, chuchota-t-il.

– Bien sûr, chuchotai-je en retour.

– Vous faites l'idiote ?

– Non, dis-je, ne chuchotant plus du tout.

– Je vous plais ?

– Oui.

– Alors que penseriez-vous d'un rendez-vous normal ?

– Du bien. » Mais je ne résistai pas à l'envie de lui poser la question évidente : « C'est quoi, un rendez-vous normal ? »

Pour Daniel, cela signifiait un repas à la maison, suivi ou précédé d'une autre activité telle que le cinéma, un verre dans un bar ou du tennis. Mais j'en étais arrivée à la conclusion que jouer au tennis devrait être une activité de rendez-vous normale uniquement pour ceux qui aiment le tennis. À cet égard, j'étais encore indécise, et je ne fus pas fâchée d'avoir un répit. Nous devions jouer encore une fois, mais cette partie-là, je la raconterai plus tard.

Rendez-vous normal n° 1

Trois jours après que Daniel m'eut proposé de sortir, nous nous sommes retrouvés dans un bar à vin de Hayes Valley. Un sommelier trop empressé nous étourdit avec ses « suggestions », ce qui nous poussa à partir. Alors Daniel me fit une suggestion personnelle : que je vienne chez lui pour un petit dîner fait maison. Ces mots, « un petit dîner fait maison », devaient un jour avoir des connotations funestes, mais ce premier soir, le petit dîner fait maison de Daniel me parut approcher de la perfection.

Le Dr Castillo habite au rez-de-chaussée d'un petit immeuble de deux étages, un appartement avec deux chambres et une salle de bains, bien rangé – mais sans excès trahissant la maniaquerie – et décoré avec goût, sans rien qui indique l'intervention d'un professionnel. Un espace beaucoup trop modeste pour un homme dont le nom est suivi de la qualification de chirurgien-dentiste.

Daniel décongela une assiette d'enchiladas. Je me demandai si un repas décongelé entrait dans la catégorie des « faits maison », mais Daniel m'expliqua qu'il avait confectionné ce plat lui-même d'après la recette de sa mère, et qu'il remplissait donc les conditions requises. Une fois que j'y eus goûté, je ne discutai plus. Je reconnais que Daniel sait faire de bonnes enchiladas. Malheureusement, il ne sait rien faire d'autre.

Rendez-vous normal n° 2 (cinq jours plus tard)

Après une promenade dans le Golden Gate Park, Daniel m'invita pour un autre dîner fait maison. Cette fois, il essaya une recette de poulet chasseur prise dans un des magazines *Gourmet* de la salle d'attente de son cabinet. Le plat aurait pu être mangeable mais, faute de trouver telle ou telle épice dans son placard, Daniel lui en avait substitué une autre, de la même couleur, ou ayant le même nom générique mais pas nécessairement le même goût. Ainsi, à la place de l'origan, il mit du thym et au lieu du poivre noir, il utilisa du cayenne.

Ce qu'il y avait de charmant chez Daniel, c'est qu'il ne parut pas remarquer que si le repas était raté, il y était pour quelque chose. Il crut simplement que la recette n'avait pas été convenablement testée. À chaque bouchée, il faisait un commentaire du genre « Combinaison de saveurs intéressante ». Quelques bouchées de plus et : « Je ne referai sans doute pas ce plat », et pour finir : « Mais j'aime bien expérimenter. »

Je garde malgré tout un bon souvenir du rendez-vous normal n° 2. Après que Daniel eut débarrassé la table, il sortit du réfrigérateur un pack de six bières et proposa : « Si on montait sur le toit regarder les étoiles ? »

Il n'y avait pas d'étoiles ce soir-là, mais je n'en soufflai mot, car boire sur un toit est l'une de mes activités favorites.

Installés dans des chaises longues en plastique, sous un ciel sombre et couvert, nous gardions le silence sans le moindre sentiment de gêne, contents d'être tranquillement ensemble. J'étais persuadée qu'il m'avait amenée là pour faire son premier pas, mais trois heures plus tard, frigorifiée, je compris mon erreur.

Rendez-vous normal n° 3 (trois jours plus tard)

Une fois encore, Daniel me proposa un petit dîner fait maison. Rien n'aurait pu préparer mon estomac au chou farci sucré-salé qui me fut proposé. Naturelle-ment, Daniel s'en prit à la recette : « Ils ne les essaient donc pas ? Jamais je ne referai ce plat.

– Ça ne m'a pas déplu », affirmai-je.

Ce qui était totalement faux. Mais je me dis que puisque je mentais de A jusqu'à Z sur ma biographie, la moindre des politesses, c'était de mentir à propos de ses talents culinaires.

Pendant qu'il faisait la vaisselle, je restai dans le salon et passai ses étagères en revue. Ce fut alors que je fis la découverte qui allait tout changer – enfin, changer notre gamme d'activités. Je pris l'un des coffrets de DVD sur l'étagère et allai dans la cuisine.

« Daniel, j'ai remarqué que tu avais...

– Parle plus fort. Je n'entends rien, avec l'eau qui coule. »

Je m'approchai de lui et lui montrai le DVD. « J'ai vu que tu avais toute la collection de *Max la Menace*. Je ne savais même pas que c'était commercialisé.

– C'est une copie piratée.

– Un cadeau ?

– Oui. Un cadeau que je me suis fait. J'adore *Max la Menace*.

– Et moi je suis fan », dis-je avec enthousiasme. Ma meilleure amie (censuré)[1] et moi, on ne se lassait pas (censuré)[2] de regarder cette série. »

Dix épisodes et un nombre incalculable de coups de téléphone-chaussure plus tard, Daniel se mit à bâiller et je me rappelai que je devais me lever à 7 heures du

----

1. Petra, mais je ne pouvais pas dire son nom au cas où il se serait souvenu du rendez-vous bidon n° 1.

2. – de se défoncer et de –.

matin pour être à l'école à 8 heures[1]. Il était temps de partir.

David arrêta le DVD en disant : « Quand j'étais petit, j'étais persuadé que plus tard, je travaillerais pour CONTROL[2].

– Moi aussi », annonçai-je, alors qu'en réalité, j'étais persuadée que c'était pour KAOS[3] que je travaillerais.

Le rendez-vous normal n° 3 se termina sur le même mode que les deux précédents. Daniel me raccompagna à ma voiture, puis me serra la main (r.-v. n° 1), et me donna une brève accolade (r.-v. n° 2). Ce fut la petite tape sur les cheveux (r.-v. n° 3) qui fit déborder le vase. Après trois rendez-vous de tennis et trois normaux, je n'avais toujours pas eu mon premier baiser.

J'étais encore assise dans ma voiture quand Daniel disparut dans le hall de son immeuble. Je mis le moteur en marche, m'apprêtant à partir et à accepter une autre soirée de rejet de la part de mon dentiste. Puis je changeai d'avis. J'avais assez attendu.

La fenêtre du salon de Daniel n'est qu'à moins de deux mètres du sol, et facilement accessible en utilisant la gouttière qui court à l'horizontale le long de la façade. Quand je vis les lumières se rallumer chez Daniel et son ombre circuler, je sortis de ma voiture et frappai à sa fenêtre.

Les gens ne réagissent pas de la même façon quand on frappe à leur fenêtre et lorsqu'on sonne ou qu'on frappe à la porte. Mais ils finissent par répondre.

---

1. Faux.
2. Organisation top secrète du contre-espionnage.
3. Organisation internationale du mal.

Daniel ouvrit la fenêtre au moment où j'étais en train de lâcher prise, la vitre poussiéreuse n'en offrant guère.

« Isabel ? Mon interphone est hors service ?

— Non, répondis-je sans comprendre la question.

— Qu'est-ce que tu fais là ?

— Je voulais te parler.

— D'accord. Tu veux entrer ?

— Oui, dis-je en poussant un peu plus de la paume de ma main la vitre entrouverte.

— Pourquoi ne passes-tu pas par la porte d'entrée, et je t'ouvrirai avec l'interphone. »

Je ne sais pas quand les portes sont devenues le seul mode d'entrée ou de sortie dans notre monde domestiqué, mais je trouvais que cette règle inflexible avait quelque chose d'illogique. Daniel me proposait de sauter de mon tuyau, de faire dix mètres pour aller jusqu'à une porte, d'attendre qu'il actionne l'ouverture par l'interphone, puis de franchir une porte à code et deux autres portes pour parvenir enfin à un endroit auquel je pouvais accéder avec un rétablissement et une bascule des jambes.

« Je vais entrer par la fenêtre, si tu veux bien. »

Daniel recula pendant que je passais la jambe gauche par-dessus l'appui de la fenêtre. Je fis suivre l'autre jambe et m'essuyai les mains.

« Tu pourrais nettoyer tes vitres », dis-je.

Mon conseil le laissa de marbre.

« Tout va bien, Isabel ?

— Non.

— Si tu m'expliquais ?

— Je suis quoi ? Un retriever doré ?

— Mais enfin..., répliqua Daniel, perplexe.

– Trois matchs de tennis, un bar à vin, une balade dans le parc, douze bières, un verre de vin et trois repas faits maison, il te faut quoi ? »

Daniel s'adossa à l'accoudoir du canapé.

« Il me faut quoi ? répéta-t-il.

– Quatre poignées de main, une accolade professionnelle et une petite tape sur les cheveux ?

– Isabel, si tu étais un peu plus claire ? »

Dont acte. Je tendis la main, le pris par sa cravate et l'attirai à moi. Au bout de sept semaines, vingt-cinq leçons de tennis, quinze jours de surveillance à court terme, trois rendez-vous de tennis, trois rendez-vous normaux et dix épisodes de mon émission de télévision favorite, j'eus enfin mon premier baiser.

« Tu as une petite idée, maintenant ? demandai-je en m'écartant.

– Une petite, oui », répliqua Daniel en me passant le bras autour de la taille et en me rendant mon baiser.

Pour cacher Daniel à mes parents et cacher mes parents à Daniel, il me fallut mettre au point une stratégie plus musclée que celle à laquelle mes exercices de clandestinité antérieurs m'avaient préparée. Le plus simple était d'éviter que Daniel vienne à la maison. J'expliquai qu'une visite impromptue comportait un risque de rencontre avec le couple parental. Je lui expliquai que s'il rencontrait ledit couple à ce stade, il romprait sans aucun doute avec moi. Daniel eut du mal à accepter l'idée que des gens qui sacrifiaient leur vie sur l'autel de l'éducation puissent être aussi dingues que leur fille les lui décrivait, mais il me crut quand même.

Mes parents n'auraient rien trouvé d'anormal à ma conduite s'ils n'avaient remarqué un soudain changement de style vestimentaire. Je ne m'habille pas comme une enseignante mais pour que Daniel croie un mensonge qui selon moi crevait les yeux, je m'imaginai que la seule façon de le lui faire avaler, c'était d'adopter l'uniforme adéquat.

La guerre des jupes

Au début, je rentrais à la maison à la course sitôt mon travail terminé, prenais une douche et passais une robe cintrée ou une jupe de tweed avec un chemisier à peu près repassé, puis je m'efforçais de sortir de la maison sans me faire remarquer. Mais dans cette maison, rien ne passe inaperçu. Les jours de pluie, je parvenais à cacher mes vêtements sous un manteau long. Les rares fois où je devais rencontrer un client, mes tenues étaient dans l'ensemble interchangeables. Je m'efforçais surtout de rester discrète. La défenestration devint ma méthode favorite pour entrer et sortir, mais il est difficile de dire ce qui est le plus suspect : changer brutalement et radicalement de style vestimentaire ou cesser d'utiliser les portes.

La plus grosse difficulté surgissait toutefois en milieu de journée, quand Daniel voulait me voir pour un déjeuner-« surprise ». Un patient se décommandait et il se trouvait brusquement libre. Je suis stupéfaite par le nombre de gens qui n'ont aucun scrupule à annuler un rendez-vous chez le dentiste. Je pestais contre eux tous, et aurais bien voulu pouvoir les appeler et leur hurler dans l'oreille : « Vous savez ce que vous me faites ? » ou : « Vous n'avez donc aucun souci de votre hygiène dentaire ? ! » Au lieu de quoi,

194

j'appris à me changer dans ma voiture. Je me garais dans la rue de l'école du jour – lycée de Mission, collège de Presidio, école primaire Jefferson, etc., je me changeais et j'attendais Daniel dans la rue. Il m'arrivait de faire un signe de la main à un parfait inconnu qui avait le regard las et vague de l'éducateur, et de lancer : « À la semaine prochaine, Suzie », ou : « Soigne bien ce rhume, Jim. » Jamais Daniel ne remarquait le regard perplexe que cela me valait en retour. Il avalait tout, et pourquoi aurait-il dû en être autrement ? Cette vérité particulière dépassait n'importe quelle fiction.

Cela devint bientôt une habitude, ces changements dans la voiture à côté d'écoles publiques, et je me mis à les considérer comme de petites performances sportives plutôt que les retombées d'une supercherie. Mon meilleur temps fut trois minutes vingt-cinq secondes pour un changement de tenue intégral. Mon plus mauvais, huit minutes cinquante, le jour où je pris le bas de mon chemisier en lin dans la fermeture éclair de ma jupe de lainage. Une semaine après le premier des rendez-vous normaux, Petra me dit que ma robe était « carrément trop », comme si je jouais le rôle d'une maîtresse d'école dans une pièce. Mais je trouvais que j'avais besoin des vêtements pour me rappeler le rôle. Si, dans mon cas, l'habit ne faisait pas le moine, il faisait le mensonge. J'aurais dû trouver mon comportement anormal, mais ce n'était pas le cas. Enfin, jusqu'au jour où je vis mon reflet dans le rétroviseur. La manche de mon pull s'était entortillée, formant un nœud que je ne parvenais pas à défaire, et je me tortillais sur le siège arrière de ma voiture, prise au piège de mes propres vêtements.

L'heure était venue de mettre un terme aux déjeuners avec Daniel. Afin de satisfaire son goût pour l'impromptu et le mien pour la cuisine des restaurants, je pris l'habitude de passer à son câbinet chaque fois que j'étais à proximité et en tenue convenable. Les remplaçants ont un emploi du temps flexible, tout le monde le sait, et Daniel ne remarqua rien.

La première fois que je fus présentée à Mrs. Sanchez, son assistante, soixante ans, la perle qui gérait son cabinet, elle me regarda des pieds à la tête et me sourit poliment. Puis elle marmonna quelques mots à Daniel en espagnol.

Lors de ma seconde visite « spontanée », environ six semaines après que Daniel et moi avions commencé à nous voir, Mrs. Sanchez me dit de m'asseoir, car Daniel était avec un patient et en avait pour un quart d'heure environ. C'est alors que je commis l'erreur de la laisser engager la conversation.

« Daniel me dit que vous êtes enseignante suppléante, commença Mrs. Sanchez.

– Ah oui ? Je ne sais pas où il a pris cette idée. »

Silence.

« Pardon, je plaisantais, dis-je, bien que ce ne fût pas drôle, et que ce ne soit pas bon signe quand l'interlocuteur ne fait même pas l'effort de rire poliment. Oui, je suis enseignante. Et suppléante. Les enfants sont formidables, vous savez.

– Je sais. J'ai trois petits-enfants.

– C'est merveilleux, dis-je. J'espère que vous avez aussi des enfants. »

Silence.

« Je voulais dire qu'il faut bien commencer par avoir des enfants pour que les petits-enfants suivent.

– J'ai trois enfants, annonça-t-elle avec un sourire poli qui me mit mal à l'aise.

– Félicitations, répondis-je, un peu à court d'inspiration.

– Alors, Isabel, où enseignez-vous le plus souvent ?

– Oh, partout.

– Il n'y a pas d'établissements où vous allez régulièrement ?

– Pas vraiment. J'aime bien panacher. Ça maintient l'intérêt en éveil.

– Sans doute. Et où avez-vous enseigné la semaine dernière, par exemple ? »

La semaine dernière, j'avais eu droit à un déjeuner surprise avec Daniel et m'étais changée devant le collège de Presidio. Il est très important de rester cohérent dans le mensonge, j'ai appris cela très tôt dans la vie.

« J'étais au collège de Presidio mardi et mercredi derniers, si ma mémoire est bonne.

– Mon petit-fils Juan va à Presidio. Alors vous devez connaître Leslie Granville, qui dirige l'établissement.

– Oh, je ne la connais pas très bien. »

Silence.

« Vous voulez dire "le". Aux dernières nouvelles, Leslie est un homme [1].

– Bien sûr, dis-je, me sentant blêmir. Le, bien sûr, voyons. J'ai ce tic avec les pronoms. Il y a un mot pour ça. C'est un trouble du langage. Bref. Oui, Leslie est un homme. »

Une intervention divine – la sonnerie du téléphone – m'évita une confusion supplémentaire. Mais à partir de ce jour-là, Mrs. Sanchez me regarda toujours

_____

1. Statistiquement parlant, il y a beaucoup plus de femmes que d'hommes dans l'éducation, donc mon choix du féminin n'était pas totalement farfelu.

comme si je cachais un secret. Je ne peux pas la blâmer. C'était le cas.

Après être sortie six semaines avec Daniel, les stratagèmes s'accumulaient dans ma vie quotidienne. Il était temps de faire mon coming out, si je puis dire. Je pouvais cacher mon identité réelle à Daniel, mais je n'allais pas continuer l'effort héroïque de donner le change à ma famille. Je me rendais compte que mes priorités n'étaient pas les bonnes, mais je considérais cette évolution comme un progrès. Le lendemain, vêtue d'une jupe de tweed et d'un twin-set, je sortis par la porte de la maison. Je recommençai le jour suivant et le surlendemain, avec d'autres tenues semblables.

Le quatrième jour, mon père me barra la route de la porte d'entrée. Comme il était 7 heures du matin et que d'ordinaire, il ne s'arrache pas du lit avant 9 heures, j'étais déjà sur mes gardes.

« Bonjour, Isabel.

– Papa ! Qu'est-ce que tu fais debout si tôt ?

– Je me suis dit que j'allais regarder le soleil se lever.

– Ça s'est passé comment ?

– Je me suis pointé une demi-heure trop tard. Qui aurait cru qu'il se levait si tôt ?

– Tu fais exprès de me bloquer le chemin ?

– Oui.

– Pourquoi ?

– Quoi de neuf ?

– Pas grand-chose.

– Ce n'est pas ce que disent tes vêtements.

– Je ne savais pas que mes vêtements et toi, vous vous parliez.

– Oh, si.

– Et qu'est-ce qu'ils racontent ?

– Que tu manigances quelque chose.

– Un peu dur, ce jugement, venant de textiles, hein ?

– Ces robes, Izzy, elles sont louches, dit mon père, élevant lentement la voix.

– Papa, il faut que je sois à l'autre bout de la ville dans dix minutes, dis-je en lui passant devant le nez et en ouvrant la porte. Dorénavant, je vais interdire à mes vêtements de t'adresser la parole. J'espère que tu comprends. »

L'interrogatoire

CHAPITRE 4

Je remarque que Stone a noté dans son carnet mon habitude d'entrer et de sortir par la fenêtre. Son griffonnage est à peine lisible et encore plus difficile à déchiffrer à l'envers. Normalement, je suis assez douée pour cet exercice et je le fais avec discrétion. Mais cette fois, je regarde un peu trop longtemps.

« Isabel, voulez-vous arrêter de lire mes notes ?

– Je ne lisais pas.

– Si.

– Non. »

Stone repose son stylo et me regarde sévèrement. « Quel âge avez-vous ?

– Vous le savez pertinemment. C'est dans vos notes.

– Répondez à la question.

– Vingt-huit ans.

– Aux dernières nouvelles, à vingt-huit ans, on est adulte. On a le droit de conduire, de boire, de voter, de se marier, de faire des procès, d'aller en prison...

– Où voulez-vous en venir, monsieur l'inspecteur ?

– Je voudrais que vous ayez une conduite de votre âge.

– C'est-à-dire ?

– C'est-à-dire qu'il est temps de grandir, Isabel. »

Sa réprimande m'atteint plus qu'elle ne le devrait. Je veux croire que ses remarques sont le fruit d'interminables heures de lavage de cerveau parental. Mais je sais que ça n'est pas le cas. Le jugement que Stone porte sur moi est personnel.

Je regarde quelques graffitis sur la table de bois, ceux que j'avais faits au cours de mes interrogatoires de l'enfance à l'adolescence. J'essaie d'oublier la raison de ma présence ici. J'essaie d'oublier tous les mots susceptibles de m'incriminer qui ont dû être prononcés dans cette pièce. J'essaie d'oublier que Stone a déjà interrogé tous les autres membres de la famille. Enfin, presque tous. J'essaie de penser à autre chose, n'importe quoi. Mais il me ramène à la réalité.

La guerre contre
la surveillance sauvage

CHAPITRE 2

Ce soir-là, je regagnai la maison, prête à une seconde vague de questions concernant ma garde-robe, mais un autre conflit se préparait, et personne ne faisait plus attention au problème relativement anodin de mes tenues. Je trouvai Rae debout dans le couloir, en train de regarder la porte de sa chambre avec ses yeux de myope.

« Rae ? »

Ma voix la tira brusquement de sa transe et elle se tourna vers moi. « Tu es entrée dans ma chambre ? demanda-t-elle.

– Non. Pourquoi veux-tu que je fasse ça ?

– Quelqu'un est entré », répliqua-t-elle. Elle tapa sur la porte de l'index, et la porte craqua en s'entre-bâillant. Rae se tourna vers moi, attendant une confirmation quelconque.

« Pas de conclusions hâtives, Rae », lui lançai-je. Mais en vain. Rae a un verrou de sûreté sur sa porte depuis qu'elle a appris à les installer il y a deux ans. Tous, nous avons des verrous de sûreté à nos portes et, exception faite de la période de deux ans pendant laquelle le mien me fut enlevé pour des histoires de drogue, le verrou se pratique couramment dans la famille. Nous sommes tous d'autant plus intraitables sur notre vie privée que nous n'avons aucun respect pour celle des autres.

Je montai jusqu'à chez moi. Quelques instants plus tard, j'entendis une porte claquer et les bruits de pas d'une personne de cinquante kilos. Je sortis de mon appartement et suivis la personne dans le salon.

« Qu'est-ce qui te donne le droit de piquer mes trucs, vieux schnock ? » hurla Rae en entrant dans la pièce.

Ce fut à peine si l'oncle Ray leva les yeux de la télévision pour répondre : « Ma petite fille, j'avais un boulot à faire et la pile de mon appareil photo était morte, alors j'ai emprunté ton appareil digital. J'étais coincé. Où est le problème ?

– Tu as crocheté trois serrures, tu es entré dans une pièce où il y a un écriteau sur la porte disant "Défense d'entrer", tu as fouillé pour trouver un appareil photo qui était caché sous mon lit dans une boîte fermée à clé et tu l'as pris. JE NE SAIS PAS COMMENT ÇA S'APPELAIT À TON ÉPOQUE, MAIS À LA MIENNE ET CHEZ MOI, ÇA S'APPELLE DU VOL ! »

Rae me passa devant à la course et sortit de la pièce furibonde. Je l'entendis marmonner : « Cette fois, c'est la guerre ! »

*

Comme elle devait le dire plus tard, Rae est sortie clandestinement cette nuit-là « pour se passer les nerfs ». Je suis restée chez moi, à corriger un rapport de surveillance que David refusait d'accepter tant que je n'aurais pas localisé moi-même les cinq coquilles qu'il comportait, car d'après ses propres paroles, « je n'apprendrais jamais rien sinon ». J'ai entendu un craquement familier venant de l'échelle à incendie et aperçu Rae accrochée au dernier barreau, s'apprêtant à sauter les quatre-vingt-dix centimètres la séparant du sol. Un regard à la pendule m'a indiqué qu'il était 21 h 30. Au cas où Rae rentrerait après l'heure limite, quelqu'un serait là pour témoigner.

Je sors par la porte d'en bas sans me faire remarquer et suis Rae à distance. Je reste loin derrière elle jusqu'à ce qu'elle arrive à Polk Street. Elle a beau modifier ses habitudes, il y en a certaines sur lesquelles je peux compter. Polk Street n'est pas très loin de chez nous et elle a besoin d'un lieu public pour choisir sa cible et exercer sa technique.

Elle entre dans un café et en sort sans tarder en mangeant ce qui, d'après moi, doit être un brownie. Je me dis que le jeu en vaut la chandelle, puisque je l'ai déjà prise en flagrant délit de consommation de sucre en semaine. En la voyant descendre la rue, je constate qu'elle a déjà choisi sa proie. Je me rapproche d'elle, certaine qu'elle ne me remarquera pas.

Elle entre dans la librairie de Polk Street derrière un type d'environ vingt-cinq ans avec des pilosités faciales originales et un assortiment classique de tatouages. À quatorze ans, Rae a l'air d'en avoir treize, et elle se balade seule, un soir d'école, à près de 10 heures : elle ne passe pas aussi inaperçue qu'elle le croit. Je reste dehors, attendant le moment propice pour révéler ma présence, au lieu d'entrer dans le magasin et de jouer les rabat-joie.

Le tatoué s'en va sans avoir rien acheté, ce qui ne me surprend pas. Je m'écarte de l'entrée et attends que ma sœur sorte. Elle arrive sans se presser, et suit le type dans la rue en direction du quartier du Tenderloin. Je reste derrière elle, toujours à son insu.

Le type tourne dans Eddy Street, et elle le suit. Ma colère monte quand je me rends compte qu'elle n'a aucune intention de le lâcher. Alors qu'on a rabâché à Rae pendant des années que le risque est au coin de la rue, cela me fait un choc de la voir précisément tourner ce coin-là.

Le tatoué prend encore à gauche au bout du pâté de maisons. Rae se précipite vers le carrefour pour éviter de le perdre de vue. Une fois que ma sœur a tourné, je fais la même chose. Le tatoué prend une fois de plus à gauche, et fait le dernier segment d'une boucle complète. Je voudrais hurler à Rae des commentaires variés sur le thème de « Tu es idiote ou quoi ? », mais je suis néanmoins convaincue qu'il y a une leçon à lui faire entrer dans le crâne, et je me retiens jusqu'au coin de la rue.

Là, j'entends des voix, et quand je jette un coup d'œil au coin, j'avise Rae et sa cible dans l'ombre d'un immeuble en construction. Appuyé contre le mur de brique rouge, le tatoué a emprisonné Rae entre ses bras tendus.

« Qu'est-ce que tu fais là, ma petite chatte ? chuchote-t-il d'un ton mielleux.

— Rien. Je me promène, répond Rae.

— À cette heure-ci ?

— J'avais besoin de prendre l'air.

— Tu sais ce que je pense ?

— Je ne lis pas dans les pensées.

— Je pense que tu me suivais.

— Voilà autre chose ! réplique-t-elle, nerveuse.

— T'aimes les hommes plus mûrs, c'est ça ?

– C'est pas ça du tout, du tout, du tout.

– Je pourrais t'apprendre des bricoles.

– Izzy ! Viens m'aider ! » crie Rae.

Je prends mon couteau à cran d'arrêt et je l'ouvre. Le tatoué reconnaît le bruit et se retourne tandis que je m'avance au coin de la rue.

« Tu lâches ma sœur, et vite, dis-je calmement en essayant d'évoquer l'esprit de Lee Van Cleef.

– On se calme, les filles. Avec moi, il y en a pour deux. »

Je prends mon portable et fais mine d'appeler la police.

« J'espère que tu auras l'usage de cette phrase en prison. »

Le tatoué envisage le cas de figure et décide de laisser tomber. Il adresse à Rae un clin d'œil suggestif. « À plus, ma puce. »

Je le regarde disparaître dans une ruelle un peu plus bas. Puis je pousse Rae contre le mur et lui rappelle qu'on avait passé un contrat.

« J'étais d'accord pour réduire mes surveillances, mais pas pour y renoncer complètement.

– Tu traînais dans le quartier chaud après l'heure limite. Il faut que je te rappelle que tu as quatorze ans ?

– J'ai l'autorisation d'être dehors après l'heure limite quand je suis accompagnée par un membre de la famille. Tu étais là, alors je me suis dit que je pouvais y aller.

– Quand m'as-tu repérée ?

– À la librairie. Je ne l'aurais pas suivi si je n'avais pas su que tu étais là. »

Je secoue la tête, réduite au silence. J'empoigne Rae

par le bras et la tire dans la rue. « Maintenant, on rentre. Je m'occupe de toi plus tard. »

Nous remontons Polk Street en silence. Comme on pouvait s'y attendre, c'est Rae qui le rompt.

« Tu as vu le clin d'œil qu'il m'a fait ?

— Oui.

— Je déteste les gens qui font des clins d'œil.

— Je sais. Tu ne vas pas t'en tirer comme ça, Rae, je t'avertis.

— On peut négocier ?

— Je regrette. Cette fois-ci, c'est non négociable. »

Plus tard ce soir-là dans la pièce des interrogatoires, mes parents se sont relayés pour faire la moralc à Rae pendant deux heures sur les dangers potentiels des surveillances sauvages. Mes parents ont le don de voir l'aspect négatif des choses. Je peux vous assurer que s'il y avait un danger, Rae l'a appris ce soir-là.

La guerre du dentiste

Mon père finit par renoncer à décoder ma volte-face vestimentaire. Mais pas ma mère. Après sa première série de questions au hasard, du genre : « Tu fais ça pour m'emmerder ? » ou : « C'est quand, la dernière fois que tu es allée consulter ? », maman ajusta son angle d'attaque.

Au début, elle s'en prit à mon style antérieur :

« Pendant vingt ans, on a eu droit à jean et cuir, jean et cuir, jean et cuir. On avait l'impression de vivre avec l'un des Hell's Angels, surtout à t'entendre parler.

— Tu ne m'as jamais dit que tu avais vécu avec un Hell's Angel, rétorquai-je.

— Je te suppliais de porter des robes. Suppliais. Tu te souviens de l'enterrement de tante Mary ? Et maintenant, c'est robes et jupes sans arrêt. Je veux savoir pourquoi.

— Pas de raison particulière, maman. J'aime mélanger les styles.

— Comment s'appelle-t-il ? » demanda-t-elle, en arrivant là où elle voulait en venir.

Chaque fois qu'elle me posait cette question, elle obtenait exactement la même réponse : « John Smith. » Donner à ma mère ce nom passe-partout revenait à déclarer qu'elle devrait user de la force pour m'arracher le secret.

« Tu crois pouvoir tenir combien de temps comme ça, Isabel ? »

Je n'avais rien à lui répondre ce jour-là, mais la plupart des questions s'élucident un jour, et « trois mois » était la réponse à celle-ci.

Pendant que je continuais à tenir Daniel et mes parents à distance, d'autres mensonges constellaient notre arbre généalogique. Me croyant passée maîtresse dans l'art du stratagème toutes catégories, je fus surprise en apprenant qu'une supercherie avait été mise au point à mon intention, ou plutôt à mes dépens.

Je n'ai pas l'habitude de passer chez David sans prévenir, surtout parce qu'il m'a expressément demandé de ne pas le faire. Mais voilà qu'un jour, je me trouve dans son quartier parce qu'un de mes pneus crève, justement non loin de chez lui. Je me gare dans l'allée devant chez lui et je sonne. Un samedi soir à 7 heures, à mon avis, les chances de le trouver à la maison sont minces.

David vient m'ouvrir au troisième coup de sonnette. En me voyant, le sourire qu'il affichait disparaît, comme s'il s'attendait à voir quelqu'un d'autre, et était déçu par la réalité.

« Isabel.

Bien. Tu te souviens de moi.

— Je croyais que j'avais été clair.

— Je pensais que la règle était flexible.

— Est-ce que "flexible" est un mot que tu utiliserais pour me décrire ?

— Non. Mais j'ai crevé. Dans ton quartier. Alors je me moque des règles.

— Tu as vraiment crevé ?

– Ma voiture est dans l'allée. Tu veux vérifier ?

– Non. Tu as besoin de quoi ?

– Eh bien, j'aimerais me servir de ton téléphone et me détendre dans ta luxueuse maison en attendant l'arrivée de la dépanneuse.

– Tu n'as donc pas de portable ?

– Je l'ai laissé chez moi. J'étais juste partie faire une petite course. »

David tourne les talons et laisse la porte ouverte, m'autorisant de façon muette et discourtoise à entrer.

« Dépêche-toi, Izzy, j'ai des projets pour ce soir.

– Quel genre de projets ?

– Je ne suis pas d'humeur à subir un interrogatoire.

– Tu ne l'es jamais.

– Tu veux que je te fasse un plan pour trouver le téléphone ? » dit-il d'un ton plus coupant que d'habitude, lui qui obtient déjà au départ un score d'au moins dix sur l'échelle des tons qui vous cisaillent.

Juste au moment où je vais saisir le sans-fil sur son socle, il sonne. David fonce sur moi pour me l'arracher des mains.

« Allô, dit-il, essoufflé. Oui, je sais. Ma sœur est chez moi en ce moment et il faut que j'attende l'arrivée de la dépanneuse. On peut peut-être retarder d'une demi-heure ? Une heure, d'accord. À tout à l'heure. » Il coupe, puis me tend le téléphone. Je l'observe attentivement sans rien dire. Je donne les coups de téléphone relatifs à ma voiture pendant que David, impatient, se fait beau devant la glace. Je demande à utiliser sa salle de bains et, comme de bien entendu, j'examine l'intérieur de son armoire à pharmacie. D'ordinaire, j'y découvre les derniers produits anti-âge à la mode et ne cesse de le mettre en boîte au sujet de sa vanité. Il m'arrive de me dire que s'il n'était pas mon frère, je le mépriserais. Toutefois, ce que je découvre à côté de la lotion hydratante à l'acide glyco-lique, c'est une boîte de tampons, et cet objet ne peut signifier qu'une chose : David a une petite amie sérieuse. Vous pourriez croire que je tire des conclu-sions prématurées, mais mon hypothèse se base sur l'expérience passée et je lui en veux déjà d'essayer de me cacher une chose pareille.

Je passe la tête par la porte de la salle de bains. « Où vas-tu ce soir, David ?

– Je sors dîner.

– Avec une copine ?

– Une amie.

– Comment s'appelle-t-elle ?

– Ça ne te regarde pas.

– Elle n'a sûrement pas un nom pareil.

– Tu me lâches, Isabel. »

Je montre la boîte de tampons que j'ai à la main.

« Et ça, c'est quoi ? »

La guerre contre
la surveillance sauvage

CHAPITRE 3

Quelques semaines plus tard, alors que Rae s'était vu retirer un travail de surveillance parce qu'elle avait eu juste la moyenne à un examen d'algèbre, elle fit une nouvelle sortie clandestine. Cette fois-là, elle revint à la maison entre deux flics en uniforme. Mon père ouvrit la porte en pyjama, surpris de voir Rae devant lui, et non à l'intérieur comme il le croyait.

L'agent Glenn se présenta, ainsi que son compagnon, l'agent Jackson, puis il serra chaleureusement la main de mon père et dit : « Bonsoir, monsieur. C'est votre fille ?

— Ça dépend. Qu'est-ce qu'elle a fait ?

— Nous avons reçu une information anonyme selon laquelle une jeune personne correspondant au signalement de votre fille suivait des gens pris au hasard dans le quartier de Polk Street. Peu après, nous avons trouvé Emily en train de suivre un couple âgé à Nob Hill. Bien sûr, ce n'est pas un délit, mais nous estimons que c'est une activité curieuse pour une jeune fille à cette heure de la soirée.

— Ma chérie, il ne faut pas donner un faux nom aux

212

représentants de la loi, dit mon père. Messieurs, je vous prie d'excuser ma fille, Rae Spellman. Vous allez faire un rapport ?

– Non, je ne pense pas que ce sera nécessaire », dit l'agent Glenn. Sur ce, les deux flics partirent.

Rae entra, et mon père claqua la porte derrière elle. « Combien de fois faudra-t-il que nous ayons cette conversation ? » demanda-t-il.

Rae ne comprit pas, cette fois encore, qu'il s'agissait d'une question rhétorique. « Tu veux un nombre ? demanda-t-elle.

– Tu sais que dans le secteur, il y a vraiment de la racaille.

– C'est pour ça que je suivais des vieux ! »

Heureusement, mon père resta insensible à sa logique. Il lui chuchota d'un ton menaçant : « Tu vas payer pour ça, ma petite chatte », et l'expédia au lit.

Rae passa devant la porte de son oncle juste au moment où il fermait la porte. Elle savait qu'il avait écouté toute la conversation, et que c'était lui qui l'avait dénoncée. Si elle acceptait sa punition comme inévitable, elle se jura qu'elle entraînerait l'oncle Ray dans sa chute.

La guerre du bar

Pour avoir commis l'infraction de suivre un couple dont le total des années devait approcher cent soixante, Rae reçut un châtiment exemplaire. Du moins si l'on compare à la liste de ses punitions antérieures : elle fut bouclée pendant trois mois, chose sans précédent, mais le pire fut qu'on lui interdit aussi de se livrer à toute surveillance officielle pendant ce temps-là. Avant d'entamer sa tranche de vie cafardeuse d'ado privée de sorties, Rae décida de noyer son chagrin dans un verre de bière au gingembre au Philosopher's Club.

Pendant que Milo s'efforçait sans succès de convaincre ma sœur de rentrer toute seule, Daniel me préparait un autre repas pour lequel il prit beaucoup trop de libertés avec la recette.

Pendant qu'il coupait les tiges d'oignon (il était censé utiliser des poireaux), il annonça : « J'ai envie d'inviter des amis à dîner.

— Tu crois que c'est une bonne idée ? demandai-je avant que mes réflexes d'autocensure ne se déclenchent.

— Oui, insista-t-il. Ça sera convivial.

— Qui inviteras-tu ?

— Des copains. Peut-être ma mère. »

Ah-ah, pensai-je. Mais je me dis aussi que tant qu'il n'insistait pas pour rencontrer la mienne, tout allait pour le mieux dans le meilleur des mondes. Alors je décidai d'être accommodante et de lui faciliter les choses.

« Super-idée. Tu devrais faire des enchiladas.

– Non, je pense à quelque chose de moins classique.

– Je trouve que les enchiladas, c'est un plat très original », dis-je, espérant qu'il se laisserait convaincre. Là-dessus, mon téléphone sonna. En temps normal, je n'aurais pas répondu à un appel sur mon portable, mais le numéro me parut familier. Pas assez toutefois pour que ce soit un membre de la famille – mon critère habituel pour répondre.

« Izzy, c'est Milo. Ta sœur est encore là.

– Elle est interdite de bar : elle est bouclée !

– Je sais. Elle m'a tout raconté. Tu ne peux pas venir la chercher ?

– D'accord. Je pars tout de suite. »

Dès que j'eus raccroché, Daniel me demanda qui était bouclé, ce qui me força à improviser un mensonge. Je lui dis que Rae avait encore voulu aller à son cours de danse classique, malgré une entorse, que maintenant elle ne pouvait même plus marcher pour rentrer et que si maman apprenait qu'elle avait fait des exercices à la barre (au cas où il m'aurait entendue prononcer le mot « bar »), ce qui lui était formellement défendu, elle serait punie par une interdiction de sortie encore plus sévère.

Daniel me demanda s'il pouvait m'accompagner pour avoir le plaisir de rencontrer ma sœur, mais lorsque je lui rappelai que sa sauce n'avait pas encore réduit, il s'inclina.

Quand je suis arrivée, Rae était en pleines doléances et Milo, en bon patron de bar, lui prêtait une oreille compatissante.

« Ils étaient vieux, Milo, et c'était Nob Hill. Ce n'est pas le quartier des dealers et des prostituées.

– Ça se tient, gamine.

– J'ai proposé de négocier, mais maman m'a dit que c'était non négociable. Tout se négocie pourtant. Je ne faisais de mal à personne.

– Je crois que ce que tout le monde redoute, c'est qu'on t'en fasse.

– J'ai proposé de réduire mes surveillances de soixante pour cent. Ça n'a pas marché. Alors, j'ai proposé quatre-vingts. Quatre-vingts pour cent ! Eh bien non seulement papa a refusé, mais en plus, il m'a dit qu'ils ne me donneraient plus de travail. Ils m'ont ôté mon gagne-pain. »

Rae sait que je l'observe et c'est pour moi qu'elle parle. Mais j'en ai assez entendu. Je m'assois sur un tabouret adjacent et finis encore son verre de bière au gingembre.

« Tu es bouclée, Rae.

– Je sais.

– Alors, qu'est-ce que tu fais ici ?

– Les règles disent que je n'ai pas le droit d'être dehors après l'école si je ne suis pas sous la surveillance d'un adulte.

– Je ne vois pas le rapport.

– Milo est un adulte. »

J'ai empoigné Rae, l'ai fait descendre de son tabouret et l'ai traînée à ma voiture. Je lui ai reprécisé les détails de sa punition et nous sommes convenues de ne pas divulguer l'incident, à condition qu'elle se tienne désormais à carreau.

Ce soir-là, je me suis servie de *Max la Menace* pour détourner l'attention de Daniel de l'irruption de Rae. Nous avons regardé quatre épisodes, terminant par celui de 1966 où KAOS se sert de Hymie[1], un robot qui prend tout au pied de la lettre[2], pour infiltrer le CONTROL et kidnapper le Dr Shotwire, un éminent savant gardé par Max. Mais la gentillesse de Max détourne du mal le robot sensible et à la fin, Hymie sauve la vie de Max, de 99 et du Dr Shotwire avant d'abattre son propre créateur. Le chef demande à Hymie d'entrer à CONTROL, mais Hymie déclare qu'il préférerait travailler pour IBM afin de rencontrer des machines intelligentes. Cet épisode était censé être le seul où figurait Hymie, mais le personnage a eu un tel succès qu'il a fait plusieurs autres apparitions.

« J'adore Hymie, dit Daniel.

– Le contraire serait surprenant », répliquai-je, pensant avoir suffisamment détourné son attention de ma sœur et de ma famille. Erreur.

Daniel appuya sur le bouton « pause » et déclara : « Je voudrais voir où tu habites. »

La demande fut suivie de négociations. Résultat : Daniel et moi sommes entrés clandestinement chez moi par l'échelle de secours à 2 h 30 du matin. La nouveauté de cet exploit d'ados en goguette a fait oublier à Daniel que sa petite amie n'était plus une ado. Il a passé la nuit là – enfin, quatre heures. Après quoi, je l'ai réveillé et l'ai renvoyé par là où il était arrivé.

---

1. Nommé d'après le savant maléfique qui l'a créé.

2. Par exemple, si vous demandez à Hymie de vous donner un coup de main, il commence à dévisser sa main pour vous frapper avec.

L'impatience de ma mère croissait proportionnellement à celle de Daniel, mais je les tenais l'un et l'autre fermement à bout de bras. Le numéro de l'enseignante n'était pas facile à continuer, mais je finis par intégrer quelques éléments de ma garde-robe personnelle et de mon vocabulaire au personnage que je présentais à Daniel. À la fin, je pouvais dire que j'étais moi-même avec lui – à l'exception des mensonges concernant ma famille et mon gagne-pain.

Pendant les week-ends de son incarcération, Rae circulait dans la maison, en proie à une rage silencieuse, incapable de trouver un exutoire à son trop-plein d'énergie. Ma mère finit par lui conseiller de faire de la bicyclette et répéta les règles définissant sa liberté temporaire. Rae prit sa bicyclette pour se rendre chez Milo et cette fois, Milo appela mon père. Mes parents discutèrent de la situation et parvinrent à une conclusion dont eux seuls avaient le secret.

(Note : bien que je n'aie pas été témoin direct de la rencontre ci-dessous, j'ai interrogé tous les intéressés et considère que le récit que j'en fais est exact.)

Quand mes parents sont allés chercher Rae au Philosopher's Club, il pleuvait déjà à verse. Rae a accroché sa bicyclette au support fixé au pare-chocs arrière de la Honda de maman, et s'est installée à l'arrière. Mon père et ma mère ont tourné vers elle des visages sévères. Rae a immédiatement réagi par la défensive.

« Vous me demandez de cesser de faire ce que j'aime le plus au monde.

– Ne dramatise pas, a dit ma mère.

– Franchement, je ne sais pas si je peux m'arrêter.

– Tu t'arrêteras si on te dit d'arrêter, a poursuivi mon père.

– Vous n'êtes pas raisonnables. »

Ma mère se tourna vers mon père, attendant son feu vert. Mon père hocha la tête et ma mère dit : « On a un travail pour toi. Ça devrait t'occuper un moment et t'empêcher de faire des bêtises. Il faut que tu comprennes bien qu'il s'agit d'une surveillance officielle, Rae. Si on te prend en train de travailler en freelance, tu ne feras plus une seule journée de boulot ici jusqu'à ta majorité. Compris ?

– Compris. C'est quoi, le travail ?

– On veut que tu suives ta sœur, dit mon père.

– J'ai besoin d'avoir l'identité du type qu'elle voit », dit ma mère.

Rae garda le silence pendant que mon père lui expliquait les règles du jeu. « Il ne faut pas que cela t'empêche de faire ton travail scolaire. Et tes heures de sortie ne changent pas. Où que soit Isabel et quoi qu'elle fasse, tu dois rentrer pour 8 heures du soir.

– Mais j'ai la permission de 9 heures ! dit Rae.

– Plus maintenant, dit ma mère. La proposition t'intéresse ?

– Parlons fric », répliqua Rae.

Elle obtint un bonus d'un dollar l'heure pour les risques supplémentaires qu'elle courait en me surveillant ; elle négocia aussi ses heures supplémentaires et ses frais. Ils topèrent là.

Rae me suivit trois jours d'affilée sans que je remarque rien. La claque à mon ego ne fut rien en comparaison du choc éprouvé par ma mère lorsque Rae posa devant elle les photos et lui apprit la vérité. Elle regarda les photos de Daniel et moi ensemble et dit même à mon père que c'était un bel homme soigné, et elle parut soulagée jusqu'au moment où ma sœur lui tendit la dernière photographie.

« Maman, essaie de rester calme », prévint Rae en présentant sa dernière offrande.

Ma mère lui arracha des mains la photo finale : un cliché de la plaque « Daniel Castillo, chirurgien-dentiste ».

« C'est un dentiste ? demanda ma mère.

– Oui, mais il a l'air vraiment extra », dit Rae.

Trois mois exactement après le rendez-vous normal n° 1, la patience de Daniel était arrivée à son terme. Il m'adressa un ultimatum qui ne laissait place à aucune négociation.

« Je veux rencontrer tes parents, dit-il.

– Pourquoi ? Ils n'ont vraiment rien de spécial.

– J'exige de leur être présenté.

– Sinon ?

– Comment ça, "sinon" ?

– En général, quand quelqu'un exige quelque chose, cela implique des conséquences si les exigences ne sont pas satisfaites.

– Oui, bien sûr.

– Alors, quelles sont les conséquences ? demandai-je, croyant qu'il s'agirait d'une rétorsion du genre *Sinon, je ne te ferai plus jamais de dîner.*

– Si je ne rencontre pas tes parents dans la semaine, notre relation est terminée.

– C'est si tu rencontres mes parents que la relation est terminée. »

Daniel leva les yeux au ciel et poussa un soupir forcé. « Des gens qui ont consacré leur vie à éduquer la jeunesse de ce pays ne peuvent pas être épouvantables.

– Tu as déjà rencontré un prof ?

– Isabel, c'est un ultimatum. Je rencontre ta famille ou nous deux, c'est fini. »

Les ultimatums devaient être dans l'air, parce que ma mère me lança le sien le lendemain :

« Ma chérie, si tu ne me présentes pas ton nouveau copain d'ici une semaine, je vais le trouver moi-même et m'arranger pour me présenter toute seule. Compris ? »

Quand j'arrivai dans la cuisine Spellman le lendemain matin, Rae était en train de se préparer son petit déjeuner classique du samedi matin : crêpes aux copeaux de chocolat – lourdement chargées en copeaux. Il fallut même que mon père lui arrache le paquet des mains. Après quoi, ma mère dut arracher le paquet de celles de papa. Rae me donna une assiette de sa première série. Je lui dis que je n'avais pas l'intention de les payer, pour prévenir toute tentative d'arnaque après un geste apparemment généreux : elle était coutumière du fait. Cette fois-ci elle dit que c'était un cadeau de la maison et me fit un sourire contrit.

Je me tournai vers ma mère, qui attendait toujours la réponse à son ultimatum de la veille. Je la lui donnai.

« Tu peux le rencontrer. Mais je pose mes conditions : il croit que je suis enseignante.

– Et d'où tient-il cette idée ? demanda mon père.

– De moi : c'est ce que je lui ai dit.

– Tu parles d'un mensonge vraisemblable, marmonna-t-il, sarcastique.

– Je le deviendrai peut-être. Qui sait ?

– Tu ne deviendras pas enseignante, déclara ma mère.

– Et comment le sais-tu ? grinçai-je.

– Si on revenait à cette rencontre ? » coupa mon père.

Je précisai mes desiderata pour la circonstance.

« Je ne suis pas prête à lui dire la vérité.

– Et pour nous, il la connaît ? demanda maman.

– Non. Et je tiens à ce que les choses restent telles quelles. »

L'oncle Ray entra dans la cuisine torse nu, vêtu de son jean habituel et de ses mocassins.

« Dites, quelqu'un a vu ma chemise ? »

Trois « non » lui répondirent, et ma mère demanda : « Où était-elle la dernière fois que tu l'as vue ?

– J'ai mis mon linge dans la machine hier soir.

– Refais tous tes gestes.

– Putain, c'est ce que je fais depuis deux heures. J'y crois pas ! » lança l'oncle Ray à la cantonade. Et il sortit de la cuisine à grandes enjambées rageuses.

Ma mère remit la conversation sur un sujet plus important :

« Quand la rencontre aura-t-elle lieu ?

– Vendredi soir.

– Et officiellement, on fait quoi ? demanda mon père de mauvaise grâce.

– Maman, tu enseignes les maths en cinquième. Papa, tu es directeur en retraite d'une école de la zone d'Alameda.

– Et moi, je suis enseignante aussi ? demanda Rae.

– Non, répondis-je.

– Pourquoi ?

– Parce que tu es en troisième.

– Alors, officiellement, qu'est-ce que je fais ?

– Tu es en troisième », dis-je, avec toute l'autorité dont j'étais capable.

Ma mère fixa le café dans sa tasse et marmonna

d'une voix presque inaudible : « Qu'est-ce qui te fait tellement honte ? »

Plus tard ce soir-là, Rae vint frapper à ma porte. « Il me faut un passé lourd, dit-elle quand je répondis.

– Pardon ?

– Vendredi, quand tu nous présenteras le dentiste. Il n'y a vraiment aucun intérêt à jouer l'élève de troisième. On dira que j'étais héroïnomane, que j'ai décroché il y a six mois, et que maintenant tout va bien.

– C'est pas drôle.

– Non, dit-elle, déjà dans son rôle. Jamais je n'ai rien fait de plus difficile. Aujourd'hui, je survis au jour le jour. »

Je l'empoignai par le col et la plaquai contre la porte, prête à écraser toute détermination chez elle. J'articulai clairement et lentement, afin que chaque mot porte : « Ton père est directeur d'école en retraite. Ta mère est prof de maths. Ta sœur est suppléante. Fin de l'histoire. Tu as enregistré ?

– Mais oui », exhala-t-elle avec le peu de souffle qui lui restait.

Je la jetai dans le couloir et lui rappelai mes capacités de vengeance. Mais je savais qu'elle ne pourrait pas se contrôler. Je me préparai à une soirée qui allait être, j'en étais sûre, un désastre. Toutefois, jamais je n'en aurais imaginé l'ampleur.

Petra me retrouva pour prendre un verre le lendemain. Je lui fis un compte rendu des dernières nouvelles de chez Spellman, espérant de la sympathie.

« Tu devrais dire la vérité au dentiste avant qu'il ne soit trop tard, dit-elle.

– J'attends le moment propice.

– Tu risques de devoir voyager dans le temps.

– Très drôle.

– Tout ce souk pour un mec.

– Oui, mais celui-là, il me plaît.

– Pourquoi ? Enfin, tomber amoureuse d'un beau dentiste, franchement, c'est un peu banal pour toi. »

Du coup, je réfléchis.

« Il est tout ce que je ne suis pas.

– Guatémaltèque avec un diplôme de dentiste ? En effet.

– Ajoute très cultivé, bilingue et capable de bronzer.

– Qu'est-ce que vous avez en commun ?

– Mais... beaucoup de choses.

– Quoi, par exemple ?

– *Max la Menace*. Il est accro. Il a vu tous les épisodes au moins trois fois.

– Je ne suis pas sûre qu'une série d'il y a trente-cinq ans soit une base assez solide pour construire une relation.

– Elle l'a bien été pour nous deux.

– Quoi d'autre ?

– Il a toute la série sur DVD. Piratée, bien sûr.

– Et puis ?

– Comme tu le sais, il y a cent trente-huit épisodes.

– Je répète ma question : qu'est-ce que vous avez d'autre en commun ?

– On aime bien boire un verre sur le toit.

– Comme tout le monde, rétorqua Petra, sceptique. N'empêche qu'il est dentiste, et tu sais ce que ça va faire à ta mère. Alors ça donne l'impression de relever de la rébellion adolescente. Tu vois ce que je veux dire ?

– Non », répondis-je, mais je mentais.

Petra haussa des épaules dédaigneuses et ôta sa veste pour disposer les billes de pool en triangle. Je remarquai un gros bandage sur son triceps.

« Qu'est-ce qui t'est arrivé ?

— Rien. Je me suis fait enlever un tatouage », répondit-elle comme si de rien n'était.

Je retins mon souffle et, catastrophée par anticipation, m'exclamai : « Tu n'as pas fait retirer Puff, quand même ? »

Petra avait récolté Puff le dragon magique une nuit embrumée, après avoir avalé neuf whiskys en deux heures. Elle prétendait avoir demandé un dragon qui crachait du feu — le meilleur marché possible — mais quand elle se réveilla le lendemain matin, en regardant son bras, elle découvrit Puff, l'ami des enfants, qui lui souriait à l'envers. Elle retourna au salon de tatouage le lendemain, avec la gueule de bois et la bouche pâteuse, pour demander une explication concernant l'œuvre d'art inexplicable et permanente qui lui ornait l'épaule. Le patron de l'établissement se souvenait d'elle, non seulement parce qu'elle voulait des frites et lui en avait commandé à trois reprises, mais aussi parce qu'elle était arrivée avec son modèle pour le tatouage.

Il lui montra la serviette de bar avec le dessin de Puff et les initiales de Petra à côté. Petra, ne sachant plus où se mettre à la vue de cette œuvre sous influence, accepta la responsabilité de son faux pas de la veille et quitta la magasin de tatouage sans un mot. Elle finit par s'attacher à Puff. Elle parlait souvent de lui avec affection comme d'un lointain cousin ou d'un animal favori mort depuis longtemps.

« Il va me manquer, déclarai-je.

— Eh bien moi, je ne vais pas regretter ce qui me

rappelait tous les jours la pire cuite que je me sois jamais payée.

— Il y a des années, je t'ai demandé si tu te le ferais enlever un jour et tu m'as dit non.

— On peut changer d'avis, non ?

— Ça ne te ressemble pas. »

Petra joua une série, mais sans couler aucune bille.

Après avoir touché deux bandes, je me tournai vers elle et lui demandai : « Tu sors avec quelqu'un ?

— Non, mentit-elle.

— Tu es sûre ?

— Izzy, on joue au pool ou quoi ? »

La guerre du dentiste,
la guerre de la chemise
(et la poursuite en voiture n° 1)

J'accueille Daniel à mi-chemin de l'allée du 1799,
Clay Street.

« Quoi qu'il arrive ce soir, tu ne rompras pas avec
moi.

– Ils ne peuvent pas être à ce point-là !

– Promis ? »

Daniel m'embrasse et promet qu'il ne rompra pas
avec moi ce soir, mais me rappelle aimablement que
le moratoire se terminera dans vingt-quatre heures. Il
plaisante. Moi pas.

Quand nous entrons, mes parents nous foncent dessus. Je profite de la brève phase des présentations pour
aller chercher à Daniel le verre dont je sais qu'il aura
besoin.

Ma mère le fait entrer dans le salon pendant que je
nous verse deux doubles doses de whisky. Puis l'idée
me vient que si cette entrevue justifie mes craintes, il
me faudra peut-être une preuve de l'indignité de mes
parents. Je file donc dans le bureau, saisis un magnétophone miniature, le glisse dans ma poche et rejoins les
autres dans le salon.

Mais je n'ai pas besoin d'enregistrement pour me

souvenir des événements de cette soirée. Je me les rappelle comme s'ils dataient d'hier.

Je tends son verre à Daniel lorsqu'il s'assoit sur le canapé. « Tu vas en avoir besoin », lui dis-je.

Ma mère m'ignore et gazouille : « Je suis tellement contente de vous connaître enfin, Daniel. Mais peut-être préférez-vous que je vous appelle "docteur" ?

– Appelez-moi Daniel, je vous en prie, Mrs. Spellman, répond-il poliment.

– Et vous, appelez-moi Livy. Tout le monde m'appelle Livy.

– Pas moi, lui lancé-je.

– Isabel, sois sage, me lance Daniel.

– Merci, Daniel, dit ma mère, dont le visage se fend d'un large sourire. Alors, racontez-moi, vous êtes né en Californie ?

– Non. Au Guatemala. Ma famille est venue s'établir ici quand j'avais neuf ans.

– Où habitent vos parents ?

– À San Jose.

– Ils s'appellent Castillo eux aussi ? »

Il ne s'est pas écoulé deux minutes que l'interrogatoire a déjà commencé.

« Ne réponds pas à cette question », dis-je, comme un avocat commis d'office à son client.

Mais Daniel passe outre. « Oui, eux aussi.

– Avec la même orthographe ? demande mon père.

– Bien sûr, répond Daniel, dont les sourcils grimpent en même temps que sa méfiance.

– C'est formidable », susurre mon père.

Quand Rae fait son entrée, je suis presque contente de la voir, ce qui donne une idée de la baisse vertigineuse de mon moral. Elle se dirige vers Daniel et lui tend la main.

« Bonjour. Je suis Rae, la sœur d'Izzy. Dois-je vous appeler docteur Castillo ?

– Enchanté, Rae. Appelez-moi Daniel. » Il lui sourit et je me rends compte que, pour l'instant du moins, il s'est laissé prendre à son numéro de gentille petite lycéenne.

C'est alors que l'oncle Ray descend lourdement l'escalier en criant : « J'ai eu ton message, gamine. »

Je me doutais bien que ça devait arriver, mais j'espérais que ça attendrait un jour de plus.

Mon oncle tend à mon père un morceau de papier kraft gris foncé plié en quatre.

« Regarde-moi ça, Al, dit-il avant de se tourner vers Rae et de poursuivre : Si tu me prends pour un pigeon, tu te mets le doigt dans l'œil. »

Je regarde mon père déplier la feuille. Il fait des efforts surhumains pour réfréner le puissant fou rire qui le gagne.

« Je ne vois pas de quoi tu veux parler, répond Rae à son oncle avec une maîtrise d'actrice consommée.

– Pour ça, tu vas écoper, crois-moi », dit l'oncle d'un ton pénétré qui en aurait terrifié des plus coriaces.

Ma mère choisit d'ignorer l'incident, qui paraît encore plus absurde que ses questions ciblées.

« Dites-moi, Daniel, quel âge avez-vous ? »

Je coupe : « Ça ne te regarde pas.

– Laisse, Isabel. J'ai trente-sept ans. »

Je pousse un soupir agacé.

« Quel bel âge, dit ma mère. Alors vous êtes né en 1970, c'est ça ?

– Maman ! dis-je d'un ton menaçant.

– Et votre anniversaire tombe quand, Daniel ?

– Ne réponds pas à cette question.

– Le 15 février, répond Daniel, qui veut sans doute

tirer à pile ou face pour décider qui, de ma mère ou de moi, est la plus cinglée.

– Je t'avais dit de ne pas lui répondre !

– Ne t'énerve pas, Isabel. »

Ma mère note le résultat de son enquête. « Quinze février mil neuf cent soixante-dix. J'ai horreur d'oublier un anniversaire. »

Pendant ce temps-là, mon père joue les médiateurs pour résoudre le conflit en cours dans l'autre moitié de la pièce.

« Rae, rends sa chemise à ton oncle, dit-il en me tendant le papier kraft pour que je le lise.

– Qu'est-ce qui te fait croire que je l'ai ? proteste Rae.

– La demande de rançon, ma petite chatte. »

Je déplie la feuille que Daniel regarde par-dessus mon épaule. Le texte, écrit avec des lettres collées après avoir été découpées dans des journaux et magazines, est le suivant :

G ta chemiz.
Si tu veux la réQpérer
Tu feras cke jte 2mande.

Rae continue à nier, arguant que « n'importe qui aurait pu écrire ce message ».

Je lui adresse mon regard le plus menaçant : « Rae, rends-lui cette putain de chemise.

– Essayez donc d'y trouver mes empreintes », rétorque-t-elle avec assurance. Puis elle s'approche de Daniel pour finir de plaider sa cause. « Ils me soupçonnent d'emblée parce que j'ai été toxico. J'ai beau être clean depuis six mois, ils ne me croient pas. Il faut du temps pour rétablir la confiance. »

Je m'attendais à ce qu'elle fasse une sortie de ce genre et franchement, c'est le cadet de mes soucis. L'oncle Ray s'approche de Daniel pour s'excuser.

« Désolé de jouer les trouble-fête. Moi, c'est Ray. L'oncle d'Izzy.

– Il y a deux Ray ? Ça peut prêter à confusion.

– On lui a donné mon nom. Quand Olivia l'attendait, cette gamine, j'avais un cancer. Ils croyaient que je ne survivrais pas, alors ils l'ont appelée comme moi.

– Et puis au lieu de mourir, il a survécu », dit Rae, comme si elle révélait la fin inattendue d'un roman à suspense.

J'interviens : « Rae, si tu sors d'ici, je te donne cinq dollars.

– Dix, et c'est d'accord. »

L'argent change de mains et je me dis qu'il serait temps qu'on file avant qu'il ne soit trop tard.

« Ravie de vous avoir rencontré, Daniel. Je ne vous imaginais pas du tout comme ça », lance Rae en quittant la pièce.

L'oncle Ray sort sur ses talons : « Tu ne vas pas t'en tirer ainsi, gamine. »

J'essaie d'expliquer : « Il y a un contentieux entre eux.

– Ils sont en guerre, dit ma mère avec son sourire exaspérant.

– Alors, comme ça, vous êtes dentiste ? dit mon père en s'efforçant de supprimer la pointe d'agressivité dans sa voix.

– Oui, répond aimablement Daniel.

– Et comment ça se fait ?

– J'aime ce métier. Mon père est dentiste. Mon grand-père aussi. C'est une vocation qui se transmet de père en fils, si vous voulez.

– Quelle chance, dit ma mère d'une voix qui dément ses paroles.

– Et vous, ça fait longtemps que vous enseignez ? demande Daniel.

– Vingt ans, environ, lance maman.

– Vous devez adorer votre travail.

– Pas vraiment.

– Il est temps qu'on y aille, dis-je, sentant le baromètre descendre en flèche.

– Ce n'était pas vraiment notre vocation, dit mon père, jouant toujours son rôle. À vrai dire, nous n'aimons pas les enfants, chuchote-t-il comme s'il révélait un secret honteux.

– Bon. On va filer. » Joignant le geste à la parole, je me lève. Mais il est trop tard.

« Vous avez du mal à rester clean ? demande ma mère, abandonnant son sourire amical.

– Pardon ? répond Daniel, dont le sourire s'efface aussi.

– Vous autres, vous semblez avoir plus de problèmes de drogue que la moyenne des gens. »

Je prends le bras de Daniel, mais il s'est déjà levé.

« Je ne peux pas parler au nom de tous les miens, mais moi, je n'ai jamais eu de problème de drogue. »

J'interviens : « Elle n'a pas voulu dire ça.

– Je suis contente de savoir que Daniel a décroché.

– C'est insensé ! » s'exclame Daniel, s'adressant à elle.

J'interviens sobrement en disant : « Tu as vu l'heure ?

– Ravi de vous avoir rencontré, Daniel, assure mon père, dont le sourire "Tout-va-pour-le-mieux-dans-le-meilleur-des-mondes" est toujours accroché aux lèvres.

– Revenez quand vous voudrez », lance ma mère du ton dont elle aurait proféré : *Allez vous faire foutre*.

Daniel sort. Je me tourne vers mes parents, meurtrie par leur trahison, et lance : « Vous aviez promis de bien vous tenir !

– Amuse-toi bien, ma chérie, me crie mon père tandis que je me précipite sur les talons de Daniel.

– Je t'avais prévenu qu'ils étaient bizarres », dis-je, espérant une réponse compatissante. Parce que moi, j'ai dû subir leur éducation. Lui, rien que dix minutes de conversation.

« Tu m'excuseras, mais je crois que je préfère remettre le dîner de ce soir », dit Daniel.

Je le regarde monter dans sa voiture et démarrer. Je m'apprête à le laisser partir, pensant que s'il m'a fallu des années pour intégrer le fait que ces gens étaient mes parents, je peux bien lui octroyer une soirée. Et puis je me ravise et saute dans ma Buick.

Je rattrape la BMW de Daniel quand il tourne vers le nord dans Van Ness Street. Je reste derrière lui encore quelques instants, puis mon téléphone sonne.

« Isabel, c'est toi qui me suis ?

– Daniel, je t'en prie, arrête-toi. » Je le vois accélérer. « Il faut mettre le pied droit sur la pédale de gauche, pas celle de droite.

– Je sais conduire, Isabel.

– J'ai besoin de cinq minutes pour t'expliquer. En fait, ça en prendra peut-être quinze ou vingt. Mais pas plus. »

Daniel tourne à angle aigu dans California Street.

« Je te préviens, Daniel, si tu essaies de me semer, tu n'y arriveras pas.

– Ma voiture est plus rapide que la tienne.

– Ça n'est pas aussi simple, crois-moi. »

Daniel raccroche et passe un feu à l'orange. Je grille un feu rouge. Je voudrais le rappeler pour lui dire que ce que nous faisons maintenant n'est qu'un rituel. Daniel est un citoyen responsable, un homme qui respecte les règles de la société, et celles de la circulation. Comme ce n'est pas mon cas, il n'a aucune chance de me semer dans une poursuite en voiture.

Il décrit des tours et des détours à environ cinquante à l'heure au plus sans paraître se diriger vers une destination particulière. Je maintiens entre nous une distance suffisante pour ne pas l'effrayer, mais reste assez près pour qu'il n'oublie pas ma présence. Je n'ai qu'une idée en tête : ne pas le perdre.

Il s'engage dans Gough Stret qui descend jusqu'à Bay, tourne à gauche et continue jusqu'à ce qu'il débouche dans Fillmore Street, et tourne à droite toute. Il accélère un peu, mais ne dépasse pas la vitesse des autres voitures et s'engage sur le pont du Golden Gate. Je le vois me regarder dans son rétroviseur et secouer la tête, déçu. Au bout du pont, il met son clignotant droit et ralentit, cherchant un endroit où il pourra stationner. La poursuite touche à sa fin.

Il arrête la voiture après le pont, à la première aire de demi-tour, puis descend et attend que je me sois garée.

« Tu veux ma mort ? » demande-t-il quand il est près de ma voiture.

J'ignore cette réponse hyperbolique à la chasse à l'homme la plus lente jamais répertoriée.

« Daniel, tu as mal compris.

— Ah oui ? Tu sors avec un métèque pour emmerder tes parents.

— J'étais sûre que tu comprendrais ça de travers.

— Tu as entendu ce qu'elle m'a dit ? "Vous autres".

– Oui. Vous autres dentistes. Ma mère déteste les dentistes.

– Les gens n'aiment guère venir nous voir, mais en général, ils ne nous détestent pas en tant que communauté.

– Daniel, c'est une longue histoire. Mais j'ai tant de choses à te dire pour l'instant que celle-là n'est pas prioritaire. Il faut que tu saches qu'une grande partie de ce que tu as entendu ce soir n'était pas vrai.

– C'étaient bien tes parents ?

– Oui.

– Dommage.

– Je ne suis pas enseignante. Eux non plus.

– Enfin une bonne nouvelle.

– Ils sont détectives privés. Moi aussi. C'est ça, l'affaire de famille. Le jour ou je t'ai rencontré, je surveillais ton partenaire du jour au tennis, Jake Peters. Sa femme s'était mis en tête qu'il était homo et que tu étais son amant.

– C'est absurde.

– Oui, je sais. Quand je t'ai vu jouer le second match, j'ai trouvé ça louche et je t'ai attendu au bar. Je t'aurais volontiers dit la vérité à ce moment-là, mais ça t'aurait paru très bizarre, et puis on ne peut pas divulguer les informations des clients.

– Tu m'as dit que tu étais enseignante.

– En effet.

– Pourquoi ?

– Parce que c'est un métier normal. Je voulais faire semblant un moment. Voir comment vivent les autres, les gens normaux. C'était l'idée. Par la suite, je n'ai jamais trouvé le bon moment pour te dire la vérité. Je reconnais que j'aurais sans doute dû le faire avant que tu rencontres ma famille. »

Daniel me regarde avec une expression de reproche meurtri que je n'ai vue que rarement sur le visage de mes parents. Il est intéressant de découvrir que lorsqu'ils sont en proie aux mêmes émotions, des êtres différents peuvent se ressembler.

« Maintenant, je veux rentrer, dit-il. Je ne veux pas être poursuivi. Je souhaite pouvoir remonter tranquillement dans ma voiture et m'en aller. Je peux ?

– Oui », dis-je à mi-voix. Et je le laisse partir. Mais en le regardant remonter dans sa voiture et s'éloigner, j'ai déjà décidé de le récupérer, à n'importe quel prix.

Auparavant, j'ai un compte à régler.

*

Après une nuit sans sommeil, je me lève, descends deux étages, entre dans la cuisine de mes parents, me verse une tasse de café, traverse le couloir, entre dans le bureau de l'agence Spellman et annonce la nouvelle :

« Je laisse tomber.

– Quoi donc ? demande ma mère.

– Ce boulot.

– Tu ne peux pas laisser tomber comme ça, dit mon père.

– Si.

– Non, tu ne peux pas. Demande à ta mère.

– Ton père a raison. Ce n'est pas si simple.

– Eh bien j'arrêterai de venir.

– Et nous, on arrêtera de te payer, dit mon père.

– Parfait.

– Parfait.

– Parfait, dit ma mère. À ceci près que tu auras

besoin de te trouver un autre boulot, et comme c'est le seul que tu as eu, tu auras besoin de références.

– Qu'est-ce que tu veux dire ?

– Oui, qu'est-ce que tu veux dire ? répète mon père.

– Tu fais une dernière enquête ici, et après ça, tu pourras partir. Je t'écrirai une lettre de recommandation, et tout sera fait dans les règles.

– Une dernière enquête. C'est tout ?

– Après, tu seras libre », dit maman.

« Libre ». Quel mot agréable à l'oreille. Après avoir travaillé pendant douze ans en famille, il est temps d'aller voir ailleurs si la vie y est plus facile.

Mes parents n'auraient pu mieux faire s'ils avaient manigancé tout cela...

TROISIÈME PARTIE

Négociations de paix

Dernière enquête

Il fallut à mes parents vingt-quatre heures pour régler les détails de ma dernière mission. Sans doute passèrent-ils la nuit à réfléchir sur les dossiers ouverts et à choisir le plus insoluble. Quelle affaire allait me laisser le plus longtemps sous leur coup ? Je m'attendais au pire, mais je crois que rien n'aurait pu me préparer à ce qui allait survenir, ce matin-là ou les semaines suivantes.

Je les retrouvai dans le bureau à 9 heures du matin. Ma mère me tendit un énorme dossier jauni par le temps, constellé d'auréoles brunes laissées par des tasses de café, et résuma les grandes lignes de l'affaire.

« Le 18 juillet 1995, Andrew Snow disparut pendant qu'il campait avec son frère, Martin Snow. Les deux garçons étaient élevés par leurs parents, Joseph et Abigail Snow, à Mill Valley, en Californie. La police organisa des recherches intensives pour retrouver Andrew pendant les mois qui suivirent, mais sans retrouver sa trace. Rien dans son comportement non plus n'expliquait sa disparition. Il s'était évanoui, purement et simplement. Nous avons été chargés de cette enquête il y a douze ans et avons travaillé dessus pendant un an environ, jusqu'à ce que les fonds du client s'épuisent ; puis nous avons continué de façon intermittente une année encore à titre gracieux. Nous avons cessé en 1997, quand toutes nos pistes ont échoué. Nous n'avions plus les effectifs nécessaires pour poursuivre l'enquête.

– Vous me donnez une affaire de personne disparue depuis douze ans ? demandai-je.

– Nous voulons être sûrs de n'avoir négligé aucun indice, dit mon père d'un ton détaché.

– Autant chercher une aiguille dans une botte de foin, nous le savons tous les trois, répliquai-je.

– Où veux-tu en venir ? demanda ma mère.

– Vous me donnez une affaire insoluble.

– Tu refuses de la prendre ? »

J'aurais dû refuser, mais non. Je me suis dit que si je réussissais à trouver une nouvelle piste, j'aurais rempli mon contrat et pourrais partir sans états d'âme. Je ne croyais pas pouvoir élucider l'affaire, et moins encore retrouver Andrew Snow (mes parents ne se faisaient pas d'illusions non plus), mais je pensais pouvoir remettre le dossier sur les étagères une bonne fois pour toutes.

« Je travaillerai deux mois sur cette affaire, dis-je. Et après ça, terminé.

– Quatre mois », riposta ma mère. Vous imaginez bien que les négociations avec elle, je connais : elle est pire que Rae. Il fallait que je lâche un peu de lest.

« Trois, dis-je. Et c'est mon dernier mot. »

Quand Rae apprit mon départ imminent, elle se sentit obligée de faire part de ses réactions à Milo, *mon* patron de bar. Milo secoua la tête en la voyant arriver au Philosopher's Club juste après l'ouverture.

« Je ne veux pas d'ennuis aujourd'hui, Rae. »

Ma sœur s'assit au milieu d'une rangée de tabourets

de bar vides, commanda un double on the rocks et pria Milo de ne pas le noyer. Il lui rappela qu'elle avait droit à de la bière au gingembre, mit des glaçons dans un verre à whisky, et y versa le liquide ambré. Elle posa sur le bar quelques billets, que Milo repoussa vers elle.

Il prit le téléphone et dit : « Tu veux appeler ta sœur ou je m'en charge ?

– J'ai une semaine difficile, Milo. Je ne peux pas juste rester ici un moment ? Je ne dérangerai personne. »

Elle but une gorgée de son soda et fit une grimace comme si elle avalait un alcool fort.

Milo prit le téléphone et dit : « Bon. J'appelle. »

Comme je m'y attendais, Rae était en pleine diatribe quand j'arrivai.

« J'ai déjà bien assez de soucis avec ce vieux guignol d'oncle Ray, mais maintenant qu'Izzy a décidé de ne plus bosser avec nous, je suis complètement paumée, Milo. Paumée. Il ne reste plus que moi. Qu'est-ce que je vais faire ? Je ne peux pas gérer l'agence Spellman toute seule. Qui va acheter les chemises et les agrafes ? On en utilise beaucoup, des chemises. Qui va tenir les registres ? Je ne veux pas faire ça. C'est chiant. Oh, et qui va conduire la camionnette de surveillance ? Hein ? Bon, j'aurai sûrement mon permis d'ici à ce que j'hérite de l'affaire. Mais moi, mon souci, c'est de savoir qui va faire les corvées ? Comprends-moi bien, je me débrouillerai toute seule si je ne peux pas faire autrement, mais...

– Izzy, c'est pas trop tôt ! dit Milo en souriant, s'efforçant de cacher son exaspération.

– Rae, c'est MON bar. Arrête d'y venir.

243

– On est dans un pays libre.

– Pas si libre que ça. Tu pourrais causer beaucoup d'ennuis à Milo.

– Je suis à la bière au gingembre.

– Peu importe.

– Comment tu peux me faire une chose pareille ?

– Quoi ?

– Laisser tomber.

– La plupart des gens ne s'épient pas. La plupart des gens ne font pas des enquêtes d'antériorité sur leurs amis. La plupart des gens ne se méfient pas de tous ceux qu'ils rencontrent. La plupart des gens ne sont pas comme nous.

– Qu'est-ce qui te prend ?

– Je vois clair, c'est tout.

– Eh bien, j'espère que ça ne m'arrivera pas », s'exclama-t-elle quand je l'empoignai par le col de sa chemise pour la faire sortir du bar de force. Elle garda le silence pendant tout le trajet, pulvérisant son précédent record de treize minutes.

Personnes disparues

Les cas de personnes disparues sont rares dans notre métier. C'est la police qui a les moyens, les effectifs et l'autorité légale pour explorer les différentes hypothèses, toutes choses indispensables pour retrouver quelqu'un qui est perdu. Mais la police ne peut poursuivre les recherches que pendant un temps limité ; après quoi, les familles s'adressent parfois à des enquêteurs privés pour continuer les recherches, car tant que celles-ci continuent, l'espoir subsiste.

Si cruelle que soit la découverte d'un corps, elle permet aux proches de faire leur deuil et de continuer à vivre. Et compte tenu des progrès immenses accomplis par la criminalistique, tout se passe aujourd'hui comme si le mort désignait du doigt l'assassin, qu'il s'agisse d'un homme, de la nature ou d'une erreur humaine. Mais l'absence de corps laisse la porte ouverte à un nombre illimité d'hypothèses. Sans pistes cohérentes, il ne reste rien. Un être ne peut s'évanouir littéralement sous vos yeux, mais, comme on le dit sur les cartons de lait, des gens disparaissent tout le temps.

J'ai téléphoné à Abigail Snow, la mère d'Andrew, le soir même et ai pris rendez-vous avec elle pour le lendemain. Je savais qu'une prise de contact allait lui donner de faux espoirs, mais je me suis persuadée que je n'avais pas le choix.

Après ma rencontre avec mes parents, je n'avais que deux idées en tête : 1) récupérer Daniel ; 2) m'attaquer au cas Snow.

J'ai laissé Daniel tranquille une semaine après la poursuite en voiture n° 1. Puis je suis allée frapper à sa fenêtre. À peine l'avais-je fait que je me suis rendu compte que je n'avais pas prévu les arguments pour ma défense. Ce qui ne m'a pas empêchée de frapper à nouveau.

Daniel a ouvert la fenêtre et dit : « Non.

— Peut-être qu'au Guatemala, "non" est une formule d'accueil, mais ici, on dit "bonjour", ou "content de te revoir", ou même "tiens, salut".

— Tu trouves que plaisanter à ce stade, c'est malin ?

— Non. Mais j'ai déjà essayé "désolée" et ça n'a pas marché.

— Isabel, j'ai une porte.

— En fait, tu en as trois.

— Tu voulais me dire quoi ?

— Trois portes ou une fenêtre. Il n'y a pas photo.

— Tes photos ne m'intéressent pas. Passe par la porte à l'avenir.

— Parce qu'il y a un avenir ?

— Façon de parler.

— Je peux entrer une minute ? Je suis même disposée à passer par la porte.

— Je ne veux pas te voir, Isabel.

— Mais j'ai encore beaucoup d'explications à te donner.

— Qu'est-ce que je viens de dire ?

— "Je ne veux pas te voir, Isabel." Tu vois bien que j'écoutais.

— Et qu'est-ce que ça signifie ?

— Ce que tu viens de dire ?

– Oui.

– Ça signifie que tu ne veux pas me voir.

– Exact.

– Je peux savoir pourquoi ?

– Je n'y crois pas, là !

– Je ne connais pas ta position sur la réponse aux questions rhétoriques.

– Je t'en veux, Isabel.

– Je comprends. Je veux juste savoir pour quoi tu m'en veux le plus, que je puisse faire amende honorable.

– Tu as menti sur tout.

– Pas sur tout.

– Bonsoir, Isabel », dit-il en refermant la fenêtre.

La rançon

Le matin suivant, ma sœur se réveilla exactement à 6 h 30, alors que c'était le premier matin des vacances d'hiver. Il coïncidait avec son premier jour de liberté après ses trois mois de bouclage (qui, incidemment, lui avaient permis de pratiquer la surveillance et le chantage). L'oncle Ray avait reçu la demande de rançon deux semaines auparavant. Deux semaines pendant lesquelles ma sœur avait pu préparer son attaque.

Elle se réveilla, se brossa les dents, se lava la figure, enfila un jean, un T-shirt à manches longues et un à manches courtes, blanc et rouge respectivement, et se passa un peigne dans les cheveux – cinq fois, pas une de plus –, prit le téléphone en couvrant le micro avec un torchon et appela.

L'oncle Ray – lève-tard notoire, au point qu'on l'avait parfois surnommé ainsi – décrocha à la quatrième sonnerie.

« Allô ?

– Écoute attentivement mes instructions, dit la voix étouffée, moins aiguë que d'habitude, à l'autre bout du fil. Si tu ne les suis pas à la lettre, la chemise sera détruite. Compris ? »

La simple mention de la chemise fétiche de l'oncle le tira brutalement des brumes soporifiques où il voguait encore. Il n'avait plus ladite chemise depuis quinze jours, et son absence se faisait sentir dans la maison. S'il se cognait un orteil, c'était parce qu'il ne portait pas la chemise. S'il avait une contravention, renversait un verre d'eau, prenait un kilo, ou voyait sa dernière partie de poker interrompue par les flics, c'était parce qu'on lui avait volé sa chemise fétiche.

« Je vais le dire à ton père, menaça l'oncle Ray.

– Et tu ne reverras jamais ta chemise. C'est ce que tu souhaites ? »

Ray était coincé et le savait. « Qu'est-ce que tu veux ? marmonna-t-il de mauvaise grâce.

– Prends le bus jusqu'à la banque Wells Fargo, au coin de Montgomery Street et de Market Street, et retire cent dollars.

– C'est du vol !

– Tu as quarante minutes. »

Quarante-cinq minutes plus tard

Conformément aux instructions de la voix, Ray se rendit à la banque Wells Fargo, au carrefour de Montgomery Street et de Market Street et retira cent dollars. À sa sortie, un ado d'environ quatorze ans s'approcha de lui en skateboard.

« Oncle Ray ? » demanda l'ado.

Ray pivota sur ses talons, essayant d'apercevoir sa nièce, mais ne la vit nulle part. Il se retourna vers le jeune en skateboard et le regarda sans aménité.

« Oui, quoi ? »

L'autre lui tendit un téléphone portable jetable : « Vous avez un appel. »

Ray saisit le téléphone et l'ado s'éloigna sur son skate.

« Allô ?

– Trouve-toi à la cabine téléphonique devant le Musée de Cire de Fisherman's Wharf à 8 h 15 précises.

– Je récupère ma chemise quand ?

– Tu as vingt-cinq minutes. Jette le téléphone. »

L'oncle Ray jeta le téléphone dans une poubelle, persuadé qu'on le surveillait. Il appela un taxi et arriva en avance devant le Musée de Cire. Il attendit devant la cabine jusqu'à ce qu'il voie approcher une jeune femme qui fouillait dans son sac, sans doute à la recherche de pièces. Il entra dans la cabine, prit le téléphone en mettant subrepticement l'appareil tête en bas pendant qu'il faisait semblant de parler. Si quelqu'un avait été dans la cabine avec lui, il aurait entendu une série aléatoire de jurons sans aucune valeur narrative. Le téléphone finit par sonner.

« Ouais, dit Ray avec sa voix de gros méchant dur.

– Achète un billet et amuse-toi, dit la voix à peine moins déguisée à l'autre bout.

– C'est treize dollars par tête de pipe ! s'exclama mon oncle, qui n'aurait jamais mis de son plein gré les pieds dans un musée de cire, même si ç'avait été gratuit et qu'on y avait servi à boire.

– Tu dois avoir droit à la réduction des seniors. Ça ne te coûtera que dix dollars cinquante.

– Et si je n'y vais pas ?

– Je jette la chemise dans la baie maintenant.

– Qu'est-ce que j'ai bien pu te faire ?

– Tu veux une liste ?

– C'est bon. J'y vais. »

L'affaire Snow

CHAPITRE 1

Au moment où l'oncle Ray se mordait la langue et entrait au Musée de Cire, je frappais à la porte de chez Joseph et Abigail Snow, à Myrtle Avenue, dans le comté de Marin. Quand Mrs. Snow a ouvert la porte, j'ai été submergée par le parfum puissant de la maison. Je devais apprendre plus tard que c'était celui d'un pot-pourri, mais trop de choses sollicitaient mon attention à ce moment-là pour que je cherche d'où venait l'odeur.

Abigail Snow, la soixantaine passée, portait une robe à fleurs démodée qui paraissait sortir de la garde-robe d'une actrice de série télévisée des années cinquante. Ses cheveux aussi étaient figés dans le passé, ct par une demi-bouteille de laque. Elle devait mesurer un mètre soixante-cinq, mais sa silhouette trapue, plus vigoureuse que dodue, la faisait paraître plus grande et curieusement intimidante. Si sa tenue était ingrate – à mon avis – elle était impeccable. Quand j'entrai chez elle, je constatai qu'Abigail avait le culte de la propreté méticuleuse : tout était sans goût aucun, mais immaculé.

Je pris des patins en plastique pour entrer dans le

salon des Snow qui était, comme on pouvait s'y attendre, une symphonie en blanc. Hormis bien sûr les meubles en merisier et la série d'assiettes de collection. Je dois ajouter que jamais je n'avais vu pareille quantité de napperons. Je regardai les murs, cherchant des photographies de ses fils, mais ne les vis figurer que sur deux photos de douze centimètres sur quinze ornant le dessus de cheminée. Ils y apparaissaient dans leur perfection adolescente : nœuds papillon, peau impeccable, sourires commerciaux. Mais tels quels, ils ne m'apprenaient rien sur les hommes qu'ils deviendraient. J'ai eu l'impression qu'Abigail souhaitait les garder figés dans le temps, tout comme le reste de sa maison.

Mon hôtesse me jeta un regard sévère avant de m'inviter à m'asseoir sur son canapé blanc recouvert de plastique. J'avais récemment cessé de me déguiser en professeur, et j'étais de nouveau en jean, boots de cuir et caban de laine élimé (trouvé dans un magasin de surplus de l'armée), car il faisait dix degrés. Je me trouvais parfaitement présentable, mais à voir son expression, mon hôtesse ne partageait pas cet avis.

« Mon Dieu, mon Dieu, dit Mrs. Snow, aujourd'hui, les filles s'habillent comme des garçons.

— Oui, hein ? C'est super, répondis-je, ayant déjà décidé qu'elle m'était fort antipathique.

— Vous voulez du thé avec des cookies ? » demanda Mrs. Snow, qui ne tenait pas à s'engager dans une discussion sur les avantages de l'habit masculin.

Comme j'évitais la cuisine de mes parents (afin de les éviter eux), je mourais de faim et j'acceptai. Je restai bien sagement sur le canapé qui grinçait, car les patins ne permettaient pas une grande liberté de circulation dans cette pièce méticuleusement décontaminée. Je craignais de me faire expulser sur-le-champ si Mrs. Snow voyait mes chaussures sur son tapis non protégé, compromettant ainsi les chances d'un entretien. Je m'exhortai à me conduire poliment, mais ne tardai pas à oublier mes résolutions.

Mon hôtesse revint avec un plateau d'argent étincelant sur lequel étaient posés une théière, deux tasses à thé, de la crème, du sucre et une assiette de biscuits fourrés à la vanille. Elle me demanda comment j'aimais mon thé. Je lui dis avec de la crème et du sucre (alors qu'en réalité j'aime que mon thé soit du café) et elle prépara avec minutie un breuvage léger.

« Un biscuit ? » demanda-t-elle, pinces d'argent à la main. Les biscuits fourrés étaient disposés en éventail sur l'assiette comme des dominos qui venaient de tomber. Je saisis un de ceux du milieu, sachant que cela agacerait mon hôtesse, mais je ne pus m'en empêcher. Face à une personnalité autoritaire, ma nature me pousse à me rebeller.

Mrs. Snow leva les pinces et dit : « C'est à cela qu'elles servent, vous savez. »

Je m'excusai et cassai mon biscuit en deux. J'aspirai la crème du milieu et plongeai les côtés dans mon thé. Mrs. Snow fronça les sourcils, dégoûtée. En commençant l'entretien, je me dis qu'il faudrait prendre en compte son besoin pathologique d'ordre quand on évaluerait la véracité de ses dires.

« Vous devez vous demander ce que je suis venue faire ici, commençai-je.

– En effet. Je crois que la dernière fois que j'ai parlé à votre mère remonte à dix ans.

– De temps à autre, nous reprenons les anciens dossiers. Parfois, un regard neuf peut faire apparaître un nouveau détail. »

Mrs. Snow réaligna les biscuits sur l'assiette, neutralisant le trou que j'avais laissé au milieu en me servant. « Ms. Spellman, ne vous occupez pas de moi ni de ma famille. Mon fils est parti. Je l'ai accepté.

– Certaines personnes veulent avoir des réponses.

– J'ai toutes celles dont j'ai besoin. Andrew est dans un monde meilleur maintenant. »

Je ne pus m'empêcher de lui donner raison. Tout plutôt que cette maison-là. Je pris un second biscuit au milieu de l'éventail, juste pour tester sa patience.

« Ma petite fille, vous êtes censée vous servir à partir du bout, avec les pinces, dit Mrs. Snow.

– Je suis désolée, répondis-je poliment. À l'école de maintien, j'ai dû rater le cours sur la façon de manger les biscuits.

– Vous avez dû en rater d'autres », dit-elle. Ce qui était étrange, c'est que l'insulte était sortie tout naturellement, comme si elle trouvait normal de parler ainsi à une inconnue. J'aurais bien aimé entraîner Mrs. Snow dans une discussion sur les mérites du style de vie contemporain, mais je ne devais pas oublier mon propos.

« Je sais que ce doit être très dur pour vous, Mrs. Snow, et j'ai du mal à imaginer ce que vous ressentez, dis-je, en prenant ma voix la plus compatissante. Mais je vous serais reconnaissante si vous acceptiez de répondre à quelques questions.

– Vous venez de loin. Si vous n'avez que quelques questions, allez-y.

– Merci. Puis-je vous demander où est Mr. Snow ?

– Il joue au golf.

– J'espérais pouvoir lui parler aussi.

– Et pourquoi ? demanda-t-elle, légèrement sur la défensive.

254

– Des personnes différentes ont des perspectives différentes, répliquai-je. Il arrive qu'une personne se souvienne de ce qu'une autre a oublié.

– Je vous assure que mon mari et moi avons absolument la même perspective.

– C'est commode », dis-je, avec une forte envie de me sauver. Cette femme avait quelque chose de terrifiant. Je ne parvenais pas à mettre le doigt dessus, mais je ne pouvais repousser les soupçons qu'elle faisait naître en moi.

« C'est tout, Ms. Spellman ? demanda-t-elle en écartant les miettes tombées près de ma tasse.

– Que fait Martin maintenant, Mrs. Snow ?

– Martin ?

– Oui. Votre autre fils.

– Il est juriste dans l'une de ces organisations pour l'environnement, répondit-elle, levant les yeux au ciel.

– Vous devez être fière de lui, dis-je, pour remuer le couteau dans la plaie.

– Quand je pense qu'avec tout l'argent que nous avons dépensé pour ses études, il travaille dans un organisme bénévole ! Si j'avais su que nos cent mille dollars serviraient à sauver des arbres, je l'aurais laissé demander une bourse d'études.

– Puis-je avoir son adresse et son numéro de téléphone ? demandai-je.

– Vous voulez lui parler ?

– Si vous n'y voyez pas d'objection.

– Cela ne dépend plus de moi. Martin est adulte. »

Mrs. Snow avait de plus en plus de mal à garder son sourire forcé. Elle n'allait pas tarder à mettre fin à l'entretien, et il fallait que je me dépêche de lui arracher les dernières miettes d'information. Je pris les pinces et saisis un dernier biscuit au milieu de l'éventail.

« Oh, pardon ! m'écriai-je en le remettant à sa place. J'avais oublié ! » J'en pris un sur le côté. L'éventail ressemblait à une ligne ondulée quand je passai les pinces à Mrs. Snow.

« Vous voulez sûrement remettre ça en ordre.

– Vous avez dû être un vrai cadeau quand vous étiez petite, dit-elle froidement.

– Si vous saviez ! » répliquai-je. J'ignore si c'était l'association des biscuits sur un estomac vide avec l'odeur entêtante du pot-pourri, ou avec mon hôtesse revêche, mais je commençais à avoir mal au cœur. Il était temps de terminer cet entretien.

« Vos fils allaient souvent camper ensemble ? demandai-je.

– Pas vraiment, mais ça leur arrivait.

– Ils partaient toujours seuls ou avec des amis ?

– En général, ils partaient avec Greg.

– Greg Larson. J'ai vu ce nom dans le dossier. Mais il n'est indiqué nulle part qu'il campait avec vos fils au moment de la disparition d'Andrew.

– Il n'est pas parti avec eux ce week-end-là.

– Mais normalement, il les accompagnait ?

– Je pense, mais je ne faisais pas attention.

– Savez-vous comment je pourrais contacter Mr. Larson ?

– Je n'ai pas son numéro, mais vous le trouverez au bureau du shérif du comté de Marin.

– Il est shérif ?

– Oui, dit Mrs. Snow en se levant. Maintenant, si c'est tout, j'ai mon ménage à faire aujourd'hui. »

J'examinai la pièce en me disant que si Mrs. Snow trouvait de la poussière, elle serait sûrement imaginaire, mais j'avais hâte de me retrouver à l'air libre et la suivis dehors.

La rançon, suite

Au moment où je repassais le pont pour entrer dans la ville, l'oncle Ray, lui, était assis sur une banquette au centre du Musée de Cire, près de la représentation de la Cène. N'ayant jamais été porté sur la religion, il ne trouvait aucun intérêt aux personnages colorés de cet épisode sacré. Il prit quelques inspirations profondes, comme pour méditer, lut la page des sports et se dit qu'il allait récupérer sa chemise et que ce cauchemar s'achèverait. Un autre adolescent s'approcha de lui pour lui remettre un morceau de papier.

CABINE TÉLÉPHONIQUE AU COIN DE HYDE STREET
DANS DIX MINUTES.

L'oncle Ray longea les trois pâtés de maisons en soufflant et grognant et arriva à la cabine au moment où le téléphone sonnait.

« J'ai un portable, tu sais, haleta-t-il dans le combiné.

– J'aime bien brouiller les pistes. Appelle un taxi...

– J'ai faim ! Je n'ai pas pris mon petit déjeuner. Je suis en hypoglycémie, dit l'oncle Ray, à bout d'arguments.

– Qu'est-ce qui te ferait envie ? demanda la voix.

– Je ne dirais pas non à une soupe aux palourdes dans un *bread bowl**.

---

* Miche croustillante évidée de sa mie et dont le haut fait fonction de couvercle. La soupe y est servie comme dans une petite marmite individuelle.

– D'accord pour la soupe aux palourdes, mais trouve-toi aux Sutro Baths* à 13 heures précises, dit la voix, qui ressemblait de plus en plus à celle d'une adolescente de quatorze ans.

– 13 h 30. Je n'aime pas me presser sur la digestion. »

La voix hésita avant de répondre. Si, dans un affrontement, on est trop coulant, on risque de perdre la main et le respect qu'on inspire. La pause fut juste assez longue pour bien faire sentir que toute autre demande serait rejetée catégoriquement.

« 13 h 30. Et pas de retard. »

L'oncle Ray mangea sa soupe crémeuse dans un *bread bowl* de pain au levain et se demanda pourquoi il ne faisait pas cela plus souvent (manger de la soupe aux clams, pas courir d'une cabine téléphonique à l'autre au gré des caprices d'une adolescente). Puis il croisa des touristes bruyants, des familles qui se disputaient tandis que des lueurs de flashs perçaient le ciel gris en même temps que de la musique lui vrillait les oreilles. Il se souvint alors pourquoi il évitait ce piège à touristes, même si l'on y servait l'un de ses cinq repas préférés.

L'oncle Ray sauta dans un taxi et arriva aux Sutro Baths avec une demi-heure d'avance, à l'heure initialement indiquée par la voix. Il s'assit sur un banc, jouissant de la vue et du calme, et se frotta les mains pour les réchauffer. Il songea même à laisser tomber. Est-ce que cette chemise cent pour cent coton tissé, vieille de vingt ans, avait vraiment le pouvoir bénéfique qu'il lui attribuait ? N'était-ce pas l'équivalent

---

* Établissement balnéaire gigantesque créé en 1896 par Adolph Sutro, riche entrepreneur, ancien maire de San Francisco. L'établissement fut détruit en 1960.

adulte d'un doudou ? N'était-il pas temps d'accepter qu'il était en vie et le resterait peut-être un certain temps ? À cet instant précis, il se rappela Sophie Lee, ainsi que le jour où elle lui avait dit de jeter cette chemise. Elle ne pouvait rester avec un homme si attaché à un bout de tissu. Elle lui avait posé l'ultimatum légendaire : la chemise ou elle. Il aurait tout fait pour Sophie Lee et aurait tout sacrifié pour elle. Sauf la chemise. Il ne s'en était pas débarrassé alors. Il en était incapable. Il l'avait simplement rangée et ne l'avait plus regardée pendant deux ans. Au bout de ces deux ans, le cancer ainsi que Sophie avaient disparu, ct Ray avait juré qu'il ne se séparerait plus jamais de sa chemise. Au mépris de toute logique, il adorait cette chemise.

Une jeune touriste s'approcha et lui tendit une enveloppe.

PONT DU GOLDEN GATE. DANS UNE HEURE.

Il se dit que l'exercice serait bénéfique et fit tout le trajet à pied. Il arriva en retard. Sur sa bicyclette, Rae décrivait des cercles impatients à l'entrée de la voie piétonne. Il fallait qu'elle soit rentrée à 4 heures si elle ne voulait pas risquer de se faire boucler de nouveau et de voir ses heures de sortie encore réduites.

L'oncle Ray s'approcha d'un pas lent, en roulant les épaules. Après ses années dans la police, il n'ignorait plus rien des négociations. Lui aussi savait qu'en cédant trop facilement, on compromet ses chances de garder la situation en main. Il attendit que sa nièce parle la première.

« Tu as apporté l'argent ?

– Oui. Tu as apporté ma chemise ?

– Oui.

– Passe-la-moi, gamine. J'en ai plein les pattes. »

Rae et l'oncle Ray échangèrent des paquets. Ray sortit la chemise et la passa aussitôt par-dessus son sweat à capuche. Il la lissa, tira sur le col et poussa un soupir d'intense soulagement.

Rae compta l'argent dans l'enveloppe. « Soixante-trois dollars ? J'avais dit cent.

– Deux trajets en bus. Le Musée de Cire. La course du taxi. La soupe aux palourdes. Le compte y est.

– Ça ira comme ça, dit généreusement ma sœur, qui sentait bien qu'essayer de récupérer la chemise était un combat perdu d'avance.

– C'est terminé ? demanda-t-il.

– Oui. »

L'oncle Ray tourna les talons et quitta le pont. Mais Rae voulait encore quelque chose : lui poser la question qui la tracassait depuis des mois.

« Pourquoi ? demanda-t-elle. Pourquoi es-tu revenu ? »

Il se retourna et réfléchit à la réponse qu'il allait donner. Il ne pensait pas qu'elle méritait la vérité. Il la lui dit cependant :

« Je me sentais seul. »

Cela me parut curieux, la façon dont Rae et l'oncle Ray firent la paix. Bien que ma sœur n'ait jamais eu l'expérience de la solitude, elle comprit la puissance de cette motivation. Elle regretta de s'être montrée cruelle et cessa sa guerre dans l'instant. L'oncle Ray devait me dire plus tard qu'il était plus facile d'être l'ennemi de Rae que son ami. Je crois qu'il n'a jamais rien dit de plus juste.

Le même après-midi, je suis rentrée pour étudier le dossier Snow. J'ai examiné les photos d'Andrew et de Martin, rangées dans une enveloppe à l'intérieur du dossier. À la différence des portraits encadrés dans la maison d'Abigail, ces photos avaient dû être prises peu avant la disparition d'Andrew, à dix-sept ans. Bruns d'yeux et de cheveux, les frères avaient le même teint et une certaine ressemblance. Mais avec sa mâchoire carrée et virile, Martin paraissait l'aîné de plus d'un an. Andrew était plus maigre que Martin, et avait des traits plus doux. Je me demandai à quoi il pouvait ressembler douze ans plus tard. Quant à Martin, je finirais bien par le voir.

Quand ma mère entra au bureau de l'agence, elle renifla et demanda : « Tu as mis du parfum, Isabel ?

— Non, rétorquai-je d'un ton sec, sachant que l'odeur du pot-pourri devait encore imprégner mes vêtements.

— C'est quoi, cette odeur ? demanda ma mère, ravie de s'amuser à mes dépens.

— Ne fais pas l'innocente, maman.

— Ah, c'est vrai, dit-elle comme si une ampoule venait de s'allumer au-dessus de sa tête. Abigail Snow aime bien l'odeur des fleurs sèches, si mes souvenirs sont bons.

— Je sais maintenant pourquoi tu m'as donné ce dossier.

— Parce que Andrew Snow a disparu depuis douze ans ?

— Non. Parce que Mrs. Snow est la bonne femme la plus exaspérante de toute la planète.

— Tant que tu ne les as pas rencontrées toutes, tu ne peux rien dire.

« – À quoi ressemble Mr. Snow ? demandai-je pour changer de sujet.

– Il n'était pas là ?

– Non. Il jouait au golf.

– Mmm. Je ne l'aurais pas catalogué comme joueur de golf. Isabel, tu fais une grève de la faim ?

– Non. Pourquoi tu me poses cette question ?

– Parce que tu sembles boycotter la cuisine.

– J'en ai une chez moi.

– Il y a des provisions dedans ? » Bizarrement, elle était tombée juste.

« Je sais faire des courses, maman.

– Je n'en doute pas, mais tu en fais rarement. Ce que je veux te dire, c'est qu'il y a à manger chez nous et que tu y es la bienvenue, comme toujours, même si tu as honte de nous et du métier que nous faisons.

– Merci, maman », dis-je en disparaissant dans l'escalier avec le dossier Snow.

Ma mère avait raison, bien entendu. Je boycottais la cuisine pour éviter qu'on empiète sur mon indépendance ; et comme une ado, je me privais bêtement de nourriture pour rester sur mes positions.

Plus tard dans la soirée, Rae frappa à la porte de ma chambre pour me proposer à manger. Je trouvai intéressant de constater qu'elle était assez fine pour savoir que j'avais faim, mais pas assez pour se douter que ce que je désirais le plus ne se trouvait pas dans un carton. Sa façon de me mettre la table, de me verser un énorme bol de Fruit Loops, un quart de litre de lait, de poser la serviette sur mes genoux et de me tendre une cuillère était si touchante que j'obtempérai. Elle tira une chaise pour se mettre en face de moi et grignota à même la boîte. Je lui lançai un regard entendu pour lui rappeler les règles du sucre, mais elle m'adressa un regard qui signifiait : « On est samedi. »

À sa façon de trier ma pile géante de courrier par ordre de taille, puis de couleur, entre deux poignées de Fruit Loops, je la sentis préoccupée, mais ne lui posai aucune question, n'étant pas pressée de savoir ce qu'elle avait en tête. Elle finit par parler, comme je m'y attendais. Ma sœur n'aime pas se stresser en gardant des choses pour elle.

« Maman dit qu'il n'y a qu'une différence entre toi et moi.

– Vraiment ? Les quatorze ans d'écart ?

– Non.

– Alors, mes quinze centimètres de plus que toi ?

– Non.

– La couleur des cheveux ?

– Non.

– J'ai déjà cité trois choses, alors il est clair qu'il y a plus d'une différence entre nous.

– Tu ne veux pas savoir ce que c'est ?

– Pas vraiment.

– Moi, je ne me déteste pas. C'est ça, la différence, dit Rae.

– Attends un peu. Tu verras que ça viendra », répliquai-je.

Je pris la boîte de Fruit Loops et la jetai dans le couloir. Puis je pris Rae et répétai l'opération.

Elle atterrit sur ses pieds et déclara : « Tu ne sais faire que ça. »

Je fermai la porte d'un coup de pied sans répondre. C'était inutile, car elle avait raison : je ne sais faire que ça. Elle avait peut-être aussi raison sur l'autre point.

Les paroles de Rae me trottèrent dans la tête, m'empêchant de dormir. J'essayai de penser à mon avenir, un avenir en dehors des Enquêtes Spellman, mais en vain. À vingt-huit ans, je vivais sous le même toit que mes parents et avais travaillé pour eux presque toute ma vie. Je n'avais pas d'autres projets, pas d'autres compétences. J'avais besoin de m'échapper, mais il n'y avait pas d'issue. Pas de porte, même pas de fenêtre. Aussi cessai-je de penser à moi pour réfléchir au cas Snow. Je passai mon peignoir de bain et redescendis au bureau pour consulter à nouveau le dossier.

À 2 h 30 du matin, j'étais encore là quand mon père entra dans le bureau et plaça devant moi sur le bureau une assiette de fromage et de biscuits secs salés.

« Rae m'a dit que tu avais mangé des Fruit Loops. Tu n'en prends jamais, donc j'en ai conclu que tu avais faim.

– Merci », dis-je. Et j'engloutis sans vergogne le contenu de l'assiette.

Mon père fit semblant de travailler, mais ce n'était pas pour cela qu'il était descendu. Il voulait avoir une de ces conversations gênantes et ambitieuses à la fois, de père à fille, qui ne lui posaient aucun problème avec Rae tandis que moi, il ne savait guère par quel bout me prendre.

« Si tu as besoin de parler, je suis là.

– Je sais, dis-je d'un ton poli mais dissuasif, ne voulant pas offenser un homme qui m'avait apporté une assiette de fromage avec des biscuits.

– Tu sais que pour toi, je ferais tout, dit-il de son ton le plus sincère.

– Tu braquerais une banque ? » demandai-je.

Un soupir. « Non.

– Alors voilà déjà une chose que tu ne ferais pas pour moi. »

Mon père s'approcha de mon bureau, me tapota la tête et dit : « Et puis, je t'aime. » Là-dessus, il me laissa seule dans le bureau à ruminer le cas d'Andrew Snow. Ma mère l'avait choisi parce qu'elle savait que je ne pourrais pas supporter l'idée que quelqu'un ait pu disparaître sans explication. J'ai grandi dans une maison où il fallait fournir une explication à tout. Si quelqu'un laissait dans le réfrigérateur un pot de lait vide, on faisait une enquête jusqu'à ce que la vérité soit découverte. L'oncle Ray l'avait laissé parce que c'était son habitude. Mais toutes les vérités ne sont pas aussi faciles à découvrir. Et parfois celles auxquelles on était habitué depuis toujours changent.

Le lundi matin, alors que je me dirigeais vers la porte, j'entendis ce qui ressemblait à une conversation amicale entre mon oncle et ma sœur.

« Tu vois ce que je suis en train de faire, ma petite fille.

– Je ne suis pas aveugle.

– Du lait, du sel, et tu bats ces œufs jusqu'à ce qu'ils fument.

– Ce sont les oignons qui fument.

– Tant mieux. Il faut qu'ils soient un peu grillés.

– L'alarme à incendie va se mettre à sonner.

– Je sais ce que je fais. »

Quand j'entrai dans la cuisine, il y flottait une bonne odeur et les œufs grésillaient dans une poêle. Un observateur non averti vous aurait dit que l'oncle Ray apprenait à sa nièce à faire son omelette favorite. Moi qui étais avertie, jamais au grand jamais je n'aurais interprété ainsi la scène. Je posai donc la question qui me semblait évidente : « Qu'est-ce qui se passe ici ?

– J'apprends à la petite à faire cuire les œufs.

– Il m'a donné cinq dollars pour laisser mes préjugés de côté, dit Rae, qui avait mangé des œufs pour la dernière fois quand son vocabulaire était encore au-dessous de cent mots.

– C'est le moment d'ajouter du fromage, gamine, intervint l'oncle Ray, qui en saupoudra copieusement les œufs à plusieurs reprises.

– Super. Au lieu d'avoir du diabète, tu auras du cholestérol, dis-je à ma sœur.

– Tu en veux ? demanda l'oncle Ray.

– Oui », répondis-je. Sur ce, une assiettée de fromage aux œufs me fut servie.

Ma mère entra dans la cuisine au moment où je finissais ma dernière bouchée.

« Isabel mange ! cria-t-elle à la cantonade.

– Tes dons d'observation me laissent pantoise ! répondis-je.

– Je me réjouis. C'est tout. Qu'est-ce que tu fais aujourd'hui ?

– Je prends la voiture pour aller à Tahoe interroger l'inspecteur initialement chargé du cas Snow.

– Il est toujours en poste ?

– À trois ans de la retraite. C'est lui qui dirige le service à présent.

– Tu ne peux pas te contenter de l'interroger par téléphone ?

– Si, mais je veux une copie de son dossier...

– Tu sais qu'il existe un organisme qui s'appelle le service postal des États-Unis. Tu veux que je te dise comment ça fonctionne ?

– Non. Je vais à Tahoe. Je n'aime pas interroger les gens par téléphone. On ne voit pas ce qu'ils font avec leurs mains.

– Il y en a une qui doit tenir le téléphone.

266

« – Oui, mais c'est l'autre main qui me pose problème.

– Où as-tu pris ton sens de l'humour ? demanda ma mère, authentiquement perplexe.

– Maman, tu m'as donné cette affaire. J'y travaille. À plus tard. »

L'affaire Snow

CHAPITRE 2

Au début de la matinée, j'avais appelé Abigail Snow pour lui demander si elle avait conservé des annales du lycée d'Andrew. Elle les avait rangées, mais sur mes instances et la promesse qu'elle n'entendrait plus parler de moi, elle accepta d'aller me les chercher. Mill Valley n'était pas franchement sur le chemin de Tahoe, mais je me dis que j'avais intérêt à mettre la main sur les annales avant qu'elle change d'avis.

Quand Abigail ouvrit la porte, elle portait une robe aux motifs différents de la précédente, mais identique en tout autre point. Elle me tendit les annales sans m'inviter à entrer.

« Mr. Snow est-il là ?

— Non, je regrette.

— Il joue encore au golf ?

— En effet, oui.

— Vous êtes une cocue du golf, alors ?

— Pardon ? fit Mrs. Snow d'un ton choqué.

— Cocue du golf. Ça désigne l'épouse de quelqu'un qui joue beaucoup au golf. C'est un jeu très long, et les maris sont, ma foi...

— Je vois, coupa Mrs. Snow, le visage inexpressif.

268

– Merci pour les annales du lycée », dis-je. Mais je pensais toujours à Mr. Snow et à son addiction au golf.

Je ne vérifiai pas la météo avant de prendre la route, et je fus obligée de m'arrêter en chemin pour acheter des chaînes afin de pouvoir faire les trente derniers kilomètres. Un trajet qui aurait dû durer trois heures me prit cinq heures et demie dans une tempête de neige aveuglante et un vent implacable. Mais ma mère, qui avait lu les prévisions, m'appela trois fois pour s'assurer que je n'étais pas morte dans un fossé. Les trois appels étaient tous copie conforme.

« Allô ?

– Tu conduis à combien ?

– Cinquante-cinq à l'heure.

– Trop vite.

– Je vais à la vitesse des autres.

– Isabel, si tu meurs avant moi, je ne m'en remettrai jamais.

– Je ralentis, maman. »

Je téléphonai à Daniel pendant le trajet et essayai ma méthode « comme-si-de-rien-n'était » pour sortir en douceur d'une crise. Le message que je laissai sur son répondeur était à peu près le suivant :

« Salut, Daniel, c'est Isabel. J'ai envie de passer ce soir ou demain, ou peut-être au début de la semaine prochaine, comme ça t'arrange le mieux. Ah, et puis c'est moi qui ferai la cuisine. Il y a un épisode de *Max la Menace* que je voudrais vraiment revoir. C'est celui où un médecin met quelque chose dans le vin de Max, et où finalement on voit qu'il s'agit de la carte de la mine d'uranium de Melnick. Seulement, la carte ne sera utilisable que si Max reste à la verticale pendant quarante-huit heures. Après ça, elle apparaîtra sur sa poitrine, sous forme d'eczéma. Malheureusement, c'est la veille du jour où Max et 99 sont censés se marier, alors, quand Max essaie de retarder le mariage, on ne croit pas son histoire. Tout le monde est persuadé qu'il se défile. Après quoi, il est pris en otage par les agents du KAOS, qui veulent lire la carte quand elle apparaîtra, puis maquiller la disparition de Max en suicide. C'est un classique. Appelle-moi. »

Je tombai sur le commissaire Meyers au moment où il partait déjeuner. Il prit le dossier Snow et m'invita à me joindre à lui. Il m'emmena dans un de ces restaurants typiquement conçus pour une clientèle masculine. Des murs couverts de lambris, un bon feu de cheminée dans un angle et divers animaux empaillés qui nous regardaient de leur dernière demeure. Pour un déjeuner, les lumières étaient très tamisées, si bien qu'entre l'éclairage aux chandelles et le fait que Meyers me tint ma chaise pendant que je m'asseyais, j'eus l'impression étrange d'être à un rendez-vous. Bien entendu, je n'intéressais pas du tout Meyers. Décidément, tout se passait comme à un rendez-vous.

Le commissaire Meyers n'avait guère d'informations nouvelles à me fournir. Après avoir passé un certain temps à discuter de la famille Snow, nous sommes tombés d'accord : la mère était bizarre et légèrement dominatrice. Mais Meyers ne se bornait pas à trouver la mère suspecte. Il trouvait toute la famille bizarre. Les premiers jours après la disparition d'Andrew, Abigail ne paraissait guère inquiète et répétait qu'il allait revenir d'un moment à l'autre. Presque comme si elle croyait qu'Andrew avait fait une fugue. Du moins était-ce ainsi que Meyers l'avait perçu. Et Meyers avait trouvé que si Martin, le frère d'Andrew, avait participé aux battues, c'était sans grande conviction. Il ajouta que Martin ne paraissait pas se sentir responsable de la disparition de son jeune frère, réaction qui eût été normale en l'occurrence. Malgré tout, dit Meyers, « il n'y avait aucune raison de soupçonner un assassinat ».

« Que pouvez-vous me dire sur le lieu du campement ? demandai-je, espérant que le commissaire ne remarquerait pas que mon enquête n'avait aucune orientation précise.

– C'était un endroit bien choisi pour planter sa tente. Pendant la bonne saison, s'entend.

– Un bon endroit pour se perdre ?

– Si vous me demandez à combien j'évalue les chances qu'Andrew se soit perdu, ait été incapable de retrouver son chemin, et se soit fait attaquer par un animal sauvage, je dirais qu'elles n'étaient pas négligeables. Le secteur est vaste, il y a beaucoup d'endroits où l'eau est profonde, les rochers pointus, et le feuillage assez touffu pour cacher un corps. Certains continuent à marcher quand ils se perdent, en croyant qu'ils finiront par retrouver leur chemin. Au lieu de quoi, ils s'égarent encore plus. Andrew peut avoir fait beaucoup de chemin dans la nuit. Si l'on se fonde sur ce que l'on sait de lui, c'est l'explication la plus logique.

– Il peut aussi avoir fait une fugue, suggérai-je.

– Tout est possible.

– Vous pensez que mon enquête est une perte de temps ?

– Franchement ? Oui, répondit-il avec bonne humeur.

– Si vous appeliez ma mère pour le lui dire ? »

Le commissaire Meyers répliqua qu'il avait déjà discuté avec ma mère à plusieurs reprises pendant leur première enquête et qu'il n'avait aucune envie de renouveler l'expérience. Avec ses côtelettes d'agneau et ses pommes de terre à l'ail, Meyers buvait un whisky. Malgré ses manières à l'ancienne – comme sa façon de m'appeler « ma petite fille » –, il n'était pas exactement sous-fifre dans un trou perdu. Reno avait assez de problèmes de grande ville pour transformer cet homme modeste en enquêteur chevronné. Dans l'affaire Snow, il avait certainement fait un travail sérieux. Génial, c'était moins sûr.

Sur le chemin du retour, entre les coups de téléphone de ma mère (quatre) me suggérant de trouver un motel en attendant que la tempête se calme, je tournai et retournai dans ma tête deux détails du dossier. Un témoin, sur les lieux où ils avaient campé, avait affirmé avoir vu deux frères le matin suivant la disparition d'Andrew. Or Martin avait affirmé que ce matin-là, il était seul et cherchait son frère. Meyers avait attribué cette contradiction au fait que le témoin avait confondu les dates. Il avait dû voir les deux frères la veille ou l'avant-veille. Une erreur très compréhensible, à ceci près que le témoin était professeur d'histoire à l'université. En général, ces gens-là ont le respect du détail. Le second fait était une phrase de la déclaration de Martin lorsqu'il était allé à la police remplir un formulaire pour signaler la disparition. C'était une remarque à laquelle on pouvait ne pas prêter attention, ou que l'on pouvait attribuer à l'état de choc où se trouvait le jeune homme : sa plume avait fourché. Mais il avait déclaré ceci : « Nous avons cherché Andrew toute la matinée. » Quelqu'un l'avait peut-être aidé, mais quand on lui demanda de préciser sa déclaration, Martin affirma qu'il était seul ce matin-là pour chercher Andrew.

Depuis le début de mon enquête, j'avais laissé trois messages à Martin. Il n'avait encore répondu à aucun.

Ma mère commit l'erreur de dire à ma sœur que je laissais tomber le travail parce que « le dentiste », comme on devait l'appeler désormais, avait rompu avec moi. Même Rae savait que c'était inexact, et que ma décision n'était pas motivée par le simple fait d'avoir été rejetée par un homme. Mais Rae est dans l'âme quelqu'un qui aime remettre les choses en ordre. Ayant décidé de réparer ce qu'elle pouvait, elle se hâta de prendre rendez-vous chez Daniel sous un faux nom.

Mrs. Sanchez, l'assistante de Daniel, tendit à celui-ci un mince dossier. « Voici la dernière patiente de la journée. Salle numéro trois. Si vous n'y voyez pas d'inconvénient, je vais rentrer chez moi maintenant.

— Mary Ann Carmichael ? demanda Daniel.

— Nouvelle patiente. Sans assurance maladie. Promet de payer cash. N'a pas voulu me montrer ses dents. A insisté pour voir "un vrai dentiste".

— Bonsoir, Mrs. Sanchez. »

Quand Daniel entra dans la salle de soins, il vit ma sœur en train de fouiller dans les dossiers et les tiroirs. Il n'eut pas besoin de présentations.

« Rae, qu'est-ce que vous faites là ?

— J'ai des ennuis avec mes dents, répliqua ma sœur, qui pivota sur ses talons en repoussant de son dos un tiroir ouvert.

— Ça ne se fait pas de fouiller partout, mademoiselle.

— Vous avez raison. Je ne le ferai plus.

— Asseyez-vous. »

Rae prit place sur le fauteuil et croisa poliment les mains.

« Qu'est-ce qui vous amène ici ?

– J'ai mal aux dents.

– À toutes ?

– À une ou deux seulement.

– Ouvrez la bouche. »

Daniel enfila une paire de gants en latex et commença à examiner les dents de Rae.

« Chai quèquechoo...

– Ne parlez pas, s'il vous plaît.

– Inhohan. Aaahhh. »

Daniel ôta le miroir et le détartreur de la bouche de Rae.

« J'ai quelque chose d'important à vous dire, déclara-t-elle.

– Cela a-t-il un rapport avec vos dents ?

– C'est plus important que mes dents.

– Rae, ma relation avec votre sœur ne vous regarde pas.

– Il y a quatre ans, ma mère a enquêté sur un dentiste accusé de voies de fait sur ses patientes après les avoir endormies. Elle a pris rendez-vous pour une dent à dévitaliser, il l'a endormie et lui a fait des choses pendant qu'elle était inconsciente. On n'a jamais voulu me dire quoi. Je suis donc allée en cachette voir nos archives, j'ai crocheté la serrure du meuble et j'ai lu le dossier il y a un an environ. Mes parents croient toujours que je ne sais rien, alors si ça pouvait rester entre nous, j'apprécierais vraiment.

– Soit.

– Bref, je ne crois pas qu'elle aurait été aussi furieuse si le parquet n'avait pas refusé de donner suite quand elle a voulu porter l'affaire en justice. On lui a dit que les preuves étaient insuffisantes pour engager des poursuites. Après ça, nous avons eu deux affaires mettant des dentistes en cause : une concernant un chirurgien-

274

dentiste qui dévitalisait des dents alors qu'il était sous crack et un autre qui plombait des dents saines.

— Ce sont des cas malheureux et regrettables.

— Vous comprenez peut-être mieux maintenant les réflexions que ma mère vous a faites.

— Oui, Rae. Mais votre sœur m'a menti. Beaucoup. Et ça, je n'arrive pas à le comprendre.

— Elle ment à tous ceux qu'elle aime. À moi, elle me ment tout le temps. Elle m'a dit que les Fruit Loops, ça rendait diabétique.

— Il y a un rapport entre une consommation de sucre élevée et le diabète.

— Oui, mais ce n'est pas parce que je mange une boîte de Fruit Loops que je vais devoir me faire faire des piqûres d'insuline le lendemain.

— Vous mangez une boîte entière de Fruit Loops en une fois ?

— Seulement le samedi.

— Vous ne devriez pas en manger du tout.

— Je ne suis pas venue ici pour parler de mon régime.

— D'accord. Vous êtes venue pour parler de vos dents.

— Pas vraiment.

— À quand remonte la dernière fois que vous les avez fait détartrer ?

— Par un dentiste ?

— Oui.

— Je ne sais plus. La dernière fois que nous sommes allés à Chicago. Il doit y avoir deux ans.

— Je crois que je connais la réponse à ma question, mais peu importe. Pourquoi Chicago ?

— Parce que c'est là qu'est parti s'installer le Dr Farr.

– Et qui est le Dr Farr ?

– Le dentiste de maman. Celui chez qui elle allait quand elle était petite.

– Il faut que vous vous fassiez détartrer les dents.

– Il faut que vous vous réconciliiez avec ma sœur.

– Exclu.

– Elle tient vraiment à vous. Je le sais, parce qu'elle se fait tout le temps larguer et qu'elle s'en moque. Mais là, elle est triste, et ça n'est pas bon pour elle. Je l'ai vue souvent en colère, mais c'est rare que je la voie triste. Vous l'aimez bien, je le sais, sinon il y a longtemps que vous m'auriez mise dehors.

– Occupons-nous de ces dents.

– Je suis prête à négocier. »

Rae subit un détartrage d'une heure et une radio, en échange d'une promesse que Daniel m'appellerait. Ce qu'il fit deux jours plus tard. La conversation se déroula à peu près comme suit :

DANIEL : Puis-je parler à Jacqueline Moss-Gregory.

MOI : Daniel ?

DANIEL : Cesse de prendre des rendez-vous à mon cabinet sous de faux noms.

MOI : D'accord. Je ne le ferai plus.

DANIEL : Rendez-vous au club. Midi. Demain.

MOI : Au club de tennis ?

DANIEL : Non, au Friars' Club* ! Évidemment, au club de tennis. Midi. Sois à l'heure.

---

* Club de célébrités de Beverly Hills.

Le dernier match de tennis

Pensant que Daniel voulait jouer au tennis, j'apportai ma raquette. Je m'étais bien dit qu'il ne serait pas facile de parler entre les échanges. Je compris plus tard que cela faisait partie de son calcul. Éviter de parler.

Il entra en silence sur le court, m'envoya une balle et me dit de servir. Ce que je fis. Je dus sauter pour éviter sa balle de retour. Lors de ses services, je sautais maladroitement pour rattraper la balle, sans jamais y parvenir. Ce match me valut trois élongations franches. Le reste du premier jeu se déroula sur le même mode : je dus éviter de gros projectiles jaunes, ou courir après d'autres que j'étais incapable de renvoyer.

Daniel ne se souciait plus de son échelle dégressive. Le second jeu ressembla beaucoup au premier et le troisième au second. Je parvins à marquer deux points grâce à des balles particulièrement mauvaises de sa part, et ne pus rattraper que trois balles pendant les deux sets. Au moment de la balle de match, j'avais cessé de jouer, me bornant à éviter les projectiles jaunes. L'épuisement ne tarda pas à amoindrir mes réflexes. À cela s'ajouta la douleur cuisante des balles sur ma peau.

Daniel ne remarqua pas qu'un attroupement avait commencé à se former. Franchement, j'appréciais cette version moderne de châtiment médiéval dispensé dans un club sportif. Chaque projectile jaune laissant sur ma peau une marque rouge signifiait qu'il n'était pas indifférent, et je ne l'en aimais que davantage. Il devait s'attendre à ce que je réagisse par l'indignation, mais je me dis que s'il réussissait à exprimer toute sa rage ainsi, nous pourrions repartir à zéro.

Daniel s'arrêta pour souffler un peu et remarqua les yeux accusateurs fixés sur lui. Il savait qu'il passait pour un monstre et qu'il serait impossible d'expliquer aux spectateurs que je méritais chacun de ses coups. Je ne suis pas masochiste, mais je constate que parfois, on voudrait se punir et on ne sait pas comment faire. Parfois aussi, on sent bien qu'on agit mal, mais la force de l'habitude est telle qu'on ne sait plus trop où on en est. Daniel était le genre de personne que j'avais envie de connaître, seulement voilà, la réciproque n'était sans doute pas vraie. La seule différence entre moi et les autres, c'était que je n'allais pas laisser cela faire obstacle entre nous.

« Faut-il vraiment jouer un autre jeu ? demanda-t-il.

— C'est toi qui décides », répondis-je en souriant.

Daniel ramassa son sac et quitta le court. Je le suivis dehors, où l'air était gris et lourd de pluie.

« Eh bien, c'était du sport, dis-je avec un enthousiasme forcé.

— Tu es coriace, je dois le reconnaître.

— Je te demande pardon. Sincèrement. Je ne sais pas pourquoi je fais des choses pareilles.

— J'imagine que ça a un rapport avec ta famille.

— Ça, c'est sûr !

— Qu'est-ce que tu veux de moi ?

– Ta collection de DVD.

– Sérieusement, Isabel, qu'est-ce que tu veux de moi.

– Ton âme, voyons.

– Écoute, je m'en vais. Quand tu réussiras à construire une phrase sincère d'un bout à l'autre, je l'écouterai. En attendant, au revoir. »

L'affaire Snow

CHAPITRE 3

Je me changeai dans ma voiture et me mis en tenue de ville – un exercice dans lequel j'étais devenue imbattable – avant de prendre le chemin du comté de Marin. J'avais prévu plusieurs entretiens cet après-midi-là avec des gens qui avaient connu Andrew Snow. Je sortis les noms des quelques élèves qui avaient signé sur son exemplaire des annales.

Aucun de ceux que j'interrogeai ne se rappelait grand-chose du disparu douze ans après. Toutes les descriptions, passées au filtre aléatoire de la mémoire, étaient vagues. Audrey Gale, sa condisciple pendant trois ans dans la même classe principale et sa camarade de travail à l'occasion, l'évoqua comme un garçon poli, modeste et sensible. Susan Hayes, qui était en cours de lettres avec lui pendant toutes ses années de lycée, dit qu'il discutait volontiers, qu'il était sensible, mais aussi gros fumeur de hasch. D'après Sharon Kramer, qui habitait la même rue que les Snow et était sortie avec Martin, Andrew était prévenant et plutôt triste. Quand je lui demandai si elle savait pourquoi, elle me dit qu'il avait l'air mal dans sa peau, comme si celle-ci n'était pas à sa taille. Presque tous ceux que j'interrogeai avaient vu Andrew fumer de l'herbe, et plus d'une fois, mais aucun ne put me dire s'il consommait des drogues plus dures. Je demandai s'il avait jamais été en butte à des violences à l'école et la réponse fut un non ferme et unanime.

On ne touchait pas à Andrew si l'on ne voulait pas avoir affaire à Martin, qui était peut-être le garçon le plus populaire du lycée : président des élèves, membre de l'équipe de course de vitesse, de l'équipe de débats contradictoires, et de celle de football. Je demandai qui étaient les amis de Martin, et le nom de Greg Larson revint sur le tapis.

Mais Larson n'avait pas répondu à mes trois premiers appels. Il était temps de changer de tactique. J'appelai le shérif Larson au commissariat sous un nom d'emprunt et réussis finalement à l'avoir au bout du fil. Alors j'expliquai mon stratagème et demandai à le rencontrer. Il accepta de mauvaise grâce et je me rendis au commissariat le lendemain.

Il m'accueillit dans l'entrée et me donna une poignée de main ferme. C'était un grand maigre de plus d'un mètre quatre-vingts, dont la forte ossature saillait sous la peau. Au lieu de le rendre plus séduisant, l'uniforme accentuait sa sévérité. Il m'invita à le suivre dans une toute petite pièce au bout du couloir principal, posa ses pieds sur le bureau et sortit un cure-dents. Je ne perdis pas de temps en civilités.

« Comment avez-vous connu les frères Snow ? » demandai-je.

L'immobilité de Larson était déconcertante. Tout paraissait au ralenti chez lui, mouvements, débit, expressions. Pourtant, je suppose que si tout cela avait été chronométré, je n'aurais rien trouvé d'anormal.

Malgré tout, son comportement glacial éveilla d'emblée mes soupçons.

« Nous étions voisins, me répondit-il tranquillement.

– Vous alliez souvent chez eux ?

– Nan.

– Bien. Ce n'était sans doute pas l'endroit idéal pour s'éclater.

– Nan.

– Et votre mère, elle n'avait aucune objection à ce qu'ils viennent chez vous ?

– Nan.

– Est-ce qu'Andrew était homo ?

– Hein ? demanda le shérif sans que son expression change le moins du monde.

– On me l'a décrit comme très sensible. Parfois, c'est une façon de signifier l'homosexualité à mots couverts.

– Je ne saurais pas vous le dire.

– Peut-être qu'il avait un souci ? Peut-être que sa disparition n'en était pas une, mais un suicide ?

– Peut-être.

– Il se droguait ?

– Il pouvait lui arriver de fumer un joint de temps en temps.

– Il touchait à des drogues plus dures ?

– Peut-être.

– Où se procurait-il sa drogue ?

– Je ne saurais pas vous le dire.

– Si vous vous en souvenez, faites-le-moi savoir.

– Entendu.

– Vous ne vous souciez pas de ce qu'il est devenu ? demandai-je, agacée par l'indifférence monosyllabique de Larson.

– Si.

– Combien de fois êtes-vous allé camper avec les frères Snow ?

– Souvent.

– Mais pas la fois où Andrew a disparu ?

– Nan.

– Que faisiez-vous ?

– Quand ?

– Le week-end où Andrew a disparu.

– J'étais chez mon oncle.

– Où ?

– En ville.

– Vous voyez encore Martin ? demandai-je, sachant que si j'essayais de m'assurer qu'il avait un alibi, la conversation prendrait fin.

– De temps en temps.

– Il ne répond pas à mes messages téléphoniques.

– Il estime sans doute que vous perdez votre temps. Ou que vous risquez de lui faire perdre le sien.

– Et vous, shérif, c'est ce que vous pensez ?

– Oui. C'est ce que je pense.

– Eh bien, je tiendrai compte de votre opinion, dis-je avec désinvolture en me levant pour prendre congé. Encore une chose, shérif. »

Il souleva un œil pour me signifier que je pouvais continuer.

« Est-ce que Joseph Snow joue au golf ?

– Jamais entendu dire. »

Après avoir dormi deux heures, je retournai au bureau de bonne heure le lendemain matin. Ma mère se trouvait déjà à son bureau et s'acquittait laborieusement d'enquêtes d'antériorité banales pour l'une de nos principales sociétés clientes. Le silence ne dura que le temps nécessaire pour allumer mon ordinateur.

« Comment va l'affaire Snow ? demanda-t-elle d'un air détaché.

– Aussi bien qu'on peut s'y attendre.

– Autrement dit ?

– Je ne vais pas le retrouver, maman.

– Je n'y compte pas. »

Le dossier contenait les numéros de sécurité sociale de toute la famille Snow. Je décidai d'accéder aux informations bancaires concernant Joseph Snow. Quelques secondes plus tard, la page apparut sur l'écran et je l'imprimai.

« Maman, est-ce que tu penses qu'Andrew a pu faire une fugue ?

– Pourquoi me poses-tu cette question ?

– Parce que si Mrs. Snow était ma mère, je foutrais le camp.

– Moi, je crois que si Mrs. Snow était ta mère, c'est elle qui foutrait le camp. »

Je pris la page sur l'imprimante et en une seconde, j'eus la réponse à au moins une des questions qui m'avaient tourmentée.

« Joseph Snow ne vit pas avec Abigail, dis-je.

– Où habite-t-il ?

– J'ai là une adresse à Pacifica à son nom.

– C'est curieux. Elle ne t'a pas dit qu'il était parti jouer au golf ? » Avant d'aller rendre visite à Joseph Snow sans l'avoir prévenu, je recherchai les traces d'une procédure de divorce auprès du tribunal civil du comté de Marin. Je ne trouvai rien sur les Snow, mais cela ne voulait rien dire. Il n'y a pas de registre national des divorces, alors il faut rechercher comté par comté, et les gens divorcent où ils veulent.

Je vérifierais le reste du secteur de la Baie plus tard, si Mr. Snow se montrait aussi réticent que le reste de la famille.

En descendant la voie express n° 1 en voiture, j'aperçus vaguement l'océan à travers l'épais brouillard. Je me garai devant un bungalow de Seaside Drive, à quelques pas de la mer. Toutes les villes côtières de Californie ont en commun un certain aspect négligé. Sous les embruns la peinture s'écaille et le bois se gauchit plus vite qu'ailleurs. Avec son aspect délabré, la maison était diamétralement à l'opposé de la perfection soigneusement clôturée d'Abigail Snow.

Une jolie femme d'environ quarante-cinq ans ouvrit la porte. Elle portait un pantalon de lin froissé et une chemise d'homme en oxford beaucoup trop grande sous un pull bleu. Elle avait la peau bronzée et ridée, mais on voyait encore que jeune, elle avait été très belle.

« Je peux vous aider ? » demanda-t-elle du ton circonspect dont on s'adresse à quelqu'un qui risque de vous entreprendre à des fins de vente promotionnelle ou de prosélytisme religieux.

Je lui demandai si j'étais bien chez Joseph Snow. Elle me dit que oui. Je lui demandai si Joseph Snow était son mari. Elle me dit que non. Puis ce fut elle qui me posa quelques questions. Je fis brièvement allusion à la réouverture de l'affaire et la femme, dont le nom était Jennifer Banks, me fit traverser la maison pour me conduire à un atelier dans le garage. Joseph Snow, qui pouvait avoir soixante-cinq ans, avait l'air en bonne santé mais le visage buriné. Il était occupé à teinter une étagère qu'il venait de terminer. Le sol de l'atelier était couvert de sciure, jonché de toutes sortes d'outils, et des panneaux de bois étaient appuyés contre le mur. Après les présentations et un court résumé des raisons de ma présence, Jennifer nous laissa seuls.

Joseph tripota un clou qu'il tenait dans la main, mais il répondit à mes questions avec plus de franchise que n'en avaient manifesté tous ceux que j'avais rencontrés jusqu'à présent au sujet de cette affaire.

« Êtes-vous toujours marié à Abigail ?

– Oui.

– Pourquoi ?

– J'ai essayé de divorcer. Elle a refusé de signer les papiers.

– Elle n'admet même pas que vous ne vivez plus avec elle. Elle m'a dit que vous étiez en train de jouer au golf.

– J'ai horreur du golf.

– Mr. Snow, avez-vous une idée de ce qui a pu arriver à votre fils ?

– Non. Et je ne crois pas que je le saurai un jour. »

Il n'y avait rien dans ma rencontre avec Joseph Snow qui fût susceptible d'éveiller des soupçons. Tout ce qu'il me dit correspondait à ce qui se trouvait déjà dans le dossier. Je voulais retourner chez Abigail et lui demander ce qu'elle cachait, mais il était tard, et j'avais besoin de prendre un peu l'air, hors de cette famille et de la mienne.

Je m'arrêtai chez Milo pour faire une ou deux parties de pool et tuer quelques heures avant de rentrer chez moi. N'étant pas d'humeur à subir un interrogatoire, je contournai la maison pour passer par l'échelle de secours à l'arrière. Mais maman avait mis un verrou au bas de l'échelle, sans doute pour empêcher Rae de filer par là, ce qui avait pour conséquence fâcheuse de bloquer mon accès favori.

Je regagnai ma voiture avec l'intention de somnoler quelques heures en attendant que mes parents soient couchés. Bien entendu, je pouvais toujours utiliser la porte d'entrée. Mais les portes d'entrée sont toujours associées à des réflexions pleines de sous-entendus comme : *Tiens, te voilà*, ou : *Mais enfin, où étais-tu passée ?* Jamais les portes et moi n'avons été copines.

En fait, la banquette arrière de ma voiture s'avéra plus confortable que je ne l'avais imaginé, car je ne me réveillai qu'au matin, quand Rae frappa à ma vitre pour me demander de l'emmener à l'école. La fatigue ayant amoindri mes facultés rationnelles, j'acceptai. Rae profita du court trajet pour me poser une série de questions soigneusement décousues afin de m'empêcher de comprendre où elle voulait en venir.

« Alors, cette enquête, ça va ?

– Oui.

– Tu peux être plus explicite ?

– Non.

– Et ton dentiste, tu l'as vu récemment ?

– Non.

– Tu es sûre ?

– Oui.

– Je peux avoir dix dollars ?

– Non.

– C'était quand, la dernière fois que tu l'as vu ?

– Qui ?

– Le dentiste.

– Le soir où tu as donné à l'oncle Ray le message anonyme.

– Tu ne l'as pas revu depuis ?

– Non.

– Pourquoi tu ne veux pas me donner dix dollars ?

– Parce que tu es plus riche que moi.

– Il t'a appelée ?

– Qui ?

– Le dentiste.

– Non.

– Tu es sûre ?

– Rae, pourquoi me poses-tu ces questions ?

– Tu as pris un petit déjeuner, ce matin ? demanda-t-elle pour essayer maladroitement de détourner mes soupçons.

– Je me suis endormie dans ma voiture, alors comment veux-tu ?

– Tu n'as pas de quoi grignoter dans ta voiture ?

– Non.

– Tu devrais avoir des rations d'urgence. »

Je m'arrêtai devant le lycée de Rae. Avant qu'elle puisse ouvrir la portière, j'empoignai sa manche.

« Qu'est-ce que tu as fait ? demandai-je.

– Rien.

– Tu es allée le voir ?

– Je vais être en retard.

– Dis-moi la vérité.

– La vérité, c'est que je vais être en retard. Le directeur est debout là-bas et il te regarde. Si tu te souviens bien, la dernière fois que tu m'as déposée au lycée, tu m'as déjà rudoyée. Si j'étais toi, je laisserais tomber, à moins que tu tiennes à recevoir un coup de fil du Service de Protection de l'Enfance. »

Je la lâchai, regardai le proviseur, souris, tapotai la tête de Rae et lui dis que j'allais la tuer. Elle eut le culot de me demander si je viendrais la chercher, ce que je déclinai.

De là, j'allai directement chez Daniel pour faire une

autre tentative méritoire afin de le récupérer, et obtenir une preuve du forfait de ma sœur. À mon arrivée, il soignait un patient. Mrs. Sanchez me suggéra de prendre rendez-vous et demanda finement sous quel nom elle devait m'inscrire aujourd'hui. Je souris avec politesse, lui donnai mon vrai nom et dis que j'attendrais.

Une heure plus tard, Mrs. Sanchez vint me demander si je ne préférais pas dormir sur un des fauteuils d'examen plutôt que sur le canapé de la salle d'attente. J'acceptai obligeamment et profitai encore de deux heures de sommeil bien mérité. Persuadé que je ne partirais jamais, Daniel vint dans la salle d'examen et me réveilla.

« Ouvre la bouche, dit-il en enfilant des gants de plastique.

– Je ne veux pas me faire examiner.

– À quand remonte ta dernière visite chez un dentiste ?

– C'était à Chicago. »

Il ne parut pas surpris et répondit : « J'en déduis que ça fait un certain temps.

– Pas tant que ça.

– Dans ta famille, on se moque éperdument de l'hygiène dentaire.

– Elle est venue te voir ?

– Qui ?

– Ma sœur.

– Le secret médical joue aussi pour les dentistes.

– Mais pas pour les mineurs.

– Tu es sa tutrice ?

– Tu peux t'adresser à moi ou à ma mère. C'est toi qui vois.

– Elle a trois caries.

– Les caries n'ont pas d'importance quand on est mort. »

Daniel me rappela qu'il ne m'aurait jamais téléphoné si Rae n'avait pas insisté, et me pria de la laisser tranquille. Il ajouta même qu'il trouvait que c'était une drôle de fille mais qu'elle était fascinante. Il me fit promettre qu'elle n'aurait pas à craindre de représailles physiques.

Je réussis à échanger quelques phrases avec Daniel pendant qu'il me détartrait les dents, mais entre le moment où il me disait « Rince-toi » et celui où il me remettait les doigts dans la bouche, ma marge de manœuvre était mince.

Je me rinçais, crachais et disais : « Tu crois que tu peux me pardonner ? »

Il reprenait son détartrage et répondait : « C'est envisageable. Tu ne te sers pas de fil dentaire, si ? »

Réponse inaudible de ma part.

« Rince-toi. »

Je me rinçai, crachai et poursuivis : « Tu ne peux pas me donner une idée du temps qu'il te faudra pour me pardonner ? »

Vingt autres minutes de détartrage, d'eau recrachée et de questions sans réponse s'écoulèrent avant que Daniel me retire la bavette en disant : « C'est fini. »

– C'est fini ? » répétai-je, voulant une réponse à ma question.

Daniel approcha sa chaise et posa une main sur mon genou.

« Je savais que tu mentais. Je savais que tu ne pouvais pas être enseignante. Je savais même que tu te déguisais, à ta façon de toujours tirer sur ta jupe et de regarder tes jambes comme si tu ne les avais jamais vues.

– Ça faisait un certain temps, en effet.

– Comme je suis diplômé de l'école dentaire et que je ne suis pas absolument repoussant, j'ai un certain succès auprès des femmes.

– Condoléances.

– Isabel, me dit-il d'un ton qui signifiait "Premier avertissement".

– C'est plus fort que moi. Je te le jure.

– J'ai eu l'impression que je te plaisais non pas parce que j'étais dentiste, mais bien que je sois dentiste. Tu semblais m'apprécier pour d'autres raisons.

– À cause de ton match avec le type qui n'est pas homo, de ta mauvaise cuisine et aussi parce que tu sais que KAOS s'écrit K-A-O-S.

– Je ne cuisine pas si mal que ça.

– Ma foi, si tu le dis...

– Moi aussi, tu me manques. Mais si tu me mens encore une fois, c'est fini. »

Il m'embrassa, et je m'imaginai que cette fois, je l'avais pour de bon. Dans mon esprit, il était désormais hors de mes listes d'ex.

L'affaire Snow

CHAPITRE 4

Deux semaines après mon premier coup de téléphone à Martin Snow, il n'avait toujours répondu à aucun de mes appels. Il était temps de lui faire savoir que c'était sérieux. Je passai à son bureau le lendemain matin.

« Wendy Miller, du CPWNAP (lettres prises au hasard, inutile d'essayer de décoder un acronyme). Je désirerais voir Martin Snow.

— Vous avez un rendez-vous ? me demanda sa secrétaire.

— Non, mais c'est urgent.

— Je peux vous demander le motif de votre visite ?

— Je préférerais que l'entretien soit confidentiel. Il est là ?

— Oui, mais... »

Trop tard. J'entrai dans le bureau de Martin et refermai la porte derrière moi. La voix de la secrétaire s'éleva dans l'interphone : « Wendy Miller, du CCW...

— CPWNAP, rectifiai-je. C'est bon, criai-je dans l'interphone. Je suis à pied d'œuvre maintenant.

— Qui êtes-vous ? demanda Martin, sur un ton encore poli. Qu'est-ce que c'est que le CP...

– Peu importe, coupai-je. Je suis Isabel Spellman. Vous savez, celle que vous n'avez pas voulu rappeler.

– Qu'est-ce que vous faites ici ? »

Je ne pus m'empêcher de remarquer que, hormis la peur qui apparaissait dans son regard, Martin Snow avait presque le même visage que sur la photo de lui figurant dans mon dossier. Souvent, les dix années après le lycée opèrent des ravages catastrophiques chez les hommes, mais Martin était au moins aussi séduisant qu'à l'époque. Seule différence notable : son air sûr de lui s'était effacé dès que j'avais prononcé mon nom.

« J'ai quelques questions auxquelles vous seul pouvez répondre.

– La police a fait toutes les recherches possibles sur l'affaire et votre famille a continué l'enquête pendant un an. Que pouvez-vous espérer découvrir douze ans après ?

– Peut-être rien. Mais je dois avouer que le manque de coopération que je rencontre éveille mes soupçons.

– Pourquoi ?

– Pourquoi n'avez-vous pas répondu à mes appels ?

– Parce que je me suis dit que si je les ignorais, vous cesseriez d'appeler.

– Stupide, comme raisonnement.

– Je ne veux plus revivre ça, Ms. Spellman. Ça a déjà été bien assez dur il y a douze ans.

– Vous ne voulez pas avoir de réponses ?

– Si, bien sûr. Mais je ne crois pas que vous allez donner celles dont j'ai besoin. Je vous en prie, laissez-nous en dehors de tout ça, mes parents et moi.

– Si vous répondez à quelques questions, je m'en vais.

– Je vais appeler la sécurité, et vous partirez.

– Peut-être, mais je continuerai à vous appeler. Et je peux être très tenace.

– Trois questions, c'est tout.

– Pourquoi Greg Larson n'est-il pas venu camper avec vous ce fameux week-end ?

– Il était chez son oncle, en ville.

– Il y allait souvent, chez son oncle ?

– Pourquoi vous intéressez-vous autant à Greg ? Vous cherchez un alibi ?

– Pas vraiment. Voulez-vous répondre à la question ?

– Non, il n'y allait pas très souvent. Je crois qu'il y avait un concert auquel il voulait assister. Ça fait deux questions. La dernière ?

– Quand j'ai parlé à votre mère il y a quinze jours, elle a dit que votre père et elle avaient dépensé près de cent mille dollars pour vos études.

– Quelle est votre question, Ms. Spellman ? Je n'ai pas que ça à faire, vous savez.

– Ma question est la suivante : s'ils vous ont donné tout cet argent pour payer vos études, comment se fait-il que vous ayez contracté un emprunt de cent cinquante mille dollars auprès du ministère de l'Éducation des États-Unis ? Selon mes calculs, il y a quelque chose qui cloche entre ces chiffres. »

Je voyais que Martin essayait désespérément de trouver une réponse logique et qu'il élaborait un mensonge, là, en face de moi. Je me levai pour partir et lui éviter cette peine.

« Ne vous fatiguez pas, Martin. Ça ne m'intéresse pas de mettre au jour la magouille concernant vos frais de scolarité. Mais il y a quelque chose de louche dans toute cette affaire, et si vous croyez que je vais laisser filer, vous vous trompez. »

Les incohérences du cas Snow m'empêchèrent de dormir cette nuit-là. Le nombre de questions augmentait de façon disproportionnée par rapport aux réponses dont je disposais. Le sommeil me fuyait de plus en plus. Au matin, je sortis du lit en titubant et décidai de m'aventurer dans la cuisine parentale car il me fallait absolument du café. La cafetière était pleine et la cuisine vide – le bonheur. Je me versai une énorme tasse, liquidant la moitié de la cafetière. Je m'assis, espérant jouir du silence un moment. Alors, David entra dans la cuisine, en vêtements de ville, prêt à aller travailler, et s'assit à la table.

« Qu'est-ce que tu fais là ? demandai-je.

– Bonjour, Isabel. Comment vas-tu ce matin ?

– À ton avis ?

– Si j'en crois les apparences, pas bien.

– Merci. Pourquoi es-tu ici ?

– J'accompagne Rae à l'école pour faire un exposé.

– Pourquoi n'a-t-elle pas demandé à papa ou maman ?

– Sans doute ne voulait-elle pas que ses camarades de classe choisissent leur métier. Elle dit qu'elle n'a pas besoin de concurrence à l'avenir.

– Quelle lucidité impressionnante.

– C'est ce que j'ai pensé.

– Elle te fait chanter, non ?

– D'où sors-tu cette idée ?

– Tu bosses quatre-vingts heures par semaine. Tu as une copine mystérieuse. Tu donnes à Rae une rallonge d'argent de poche sans raison apparente. Tu perds une demi-journée pour parler de droit à un groupe d'élèves de troisième, surtout en sachant qu'une dizaine de juristes ont déjà joué les intervenants.

– Tu ne trouves pas que tu fais les questions et les réponses ?

– Il y a quelques mois, c'est maman qui avait une casserole sur toi. Aujourd'hui, c'est Rae. Ce doit être la même chose. Et comme tu veux absolument éviter que je l'apprenne, tu te donnes beaucoup de mal pour t'assurer de leur silence.

– Rae, bouge-toi un peu et descends ! » cria David, nerveux. Je vis que j'avais eu le nez creux.

« UNE MINUTE ! » répondit Rae, aussi fort qu'elle put.

« Elle ne te parlerait pas comme ça si tu lui rendais un service gratuitement. Pourquoi ne pas me dire ton petit secret et cesser d'être à sa botte ?

– D'accord. Dès que tu m'auras dit où tu comptes bosser ensuite.

– Salut ! » lançai-je en remontant l'escalier.

Mais au bout de quelques marches, je me pris les pieds dans ma robe de chambre et renversai du café. Je m'assis sur une marche et ôtai ma chaussette pour éponger le liquide. J'étais assise par inadvertance sur une des « caisses de résonance » de la maison. La quatrième marche du premier étage était le meilleur endroit pour écouter les conversations dans la cuisine. On entendait aussi bien que dans la pièce elle-même. Quelques marches plus haut ou plus bas, on n'entendait rien, mais de la quatrième marche, on ne ratait pas un soupir. C'était par pur hasard que je me trouvais là pour entendre ma mère demander :

« C'était Isabel ?

– Je crois. C'est difficile à dire en ce moment, répondit mon frère.

– Elle a avalé quelque chose ?

– Seulement du café. Je peux te donner un conseil ?

– Tu le donneras quoi que je dise, alors...

– Dis-lui de laisser tomber l'affaire. Qu'elle s'en aille. Laisse-la partir, elle reviendra. Ce que tu fais en ce moment va la faire fuir. Je m'étonne qu'après toutes ces années, la connaissant comme vous la connaissez, vous n'ayez pas encore compris ça.

– Mon chéri, je sais ce que je fais.

– Ah oui ?

– Si elle travaille assez longtemps sur cette affaire, elle oubliera pourquoi elle voulait partir.

– Pourquoi ne pas la laisser partir et décider elle-même de revenir ?

– Parce que j'ai besoin de la garder à l'œil, David.

– Pourquoi ?

– L'ancienne Isabel menace de faire sa rentrée. Je ne veux pas revivre ça, David.

– Ce n'est pas l'ancienne Isabel. C'est une toute nouvelle mutation. »

Ignorant son commentaire, ma mère poursuivit : « Tu te souviens d'elle à l'époque ? Moi, oui. Jamais je n'ai vu quelqu'un donner à ce point dans l'autodestruction. C'était terrifiant. Chaque fois qu'elle ne rentrait pas, chaque fois que je la retrouvais ivre, en train de comater dans sa voiture, sous la véranda ou dans la baignoire, je la croyais morte. Je l'ai laissée partir trop souvent. Ça ne se reproduira plus.

– Tu n'as jamais pensé que ce boulot n'était peut-être pas fait pour elle ? demanda David.

– Sans ce boulot, elle a tout pour devenir un oncle Ray n° 2. »

L'affaire Snow

L'effet du café se fit sentir plus tard dans la matinée, alors que je regardais le dossier pour la troisième heure consécutive.

J'appelai le shérif Larson pour fixer un autre rendez-vous. Je sentis bien qu'il n'était pas ravi que je reprenne contact avec lui si peu de temps après notre première rencontre, mais il accepta. Ou plus exactement, il me dit dans quel bar il comptait aller ce soir-là, et ajouta que si j'avais quelques questions à lui poser, il y répondrait peut-être.

Plus tard dans l'après-midi, alors que j'étais dans le bureau de l'agence à vérifier au niveau national le casier judiciaire de toutes les personnes que j'avais interrogées dans le cadre de l'affaire (dont je n'arrivais d'ailleurs plus à sortir grand-chose), mes parents entrèrent et me tendirent une enveloppe.

« Qu'est-ce que c'est ?

– Une indemnité de licenciement, dit mon père.

– Tu ne travailles plus, dit ma mère.

– Pourquoi ?

– Martin Snow a appelé. Il veut que tu cesses de

298

t'occuper de l'affaire. Il dit que ça perturbe trop sa mère.

– Vous croyez vraiment qu'il se soucie des états d'âme de sa mère ?

– Si tu veux faire autre chose, n'hésite pas, vas-y. Cet argent te donnera le temps de te retourner », dit maman.

Je repoussai l'enveloppe vers eux et leur dis de garder leur fric, que j'avais encore du travail. Ils me répétèrent que l'affaire était close. Je leur rétorquai qu'elle le serait quand je le dirais, et je partis.

J'arrivai à la taverne de McCall peu avant le shérif. Quel bonheur de se trouver hors de la maison, dans un établissement où l'on servait à boire ! Je pris une bière et m'imprégnai de l'atmosphère du lieu. Ce n'était pas un bar louche, mais presque. Le décor lui donnait une élégance démentie par la clientèle. Malgré tout, une femme pouvait s'y asseoir seule pour prendre un verre et réfléchir à la façon dont un homme avait trouvé la mort.

Le shérif arriva habillé en civil. Un jean déteint, un T-shirt à manches longues froissé et une veste en laine à capuche. Sans son uniforme aux lignes strictes qui faisait ressortir son visage taillé à coups de serpe, Larson était de ces hommes auxquels j'accordais volontiers un second regard. En fait, sans le cure-dents au coin de sa bouche et les soupçons tenaces qu'il m'inspirait, il aurait été tout à fait mon genre. Je trouvais plutôt séduisantes sa froideur décontractée, sa façon de lever à peine un sourcil en m'apercevant, puis de s'approcher du bar avec lenteur, hocher la tête et s'asseoir.

Au terme de ce qui avait l'air d'un échange télépathique entre Larson et le garçon, ce dernier posa une bière devant lui.

Je posai cinq dollars sur le bar, mais Larson fit glisser les billets vers moi. « Jamais je ne laisse une femme m'offrir à boire. »

Cette déclaration de principe me parut une manifestation de galanterie assez cocasse, mais je m'abstins de la relever.

« Vous venez souvent ici ? demandai-je pour amorcer la conversation.

– Isabel.

– Shérif.

– Appelez-moi Greg, dit-il, d'un ton qui n'avait rien d'amical.

– Greg.

– De quoi s'agit-il en fait, Isabel ?

– Disons que c'est compliqué. Ça vous suffit ?

– Les gens ont le droit d'avoir quelques secrets.

– Si seulement ma mère partageait cette opinion !

– Alors, qu'attendez-vous de moi ? demanda Larson, baissant très légèrement sa garde.

– J'aimerais que vous me disiez ce qui est arrivé à Andrew Snow.

– Je l'ignore.

– Je me doutais que vous me répondriez ça. Je veux bien croire que vous ne savez pas exactement ce qui lui est arrivé, mais vous en savez plus que vous ne me le dites. »

Larson m'adressa une ébauche de sourire, mais ne répondit pas. À la différence de Martin Snow, il ne faisait pas d'effort pour me convaincre de son ignorance. Je savais que je ne tirerais rien de lui. Il était né avec un visage de joueur de poker, cet homme-là. Mais il fallait tout de même que je me lance.

« J'ai plusieurs théories sur ce qui a pu arriver à Andrew, et j'aimerais vous les soumettre. Vous voulez bien ?

– Pourquoi pas ?

– Théorie numéro un, dis-je, consultant mes notes. Andrew a pris des hallucinogènes, puis s'est éloigné du campement, s'est perdu et a été victime des éléments.

– Des éléments ?

– Disons qu'il a pu attraper une insolation, se noyer ou se faire dévorer par un ours.

– Je ne pense pas que les animaux puissent se ranger dans la catégorie "éléments".

– J'utilise le mot au sens large. En fait, il a dû être victime de l'environnement, et non d'un meurtre. Qu'en pensez-vous ?

– C'est une théorie qui se tient.

– Vous êtes gentil, mais non, justement. Il y a des choses qui ne collent pas. D'autant que, d'après la plupart des témoignages, Andrew fumait beaucoup d'herbe. Il n'a pas été question d'hallucinogènes ni de narcotiques. Et si vous fumez de l'herbe pendant que vous campez, vous ne tenez pas à aller randonner au milieu de la nuit. Vous avez envie de faire griller des marshmallows et de regarder le feu de camp.

– Vous savez de quoi vous parlez, on dirait, répondit Larson.

– Je trouve que ça ne colle pas. Ça me rendrait service si vous me donniez le nom de son fournisseur de marijuana. À partir de là, je pourrai peut-être découvrir si Andrew consommait des drogues plus dures.

– Et comment suis-je censé le connaître ?

– Vous pouvez vous renseigner, lançai-je avec un

charmant sourire. Vous êtes prêt pour la théorie numéro deux ?

– Allez-y.

– Andrew et Martin se sont disputés pendant qu'ils campaient. Martin a tué son frère, accidentellement ou non, a paniqué et caché le corps.

– Hmmm. » Larson ne donna aucune autre réponse. Je scrutai son visage pour essayer d'y déceler une réaction, mais en vain.

« Théorie numéro trois, poursuivis-je.

– Je suis mort d'impatience.

– Mrs. Snow a assassiné son fils après qu'il a malencontreusement mis de la boue sur son tapis. Le week-end sous la tente était un alibi. Elle cache le corps quelque part dans la maison. »

Larson se borna à me regarder sans rien dire, se demandant si j'étais sérieuse.

« Ça expliquerait le pot-pourri », poursuivis-je.

Alors il fit une chose dont je ne l'aurais jamais cru capable : il éclata de rire.

Il fallait que j'agisse vite pendant que sa vigilance était un peu relâchée, et je posai la question suivante : « Quel est le nom de famille de Hank ?

– Qui ? dit-il en reprenant sa mine impassible.

– L'oncle Hank. Celui chez qui vous étiez le soir où Andrew a disparu. Quel est son nom de famille ? J'aimerais lui parler. »

Sans en être absolument sûre, je crus déceler un infime changement dans le calme uni de Larson. Un peu comme une mesure omise dans un enregistrement parfait par ailleurs. Si vous n'y prêtiez pas attention, vous pouviez ne rien remarquer.

« Pourquoi voulez-vous lui parler ?

– C'est lui votre alibi, non ? Si vous ne voulez pas

me donner son nom, je le trouverai toute seule. C'est vous qui voyez.

– Farber, dit-il en sortant un stylo. Voilà son adresse. Vous feriez bien de vous faire accompagner. L'oncle Hank a une réputation de tombeur. C'est tout, Isabel ?

– Une dernière question : Martin et vous êtes toujours amis ?

– Nous ne sommes pas brouillés.

– Quand l'avez-vous vu pour la dernière fois ?

– Il doit y avoir six mois.

– Merci de m'avoir consacré du temps, shérif. » Je finis mon verre et quittai le bar.

Le lendemain soir, Daniel me menaça de cuisiner pour moi. Maintenant que notre relation était entrée dans la phase du dévoilement tous azimuts, je jugeai qu'il était temps de lui dire la vérité.

« Tu es très mauvais cuisinier, Daniel.

– Je sais, répondit-il, mais ce qui compte, c'est d'essayer.

– J'espère que ce n'est pas le slogan que tu mets dans ton cabinet.

– Très drôle.

– Si on prévoyait un programme différent ce soir ? suggérai-je.

– Je croyais que tu tenais absolument à voir l'épisode où Max veut se faire recruter comme agent double.

– Plus tard. Je m'étais dit que peut-être, tu accepterais de faire une surveillance avec moi.

– Tu veux dire une planque ? » s'exclama Daniel avec l'enthousiasme de tous les néophytes qui ne se doutent pas de l'ennui abyssal qui les attend.

Une heure plus tard, Daniel et moi étions dans sa voiture, garée dans la rue à côté de la maison de Martin Snow à Sausalito.

« J'ai faim », annonça Daniel.

J'avais prévu la chose et lui tendis un sachet de cocktail de noix. Daniel fouilla dedans.

« Il ne reste plus que des noisettes, dit-il, déçu.

– Il faut vraiment que j'aie une conversation avec l'oncle Ray. »

Le silence retomba pendant que je gardais l'œil rivé sur la porte de Martin.

« Je m'ennuie, déclara Daniel.

– Ça ne fait qu'une heure qu'on est là.

– Mais il ne se passe rien.

– Les gens ne sont pas tout le temps en train de bouger. »

Daniel soupira. Encore un silence.

« J'ai envie de pisser, dit Daniel.

– Tu as l'avantage d'être un homme, répliquai-je.

– Qu'est-ce que ça veut dire ?

– Tu as le monde à ta disposition.

– Tu veux que j'aille pisser dehors ?

– La plupart de mes collègues pissent dans un bocal. Mais je ne pense pas que tu aies un bocal dans ta BM immaculée.

– Dans un bocal ? C'est dégoûtant », dit Daniel en sortant de la voiture.

Pendant qu'il cherchait un endroit propice pour soulager sa vessie, j'aperçus le shérif Larson qui garait sa jeep noire dans l'allée devant chez Martin. Il frappa à la porte et quelques instants plus tard, Martin lui ouvrit.

Daniel regagna la voiture. « Il y a eu du nouveau pendant mon absence ?

– Un type est passé en voir un autre.

– C'est louche », lança Daniel, sarcastique.

C'était louche. Je n'aurais pourtant pas su dire pourquoi.

Comme l'année se terminait, je laissai momentanément l'affaire Snow en suspens, surtout parce que je ne voulais déranger personne pendant les fêtes. Mais dès l'apparition des sapins mités sur les trottoirs, je repris mes recherches. Contre l'avis de mes parents, je téléphonai à Martin Snow afin de prendre un second rendez-vous. Ce ne fut cependant pas lui qui me rappela.

Abigail me téléphona quatre jours après le premier de l'an. Je me rappelle la date parce que plus tôt dans la soirée, j'avais reçu un coup de fil d'un patron de bar de l'Edinburgh Castle, un pub du quartier chaud. L'oncle Ray s'était endormi dans son box et, quand on l'avait secoué pour le réveiller, il avait tendu une carte qu'il a toujours dans sa poche de poitrine. Dessus était écrit :

« Pour l'enlèvement, s'adresser à Isabel Spellman. » Suivait mon numéro de portable.

Je reconduisis Ray à la maison et mon père m'aida à le transporter à l'intérieur. Ce fut alors que mon téléphone sonna. L'écran affichait « numéro inconnu ». Je laissai l'appareil sonner encore un peu, pendant que j'ouvrais la porte de mon appartement. Une fois entrée, je décrochai.

« Allô.

– Ms. Spellman, c'est Abigail Snow. » Elle avait une voix plus rauque que la dernière fois où je lui avais parlé, plusieurs semaines auparavant, et je faillis ne pas la reconnaître.

« Que puis-je faire pour vous, Mrs. Snow ?

– Arrêtez d'enquêter sur mon fils.

– Je me suis efforcée de respecter votre vie privée.

– Écoutez-moi bien. Mon fils est avocat. Si je découvre que vous avez continué vos interrogatoires au sujet de la disparition d'Andrew, nous porterons plainte pour harcèlement contre vous et votre famille. Me suis-je bien fait comprendre ?

– Oui », répondis-je. Et la communication fut coupée.

À cet instant précis, en raccrochant le téléphone, je croyais vraiment que l'affaire Snow était terminée et que je n'allais pas tarder à cesser de travailler pour l'agence Spellman. Mais je n'eus guère le temps de réfléchir à ce que cela signifierait, car ce qui survint ensuite changea tout. Au lieu de m'éloigner de l'affaire, cela m'y ramena.

Plusieurs mois plus tard, quand j'ai eu le temps de réfléchir à la séquence des événements, j'ai essayé de repérer le moment précis où tout l'avenir avait basculé, comme si en identifiant ledit moment après coup, je pouvais nous empêcher de reproduire la même erreur. Je l'ai peut-être largement dépassé, mais il n'en reste pas moins que ce moment-là est le plus déterminant de ma chronologie personnelle.

Le moment

Quelques jours après le coup de téléphone d'Abigail, au moment où je sortais (par la porte), ma mère me demanda si j'allais voir le dentiste. Comme je ne lui avais rien dit concernant le retour de celui-ci dans ma vie, mes soupçons s'orientèrent vers la suspecte n° 1.

J'attendis dans la chambre de Rae pour la cueillir à son retour du lycée. Je décidai de ne pas me cacher et m'étalai sur son lit, où je ramassai son exemplaire écorné de *L'Attrape-cœur*. Combien de temps ce roman resterait-il un classique des chambres d'adolescents, et pourquoi Rae, en plein âge ingrat, ne faisait-elle pas encore sa crise ? Mon regard s'arrêta ensuite sur un étui d'appareil photo posé sur son bureau. J'ouvris la fermeture éclair du sac de toile gris anthracite et découvris un appareil digital tout neuf.

Quelques instants plus tard, Rae arriva.

« Comment es-tu entrée ici ? demanda-t-elle.

— Tu n'es pas la seule à savoir crocheter une serrure, dis-je en refermant l'étui.

— Tu as quelque chose à faire chez moi ?

— Quelques questions à poser.

— Vas-y.

— Tu m'as suivie, Rae ?

– Ça fait longtemps que j'ai arrêté.

– Est-ce que maman sait que tu es allée voir Daniel ?

– Ne le lui dis pas. Elle ne sera pas contente.

– Est-ce qu'elle sait que je le revois ?

– Il y a une semaine, je l'ai entendue dire à papa qu'elle était sûre que c'était fini.

– C'est qui la nouvelle copine de David ? demandai-je brusquement, espérant prendre Rae au dépourvu et obtenir une réponse non préparée.

– Tu ne crois pas m'avoir comme ça ? répondit-elle en ôtant ses chaussures.

– Combien cette caméra et ses accessoires ont-ils coûté ?

– Il faudrait que je regarde les reçus et que je fasse le calcul.

– Donne-moi un chiffre approximatif.

– Cinq cents dollars environ.

– Plus précisément ?

– À cent dollars près.

– Tu as été élevée chez le Parrain ?

– Je n'en sais rien. Et toi ?

– C'est du chantage, Rae. Et le chantage, ça n'est pas bien. Pourquoi n'arrives-tu pas à te mettre ça dans le crâne ?

– Je suis contente que cette affaire soit close.

– Qui a dit ça ?

– Maman. La mère du garçon disparu t'a appelée pour te dire d'arrêter.

– Hein ?

– Tu le sais bien.

– Et toi, comment le sais-tu ?

– J'ai des oreilles. »

J'attrapai Rae par son col, que je tordis à trois cent soixante degrés, et la plaquai contre le mur.

« Si je m'aperçois que tu me mens, je ferai de ta vie un enfer.

– C'est déjà fait ! hurla-t-elle.

– Comment sais-tu que sa mère m'a appelée ? ! Tu m'espionnes ou quoi ? ! Tu as écouté à ma porte ? ! Qu'est-ce que tu as fabriqué ? !

– J'ai entendu papa dire à maman que la mère du type t'avait appelée pour mettre fin à l'enquête.

– C'est papa qui a dit ça ?

– Oui.

– Quand ?

– Hier.

– À quelle heure ?

– Je ne me souviens pas.

– Fais un effort.

– Hier soir.

– Tu es sûre ?

– Je n'en jurerais pas... »

Je resserrai mon étreinte et insistai : « Tu es sûre, oui ou non ?

– Oui. Et maintenant, tu dégages. »

Demande superflue, j'étais déjà sortie.

Je remontai chez moi et cherchai le micro. Au cours de mes vingt-huit ans d'existence, jamais je n'aurais cru mes parents capables d'un coup aussi bas. Même quand j'étais l'ancienne Isabel, ils s'abstenaient d'enfreindre les principes élémentaires du respect de la vie privée. En Californie, il est interdit d'enregistrer les conversations de quelqu'un sans l'accord d'au moins l'une des parties. Je commençais à regretter d'avoir refusé de sortir avec tous ces avocats que ma mère essayait de me présenter : ils auraient pu m'aider à porter plainte contre elle. On verrait fatalement un jour ou l'autre en justice cette mention poétique : *Spellman contre Spellman.*

Si les écoutes téléphoniques sont illégales, elles ne sont pas pour autant une drogue pour dilettantes, donc je n'ai aucune compétence en la matière. Mais pour fouiller une pièce centimètre par centimètre, il n'y a pas besoin de compétence, seulement de patience, et cela, j'en ai à revendre quand je suis sûre de trouver de quoi incriminer mes parents. J'ai suivi le fil du téléphone jusqu'à la prise, puis le long du mur, jusqu'à l'extérieur. Je suis sortie par la fenêtre, me suis laissée glisser lentement le long de l'échelle de secours et ai suivi le fil des yeux jusqu'en bas de la maison. Des micros tout simples peuvent se fixer n'importe où sur la ligne téléphonique et quand ils sont utilisés avec un magnétophone activé par la voix, ils donnent d'excellents résultats si l'on ne veut écouter qu'une seule ligne. À partir de ce que m'avait dit Rae, j'en étais arrivée à la conclusion que mon père avait eu cette information en écoutant ma conversation téléphonique. À ceci près que si je remontais au point de départ, il se pouvait qu'il ait simplement entendu une moitié de la conversation. La mienne.

N'ayant rien trouvé sur la ligne, je me mis à chercher un micro dans mon studio. Mais avec des meubles partout dans soixante mètres carrés et sept ans d'accumulation de fouillis, allez trouver un appareil qui pourrait tenir dans une narine.

J'avais besoin d'aide. Celle d'une personne neutre. L'idée d'appeler Daniel me vint à l'esprit, mais je n'imaginais pas dans quel univers une phrase telle que « Tu veux venir chez moi m'aider à trouver un micro ? » pourrait sembler normale. Or je me donnais beaucoup de mal pour essayer d'être normale avec lui. J'appelai Petra, mais elle n'était pas chez elle. Le seul que je pouvais trouver chez lui était l'oncle Ray. Il ne bougeait jamais, sauf pour aller jouer au poker ou boire dans un bar. Je lui demandai s'il voulait m'aider à trouver un appareil de vidéosurveillance, et il me demanda si j'avais de la bière. J'en avais. Il est rare que mon univers me fournisse une symbiose aussi parfaite.

Comme l'oncle Ray habite chez mes parents, j'ai tendance à oublier son sens du détachement tout à fait admirable. Sauf si un conflit l'oblige à prendre parti, il s'efforce de ne pas s'en mêler. Sa politique peut se résumer à une phrase, prononcée la bouche pleine de chips : « Moi, je suis en train de regarder le match. » De petites disputes entre des individus ne font pas le poids face à des équipes où les joueurs ont à régler des comptes remontant à des décennies. La seule chose que savait l'oncle Ray, c'était qu'il cherchait un micro. Il ne lui serait jamais venu à l'idée que c'était son frère qui l'avait installé.

Pendant que je ratissais l'appartement plus ou moins à l'aveuglette, l'oncle Ray siffla trois bières, assis sur mon lit. Après quoi il se leva pour se diriger vers une prise voisine, débrancha une lampe, puis un réveil, déconnecta une prise multiple et me la tendit.

« Merci pour la bière », dit-il. Et il sortit.

Mon instinct me poussait à entrer dans une rage folle, à aller voir des avocats, peut-être même à contacter la Ligue des droits du citoyen ; mais mon intellect me conseilla de garder mon calme et de réfléchir avant d'agir. En fait, ni mon instinct ni mon intellect ne sont très fiables. Je saisis la prise multiple et la remis dans le placard aux archives. Les parents finiraient par s'apercevoir du transfert, mais cela me laissait du temps. Il fallait que je sorte pour m'éclaircir les idées. Que je quitte le territoire spellmanien. Je pris ma voiture et allai chez Petra.

Elle vint m'ouvrir en robe bustier de satin noir avec un châle de dentelle. Elle avait les cheveux relevés de façon très classique et je remarquai que plusieurs de ses piercings excentriques avaient disparu.

Elle fut sidérée de me voir. « Qu'est-ce que tu fais ici ?

– Je viens de trouver un appareil d'audiosurveillance chez moi. Tu vas à l'opéra ?

– Non. Seulement à une soirée.

– Avec qui ?

– Oh, ce type que j'ai rencontré il n'y a pas longtemps.

– Qu'est-ce qu'il fait ?

– Il est... médecin.

– Ah bon ?

– Je n'ai pas vérifié auprès du conseil de l'ordre, mais j'imagine qu'il m'a dit la vérité.

– Il s'appelle comment ?

– Pourquoi tu me poses toutes ces questions ?

– D'habitude, tu me le dis, quand tu sors avec un nouveau.

– Don Sternberg.

– Pardon ?

– C'est son nom.

– Si tu y tiens.

– Tu as besoin de quelque chose ?

– Non. Ça va. Amuse-toi bien avec l'avocat.

– Médecin, rectifia Petra.

– Médecins, avocats... Ils se valent, non ?

– Pas quand tu es aux urgences. »

Cette conversation ne menait à rien, en tout cas, pas à la vérité. Je regardai son bras et remarquai un autre emplacement vide, à la place d'un ancien tatouage. Je crois que c'était la tombe dont la pierre portait la mention « Jimi Hendrix, RIP ».

« Pourquoi as-tu fait enlever Jimi ?

– Les gens changent.

– Ah oui ? C'est un scoop. »

Après avoir quitté l'appartement de Petra, j'allai au seul endroit où je pensais pouvoir trouver des réponses. Je n'avais pas à frapper à sa porte. Ni à poser de questions. Il me suffisait d'attendre devant chez David pour voir s'il sortirait en smoking. Alors, je serais fixée. Non seulement mon frère sortait avec ma meilleure amie, mais il achetait le silence d'une gamine de quatorze ans et se pliait aux caprices d'une mère de cinquante-quatre ans à seule fin de m'empêcher d'apprendre la nouvelle.

Je me sentis offensée, envahie par la rage de prouver que les mesures prises à mon encontre ou à cause de moi étaient inappropriées, ou du moins inutiles. Comme je l'avais prévu, David sortit de chez lui en smoking. Je partis avant qu'il ait pu repérer ma voiture. Je me promis de m'occuper de ces deux-là plus tard.

Troisième rendez-vous bidon chez le dentiste

Mes parents et moi avons décidé de faire une trêve. Le conflit avait laissé des traces de part et d'autre.

Mais la trêve n'incluait pas Rae. Après avoir convaincu ma mère, j'annonçai la nouvelle à Rae.

« Tu as trois caries. Daniel te recevra demain à 4 heures précises. Tâche d'être à l'heure.

– Tu crois que c'est bien nécessaire ? demanda-t-elle.

– Tu vas à ce rendez-vous, sinon tu le regretteras. »

Plus tard dans la soirée, en entrant dans le salon, je vis Rae et l'oncle Ray en train de regarder la télévision ensemble. Sur l'écran, Laurence Olivier se lavait les mains dans le lavabo et demandait à Dustin Hoffman, attaché sur le fauteuil : « C'est sans danger ? »

Je m'avançai derrière le canapé et regardai fixement l'écran.

« C'est sans danger ? » redemanda Olivier en découvrant une série d'instruments dentaires.

Je me tournai vers l'oncle Ray avec le sentiment d'avoir été trahie. « Tu crois que c'est une bonne idée ? Regarder *Marathon Man* la veille de son rendez-vous chez le dentiste ? »

Ma sœur souffla « Chut » et garda l'œil rivé à la télévision. L'oncle Ray fit l'innocent.

« Et alors ? C'est un bon film. »

« C'est sans danger ? » demanda encore Olivier au moment où je sortais de la pièce.

Le lendemain après-midi, Rae attendait Daniel avec appréhension dans la salle d'examen n° 2. Elle l'entendit prendre congé de Mrs. Sanchez, qui avait fini sa journée, puis elle se souvint in extremis de brancher son magnétophone. C'était un dentiste malgré tout... Des mois plus tard, je devais découvrir la transcription suivante, avec les commentaires visuels de Rae :

(Daniel entre dans la pièce.)

Rae : Dr Castillo ?

Daniel : Appelez-moi Daniel, je vous en prie.

Rae : Vous êtes sûr que j'ai trois caries ?

Daniel : Certain. Je dirai même plus : je n'ai jamais été aussi sûr de quelque chose. (Il se lave les mains.)

Rae : Je pourrais voir mes radios ? (Daniel fixe Rae pendant assez longtemps pour que cela soit gênant.)

Daniel : Vous n'avez pas confiance en moi, Rae ?

Rae : Si, mais j'aimerais juste voir mes radios. (Daniel prend une série de clichés, les place sur un écran rétroéclairé et allume. Il montre des zones précises sur les images.)

Daniel : Une sur votre deuxième prémolaire droite en bas, une sur la première molaire et la troisième sur votre incisive supérieure gauche. (Il prend une seringue.)

Rae : Vous n'avez pas besoin que votre assistante soit là pour vous aider ?

Daniel : Elle a fini sa journée. Nous sommes tout seuls. Maintenant, ouvrez grand. (Rae n'obéit pas.)

Rae : Comment puis-je être sûre que ce sont mes radios ?

Daniel : Vous essayez de gagner du temps, ma petite fille. Allons, soyez gentille, ouvrez la bouche.

Rae : Je vous ai posé une question. (Daniel se penche très près.)

Daniel : Vous avez peur de moi, Rae ?

Rae : J'ai peur de subir des soins qui ne sont pas indispensables.

Daniel : Ça ne fait de mal à personne de souffrir un peu. Personnellement, je crois que ça trempe le caractère.

Rae : Isabel a dit que ça ne me ferait pas mal.

DANIEL : Croyez-vous tout ce que votre sœur vous dit ?

RAE : Pas vraiment. (Daniel prépare la novocaïne.)

DANIEL : C'est sans danger ? (Il dit la phrase avec une pointe d'accent allemand. Puis il fait un clin d'œil lourd de sous-entendus. Rae bondit hors du fauteuil, sort du cabinet en courant, et jette sa bavette devant la porte d'entrée.)

En hommage mérité au film de la veille, Rae parcourut à la course les trois kilomètres séparant le cabinet de Daniel de chez nous. En ouvrant la porte du 1799, Clay Street, elle avait les mains tremblantes et ne s'arrêta de courir qu'une fois arrivée dans les bureaux de l'agence Spellman. Elle s'immobilisa devant mes parents, hors d'haleine, essayant de reprendre sa respiration. Ils levèrent les yeux.

Quand elle put enfin articuler quelques mots, elle déclara : « Daniel Castillo est un méchant. »

Mes parents l'écoutèrent pendant une heure employer des termes dignes d'un dictionnaire des synonymes pour décrire sa rencontre. Daniel était glauque, bizarre, sinistre, inquiétant, flippant. « Et il a cligné de l'œil, précisa-t-elle. D'une façon menaçante. » Mais papa et maman étaient habitués au goût de leur cadette pour l'hyperbole et ils prirent son discours avec un certain recul. En fait, après s'être procuré les informations concernant l'identification de Daniel au cours de leur première rencontre, ils avaient mené une enquête d'antériorité qui aurait fait honneur au gouvernement. Il leur était toujours aussi antipathique, mais ils devaient reconnaître que sur le papier, il était totalement irréprochable.

Le couple parental en arriva à la conclusion logique

que Rae avait surtout peur des piqûres, et qu'elle était victime de la mythologie du dentiste en vigueur chez nous depuis des années. Peut-être pour la première fois de leur vie, mes parents ne crurent pas Rae. Donc, sans leur soutien, elle se dit qu'elle devait me sauver du dentiste.

Comme je m'y attendais, Rae se remit à me filer peu de temps après son rendez-vous avorté chez Daniel. Pendant les deux premiers jours, elle ne me vit guère qu'assise à mon ordinateur au bureau, en train de vérifier le casier de tous les membres de la famille Snow. Ma mère trouva les papiers sur mon bureau et s'efforça de me dissuader de poursuivre.

« Isabel, ton boulot est terminé, dit-elle. Tu es libre d'aller travailler ailleurs, comme serveuse, secrétaire ou barmaid. Ce n'est plus mon problème.

— On avait un marché, maman. Je m'y tiens.

— Ma chérie, Martin Snow est avocat. Tu comprends ce que ça signifie ?

— Tu veux qu'il m'invite à sortir ? rétorquai-je, l'œil toujours fixé sur mon écran.

— Non. Ça veut dire que si tu continues de harceler sa famille, il songera à un procès.

— À ta place, je ne m'inquiéterais pas trop, répliquai-je d'un ton détaché.

— Comment peux-tu dire ça ? Le simple fait de devoir payer pour se défendre dans un procès pourrait nous mettre sur la paille.

— Écoute, maman. Il cache quelque chose. Les gens qui ont un secret qu'ils ne veulent pas voir découvrir préfèrent ne pas attirer l'attention sur eux. Ils essaient de garder un profil bas. Ses menaces sont purement verbales. »

Je pense que mes parents savaient que j'avais

découvert le micro. Le sujet ne fut pas abordé, mais je continuai à méditer ma vengeance. Les dents de Rae passèrent au second plan au cours des quelques jours suivants, dont je me souviens aussi clairement que si je revoyais un vieux film en noir et blanc.

J'aurais dû cuver ma colère et réfléchir à ce que j'allais faire. J'aurais dû me donner – et aux autres aussi – une chance de respirer, de ralentir le mouvement, d'arrêter. Mais je ne parvenais pas à contenir l'élan qui m'entraînait. Mes parents m'avaient confié une affaire qu'ils croyaient insoluble et, trois semaines plus tard, je pensais qu'elle était peut-être susceptible d'être élucidée.

« Ça te dirait de venir acheter de la drogue avec moi ? demandai-je à Daniel au téléphone le lendemain après-midi.

– Bien sûr, répondit-il comme si je lui avais proposé de mettre du lait dans son café.

– Je passe te prendre demain à 19 heures. »

Le deal

Même dans le feu de l'action, je n'en revenais pas de ce que je m'apprêtais à faire. Je m'arrêtai devant chez Daniel quelques minutes après 19 heures et klaxonnai. Il sortit de son immeuble vêtu d'un complet bien coupé et d'une chemise rose à col ouvert.

« Tu es bien sapé, dis-je pendant qu'il posait sa serviette dans la voiture en s'asseyant.

– Merci. C'est ma tenue pour acheter de la drogue, dit-il sèchement.

– Tu as apporté l'argent ?

– Oui, j'ai apporté l'argent de la drogue.

– Tu peux te contenter de dire "l'argent" au lieu de "l'argent de la drogue".

– Oui, j'ai l'argent. »

Silence.

« Hm, hmmm, dis-je à l'intention de Daniel, pour qu'il enchaîne sur la réplique suivante.

– Tu veux une pastille pour la gorge ?

– Hm, hmmm ! » répétai-je. J'avais demandé à Daniel de dire une phrase. Ça n'était pas bien compliqué, tout de même ! Je toussotai en lui adressant un regard furieux.

« Si tout ce que tu voulais, c'était une ligne, j'aurais

pu te la procurer, articula-t-il d'un ton aussi naturel que s'il lisait sur un téléprompteur.

– On a rendez-vous avec le dealer de Martin Snow, Jerome Franklin. Il ne me dira rien si je n'achète pas. Garde ta salive et tout se passera bien.

– Ça n'est pas la première fois que j'achète de la dope.

– Le gaz hilarant ne compte pas.

– Je m'y connais en drogues, Isabel.

– Tu ne peux pas te contenter d'être le bailleur de fonds ?

– Bonne idée. Je reste assis ici, l'air mauvais. »

Daniel était de méchante humeur, alors je les ai laissés mariner, lui et son costume voyant. Sur le pont, la circulation du week-end était encore plus dense que celle des autres jours. Plus aucun mot ne fut échangé pendant le reste du trajet, car Daniel et moi étions à court de sujets anodins. En arrivant à destination, à côté d'un ensemble d'entrepôts en construction à West Oakland, Daniel déclara : « Je crois que je suis déjà venu ici. » Je lui jetai un regard appuyé pour lui signifier de ne pas improviser.

Je frappai à la troisième porte en partant de l'extrémité, et Jerome Franklin ouvrit. Il portait un maillot et une casquette des Pittsburgh Steelers, un baggy qui lui descendait sous les hanches et un attirail de bijoux en or assortis à sa dent du même métal. À la vue de celle-ci, j'eus envie de dire : *Ça n'est pas un peu trop ?* Mais je ne savais pas comment il le prendrait.

« T'es de la police ? demanda Jerome en nous faisant entrer.

– Non. Je vous l'ai déjà dit, répondis-je en regardant où nous nous trouvions.

– Et lui, c'est un flic ? demanda Jerome, regardant Daniel d'un œil hostile.

– Non, je suis dentiste », dit fièrement Daniel.

Jerome saisit un revolver qui était glissé dans son jean et le planta dans les côtes de Daniel. « J'ai horreur des dentistes.

– Avec les dents que vous avez, ça se comprend », rétorqua Daniel.

Jerome le poussa jusqu'au canapé et lui dit de la boucler. J'approuvai.

Chris, un autre jeune Noir, entra dans la pièce, vêtu d'un pantalon de ville, d'une veste boutonnée portée sans chemise, et coiffé d'un bandana noir.

« Ça va comme tu veux, mon frère ?

– Mouais.

– C'est qui, la meuf ? demanda-t-il, sans doute en parlant de moi.

– Elle était avec Snow.

– Snow ? Je me souviens de ce mec. Il est mort, non ?

– Oui.

– Qu'est-ce qu'elle veut ?

– Qu'est-ce qu'ils veulent tous ? »

Je n'avais pas prévu précisément le moment où j'allais glisser des questions sur Andrew Snow. Les civilités et les achats de drogue me prenaient déjà assez de temps comme ça. J'aurais dû écrire un scénario, voilà mon erreur. J'essayai de me calmer les nerfs en observant les lieux. La caractéristique la plus remarquable de cet entrepôt, c'était le vide : des cadres avaient été visiblement enlevés des murs, laissant des marques plus claires ; de vieilles chaises pliantes étaient posées n'importe où dans la pièce, remplaçant les meubles qui devaient normalement s'y trouver. Sur chaque surface étaient posés des cendriers pleins de vieux mégots. L'évier de la cuisine, immaculé, offrait un curieux contraste avec tout le reste.

Je reportai mon attention sur Jerome, qui laissa tomber sur une table de wagon-restaurant, bleue et authentique, une sacoche pleine de petits sachets plastique emplis de poudre blanche. « Tu veux goûter ? »

Il en prit un dans sa poche, vida le contenu sur une glace, fit un rail parfait à l'aide d'une lame de rasoir et me tendit une paille.

Je restai un instant immobile, pour bien m'assurer que tous les regards étaient posés sur moi. Puis je pris la paille et me penchai sur le rail.

Ce fut alors que j'entendis la voix familière crier : « Non, Izzy ! »

Levant les yeux, je vis Rae debout devant la porte de la salle de bains. Elle devait être entrée en grimpant jusqu'à une fenêtre de derrière.

Tout le monde se figea. Un calme étrange plana sur la pièce, comme si personne ne savait plus quoi faire. Rae avisa le revolver posé sur le bureau. Je la vis calculer qu'elle pouvait l'atteindre la première en fonçant dessus.

Mon esprit tournait au ralenti. Je notai le revolver dans sa main, braqué sur Jerome.

« Laisse ma sœur tranquille », cria Rae.

Jerome me regarda, attendant un signe de moi.

« Lâche cette lame », poursuivit-elle, continuant de pointer son arme sur Jerome, qui avait oublié la lame de rasoir étincelante dans sa main.

Il lâcha la lame sur la table.

« Viens, Izzy. On se tire. Maintenant, dit-elle avant de se tourner vers Daniel. Vous, vous restez là », ordonna-t-elle.

Ma stupéfaction céda la place à une rage bouillonnante. « Tu es malade ou quoi ? demandai-je.

– Je te sauve. On file. »

Je souris à Jerome, qui s'appelle en réalité Leonard Williams (vous vous souvenez ? Mon « pourvoyeur » du lycée), et je dis : « Coupez » en faisant signe de me trancher la gorge avec la main. Puis je me tournai vers Rae.

« Le revolver n'est pas chargé. Daniel n'est pas un méchant. Ceci n'est pas de la coke, mais du sucre en poudre[1]. Je te présente Len et son ami Christopher. Ils sont comédiens, ont une maîtrise d'art dramatique, et préparent le conservatoire. Len est un ancien copain du lycée. Il avait une dette de reconnaissance, que je me suis finalement fait payer plus de dix ans après. Malheureusement, il a fallu que j'exploite des stéréotypes raciaux négatifs, parce que tu regardes beaucoup trop de films. »

Rae resta sans voix. Une première, du plus loin qu'il m'en souvienne.

« Je ne sais pas vous autres, mais moi, je prendrais bien une tasse de thé, dit Christopher avec son accent britannique d'origine. Qui m'accompagne ? »

Daniel leva la main en disant : « Earl Grey.

– Camomille, pour moi », dit Len.

Christopher se tourna vers ma sœur et lui demanda : « Et toi, ma minette ? »

Rae le regarda comme s'il parlait une langue étrangère.

J'intervins : « Du chocolat chaud si vous avez. Et rien pour moi. »

Christopher sortit pour allumer la bouilloire. Len

---

1. La levure chimique fait plus vrai, mais elle est plus difficile à sniffer.

débarrassa la table de la fausse cocaïne et se tourna vers moi.

« Dis-moi la vérité. On a été comment ?

– Parfaits, dis-je.

– Je n'arrive pas à croire que ce type est anglais. Bluffant, l'accent ! dit Daniel avec bonne humeur.

– Tu as entendu ça, Christopher ? » cria Len.

De la cuisine, Christopher répondit : « Vous êtes chou. »

Je tirai une chaise et dis à Rae : « Assieds-toi, et laisse-moi te raconter comment ça devait se passer. »

Rae s'assit lentement, sans lâcher le revolver, l'œil fixé sur tous ces mecs suspects présents dans la pièce.

« J'avais besoin que tu recommences à me filer. Que tu fasses un compte rendu de mes activités. Que tu sois témoin de quelque chose que tu aurais besoin d'enregistrer. Je savais que si tu allais au cabinet de Daniel et que tu en ressortais avec la conviction que c'était un type louche, tu me suivrais, même si personne ne te disait de le faire. C'était du cinéma, Rae, le comportement bizarre, le clin d'œil, la citation de *Marathon Man*. Du cinéma.

– Mais pas quand j'ai dit que vous aviez trois caries », intervint Daniel.

Rae fit pivoter sa chaise, pointa le revolver sur Daniel et vociféra : « JE N'AI PAS DE CARIES ! »

Je lui pris le revolver des mains et continuai : « Je me doutais que si tu me croyais en train de mijoter quelque chose, tu me suivrais. Mais tu ne sais pas conduire. J'étais sûre que tu te cacherais par terre dans ma voiture. J'étais prête à jouer la comédie jusqu'à ce que je t'aie amenée là où je voulais que tu ailles. Mais tu as mis dans le mille du premier coup. Et je suis prête à parier qu'au moment où je te parle, ta caméra digitale est dans ton sac à dos, que tu as laissé dans la voiture. Vrai ou faux ? »

Rae détourna les yeux, ce qui prouvait que j'avais vu juste.

« Je comptais que tu me suivrais et que tu m'épierais par la fenêtre. Tu remarqueras qu'elles viennent d'être nettoyées, et que tu as une vue parfaite du coin nord du parking, où est garée la voiture. Je comptais bien que tu ferais aux parents un compte rendu de mes activités et leur montrerais les enregistrements. Mais jamais je n'aurais cru que tu te pointerais comme ça chez des gens qui étaient censés être des dealers, et que tu mettrais tout le monde en joue dans la pièce. Tu es cinglée ou quoi ?

– C'est une question rhétorique, ça, non ?

– Ce que tu as fait, Rae, c'est complètement dingue.

– Ce que j'ai fait est dingue ? répéta Rae, incrédule. Je vais le dire aux parents.

– En effet, oui, tu vas le dire aux parents. Et tu vas leur donner MA version. »

Rae regarda la table et marmonna : « Quand je pense que j'ai voulu te sauver la vie. J'y crois pas !

– Voilà le thé ! » gazouilla Christopher en arrivant avec un plateau chargé de différents breuvages et de scones.

Daniel fut ravi en voyant le service en porcelaine ancienne de Christopher et dit qu'il se sentait en terrain civilisé. Il paraissait soulagé de laisser enfin tomber son personnage de méchant. Il m'avait fallu des heures pour le persuader de participer au coup monté. Ce n'était pas seulement le faux deal qui avait ralenti les négociations, mais l'idée de mêler une mineure à une comédie où se côtoyaient tactiques d'intimidation, poudre blanche et armes à feu non chargées. Après trois longues heures passées à le persuader que c'était ma seule façon de me venger de mes parents, il avait accepté de mauvaise grâce.

L'interprétation de Len et Christopher avait été beaucoup plus brillante que le canevas du scénario. Même en l'absence du canapé en cuir et acajou, de la table basse ancienne, des jetés de fauteuil impeccables, on sentait partout la main d'un décorateur profession-nel – en l'occurrence, la mère de Christopher, une femme riche et généreuse. Si les soupçons de Rae avaient été éveillés, si elle avait cherché des indices de mise en scène, elle aurait pu remarquer la collection de DVD presque entièrement constituée de comédies des années quarante et de cinéma-vérité. Son attention aurait pu être attirée par le poster du classique de Sydney Poitier, *On m'appelle Mr. Tibbs*, dans son cadre élégant, à ceci près qu'elle n'aurait pas su comment interpréter cet indice. Rae n'est pas une enfant élevée dans du coton, mais elle ne connaît pas le monde de la drogue. Elle avait vu de la poudre blanche, des Noirs habillés comme sur les vidéos de rap, et elle était allée droit à des conclusions primaires.

« Je veux rentrer à la maison », dit-elle.

Mais je n'en avais pas terminé. Il fallait que Rae reparte avec des preuves contre moi.

« Bois ton chocolat, on filmera ensuite. »

Pendant le trajet de retour, Rae étudia les séquences tandis que Daniel faisait une petite déprime, comme s'il venait juste de prendre conscience de ses actes.

Après avoir rappelé à Rae qu'il n'était pas un méchant et qu'elle avait vraiment trois caries, il me dit : « C'est la chose la plus infantile que j'aie jamais faite.

– Tu comptes aussi tes années de délinquance juvénile ? répliquai-je, agacée. Si tu acceptes de participer à un deal monté de toutes pièces, ne viens pas pleurer ensuite. »

Rae nous interrompit alors : « Je ne comprends toujours pas pourquoi tu faisais semblant d'acheter de la drogue.

– Les parents ont mis un micro dans ma chambre. C'est inexcusable. S'ils veulent violer ma vie privée, je veux qu'ils découvrent quelque chose qui en vaut la peine. Écoute-moi bien attentivement, Rae. Et tu as intérêt à suivre mes consignes à la lettre. J'ai assez de casseroles sur toi pour que tu sois interdite de sorties pendant un an. Compris ? »

Rae n'ouvrit plus la bouche pendant le trajet de retour en ville, battant son précédent record de six minutes.

Isabel sniffe de la coke : le film

Le lendemain soir, Rae projeta son premier film à mes parents. Elle offrit du pop-corn à la ronde et invita l'oncle Ray à se joindre à eux dans le salon. Elle plaça le DVD qu'elle avait fait dans le lecteur et prit position devant son public. Elle présenta le film en évoquant une conversation qu'elle avait surprise entre Daniel et moi. Nos propos avaient éveillé ses soupçons car il y était question d'acheter de la drogue. Elle s'était donc cachée sous une couverture à l'arrière de ma voiture et une fois que nous étions entrés dans le squat des dealers, elle s'était approchée de la fenêtre et avait trouvé le bon angle pour filmer.

Elle appuya sur le bouton « marche » et s'assit devant la table basse, arracha le pop-corn des mains de l'oncle Ray et lui dit d'arrêter de se goinfrer.

Pétrifiée, ma mère garda le silence en regardant le film muet de Rae sur l'écran de cinquante centimètres. Elle me vit me pencher sur l'image, couper la poudre avec une lame de rasoir, prendre une paille et...

« Ça, c'est Izzy en train de sniffer de la cocaïne », dit Rae, comme si elle narrait la scène à une pièce emplie d'aveugles.

Ma mère réagit automatiquement en essayant de protéger sa fille cadette et de l'empêcher de voir pareille transgression.

« Rae, je ne veux pas que tu regardes ça, dit-elle.

– Mais c'est moi qui l'ai filmé ! » rétorqua ma sœur.

Le faux deal était une simple mesure de rétorsion contre le micro placé par mes parents. Malheureusement, je n'avais pas prévu leur réaction. Aussitôt après la soirée de projection de Rae, ils se mirent à me surveiller vingt-quatre heures sur vingt-quatre, et ne relâchèrent leur vigilance que lorsque je fus devenue le cadet de leurs soucis.

L'interrogatoire

CHAPITRE 5

Le détachement étudié de Stone cède la place à un mépris visible. Sa mâchoire se crispe tandis qu'il consulte ses notes.

« Je sais ce que vous pensez », dis-je.

Il avale une gorgée de café et évite de me regarder.

« Ça m'étonnerait. »

Il a raison. En général, je parviens à deviner ce que pensent les gens, mais pas lui, et cela me déroute. J'ai besoin de me retrouver en position de maîtrise au moins sur quelque chose.

« Vous êtes marié, commissaire ?

– Non.

– Divorcé ?

– Ce n'est pas moi l'objet de cette enquête.

– Pourquoi votre femme vous a-t-elle quitté ?

– Ce truc est plus vieux que vous, Isabel.

– Donc, ce n'est pas elle qui vous a quitté ?

– Arrêtez, je vous en prie, Isabel », dit Stone. La sincérité de la requête me prend au dépourvu et j'obéis. J'arrête. Mais je pose la question qui me trotte dans la tête depuis le début de l'interrogatoire :

« Qu'est-ce qu'on vous a dit sur moi ?

– Cela a-t-il une importance maintenant ?

– Oui. »

Stone consulte ses notes et dit : « Je sais que vous tamponniez des poubelles en voiture, les nuits de ramassage des ordures. Je suis au courant pour la drogue, l'alcool, les réunions de Vigilance de Voisinage et la série d'actes de vandalisme impunis survenus pendant vos années d'école. Je sais aussi que vous ne pouvez pas garder un petit ami. Je continue ?

– Il y a quelque chose de positif sur moi là-dedans ?

– Il paraît que vous vous êtes bien améliorée, dit-il en faisant un effort pour éviter de prendre un ton condescendant.

– Vous pensez que c'est de ma faute, ce qui est arrivé ?

– Aucune idée. Je ne sais même pas encore ce qui s'est passé. »

L'affaire Snow

CHAPITRE 6

En fait, je n'avais pas choisi le nom de Jerome Franklin au hasard. Selon Audrey Gale, l'une des trois élèves à avoir signé l'annuaire d'Andrew, c'était lui le principal fournisseur de la plupart des élèves du lycée de Marin. Mais sitôt sorti du lycée, il avait renoncé à ses activités illégales. Il est aujourd'hui conseiller financier et habite San Diego, Californie. Lorsque je lui eus expliqué le motif de mon coup de téléphone et précisé que ses erreurs de jeunesse (comme il les appelait) ne m'intéressaient pas, il se montra tout à fait coopératif. Mais il ne me fournit aucune information sur la vie d'Andrew Snow que je ne connaissais déjà : tout ce qu'il put me dire fut qu'il aimait fumer de l'herbe.

Comme je ne parvenais pas à trouver de nouvelles pistes, en dehors de la famille Snow et du shérif Larson, je concentrai mes efforts sur les suspects de l'affaire. L'heure était venue d'aller voir Hank Farber, l'oncle de Larson, qui était son seul alibi pour le soir de la disparition d'Andrew. Je téléphonai à Hank (plutôt crever que de se faire appeler Henry) et pris rendez-vous pour le lendemain.

Ma mère me fila sur toute la moitié de la ville. Je finis par la semer en faisant un demi-tour interdit, ce que je la savais incapable d'imiter.

Je frappai à la porte de l'appartement 4C d'un immeuble délabré du Tenderloin à 10 h 15 précises. L'homme qui vint m'ouvrir la porte était un papy plutôt couperosé, en version interdite aux moins de seize ans. Le genre de type qu'on voit fumer des cigares à la chaîne sur les champs de courses et dans les clubs de strip-tease. À ceci près que son poison à lui, ce devait être la cigarette, entre autres.

« Tiens, tiens ! regardez-moi qui arrive ! » dit-il. Après m'avoir examinéc des pieds à la tête, mon amphitryon crasseux me conduisit vers un canapé écossais qui devait avoir trente ans et pouvait vous faire un gommage de peau à travers vos vêtements. Il s'assit en face de moi, alluma une cigarette et sourit avec gourmandise, comme si un interrogatoire concernant un adolescent disparu était aussi alléchant qu'un quiz sur l'élection de Miss Amérique.

« Mr. Farber...

– Appelez-moi Hank, dit Mr. Farber en assortissant ces mots d'un clin d'œil.

– Vous vous souvenez du week-end du 18 juillet 1995 ?

– Oh, dites donc, ça ne date pas d'hier.

– En effet. Vous vous souvenez de ce week-end ?

– Vous pouvez me rafraîchir les idées ?

– Oui. C'est celui où Andrew Snow a disparu.

– Ah oui. Je me souviens. Un incident bien triste.

– Vous vous rappelez ce que vous avez fait ce week-end-là ?

– Je crois que Greg, mon neveu, était là. Il dcvait avoir dix-sept ans à l'époque.

– Vous vous souvenez d'un détail particulier pendant sa visite ?

– Non. Il est allé à un concert.

– Vous pourriez me dire lequel ?

– Non. Je n'essaie pas de suivre ce que les gamins écoutent aujourd'hui.

– Vous vous souvenez de l'heure à laquelle Greg est rentré ?

– Vers 23 heures.

– Comment est-il allé au concert ?

– Je crois qu'il a pris la voiture.

– Quelle voiture ? La sienne ou la vôtre ?

– C'était ma voiture, mais il me l'a rachetée.

– Quand ?

– Vers cette époque.

– Il vous a racheté votre voiture le week-end où Snow a disparu ?

– Pas ce week-end-là, non. Mais quelques semaines plus tard. Il la conduisait, en tout cas. Enfin, je crois.

– C'était quelle marque de voiture ?

– Une Toyota Camry.

– Vous vous rappelez la couleur et l'année ?

– Blanche. 1988. »

Je quittai Hank, entouré d'un nuage de sa propre fumée, et allai directement chez Abigail Snow. Elle parut déçue lorsqu'elle me vit debout dans son entrée.

« Ms. Spellman, que puis-je faire pour vous aujourd'hui ?

– Je sais que je suis la dernière personne que vous avez envie de voir, mais...

– Qu'est-ce qui peut bien vous donner cette idée, ma petite fille ? dit-elle de son ton laborieusement poli.

– Eh bien, vous m'avez appelée en me demandant

expressément de laisser tomber le dossier concernant votre fils. Alors j'imagine...

– Je ne vous ai jamais appelée, Ms. Spellman.

– Vous ne m'avez pas appelée ?

– Non. Vous êtes sûre que c'était moi ? Il s'agissait peut-être d'un autre client. »

La conversation allait trop vite pour que j'analyse ce qu'elle me disait. Si elle ne m'avait pas appelée, alors qui ? Et peut-être m'avait-elle bien appelée, mais le niait à présent parce que... Ma foi, j'avais du mal à imaginer comment fonctionnait le cerveau de cette femme.

« Je peux entrer deux minutes ? » demandai-je.

Elle baissa les yeux vers mes chaussures, et se mit – j'imagine – à calculer les traces que je laisserais dans sa maison.

« Je vais les enlever, proposai-je.

– Votre manteau aussi, ma petite fille. Il est un peu douteux », répondit Mrs. Snow.

J'ôtai mes chaussures et posai mon manteau dehors, sur une balançoire de la véranda. Mrs. Snow me laissa alors entrer, à contrecœur, j'imagine.

« Je peux me servir de votre téléphone ? demandai-je en éteignant la sonnerie de mon portable.

– Allez-y », répondit-elle en m'indiquant où se trouvait l'appareil.

J'appelai mon portable. Lorsque j'avais reçu le précédent appel d'Abigail Snow, l'écran annonçait « numéro inconnu ». Cette fois, un numéro de téléphone commençant par 415 s'afficha. Comme quoi il y avait de fortes chances pour que ce coup de téléphone ait été donné par ma mère afin de me faire quitter l'affaire. Afin de m'assurer que je ne tirais pas de conclusions hâtives, je demandai : « Vous avez un portable ?

– Bien sûr que non », répondit distraitement Mrs. Snow en essuyant le téléphone avec un chiffon.

Il ne me restait plus que quelques questions à lui poser avant de me sauver. L'odeur du pot-pourri commençait à me donner mal à la tête.

« Ma question va peut-être vous sembler bizarre, mais vous souvenez-vous du genre de voiture que conduisait Greg Larson ?

– Oui. C'était une Camaro rouge. Un modèle de la fin des années soixante-dix.

– Vous êtes sûre que vous ne confondez pas avec une Camry ?

– Tout à fait sûre, rétorqua-t-elle sèchement.

– Et vous êtes sûre qu'elle était rouge, pas blanche ?

– Ma petite fille, je connais la différence entre le rouge et le blanc.

– Je ne vous contredirai pas là-dessus, dis-je en me dirigeant hâtivement vers la porte. Donc, vous ne vous souvenez pas que Greg ait jamais eu une Camry blanche.

– Non, répondit-elle catégoriquement.

– D'après le dossier de mes parents, Martin et Andrew se partageaient une Datsun bleue à cinq portes. C'est exact ?

– Oui.

– Ils n'avaient pas d'autre voiture ?

– Non.

– Merci, Mrs. Snow, votre témoignage m'a été précieux. »

Après avoir quitté la maison Snow, j'allai frapper à plusieurs portes du voisinage. Sur les quatre personnes qui se trouvaient chez elles, deux habitaient déjà là douze ans auparavant. Les deux se souvenaient de

Greg Larson et de sa Camaro rouge. Aucune ne se rappelait avoir jamais vu de Camry blanche.

En rentrant à la maison, je trouvai la voiture de ma mère garée dans l'allée. Je lui cassai un phare, histoire de rendre le véhicule plus facilement identifiable si elle me suivait. Normalement, j'aurais imaginé des représailles plus sophistiquées pour le coup de téléphone, mais les conflits avec ma famille devenaient si nombreux qu'ils bouchonnaient, et je choisis une vengeance simple. Puis je me précipitai au bureau et dénonçai ma mère à mon père.

« Ma chérie, jamais ta mère n'aurait fait une chose pareille, dit-il avant même que j'aie fini de parler.

– Tu ne la connais peut-être pas si bien que tu le crois.

– Ça fait trente-cinq ans qu'on est mariés.

– Ce qui prouve quoi ?

– Isabel, ta mère n'a pas donné ce coup de téléphone. Mais je te répète de ne plus t'occuper de cette affaire. Nous ne voulons pas nous retrouver avec un procès. »

J'aurais continué la conversation si nous n'avions pas été interrompus par l'oncle Ray qui ouvrit la porte à la volée en criant : « À l'aide, Al. Je n'en peux plus. »

Une trêve (et quelques escarmouches supplémentaires)

Avec toutes ces histoires de surveillance clandestine, les micros installés chez moi et l'espionnage systématique, j'ai oublié de préciser le genre de paix qui s'était installé entre Rae et l'oncle Ray. Maintenant qu'ils étaient réconciliés, Rae s'était fixé comme tâche personnelle de guérir l'oncle Ray de chacun de ses vices. Et dans cette perspective, elle glissait des cartes de vœux avec des images de foies malades sous sa porte, à l'intérieur desquelles elle avait griffonné : « Je pense à toi. Bises, Rae. »

Pendant le dîner, elle donnait diverses informations sur les méfaits de l'alcool, parfois assorties de conseils diététiques (ce qui, je le lui rappelais souvent, était assez hypocrite, compte tenu de sa propre addiction au sucre). Elle faisait des recherches scrupuleuses sur les toxicomanies et l'alcoolisme. Elle alla même voir un herboriste qui lui fournit un élixir qu'elle commença à verser en cachette dans la nourriture de son oncle et parfois dans sa bière. Lorsqu'elle essaya d'assister à une réunion des Joueurs Anonymes, elle se fit refouler à la porte. Découragée, elle se tourna vers les Alcooliques Anonymes et leur raconta régulièrement la façon dont l'oncle Ray se vautrait dans la débauche.

Chaque nouvelle version de la saga était assortie de fioritures grandioses jusqu'à ce que disparaisse toute ressemblance avec l'original.

Dans l'ensemble, mes parents ne prêtèrent guère attention à cette nouvelle obsession de Rae, car du coup, elle ne courait plus les rues, trop occupée à faire des recherches sur la fonction hépatique et à rapporter des faits pour se livrer à des surveillances en dilettante. Chez nous, ce genre de chose est considéré comme un progrès, encore que mes parents n'aient nourri aucun espoir de voir l'oncle Ray changer ses habitudes. Nous avions essayé de le remettre dans le droit chemin dix ans auparavant. C'est comme une poupée de porcelaine qu'on a laissée tomber une fois : on a beau la recoller, jamais elle ne retrouve sa beauté première.

L'oncle Ray s'effondra sur une chaise pivotante et posa sa tête sur le bureau. Ma sœur entra sur ses talons, portant un énorme livre de médecine intitulé : *La Fonction hépatique et ses dysfonctionnements.*

« Attends, dit-elle, tu n'as pas regardé le foie après dix ans de cirrhose. »

L'oncle Ray se tourna vers mon père, attendant qu'il lui vienne en aide.

« Donne-moi ce livre, ma petite chatte », dit mon père.

Rae lui tendit le manuel.

« Tu m'as conseillé de passer plus de temps à la bibliothèque, plaida-t-elle.

– Oui, c'est vrai, hein ? Rendez-vous dans la cuisine. J'ai à te parler. »

Rae leva les yeux au ciel, poussa un soupir appuyé et sortit de la pièce à grands pas rageurs. Mon père se tourna vers l'oncle Ray.

« Je ferai ce que je peux », dit-il en allant rejoindre sa fille cadette.

Je m'appuyai contre le bureau, m'efforçant de décider ce que j'allais faire. L'oncle Ray leva la tête, se tourna vers moi et déclara : « Tout ce que je veux, c'est boire de la bière et manger des cacahuètes tranquillement. C'est trop demander ? »

Après ma découverte du micro chez moi, j'avais décidé qu'il était temps de déménager. Mais entre les faux deals et l'affaire Snow, j'avais du mal à chercher un nouvel appartement. Et puis soudain, je me souvins que j'avais un point de chute, et commençai à faire mes bagages. Quelques heures plus tard, Rae frappa à ma porte et demanda si elle pouvait me tenir compagnie. Je la laissai entrer, et elle se mit discrètement à défaire mes bagages derrière mon dos. Jusqu'à ce que je la prenne sur le fait et par la peau du cou, et que je la jette dehors en verrouillant la porte derrière elle. Quand je commençai à en avoir assez de ranger mes affaires, je décidai d'aller chercher la clé de mon futur appartement. À peine étais-je sortie de chez moi que ma mère descendit l'escalier en robe de chambre et chaussons.

« Où vas-tu comme ça, ma chérie ? demanda-t-elle.

– Nulle part, répondis-je finement.

– Je t'aime », dit-elle, la mine faussement impassible. Elle prononça ces paroles comme si elle croyait que j'avais oublié. À la vérité, je n'avais jamais douté de l'amour de mes parents. Mais dans ma famille, l'amour a des épines, et parfois, on en a assez de panser ses égratignures.

Ma mère attendit sagement mon départ dans sa voiture. Je ne cherchai pas à la semer. Je n'avais pas à cacher ma destination.

Je me garai dans l'allée devant chez David et laissai ma mère arrêtée en double file au milieu de la rue.

Je frappai à la porte de David, qui m'ouvrit.

« Isabel. Qu'est-ce que tu fais là ?

— Bonjour. Tu vas bien ? rectifiai-je.

— Pardon. Oui, bonjour. Qu'est-ce qui se passe ?

— Dis-moi la vérité, David. Tu t'es fait faire des injections de Botox ?

— Non.

— Petra est ici ?

— Pourquoi me poses-tu cette question ?

— Parce que tu as l'air mal à l'aise.

— Elle est là, oui. Tu la cherches ?

— En fait, je cherche les clés de son appartement. Elle vit ici, non ?

— Pas exactement.

— Ça fait combien de temps que ça dure ?

— Environ trois mois.

— Comment ça a commencé ?

— Je l'ai rencontrée par hasard au club de gym.

— Elle fréquente un club de gym ? demandai-je, incrédule.

— Oui. Comme beaucoup de gens.

— Alors comme ça tu l'as rencontrée par hasard et qu'est-ce qui s'est passé ensuite ?

— Isabel, on pourrait avoir une conversation qui ne ressemble pas à un interrogatoire ?

— D'accord. Quand tu cesseras d'acheter le silence de Rae.

— C'est bon !

— Alors, qu'est-ce qui s'est passé ensuite ?

— Je lui ai dit qu'il avait besoin d'une coupe de

cheveux, dit Petra qui arriva dans l'entrée à ce moment-là. Et il m'a appelée deux jours plus tard pour prendre rendez-vous.

– David, demandai-je, tu aimes boire de la bière sur les toits ?

– Pas particulièrement, répondit mon frère.

– Tu vois, lançai-je à Petra.

– Tu veux savoir autre chose ? demanda-t-elle.

– Quand as-tu commencé à aller au club de gym ? »

David me tira par le bras et sortit sur son perron. « C'est maman qui est garée là-devant ?

– Ouais. Je suis surveillée vingt-quatre heures sur vingt-quatre.

– Pourquoi ?

– Parce que j'ai sniffé de la coke.

– Hein ? !

– De la fausse, David. » Après quoi, je me tournai vers Petra. « Je peux aller habiter chez toi ? »

Elle me tendit les clés en m'expliquant que son appartement était vide, à l'exception d'un lit et d'une caisse d'eau minérale. Je lui répondis que je n'avais besoin de rien d'autre. Elle ajouta que son bail expirait dans une semaine et que je devais avoir vidé les lieux d'ici là.

« David, essaie de retarder maman pour que je puisse filer.

– C'est quoi, cette histoire, Isabel ? demanda-t-il alors que j'étais en train de sortir.

– Je ne saurais pas par où commencer ! »

J'allai frapper à la vitre de maman. « Dis-moi la vérité, maman : est-ce que c'est toi qui m'as téléphoné en te faisant passer pour Abigail Snow ?

– Non », dit-elle, la mine soudain inquiète.

À cet instant, j'eus la conviction qu'elle disait vrai,

et je sus que je n'aurais pas de répit tant que je n'aurais pas découvert qui m'avait appelée.

Au lieu d'aller directement chez Petra, je décidai de passer chez Daniel pour voir s'il s'était remis de notre faux deal.

Je pressai sur l'interphone, puisqu'il m'avait fait clairement comprendre qu'il trouvait inacceptable que j'entre par la fenêtre.

« J'étais dans ton coin, dis-je en arrivant.

— Qu'est-ce que tu faisais ?

— Je me baladais en voiture.

— Tu te baladais dans mon quartier en voiture ?

— Je me baladais dans toutes sortes de quartiers pour essayer de semer ma mère.

— Semer ta mère ? Je ne comprends pas.

— Elle me suit.

— Ta mère te suit. C'est bien ce que tu as dit ?

— Oui. Ça t'ennuie que j'éteigne les lumières ? »

Sans attendre sa réponse, je les fermai et allai à la fenêtre. En regardant à travers les jalousies, je vis ma mère assise dans sa voiture, en train de lire à la lumière d'une loupiote. Daniel s'approcha de moi et se pencha, voulant constater la chose par lui-même.

« Ça fait longtemps qu'elle te suit ?

— Une heure seulement. Mais elle a une toute petite vessie alors elle ne tient pas très longtemps. Tu as du café ? On peut peut-être accélérer le processus.

— Isabel, ce n'est pas normal, tout ça.

— À qui le dis-tu ! »

Pendant que je continuais à surveiller ma mère, Daniel se versa un verre et s'assit sur le canapé.

« Isabel, comment vois-tu la suite de notre relation ? »

La journée avait été longue et je n'étais pas d'humeur à entamer le genre de conversation que Daniel voulait avoir. Il fallait que je sorte de chez lui avant qu'il puisse en dire davantage. Je regardai à nouveau dehors, pour donner le change.

« Maman vient juste de s'endormir. Je vais en profiter pour filer. »

Je plantai un baiser sur le front de Daniel et sortis de l'appartement à la course. Bien entendu, ma mère ne s'était pas assoupie. Je m'approchai de sa voiture et frappai à la fenêtre.

« Rentre, maman. Je ne fais rien d'intéressant ce soir.

– J'espère que tu n'as pas dit ça à Daniel. »

Elle ne rentra pas. Elle me suivit jusque chez Petra puis appela Jake Hand, qui rentrait chez lui après avoir fait la fête toute la nuit. Elle lui suggéra de gagner quinze dollars de l'heure en dessoûlant. Jake, qui est toujours amoureux de ma mère et n'en fait guère mystère, accepta et prit un taxi pour la rejoindre. Elle lui donna les clés de la voiture, avec pour consigne de ne pas conduire avant de pouvoir souffler dans le ballon sans danger, autrement dit le lendemain matin. Puis elle prit le taxi libéré par Jake pour rentrer à la maison.

Arrivée chez Petra, j'appelai une fois de plus Martin Snow. Et une fois de plus, mon appel fut transféré sur le répondeur. Je le priai de bien vouloir me rappeler et lui suggérai poliment que ce serait sans doute la meilleure façon de se débarrasser de moi. Je ne parlai ni du mystérieux coup de téléphone, ni de la seconde voiture de Greg Larson, ni d'aucun autre aspect de l'affaire. Mais c'était un atout que j'étais décidée à abattre.

Ma mère aurait aussi bien pu jeter à la poubelle ses quinze dollars de l'heure. Par la fenêtre allumée de chez Petra, Jake Hand ne vit rien d'autre que moi, assise sur le lit à lire et relire le dossier. À 3 heures du matin, quand je regardai la voiture, Jake était en train de comater sur le siège avant. J'aurais aimé avoir une visite à faire, une piste à suivre, car à cet instant précis, il aurait été très facile de lui fausser compagnie. Mais j'allai me coucher. Jake dormit jusqu'en milieu de matinée, malgré la circulation dans la rue. Quand je partis, il était toujours hors circuit.

Si seulement j'avais pu profiter de mon évasion. Mais non, je rentrai à la maison pour finir de plier bagage. Jake téléphona à ma mère pendant que j'étais en transit. J'entendis la fin de la conversation en arrivant.

« Inutile, Jake. Elle est là. Tu sais qu'il y a une boisson qui s'appelle le café ? Tchao. »

Je montai au studio et découvris que tous les cartons que j'avais emballés étaient défaits et l'essentiel de mes affaires rangé n'importe comment. Mes parents ayant une tactique plus subtile, je reconnus la signature de Rae dans cette tentative flagrante pour faire obstacle à mon déménagement. Le crochet d'un passe-partout d'amateur, des miettes de cookies par terre, et la façon dont certains objets avaient été collés à la cyanolite désignaient la responsable.

Je passai l'essentiel de la journée à réemballer ce que Rae avait déballé et à décoller ce qu'elle avait collé. En fin d'après-midi, j'en étais arrivée au même stade que la veille au soir, et j'avais soif de vengeance. Je pris ma voiture et allai attendre Rae devant son lycée. Elle vit d'abord ma voiture, puis celle de mon père derrière la mienne, et feignit de ne pas savoir laquelle était pour elle.

Je baissai ma vitre et lui dis de ne pas jouer les

imbéciles. Elle monta et je la ramenai à la maison. Puis je la fis monter au studio et l'obligeai à passer toute la soirée à m'aider à finir mes bagages pour de bon. Ses tentatives de sabotage se heurtèrent à des menaces pour la forme et à des brimades amicales. Sa présence n'avança guère mes préparatifs, mais au moins, l'oncle Ray eut une soirée de répit et je rappelai à ma sœur que l'effraction et l'usage de colle valent un châtiment à ceux qui y ont recours. Lorsque je lui dis enfin qu'elle pouvait partir, Rae déclara : « Tu reviendras. Je le sais. » Des paroles qui ressemblaient plus à une menace qu'à une prédiction.

Week-end au tapis n° 25

Cinq jours plus tard, je m'éveillai pour la dernière fois dans l'appartement de Petra. Je descendis la rue jusqu'au troquet du coin pour commander une grande tasse de café dans une langue étrangère. Comme je sortais mon portefeuille, je vis mon père surgir de nulle part et poser quelques billets sur le comptoir.

« Je t'invite », dit-il.

J'attrapai la tasse et sortis à grands pas, encore sous le choc de cette apparition magique. Mon père resta sur mes talons, réglant son pas sur mon allure saccadée.

« Qu'est-ce que tu fais aujourd'hui ? demanda-t-il.

— Tu ne penses pas vraiment que je vais répondre à ta question ?

— En fait, je voulais savoir si tu étais libre. L'oncle Ray a encore disparu dans la nature. J'aurais besoin de ton aide. »

Je m'abstins de lui dire que je n'avais rien de prévu – ni pour la journée, ni pour le reste de ma vie. Je m'abstins de lui dire que je n'étais pas fâchée de voir se présenter la distraction d'un autre week-end au tapis.

« D'accord. Rendez-vous à la maison », répondis-je.

L'oncle Ray n'avait disparu que depuis quatorze heures lorsque Rae commença à convoquer l'équipe de recherches. Le premier matin où elle constata qu'il n'était pas rentré, elle téléphona à tous ceux qui le connaissaient pour leur dire qu'il y avait un deuil dans la famille, et que s'ils avaient un contact avec lui, ils veuillent bien le reconduire immédiatement à la maison. Si l'oncle Ray ne fit toujours pas surface, mes parents reçurent un certain nombre de coups de téléphone de condoléances. Le deuxième jour, après ses cours, Rae prit un autobus jusqu'au lieu où il avait fait sa première partie de poker et, grâce à des questions et à une « piste Budweiser », elle découvrit qu'il avait passé la nuit suivante à jouer une autre partie clandestine au Motel 6, à South Bay.

Comme d'habitude, mon père commença à chercher son frère après quarante-huit heures d'absence, ce que fait la police dans les cas de personnes disparues. Mais ma sœur refusait de réagir aux départs impromptus de l'oncle Ray et à ses débauches routinières avec le calme imperturbable du reste de la famille. Quand je devais affronter Rae sur un sujet quelconque, je calculais toujours le rapport coût-bénéfice. Mais quand il s'agissait de l'oncle Ray, je n'essayais même pas.

Un cessez-le-feu fut décrété pendant que je participais aux recherches pour retrouver mon oncle. J'allai chercher ma sœur à la fin des cours pour faire la tournée exhaustive de tous les motels pourris dans un rayon de quatre-vingts kilomètres. Les parties de poker, illégales en soi, étaient souvent assorties de consommation de substances interdites, de prostitution et d'inhalation de fumées toxiques de cigares. Ray et ses compères avaient découvert que les motels de troisième catégorie, non gérés par des chaînes, étaient ceux où l'on fermait le plus facilement les yeux. Les participants se cotisaient, mettaient deux cents dollars de plus pour les « frais de nettoyage » et étaient les bienvenus s'ils voulaient revenir à une date ultérieure choisie au hasard.

Mon rôle dans la recherche était de servir de chauffeur à Rae. Elle passait son heure d'étude au lycée à localiser les hôtels sur Internet et préparait un itinéraire de trois heures en voiture pour trouver le plus court trajet entre une douzaine d'établissements différents dans le secteur de la Baie. En général, les copains de l'oncle Ray s'en tenaient aux motels proches de l'autoroute 1 ou de la 280, et s'arrêtaient entre le comté de Marin et San Mateo. Je me garais sur le parking, Rae sautait de la voiture, allait à la réception montrer une photo de l'oncle Ray assortie d'un billet de 20 dollars, et demandait si cet homme-là avait été vu récemment.

Les cinq premiers arrêts aux motels ainsi sélectionnés ne donnèrent aucun résultat. Mais au sixième, le réceptionniste dit que Ray venait juste de partir. Il était avec une femme, mais le type était incapable de fournir une description ou de dire quoi que ce soit sur leur destination. Nous passâmes le reste de l'après-midi à faire le tour des six autres motels en pure perte. Ce soir-là, au lieu de faire ses devoirs de maths, ma sœur rappela tous les copains de jeu de l'oncle Ray pour leur demander s'il y avait eu des filles lors du dernier poker. Évidemment, on ne pouvait guère s'attendre à ce qu'une ado de quatorze ans obtienne des réponses franches de la part de sexagénaires à qui elle posait des questions sur la prostitution illégale.

Elle s'entendit partout répondre : « Ton oncle est

majeur et vacciné, gamine. Ce qu'il fait et qui il se fait ne me regarde pas. »

N'obtenant rien au téléphone, Rae entreprit de repérer d'autres motels à visiter le lendemain. Elle tenta de convaincre mes parents de lui laisser manquer le lycée pour continuer « la chasse à l'homme » mais heureusement, ils refusèrent. Il y avait déjà eu vingt-quatre week-ends dans le cirage. Chacun atténuait l'impact du suivant.

Après trois après-midi de recherches passés à écrémer quatre-vingts pour cent des motels situés dans le périmètre que Ray était censé fréquenter, ma sœur et moi avons fini par le dénicher : il partageait avec une rousse nommée Marla la chambre 3B de la Day Inn, dans le sud de San Francisco. L'oncle Ray m'a emprunté les cinquante dollars que j'avais sur moi pour les donner à sa nouvelle copine, et a insisté pour que nous la reconduisions chez elle à Redwood City, à cinquante kilomètres de là.

Il raccompagna Marla à sa porte, où ils se dirent adieu. Une fois qu'il fut revenu dans la voiture, ma sœur se tourna vers lui pour lui demander s'il avait eu des rapports protégés. L'oncle lui répondit de s'occuper de ses oignons. Rae lui tendit alors une collection de brochures vantant différentes cliniques de désintoxication, afin qu'il ait de la lecture pendant le trajet de retour. Ce n'était pas la première fois que Rae abordait le sujet de la désintoxication, et ce ne devait pas être la dernière.

Des ennemis peuvent s'unir lorsqu'ils ont un projet commun, mais quand ce projet n'existe plus, ils redeviennent ennemis. L'accalmie provoquée au sein des relations familiales par la chasse à l'oncle Ray se termina dès le retour de celui-ci.

Il m'aida à charger les derniers cartons dans ma voiture et me demanda où je comptais habiter. Je lui répondis que j'échouerais sans doute dans un motel pendant le temps où je chercherais un appartement. Il me dit que c'étaient des endroits déprimants – déclaration curieuse de la part d'un homme qui les considère comme sa résidence secondaire –, et me donna les clés d'un de ses vieux amis dans le quartier de Richmond. L'ami était parti à un « congrès » (l'oncle Ray dessina des guillemets avec ses doigts) pendant quinze jours. Je m'installai donc l'après-midi même dans le trois-pièces du lieutenant Bernie Peterson, retraité. À en juger par le cadre, Bernie avait deux amours dans sa vie : le golf et les femmes. À ceci près que les femmes venaient en seconde position, et au pluriel.

Dans l'appartement de Bernie régnait l'ordre triste d'un célibataire endurci servi par une femme de ménage régulière. Sa décoration montrait qu'il manquait de goût, mais non de moyens. On avait l'impression qu'il achetait des objets pour impressionner, sans se soucier du confort ni du style. Le résultat était un ensemble hétéroclite à pleurer, où chaque surface était jonchée de trophées de golf fraîchement épousetés et de photographies d'une starlette plantureuse et disparue des écrans, dans divers cadres coûteux. L'oncle Ray me fit faire le tour du propriétaire, autrement dit me montra où Bernie rangeait ses alcools et ses amuse-gueule. Avide de profiter d'une occasion d'échapper à l'œil vigilant de sa plus jeune nièce, il ouvrit une boîte de cacahuètes et une bière, et s'assit sur le canapé.

« Alors, qu'est-ce qui te pousse à t'acharner sur cette affaire ?

– Rien ne colle.

– Qu'est-ce qui te paraît suspect jusqu'ici ?

– Abigail Snow. La mère. Elle prétend que son mari est en train de jouer au golf alors qu'il vit à cinquante kilomètres avec une autre femme, et ce depuis dix ans. C'est une obsédée du nettoyage, et elle masque l'odeur du désinfectant avec un pot-pourri.

– Une petite marrante, on dirait.

– Son fils, Martin Snow, a escroqué à ses parents au moins cent mille dollars, et il m'a clairement fait comprendre qu'il ne tenait pas à ce que je cherche son frère. Ce n'est pas suspect, ça ?

– Mouais, concéda l'oncle Ray. En général, les familles veulent qu'on cherche. Quoi d'autre ?

– L'ami des frères, Greg Larson. Lui qui allait toujours camper avec eux, il est allé à un concert en ville ce soir-là. Et il a racheté la voiture de son oncle vers l'époque de la disparition, mais personne ne se souvient l'avoir vue.

– Peut-être qu'il l'a achetée pour une tierce personne. Ou qu'il l'a mise dans un garage pour la faire réparer et la revendre.

– Une Toyota Camry, oncle Ray. Pas le genre de voiture qu'on achète pour la faire remettre à neuf. Et puis ce n'est pas tout : j'ai eu un coup de téléphone d'une femme qui s'est fait passer pour Abigail Snow et qui m'a demandé de cesser de m'occuper de l'affaire. Mais Abigail ne m'a jamais appelée.

– Ça ne peut pas être ta mère ?

– Je ne crois pas. Je lui ai posé la question. Elle a dit que non. »

L'oncle Ray prit une gorgée de bière et réfléchit à ce que je venais de lui dire. « Qu'est-ce que tu te proposes de faire ? demanda-t-il.

– Je crois que je vais retourner voir Hank Farber. »

Je me suis levée du canapé et ai raflé mon manteau et mes clés de voiture.

« Où on va ? demanda mon oncle.

– Nulle part.

– Bien sûr que si, dit-il avec un sourire convaincu.

– Ils te paient combien ?

– Tarif double pour les heures supplémentaires.

– Salaud !

– Désolé, gamine. J'ai besoin de fric. »

Je n'hésitai pas longtemps. Je calculai mes chances et me dis que le temps passé à descendre l'escalier était le seul moment où je pourrais semer l'oncle Ray. Une fois sur la route, je n'avais plus aucune chance.

Je dégringolai donc les deux étages, pensant ainsi pousser l'oncle à avoir sa première activité de cardio-training depuis des lustres. Mais il prit son temps pour fermer la porte derrière lui et descendit tranquillement. Je dévalai les marches quatre à quatre et sortis.

Quand j'atteignis ma voiture, il était encore sur le dernier palier. Je poussai un soupir de soulagement qui s'arrêta net quand je découvris sur ma serrure un chewing-gum longuement mâché. Le temps que j'ôte la substance collante de la serrure et de la clé, l'oncle Ray était arrivé sans hâte à sa voiture, avait ouvert la porte, mis le moteur en route et trouvé sa station de radio préférée, alors que je n'étais même pas encore assise au volant.

« Tu as fait fort, oncle Ray », lui criai-je.

Il baissa sa vitre, haussa les épaules en manière d'excuse et dit : « Tu cours vite, gamine. »

L'affaire Snow

CHAPITRE 7

Plutôt que de risquer un accident ou de mettre à l'épreuve les talents avérés de l'oncle Ray, je respectai les limitations de vitesse en allant chez Hank Farber et ne cherchai pas à interpréter de façon créative les signaux interdisant les demi-tours.

« Il faut que je lui fasse perdre les pédales, à ce type. Que je voie s'il ment. Tu peux me donner un coup de main ?

– Avec plaisir », dit mon oncle. Nous pénétrâmes dans l'entrée de l'immeuble miteux du Tenderloin. À en juger par l'espace entre les portes d'appartements, tout le bâtiment était divisé en petits studios de taille égale. La moquette du hall avait reçu vingt ans de pellicules humaines et de taches de café. J'aurais bien aimé que Hank ouvre une fenêtre, mais il semblait préférer mariner dans sa fumée de cigarette et ses odeurs corporelles.

Quand l'oncle Ray et moi sommes arrivés chez lui, il était 3 heures de l'après-midi. Selon les calculs de mon oncle à partir des bouteilles vides sur le plan de travail de la cuisine et de l'élocution lente de Farber, celui-ci devait en être à sa troisième bière. En bon hôte, il nous offrit à boire, ce que mon oncle accepta volontiers. Ils discutèrent quelques instants du match de dimanche des 49ers, et firent des commentaires sur l'avenir du baseball. Quand l'oncle Ray demanda à Hank s'il n'avait rien à grignoter, l'autre ouvrit un sachet de chips et prépara une assiettée de cookies fourrés.

Je lui demandai une fois de plus ce dont il se souvenait du week-end où Andrew Snow avait disparu. En moins d'une minute, il répéta presque mot pour mot les détails qu'il m'avait fournis lors de notre précédente entrevue : son neveu Greg était venu le voir ; il était allé à un concert de ces orchestres rock bruyants, et était rentré vers 23 heures.

Nous sommes partis après la seconde bière de l'oncle Ray. Pendant la descente dans l'ascenseur qui sentait le renfermé, mon oncle déclara : « Il commence de bonne heure.

– Quoi ? À boire ?

– Oui, il commence de bonne heure, répéta-t-il, perdu dans ses réflexions.

– À quoi penses-tu ? demandai-je.

– Que s'il buvait autant que ça, il devait dormir à 23 heures.

– C'était il y a des années, oncle Ray. Il n'était peut-être pas aussi accro que maintenant.

– Ça fait des années qu'il picole », dit mon oncle. Et j'avais tendance à le croire.

« Tu penses qu'il répète une leçon apprise ?

– À mon avis, oui. Après douze ans, comment veux-tu qu'il se rappelle ce week-end-là ? À plus forte raison, l'heure à laquelle son neveu est rentré. Ça ne tient pas. »

Je retournai chez mes parents, suivie de l'oncle Ray.

L'allée était vide, donc ils étaient sortis. Je décidai de faire quelques recherches dans le bureau de l'agence, et fus étonnée en constatant que les serrures n'avaient pas été changées. L'oncle Ray me suivit et regarda par-dessus mon épaule tandis que je faisais une enquête de solvabilité sur Hank Farber, et que je véri- fiais son casier judiciaire, ses antécédents civils dans notre banque de données. Je vis du coin de l'œil que l'oncle Ray prenait des notes sur un bloc carré.

« Qu'est-ce que tu fais ? demandai-je.

– Je note ça sur le rapport.

– Quel rapport ?

– Mon rapport de surveillance.

– Sur moi ?

– Je ne suis pas payé si je ne rends pas un rapport. »

Si j'avais encore été employée, ou même em- ployable, je lui aurais offert un dédommagement pour qu'il cesse. Mais autant essayer d'empêcher l'oncle Ray de boire de la bière que de vouloir se mettre entre lui et l'argent. Il n'existe aucune montagne assez haute pour ça.

Comme on pouvait s'en douter, Hank Farber n'était pas blanc bleu. Pas d'antécédents de crimes violents, mais une série d'arrestations pour ivresse sur la voie publique et conduite en état d'ivresse remontant à quinze ans. Je ne fus pas surprise outre mesure d'ap- prendre qu'il avait eu un retrait de permis de conduire, mais la date était intéressante, car ledit retrait datait juste de deux mois avant la disparition d'Andrew Snow.

Je montrai le rapport à mon oncle, puisque de toute façon, il allait le regarder.

« Qu'est-ce que tu penses de ça ? demanda-t-il.

– Que s'il ne conduisait pas, en effet, Greg a pu prendre la voiture n'importe quand. Il la lui a payée quelques semaines plus tard. Ce n'est pas bien difficile de faire avaler des bobards à quelqu'un qui passe autant de temps bourré.

– Il ne sait pas bien gérer sa dose. C'est ça qui le perd.

– C'est ça qui le perd, ben voyons ! » lançai-je, sarcastique.

J'appelai le bureau du shérif du comté de Marin, et laissai un message à l'attention de Greg Larson. L'oncle Ray nota cela aussi. Quand je me levai pour partir, l'oncle en fit autant.

« J'en ai vraiment assez, oncle Ray.

– Désolé, gamine. Je fais mon travail, c'est tout.

– Je ne peux aller nulle part sans être filée. Tu te rends compte de l'état dans lequel ça me met ?

– Figure-toi que je sais exactement ce que tu veux dire. Quelques années avant mon cancer, l'IAB[*] me soupçonnait d'avoir subtilisé de l'héroïne lors d'un coup de filet. Je ne pouvais même pas aller pisser sans qu'un type en costume me surveille. C'était plutôt dur, je te le dis. »

Mes parents ont débarqué dans le bureau pendant que l'oncle Ray et moi étions en train de nous renvoyer la balle, comme deux pitoyables jongleurs. Ray leva les mains et s'écria : « J'ai fini ma journée. » Après quoi, il fila dans la cuisine pour se faire un sandwich au pastrami.

Je regardai mes parents, me demandant si je devais essayer de me sauver. Je cours plus vite qu'eux, mais s'ils me sortaient un truc dans le genre du chewing-

_____

* Internal Affairs Bureau : équivalent américain de la police des polices.

gum de l'oncle Ray, je n'avais aucune chance. Tout en me livrant à ces calculs, je m'approchai de la porte, espérant sortir avec naturel et sans encombre.

Ma mère la ferma d'un coup de pied. « Il faut qu'on parle », annonça-t-elle de la voix qu'elle prenait pour intimider ses interlocuteurs.

Ce fut alors que j'avisai la fenêtre ouverte. Les bureaux de l'agence se trouvent au premier étage. Il n'y a guère qu'un mètre cinquante entre la fenêtre et le sol, et le chemin cimenté longeant le côté de la maison conduit directement à l'allée où j'avais garé ma voiture, qui devait pouvoir gagner la rue sans encombre. Il me suffirait d'un coup de pied pour ouvrir la moustiquaire et filer à la course. Mes parents, en bons adultes, ne sauteraient pas par la fenêtre. Ils auraient trois portes à franchir et un étage de marches pour me rattraper devant la maison. Mon assurance revint. Je pouvais m'enfuir. Éviter une conversation. Avoir une journée de liberté.

« De quoi voulez-vous parler ? dis-je en me dirigeant vers la fenêtre à pas glissés.

— Si tu veux sortir de l'affaire, alors reste en dehors, dit ma mère.

— Autrement dit ?

— Laisse tomber l'affaire Snow.

— Mais c'était notre contrat : un dernier boulot. Vous ne vous souvenez pas ?

— Considère que tu es virée, dit mon père.

— Il menace de nous poursuivre, dit ma mère.

— Je vous ai dit de ne pas vous inquiéter à propos de Martin Snow. Il bluffe.

— C'est un risque que nous ne pouvons pas courir, dit ma mère. Arrête tout de suite. Je ne plaisante pas. Arrête maintenant, là. »

Ce que j'aurais fait s'il s'était agi d'un cas insoluble et ordinaire. Mais c'était tout autre chose. La réouverture du dossier Snow avait seulement fait surgir d'autres questions et d'autres soupçons. Mais pas une seule réponse. Trois personnes me mentaient, une voiture avait disparu et cent mille dollars s'étaient évanouis dans la nature. C'était presque une énigme policière. Jamais nous ne rencontrons ce genre de cas dans le travail que je fais. Je ne pouvais pas m'arrêter. Pas à ce stade. Il fallait que je sorte de cette maison. C'était la seule chose dont j'étais sûre.

Je poussai la fenêtre pour écarter les battants, ouvris la moustiquaire d'un coup de pied et sautai sur le chemin gravillonné longeant la maison. J'entendis mon père m'appeler, mais je ne pus distinguer ses paroles. Je mis la clé dans le contact... et la voiture ne réagit pas.

Je restai un moment assise à écouter mon souffle précipité. Ma mère apparut à la porte d'entrée, et m'observa. Je sortis, ouvris le capot et vérifiai mon moteur. Ce que je découvris n'avait rien de sorcier. Les fils se dressaient, inutiles, et là où la batterie aurait dû se trouver, un espace vide s'offrit à mon regard dans un silence insolent.

« Où est la batterie ? » demandai-je à ma mère.

Qui haussa les épaules et répondit : « Je n'en sais rien, ma chérie. Quand l'as-tu vue pour la dernière fois ? » Puis elle disparut à l'intérieur.

Je retournai m'asseoir dans ma voiture et essayai de concocter un plan. Un plan qui consisterait à me procurer une batterie et à m'en aller sans me faire remarquer. Un plan impossible, je le compris, assise à mon volant. J'acceptai à contrecœur que mes parents aient été plus malins que moi, une fois de plus. Je cessai de penser aux conséquences, à la raison, ou à ce qui était intrinsèquement juste. Je voulais seulement gagner la partie. Pour une fois. Je laissai à Martin Snow un autre message, le mettant au pied du mur. Je lui fis clairement comprendre que ses menaces ne me faisaient pas peur. Je suggérai aussi qu'il était temps que nous ayons une autre conversation.

Rae ouvrit la porte de ma voiture, me demanda où j'allais et si elle pouvait m'accompagner. J'acceptai, puisque j'étais sur le point d'entrer. Je fis le tour de la maison comme une furie, inspectai le bureau, la cuisine et tournai en rond dans le salon. Rae me suivit partout jusqu'à ce que je me retourne et l'empoigne par les épaules.

« Tu veux gagner cinquante dollars ? demandai-je.

– C'est une question rhétorique ?

– Une batterie de voiture est cachée quelque part dans cette maison. Trouve-la. »

Je lâchai Rae pour qu'elle commence à fouiller et me mis en quête de mes parents. Je les trouvai en train de descendre au bureau.

J'étais prête à la bagarre. Prête à en finir une bonne fois pour toutes.

« Si vous ne voulez pas passer le reste de votre vie à me regarder à la jumelle, vous allez arrêter. Les filatures, les micros, les mensonges et les menaces, c'est terminé. Vous me lais-sez par-tir. Point, barre. »

Je me retournai pour sortir et me trouvai face à Rae, qui était derrière moi, tenant la batterie. Elle avait les mains et la chemise couvertes de cambouis. Quand je voulus saisir l'objet, elle recula d'un pas.

« Où vas-tu ? demanda-t-elle.

– Je ne sais pas.

– Tu reviens ? »

Je me retournai, levai les yeux vers mes parents puis regardai Rae à nouveau.

« Pas dans l'immédiat. »

Rae recula encore et je vis ses petits doigts férocement crispés sur la batterie. Je voyais qu'elle était prête à me résister de toutes ses forces.

« Je fais ça pour toi, déclarai-je.

– Tu parles !

– Oui, pour que tu ne te réveilles pas un matin en te rendant compte que tu ne sais plus te comporter comme un être humain normal.

– Rae, donne cette batterie à ta sœur, dit ma mère.

– Non ! » cria Rae.

L'oncle Ray arriva dans l'entrée, dégagea la batterie des doigts huileux de Rae et me la tendit. Puis il se tourna vers mes parents et leur dit : « Laissez-lui un quart d'heure d'avance. Si on soufflait tous un peu, hein ? »

Je quittai la maison, remis la batterie en place et m'éloignai sans avoir un membre de la famille à mes basques. Je ne savais pas trop combien de temps cela durerait, mais l'oncle Ray m'avait donné la chose dont j'avais le plus besoin : le temps de respirer.

Je décidai d'aller voir Daniel, en espérant me souvenir dans quel épisode Max traverse une rue en passant par je ne sais combien de taxis rangés côte à côte. Mon téléphone se mit à sonner. C'était David.

Il me donnait rendez-vous au Haight. Tout de suite. Quand je lui demandai pourquoi, il me répondit que je le saurais bien assez tôt. Avant de raccrocher, il demanda : « Ta maman te file toujours ?

– Je me demande.

– Ne viens pas si tu n'es pas sûre d'être seule », dit-il, et il coupa aussitôt.

Vingt minutes plus tard, j'étais installée avec mon frère dans un magasin de tatouage, en train d'examiner une brochure d'art corporel virtuel.

« Jamais je ne lui ai demandé de se faire enlever ses tatouages », dit David.

Je le crus. Ce que je ne parvenais toujours pas à croire, c'était que mon frère sortait avec, non, cohabitait avec ma meilleure amie. Mon frère, l'avocat carré, parfait, qui portait des costumes à mille dollars, était avec une fille qui s'était percé ou peint de façon permanente la moitié du corps. Ma meilleure amie depuis la quatrième, une fille qu'il connaissait depuis plus de quinze ans. Depuis qu'elle avait commencé à sortir avec David, Petra s'était fait enlever trois œuvres d'art corporel : Puff, le dragon magique, la tombe de Jimi Hendrix et un cœur avec une flèche sur lesquels était écrit « Brandon ».

J'avais automatiquement supposé que c'était David qui avait incité Petra à se débarrasser de ses tatouages à coups de commentaires sournois, histoire de miner son assurance, alors qu'en réalité il avait cherché à apprendre où elle s'était fait tatouer à coups de questions sournoises. Il avait besoin de moi pour l'aider à identifier les œuvres disparues. Il voulait se faire tatouer sur le bras l'une des œuvres dont elle s'était débarrassée afin de la convaincre d'arrêter. Nous avons fixé notre choix sur Puff, parce que David n'avait jamais été grand fan de Hendrix, et que « Brandon » faisait quand même trop gay.

Mon frère se mit à transpirer quand Clive lui passa le haut du bras à l'alcool.

« Ça va faire mal ? demanda-t-il.

– Ça me fera plus mal à moi qu'à vous », dit Clive en mettant le moteur en marche. Je me dis que Clive était un type chouette. Vraiment très chouette.

David fit la grimace pendant les trois heures qui suivirent, et ne desserra les dents que pour pousser les gémissements de circonstance, me laissant l'exclusivité de la conversation.

« Espérons que tu ne garderas pas cette grimace jusqu'à la fin de tes jours. »

« Dis-moi que tu ne pleures pas. »

« Allez, un peu de nerf. »

« Tu sais que les tatouages, c'est permanent, hein ? »

« Qu'est-ce qu'on s'amuse. Merci de m'avoir invitée. »

À la fin de la séance, David était pâle et nauséeux. En redescendant du Haight, nous entrâmes dans une brasserie du quartier pour commander une tournée. Je ne résistai pas à l'envie de poser la question qui me tourmentait :

« Tu as eu une expérience aux frontières de la mort ?

– Pardon ? » demanda David, grognon. Sa grimace avait cédé la place à un léger tic.

« La dernière fois qu'on en a parlé, tu avais la phobie de l'engagement, expliquai-je.

– Les gens changent.

– Celle-là, je l'ai déjà entendue.

– Je croyais que tu te réjouirais pour moi.

– Je me réjouis pour toi. Pour elle, beaucoup moins.

– Je l'aime, Isabel.

– Pourquoi ?

– Parce qu'elle ne me trouve pas parfait.

– Je ne peux même pas commencer à m'imaginer ce que c'est que d'être comme toi. »

David rajusta le bandage sur son tatouage. « Si elle te pose la question, dis-lui que j'ai été courageux.

– Ben voyons. On n'en est plus à un mensonge près. »

L'affaire Snow

CHAPITRE 8

Comme je rentrais chez Bernic, mon téléphone sonna.

« C'est Isabel ?

– Oui. Qui est à l'appareil ?

– Martin Snow.

– Ah, quand même !

– Qu'est-ce que vous voulez ?

– Il faut que vous acceptiez de me rencontrer.

– À condition que vos coups de téléphone cessent.

– Si vous m'accordez un rendez-vous, ils cesseront.

– On se retrouve où ?

– À la bibliothèque publique de San Francisco.

– Je peux y être dans une heure », dit-il.

Je m'y rendis aussitôt et trouvai une place dans la section histoire. J'appelai Daniel, pour essayer de le voir plus tard, mais il n'était pas chez lui. Pendant les trente minutes qui suivirent, je pianotai convulsivement sur la table. De temps à autre, je prenais un livre et essayais de lire, mais sans pouvoir me concentrer, et je me remettais à pianoter. Cela dura jusqu'à l'arrivée de Martin Snow.

« C'est la dernière fois que je fais ce genre de chose, annonça-t-il d'un ton rogue.

– Que vous allez à la bibliothèque ? Dommage. Il paraît que les gens lisent de moins en moins.

– Pourquoi suis-je ici ? » demanda-t-il sans transition. Je vis que mon badinage était une perte de temps.

« J'ai quelques questions à vous poser, et puis je vous laisserai partir.

– Allez-y.

– Qui m'a appelée en se faisant passer pour votre mère ?

– Vous êtes sûre que ce n'était pas ma mère ?

– Certaine.

– Je n'en sais rien, dit-il, sans la moindre curiosité. Question suivante ?

– Où est passée la Toyota Camry que Greg a achetée à son oncle ? »

Martin déglutit, et fit semblant de passer en revue l'étagère de livres en réfléchissant.

« Je crois qu'il l'a achetée pour un ami.

– Qui ça ?

– Je n'en sais rien.

– Qu'est-ce que vous avez fait des cent mille dollars que vos parents vous avaient donnés pour vos études ?

– Mes études ont duré sept ans, Ms. Spellman. L'enseignement supérieur revient très cher. Il est vrai que vous êtes sans doute mal placée pour le savoir. »

La pique me fit sourire. Mon frère m'en avait envoyé de bien meilleures pendant le brunch.

« Vous n'auriez pas dû venir ici. Votre ami le shérif ment beaucoup mieux que vous. Lui au moins, il ne transpire pas. Je crois que vous savez pertinemment ce qui est arrivé à votre frère. Si vous voulez vous débarrasser de moi un jour, vous feriez mieux de me dire la vérité. »

Martin se leva et s'efforça de prendre un air menaçant.

« Vous aurez des nouvelles de mon avocat », lança-t-il avant de sortir rapidement.

Je quittai la bibliothèque et retournai chez Bernie. Jake Hand était garé devant la maison – endormi, une fois de plus. J'aurais aimé pouvoir le balancer à ma mère, mais son manque de conscience professionnelle m'arrangeait bien.

Juste au moment où je me couchais, Daniel m'appela.

« Où es-tu, Isabel ?

– Chez Bernie.

– Qui est Bernie ?

– Un vieil ami de mon oncle.

– Pourquoi habites-tu chez lui ?

– Il n'est pas là, il est en voyage.

– Ah bon, répondit Daniel. Devine qui vient de m'appeler ?

– La police ?

– Ta mère.

– C'est ce que j'aurais dit en second.

– Je ne trouve pas ça drôle, dit-il, perdant manifestement patience.

– Désolée. Pourquoi t'a-t-elle appelé ?

– Pour me demander de l'aide. Elle veut que tu cesses d'importuner la famille Snow. Elle m'a dit qu'ils allaient demander que tu reçoives une injonction de faire. C'est quoi au juste ?

– Une procédure m'obligeant à respecter une obligation contractuelle.

– Sérieux ?

– Elle bluffe, Daniel. Ne t'inquiète pas pour ça.

– C'est ton comportement que je commence à trouver inquiétant.

– On croirait entendre ma mère. Écoute, une fois que cette affaire sera terminée, tout redeviendra normal.

– C'est ça le hic, Isabel. Je doute que tu connaisses le sens de ce mot. »

Je réussis à convaincre Daniel du contraire, sans toutefois réussir à me convaincre moi-même. À la fin du coup de téléphone, il fut convenu que je passerais à son bureau le lendemain. Il était beaucoup moins tenté que moi par des heures de télévision des années soixante-dix. Après avoir raccroché, je me couchai. Je mis des boules Quies afin de ne plus entendre le vacarme de la circulation et celui des ivrognes qui sortaient des pubs, en bas dans la rue. Elles m'empêchèrent aussi d'entendre Bernie rentrer et se coucher à côté de moi.

Je hurlai en sentant une main sur mes fesses. Bernie hurla en m'entendant hurler et il crispa les mains sur son cœur. Je me hâtai de lui expliquer que j'étais la nièce de Ray Spellman et que je ne savais pas où loger. Je le fis asseoir sur le lit et lui pris le pouls. Lorsqu'il fut redevenu normal, j'allai lui préparer une tasse de thé. Bernie m'expliqua qu'il m'avait prise pour un cadeau de retour de la part de ses copains de poker.

« Parce que j'ai l'air d'un cadeau de retour ? demandai-je, drapée dans mon plus beau pyjama de flanelle vert et bleu.

– Pas le plus chouette que j'aie jamais eu. Mais pas le pire non plus. »

Bernie s'excusa sur le mode « vous savez comment

sont les hommes » et m'offrit gentiment de garder son lit pour la nuit.

« Je dormirai sur le canapé », me dit-il en m'adressant un clin d'œil. Je lui pris le pouls une dernière fois, rangeai mes affaires et partis. Jake Hand dormait toujours dans sa voiture, et je réussis à filer sans me faire remarquer.

J'arrêtai la voiture deux rues plus loin et dormis jusqu'à l'aube sur le siège arrière. Au matin, je me changeai, passai des vêtements de ville et me rendis au bureau du shérif du comté de Marin. Greg Larson me fit attendre deux heures avant de me recevoir. Lorsqu'on me conduisit enfin jusqu'à son bureau, il leva négligemment les yeux des papiers qu'il était en train de lire et dit « Content de vous revoir, Isabel » avec son habituelle froideur réservée.

« Qu'est devenue la Toyota Camry de votre oncle ?

– Je l'ai revendue à un marchand de voitures d'occasion une semaine après l'avoir achetée », répliqua-t-il sans broncher. J'eus l'impression qu'il s'était préparé à mes questions.

« Pourquoi acheter une voiture et la revendre huit jours plus tard ?

– Si vous avez vu le fichier de condamnations civiles de mon oncle – ce que vous avez dû vérifier –, vous avez sans doute remarqué les condamnations pour conduite en état d'ivresse. J'avais hâte de lui retirer cette voiture pour éviter qu'il ne se fasse du mal ou qu'il ne cause des accidents.

– Souci louable. Vous avez des papiers de cette transaction ?

– C'était il y a douze ans, Isabel. On n'est pas

obligé de conserver les papiers de transactions financières au-delà de sept ans. Vous le savez.

– Vous vous souvenez du numéro d'immatriculation ?

– Non. Il paraît que vous n'avez pas dormi, Isabel.

– Qui vous a dit ça ?

– Votre mère.

– Quand ?

– Je l'ai appelée ce matin. Quand vous êtes arrivée ici », dit Larson. Hormis sa respiration et ses battements de paupières, il restait totalement impassible et ce minimalisme commençait à m'énerver.

« Vous lui avez dit que j'étais ici ?

– Oui. C'est pour cela que je vous ai fait attendre deux heures. Pour lui donner le temps de prendre une douche et de passer le pont. Elle est tout à fait charmante, vous savez. »

Je me levai et regardai par la fenêtre de Larson. Ma mère était garée sur l'emplacement voisin du mien.

« Je n'y crois pas, dis-je, le souffle coupé.

– Elle s'inquiète. Elle dit que cette affaire vous obsède et que vous ne voulez pas décrocher. »

Ma mère me vit et agita la main dans ma direction. Quand le shérif Larson s'assit derrière son bureau, le dos à la fenêtre, elle alla casser mon feu arrière gauche, puis réintégra prestement sa voiture.

« Vous avez vu ça ? m'exclamai-je.

– Quoi ? » demanda Larson d'un ton détaché en se retournant.

Je montrai ma voiture du doigt. « Elle vient de me fracasser mon feu arrière.

– Vous êtes sûre ?

– Oui. Il n'était pas comme ça avant.

– C'est malheureux.

– Je veux déposer une plainte pour vandalisme.

– Contre votre mère ?

– Qui d'autre ?

– Isabel, libre à vous de déposer plainte, mais sans témoins...

– Moi, j'ai été témoin.

– Vous n'êtes peut-être pas le témoin le plus objectif.

– Vous, vous avez été témoin.

– Je n'ai rien vu, Isabel.

– Ah bon. Vous regardez par la fenêtre. Mon feu arrière est intact. Et puis vous regardez à nouveau, et il est cassé. La seule personne dans le secteur, c'est ma mère. Qu'est-ce qu'ils vous ont appris, à l'école de police ? À mâchonner des cure-dents ?

– Entre autres », dit le shérif, refusant une fois de plus de laisser transparaître la moindre réaction.

Je savais que je n'arriverais à rien avec lui, mais il fallait que je termine cette entrevue par une menace.

« Je ne vous lâcherai pas. »

Nul, je sais.

Je sortis et allai frapper à la fenêtre de ma mère. Elle posa son journal avec naturel, mit le contact et baissa la vitre.

« Isabel, qu'est-ce que tu fais là ? demanda-t-elle, feignant la surprise ravie.

– Tu vas me payer ça », dis-je, et je montai dans ma voiture.

Je n'avais qu'une chose au programme ce jour-là : semer maman. Je me rendis au salon de coiffure de Petra. Je me garai deux rues plus loin et entrai par la porte de derrière. Elle regardait ses rendez-vous du lendemain et avait le temps de parler. Plus exactement, de monopoliser la conversation.

« Je le détestais, ce tatouage pourri. Chaque fois que je le regardais, ça me rappelait les haut-le-cœur que j'avais eus pendant quatre heures d'affilée.

— C'est ce que tous tes tatouages te rappellent.

— Tu es restée avec lui tout le temps. Tu aurais pu l'arrêter. Maintenant, il va falloir que je voie ce machin-là sur son épaule jusqu'à la fin de mes jours.

— Jusqu'à la fin de tes jours ?

— Enfin, le temps que ça durera. Tu aurais dû l'empêcher de faire ça.

— Je ne vois pas si souvent mon frère souffrir.

— Il refuse de s'en débarrasser.

— Il vient de se le faire faire.

— C'est ta façon de te venger, Izzy ?

— Non. Moi je suis adepte de la bonne vieille vengeance toute simple. Je ne l'ai pas empêché parce que 1) ma mère va avoir une crise quand elle verra ça, et 2) ça veut dire qu'il t'aime. Il pourrait te le répéter cent fois, ce ne serait pas une première pour un type comme lui. Je me suis dit qu'une fois que tu verrais Puff sur son bras, tu le croirais. »

Petra voulait se cramponner à sa colère. Elle détestait vraiment ce tatouage. Mais j'avais raison, et plutôt que de l'admettre, elle a préféré changer de sujet.

« Ta mère te suit toujours ? demanda-t-elle.

— Elle ne me lâche pas. J'aimerais bien t'emprunter ta voiture.

— Je ne l'ai pas.

— Où est-elle ?

— C'est David qui s'en sert.

— Pourquoi ?

— Parce que ton père se sert de celle de David.

– Pourquoi ?

– Parce que tu as cassé tous les feux sur la voiture de ton père. »

Je sortis par la grande porte du salon de Petra, affublée d'une perruque blonde et d'une veste de l'armée trop grande que j'avais piquée aux objets trouvés. Mais j'aurais aussi bien pu porter une cible sur mon dos : pas moyen de semer ma mère. Elle me héla quand j'approchai de ma voiture. Faute d'un plan infaillible, tout ce que je pouvais faire, c'était l'avoir à l'usure. Et connaissant sa capacité de vigilance, je pouvais aussi bien m'autoriser un petit somme. J'avais prévu de passer de toute façon au cabinet de Daniel, qui était incidemment le dernier endroit où j'avais bien dormi.

Mrs. Sanchez, sa fidèle assistante, ne fut guère enchantée de me voir. Mais elle me fit sortir de la salle d'attente avec empressement pour m'installer dans un fauteuil où je pourrais dormir. Elle eut la bonté de me déclarer que ma personnalité s'accordait mal avec des cheveux blonds. J'étais tellement fatiguée que je n'enregistrai même pas ce qu'elle voulait dire. Je m'allongeai dans le fauteuil de dentiste et m'endormis.

Daniel me réveilla environ deux heures plus tard.

« Il faut qu'on parle », dit-il.

Même dans l'état comateux où je me trouvais au réveil, ma réaction instinctive à ces paroles – que j'avais entendues beaucoup trop souvent – fut automatique. Daniel ne voulait pas seulement parler de notre relation. Il voulait y mettre fin.

« Oh, non, dis-je en me levant d'un bond.

– Oh non, quoi ? rétorqua-t-il.

– Il faut que j'y aille.

– Où ?

– N'importe.

– Isabel, il faut qu'on parle.

– Moi, je n'ai pas besoin de parler.

– Mais moi, si.

– Mais non.

– Mais si.

– C'est ce que tu crois. Mais tu te trompes.

– Assieds-toi.

– Non.

– Si.

– Pas question.

– Il faut qu'on parle.

– J'ai juste fait un petit somme.

– Et alors ?

– Alors, tu ne peux pas rompre avec moi alors que je viens juste de faire un somme.

– Et pourquoi ?

– Parce que si tu fais ça, j'associerai toujours les sommes à une rupture. »

En fait, depuis le faux deal, je savais que la séparation était inévitable. Il avait dû se demander après coup combien d'autres faux deals ou leur équivalent se produiraient à l'avenir. Si j'étais capable de monter un coup pareil à ma propre famille, il n'était pas à l'abri non plus. Pour les Castillo, l'amour impliquait confiance et respect. Pour les Spellman, la définition était beaucoup plus aléatoire.

Daniel me suivit dans le bureau en marmonnant que je ne pourrais pas toujours utiliser l'excuse du somme.

Mon père était appuyé contre la Mercedes noire et luisante de David dans la pose d'un homme d'un certain âge qui n'en a que faire de vieillir car il conduit une mécanique absolument incroyable. En tout cas, c'est ainsi qu'il serait apparu aux yeux d'un étranger.

La vérité était moins flambante : mon père pouvait seulement s'enorgueillir d'avoir un fils qui possédait une mécanique incroyable et qui était prêt à la lui prêter au pied levé parce que sa fille aînée avait pété les feux de deux des trois voitures de la famille.

Mon père fit un signe de main amical à Daniel, du style « Il-ne-s'est-jamais-rien-passé ». Daniel n'avait toujours pas pardonné, aussi adressa-t-il en retour un sourire et un hochement de tête infimes. Puis il remarqua mon feu arrière enfoncé et posa la question qui venait automatiquement à l'esprit :

« Isabel, tu as vu que ton feu arrière était cassé ?

– Oui.

– Comment ça s'est passé ? »

J'ouvris le coffre de ma voiture et sortis un marteau de la boîte à outils. Avant que mon père ait eu le temps de réagir, je fracassai le phare avant droit de la voiture de David.

« Eh bien tu vois, comme ça ! »

Mon père secoua la tête, déçu. De lui-même et de moi. Daniel se tourna vers moi, horrifié.

« Pourquoi as-tu fait ça, Isabel ?

– Parce qu'il a cassé MON feu arrière.

– Et pourquoi ? »

Mon père s'approcha de Daniel et expliqua : « Quand on suit une voiture la nuit, elle est plus facile à repérer lorsqu'elle n'a qu'un feu arrière.

– Dans ce cas, pourquoi a-t-elle cassé votre phare ?

– Pour deux raisons, répliqua mon père. D'abord, elle est furieuse et a voulu se venger ; ensuite, il lui sera plus facile de voir si elle a pu me semer ou pas.

– Ça fait combien de temps que ça dure ?

– Une éternité », dit mon père en reprenant place dans la voiture de David.

Je ne vis pas l'expression détachée de Daniel car j'étais déjà en train de prévoir ma stratégie de fuite. Je montai dans ma voiture et mis le moteur en route. J'espérais que mon somme avait aiguisé mes réflexes, mais je savais au fond de moi que semer mon père demanderait un effort surhumain, un effort dont je ne me croyais pas vraiment capable.

Je zigzaguai dans la circulation dense de West Portal Boulevard avant de tourner à gauche sur Ocean Avenue, où le trafic devint plus fluide peu après que nous fûmes sortis de la ville. Mon père resta collé à mon pare-chocs arrière pendant tout le trajet. Il avait eu six mois d'école de police et vingt ans de métier pour parfaire sa technique. Il avait rattrapé des gens beaucoup plus habiles ou plus indifférents à la mort que moi. Il savait que je n'allais pas prendre de risques ni lui en faire prendre, donc cette poursuite ressemblait plus à une conversation qu'à une chasse proprement dite. Il m'a appelée sur mon portable et les dernières équivoques ont été levées.

« Je peux continuer toute la journée, ma chérie, dit-il.

— Moi aussi.

— Dis-moi comment on en finit, Isabel.

— Arrête de me suivre.

— Arrête de fuir.

— Toi d'abord.

— Non. TOI d'abord.

— Alors échec et mat, on dirait. » Et j'ai raccroché.

Je revins vers Geary Boulevard en prenant des rues résidentielles du quartier de Richmond. Ma vision périphérique enregistra distraitement ce genre de lotissements sophistiqués, version San Francisco. Mon père continua à me filer impitoyablement, sans se rendre compte que je ne cherchais plus à me débarrasser de lui, en tout cas pas de cette façon-là alors qu'il en existait une beaucoup plus simple.

Je trouvai une place à côté de Geary Boulevard, dans l'une de ces rues adjacentes ingarables qui hébergent des rangs serrés de maisonnettes pour deux ou trois personnes. Je laissai la voiture sur un emplacement autorisé, à deux rues du pub, vérifiai les panneaux de nettoyage de la chaussée pour être sûre que je ne risquais pas la fourrière, fermai ma voiture à clé et passai devant mon père en me dirigeant vers le bar. Il baissa sa vitre.

« Où vas-tu ?

– Au Pig and Whistle.

– Quoi faire ?

– Me soûler. »

Je m'éloignai, sachant qu'il allait mordre à l'hameçon. Il se gara en stationnement interdit, jeta son ancienne carte sur le tableau de bord et me suivit dans le bar.

Il paya la première tournée, la suivante, et celle d'après encore. Je payai la quatrième malgré ses protestations véhémentes. Tout en nous pintant consciencieusement, nous avons marqué une pause dans notre jeu du chat et de la souris, et avons eu une vraie conversation.

« Alors, où en es-tu avec le dentiste ?

– Il a un nom.

– Où en es-tu avec le Dr Daniel Castillo, chirurgien-dentiste ?

– Ça va.

– Quand pourrons-nous parler sérieusement, Izzy ?

– Dès que tu cesseras de récolter des informations.

– D'accord. Je commence. Il y a une chance pour que Ray accepte de se laisser désintoxiquer.

– Une chance sur combien ?

– Je dirais une sur dix.

– Et combien de chances qu'il s'y tienne ?

– Une sur dix.

– Ce qui lui donne une chance sur cent de ne plus boire.

– C'est à peu près ça, dit mon père, dont la diction commençait à devenir embarrassée.

– Est-ce que quelqu'un a expliqué à Rae le problème ? Parce que si elle veut la jouer ange gardien pour toxicos, il faudrait que quelqu'un discute avec elle du rapport coût-bénéfice.

– J'ai eu une conversation avec elle là-dessus.

– Cela dit, je n'en reviens pas que Ray envisage une désintoxication.

– Parlons du deal. Nous savons que c'était un coup monté.

– Comment vous en êtes-vous doutés ?

– Pour commencer, le dentiste ne sait pas jouer la comédie. Et puis j'ai mis Rae devant un paquet de Rice Krispie Treats en plein milieu de semaine. Je lui ai dit qu'elle pourrait tout manger si elle parlait. Elle a parlé.

– Tu ne recules donc vraiment devant rien ?

– J'ai donné à ma fille des Rice Krispie Treats. Toi, tu as fait semblant de sniffer de la coke devant elle.

– J'ai fait semblant de sniffer de la coke parce que vous aviez mis un micro chez moi.

– Nous avons mis un micro chez toi parce que tu

ne pouvais plus décrocher d'une affaire. Une affaire qui est close, d'ailleurs.

– Une affaire que vous m'avez donnée.

– C'était une erreur.

– Hein ?

– De te confier cette affaire.

– Vous en avez fait quelques autres. »

Mon père alla prendre un autre panier de bretzels au bar et revint s'asseoir à la table.

« Les premières fois que je t'ai trouvée ivre et inconsciente sur la pelouse devant la maison, j'ai cru que tu étais morte.

– Il y a une éternité, papa. Voilà des années que je n'ai pas été ivre morte.

– Alors l'ancienne Isabel ne nous joue pas "le Retour" ?

– Si l'ancienne Isabel était de retour, elle ne serait pas en train de boire avec son père.

– Qu'est-ce qu'elle ferait ?

– Elle draguerait l'un de ces jolis petits serveurs irlandais au bar, ou serait en train d'acheter un sachet de dope à Dolores Park.

– Alors qu'est-ce qu'on fait maintenant ?

– Je me casse. Tu ne me suis pas.

– Tu rêves.

– Je ne pense pas, non, dis-je en me levant et en remettant lentement mon manteau avant de laisser un pourboire sur la table.

– Je te trouve bien sûre de toi.

– Tu es trop ivre pour conduire, et je cours plus vite que toi », rétorquai-je avec un grand sourire. Pendant les dernières semaines, j'avais connu peu de victoires franches et massives, et je savourais cet instant.

Je reculai lentement vers la porte. Puis j'écartai le battant et quittai le bar.

J'entendis du bruit derrière moi : mon père qui sortait en titubant légèrement. Inutile de me retourner pour voir où il était. Je pris mes jambes à mon cou et courus aussi vite que je le pus. Trois rues plus loin, je tournai à droite dans Filmore Street et hélai un taxi. Je m'aplatis sur le siège arrière, juste au cas où. Le chauffeur me trouva bizarre et fut soulagé lorsqu'il me déposa et que je lui réglai sa course. Je plongeai dans un bar attrape-touristes de la Marina. Entourée des riches visiteurs du Middle West en vacances et en fourrures, je bus du café et commençai à dessoûler.

Quelques heures plus tard, alors que je me promenais pour me débarrasser du même coup des brumes de la bière et des palpitations du café, je reçus un nouveau coup de téléphone.

« Isabel ?

– Oui. Qui êtes-vous ?

– Rendez-vous à la gare BART de West Oakland », dit une voix que je ne pus identifier. Homme ou femme ? Impossible à dire.

« Non. J'ai pas le temps.

– Vous ne voulez pas de réponses, Isabel ?

– Si. Par exemple, j'aimerais savoir à qui je parle.

– Pas au téléphone.

– Je ne traverse pas le pont sans bonne raison. Vous avez une idée des embouteillages à cette heure-ci ?

– Je peux répondre à toutes vos questions sur Andrew Snow.

– Qui êtes-vous ?

– Comme je vous l'ai proposé, rencontrez-moi et vous le saurez.

– J'y songerai. Quelle gare avez-vous dit ?

– West Oakland. Sortie sud-est. Dans deux heures.

– Disons trois. Je suis encore ivre. »

Je ne pouvais pas retourner à ma voiture. Mon père avait dû enlever un organe vital du moteur, comme le carburateur. Il me fallut un certain temps pour persuader Mrs. Sanchez de me passer Daniel, mais j'y parvins finalement.

« J'aurais besoin de t'emprunter ta voiture.

– Qui est à l'appareil ?

– Isabel.

– Tu plaisantes, là ?

– C'est une urgence.

– Isabel.

– S'il te plaît. » La négociation fut tacite, en fin de compte. J'avais quelque chose à obtenir de Daniel, une voiture ; et Daniel avait quelque chose à obtenir de moi : une rupture en douceur. Afin de soulager sa conscience, il me prêta sa BMW. J'attendis devant le parking au coin de Folsom Street et de Third Street. Le réverbère clignota pendant cinq minutes avant de s'éteindre. J'avais rendez-vous avec Daniel à la sortie du club de tennis. Il était en retard. À mesure que les effets de l'alcool se dissipaient, ma nervosité augmentait. Le moindre bruit, depuis les pas au loin jusqu'aux boîtes en métal que le vent entraînait dans les rues, me faisait battre le cœur.

Daniel apparut au coin de la rue. Quand il me vit, il détourna le regard. Je connaissais cette mimique. Elle était toujours suivie par : « Il faut qu'on parle. » Je savais ce qui allait se passer, mais j'essayai de reculer l'inévitable.

« Tu es sûr de ne pas avoir été suivi ? demandai-je.

– Qui me suivrait ?

– Ma mère ou mon père.

– Je ne pense pas avoir été filé. »

Je tendis la main, espérant qu'il y déposerait les clés en silence.

« Ça ne marchera jamais, dit-il.

– Quoi ?

– Nous deux.

– Pourquoi ?

– Qu'est-ce qu'on dirait à nos enfants ?

– Quels enfants ?

– Si nous avions des enfants, comment leur expliquer la façon dont nous nous sommes rencontrés ?

– Nous mentirions, naturellement.

– Je ne peux pas vivre comme ça. C'est fini. »

Je ne vous infligerai pas le reste de la conversation. Je donnerai seulement l'épitaphe de Daniel.

Ex n° 9 :

Nom :	Castillo, Daniel
Âge :	38 ans
Activité :	Dentiste
Passions :	Tennis
Durée :	3 mois
Dernières paroles :	« Ça a été fini après le faux deal. »

*

La Ford s'arrête dans un grincement de pneus à environ trois mètres de la BMW. J'éteins le contact et prends quelques grandes inspirations. Je sors de ma voiture comme si de rien n'était et me dirige sans me presser vers l'autre.

Je frappe à la vitre du conducteur. Quelques instants s'écoulent, puis elle se baisse. Je pose la main sur le capot et me penche vers l'intérieur.

« Maman. Papa. Ça suffit comme ça. »

Avant qu'ils puissent articuler une phrase exprimant au plus près de la vérité la déception que je leur inspire, je glisse la main derrière mon dos, sors mon canif et le plonge dans leur pneu avant gauche. Ils ne m'ont pas donné le choix. Je n'ai pas d'autre moyen de mettre fin à cette poursuite. Ils ne sont pas aussi surpris que je l'aurais cru. Mon père murmure mon nom en secouant la tête. Ma mère se détourne pour cacher sa rage. Je remets le canif dans ma poche arrière et m'éloigne en haussant les épaules.

« On n'est pas forcés de se conduire comme ça. »

Je pars, contente d'avoir gagné du temps. Je tourne dans Mission Street et prends le chemin de Bay Bridge. Un accident sur South Van Ness a arrêté la circulation et la poussée d'euphorie due à ma liberté toute neuve est douchée par le concert d'avertisseurs et le tic-tac de l'horloge du tableau de bord. Mes chances de réussir à traverser le pont et de parvenir à la gare BART de West Oakland d'ici vingt minutes me paraissent bien compromises.

Je m'apprête à tourner sur la bretelle d'accès à la Treizième Rue quand mon téléphone sonne.

« Allô ?

— Izzy, c'est Milo.

— Qu'est-ce que je peux faire pour toi ?

— Récupérer ta sœur chez moi avant que les flics ne ferment mon bar.

— Milo, j'ai à faire. Tu as essayé l'oncle Ray ?

— Oui, mais il ne répond pas. Et je viens juste d'appeler ton père, qui me dit que tu lui as crevé les pneus.

Je ne veux même pas poser de questions. Tout ce que je te dis, c'est qu'on est samedi soir, que j'ai une gamine de quatorze ans dans mon bar et que je veux m'en débarrasser.

– Passe-la-moi. »

Rae prend le téléphone pour dire : « Je ne serais pas en train de devenir alcoolique si les choses étaient moins pénibles à la maison.

– J'arrive dans dix minutes. Ne bouge pas d'ici là. »

Juste après que j'ai raccroché, mon téléphone sonne encore.

« Isabel.

– Oui.

– Vous êtes en retard, dit la voix mystérieuse.

– Qui êtes-vous, sérieusement ?

– Je croyais que vous vouliez résoudre cette affaire.

– J'ai besoin d'une heure de plus. Ma sœur s'est remise à boire.

– Vous avez trois quarts d'heure. Après ça, je pars. »

Lorsque je me trouve à deux rues du Philosopher's Club, mon téléphone sonne une fois de plus.

« Izzy, c'est Milo. Dis à Rae qu'elle a oublié son écharpe ici.

– Dis-le-lui toi-même.

– Tu n'es pas passée la chercher ?

– Non.

– Mais elle n'est plus ici. »

Envolée

J'ai gardé le pied au plancher jusqu'à chez Milo. J'ai freiné brutalement, laissant la voiture en double file devant le bar. J'ai ouvert la porte à la volée et me suis précipitée à l'intérieur. En voyant le visage de Milo, j'ai eu un choc. C'est plus une absence d'expression qui marque la peur qu'une expression précise. Le sang se retire des extrémités pour se concentrer sur les zones assurant les fonctions vitales, comme le cœur. Milo avait visiblement pâli. Je voyais ses lèvres bouger mais ne distinguais aucun son à cause du brouhaha du bar et du bruit de mon propre souffle. Je suis allée jusqu'à l'arrière du bar, bousculant les clients qui bloquaient mon chemin et j'ai jeté un coup d'œil dans les toilettes ainsi qu'à la sortie donnant sur la ruelle.

Milo a tendu le doigt vers le devant du bar et m'a conduite dehors pour me montrer l'endroit où m'avait attendue ma sœur sur la véranda. Nous avons fait le tour du pâté de maisons et posé des questions aux passants sur les trottoirs. Nous avons pris ma voiture pour sillonner toutes les rues adjacentes dans un rayon de cinq kilomètres. Nous avons téléphoné trois fois à la maison et deux fois sur son portable. Quand nous sommes retournés vers le bar, j'ai encore essayé son portable tandis que nous faisions le tour du secteur.

C'est alors que je l'ai entendue. La sonnerie de son téléphone. Milo a ouvert le couvercle d'une poubelle : le portable était là, sur le dessus. Je l'ai pris et me suis tournée vers Milo.

« Il doit y avoir une explication, Izzy. Peut-être qu'elle l'a perdu et que quelqu'un l'a foutu à la poubelle. »

Je suis rentrée chez moi en violant toutes les règles du code de la route. Je suis rentrée en sachant qu'il s'était produit un événement abominable et que l'on ne pouvait revenir en arrière. Je suis rentrée en essayant de me remémorer la dernière fois où j'avais vu ma sœur, me demandant si ce serait la toute dernière.

Rae n'était partie que depuis une heure, mais j'étais certaine que son absence n'était pas le fait d'une mauvaise communication. Rae ne disparaît pas. Ce n'est pas son style. Elle téléphone, elle communique. Elle préfère avoir un chauffeur plutôt que d'utiliser les transports en commun. Elle vous dit tout ce qui lui passe par le tête. Elle ne se sauve pas quand on lui dit de ne pas bouger. Non, elle ne fait pas ça.

J'ai eu l'impression que plusieurs minutes s'étaient écoulées avant d'avoir la main assez sûre pour ouvrir la porte d'entrée de la maison familiale. J'ai mis si longtemps que je me suis demandé un instant si les serrures n'avaient pas été changées. Quand la porte s'est enfin ouverte, j'ai couru dans toute la maison en criant le nom de Rae.

J'ai tambouriné sur toutes les portes fermées du couloir jusqu'à celle de Rae. J'ai essayé la poignée, mais en vain. Mes mains tremblaient trop pour que j'essaie de la crocheter. J'ai donné deux coups de pied dedans, mais elle n'a pas bougé. Impossible d'ouvrir à coups de pied les portes fermées à clé, c'est un mythe. J'ai descendu l'escalier quatre à quatre jusqu'à la réserve, ai attrapé une hache et suis remontée. J'ai donné des coups sur la serrure jusqu'à ce que le bois autour vole en éclats. Alors, j'ai terminé le travail d'un coup de pied et la porte s'est ouverte à la volée.

À l'autre bout du couloir, l'oncle Ray m'observait.

« J'avais un double de la clé », a-t-il dit. Puis il a pris le téléphone et appelé mes parents.

Si le calme de la pièce semblait irréel, en revanche, je me suis sentie très réellement glacée. Comme d'habitude, elle n'avait pas fait son lit, et le sol était jonché de vêtements jetés là, marque de sa négligence d'adolescente. C'était une pièce qui attendait le retour de quelqu'un. Or elle n'était pas revenue.

J'ai fouillé son bureau pour trouver son carnet d'adresses, puis appelé toutes ses amies, dont aucune ne savait où elle était ni où elle pouvait être. L'oncle Ray a téléphoné à ses copains du poste de police, qui ont accepté de faire une déclaration précoce.

Je suis passée à côté de mes parents dans le couloir en sortant de la chambre. En évitant de croiser leur regard, je leur ai annoncé que j'allais passer le voisinage au peigne fin. J'ai dit cela pour pouvoir quitter la maison. J'avais espéré que l'air brumeux du dehors dissiperait ma nausée, mais une fois sortie de la maison, j'ai vomi sur le parterre de ma mère (ce n'était pas la première fois, je le précise). Entre deux haut-le-cœur violents, mon téléphone a encore sonné.

« Isabel, où êtes-vous ? a dit cette maudite voix.

– C'est vous qui l'avez enlevée ? ai-je demandé, le souffle si court que j'ai eu du mal à articuler ma question.

– Qui ?

– Ma sœur. Elle est avec vous ?

– De quoi parlez-vous ?

– Si vous lui avez fait du mal, votre vie est finie. Finie. Vous comprenez ça ? Ils vous tueront.

– Qui ?

– Mon père vous tuera. À moins que ce ne soit ma mère. Sinon, ils se disputeront le privilège de vous tuer le premier. Elle est avec vous ?

– Mais qui ?

– Si elle est avec vous, rendez-la », ai-je dit. La communication a été coupée.

L'interrogatoire

CHAPITRE 6

Stone rassemble les papiers du dossier, alignant parfaitement les feuilles. Il met le paquet à la verticale et le tasse sur la table pour que les bords soient à l'équerre. Puis il glisse les doigts sur le bord pour s'assurer qu'il est bien uni. Quand il sent une irrégularité, il tasse à nouveau les feuilles. Enfin, il les range dans une chemise toute neuve, l'époussette et lisse le rabat déjà plat.

« Il existe des médicaments pour ce genre de trouble, dis-je.

– Je crois que ça sera tout, Isabel. Si vous repensez à quelque chose, appelez-moi.

– Il faudrait que vous parliez à la famille Snow.

– Je vous l'ai déjà dit, je ne pense pas qu'il y ait de rapport avec l'affaire qui nous occupe.

– Il n'y a aucune autre piste.

– Mais des éventualités nombreuses.

– Rae n'est pas une fugueuse. Et elle sait se défendre.

– Ce pourrait être un enlèvement au hasard.

– C'est votre hypothèse ? Parce que les statistiques, je les connais.

– C'est tout ce dont j'ai besoin. Vous devriez aller dormir maintenant, Isabel. »

L'inspecteur Stone se lève. Je lui saisis le bras et il se fige, mal à l'aise.

« Dites-moi la vérité. Elle est morte ? Vous croyez qu'elle est morte ? »

Le seul fait de prononcer ces mots me dévaste. Brusquement, je souhaite qu'il ne réponde pas. Mais il le fait : « J'espère que non. »

Disparue

La disparition de Rae était absolument inexplicable. Aucun membre de la famille ne pouvait imaginer un scénario où tout irait pour le mieux dans le meilleur des mondes. Il régnait dans la maison un calme étrange où se combinaient l'absence du bavardage de Rae et un silence sidéré. Une incapacité à parler presque pathologique. Il semblait parfois que nous ne pouvions supporter de nous regarder. Notre guerre était encore trop fraîche pour que nous puissions nous offrir les uns aux autres le réconfort d'une épaule. Mais nous nous serrions les coudes contre « le monde extérieur ». Je rentrai à la maison et dormis dans la chambre de Rae pour répondre aux éventuels coups de téléphone qu'elle recevrait. Mais ma présence n'était pas vraiment une consolation.

Six heures après la disparition de ma sœur, la chambre de Rae fut fouillée par la police, puis passée au peigne fin par chacun des membres de la famille Spellman. Aucun élément significatif ne fut découvert, hormis un livre d'algèbre évidé contenant environ deux mille dollars en liquide, ce qui provoqua de nouvelles questions de la police et de longues explications entre David et mes parents.

Au bout de douze heures, Jake et Milo avaient placardé des avis de recherche dans toute la ville. Ma mère et moi avons passé chacune quatre heures en voiture à essayer de repérer une chemise à rayures bleues. Comme toujours, nous nous souvenions de ce genre de détails. Mon père sollicita tous les inspecteurs de police à qui il avait rendu service. Malgré ses protestations, la police insista pour faire une enquête sur chacun des membres de la famille, ainsi que sur les camarades d'école et autres connaissances de Rae. Toutes ces recherches furent vaines. David offrit une récompense de deux cent mille dollars. L'oncle Ray fit un marché avec Dieu : si sa nièce revenait vivante, il irait en cure de désintoxication.

Le troisième jour, j'en étais à quatre-vingt-deux heures sans sommeil, hormis quelques petits sommes insignifiants qui n'avaient pas réussi à me rafraîchir : je n'étais plus qu'une boule de nerfs qui portait les mêmes vêtements depuis deux jours.

Après mon entretien avec l'inspecteur Stone, je me rendis au Philosopher's Club et m'assis au bar. Milo me servit une tasse de café. Quand il eut la tête tournée, j'ajoutai une dose de whisky. À sa mine jaunâtre, je devinai qu'il n'avait guère dormi lui non plus. Qu'il s'estimait responsable de la disparition de Rae et qu'il était rongé par la culpabilité.

« Rentre chez toi, Izzy. Tu as une mine épouvantable.

– Pas tant que toi.

– C'est juste que tu es plus jolie que moi. »

Trois heures et trois whiskys subreptices plus tard, je vis arriver Daniel.

« On y va, Isabel. »

Remarquant un signe de connivence entre les deux hommes, je me tournai vers Milo.

« Tu l'as appelé ?

– Je me fais du souci.

– Il est temps que tu ailles dormir, Isabel », dit Daniel en me prenant le bras.

Il m'emmena chez lui, me donna un somnifère et prépara le lit de la chambre d'amis. Alors que je m'endormais, je l'entendis appeler ma mère pour lui dire de ne pas s'inquiéter.

Je dormis huit heures d'affilée et me réveillai dans un appartement vide. Daniel m'avait laissé une série de messages – des flèches, essentiellement – pour m'indiquer le chemin de la cuisine où m'attendait un petit déjeuner d'œufs au bacon avec toasts. Je mangeai les toasts et mis le reste au vide-ordures. La nuit de repos induite par les médicaments avait eu le mérite de m'éclaircir l'esprit. Cela faisait des semaines que je n'avais pas été à l'aise au volant d'un véhicule à moteur. Il était temps que je me remette au travail. Voilà quatre jours que ma sœur avait disparu.

L'affaire Snow

CHAPITRE 9

Il fallait que je trouve une logique à cette disparition. Jusqu'alors, tout ce que je voyais, c'était une coïncidence. Un appel téléphonique de quelqu'un qui prétendait avoir les réponses à l'affaire Snow au moment même où Rae disparaissait du Philosopher's Club. Le lien était pour le moins ténu, mais c'était le seul, et mon instinct me disait qu'il était déterminant.

Un détail me tracassait depuis le début : le témoignage du professeur d'histoire. Il affirmait avoir vu deux frères chercher Andrew le matin de sa disparition. Je n'avais pas essayé de voir plus loin, car il y avait une explication logique : les souvenirs sont en général peu fiables. Mais en l'absence d'autres pistes, je décidai de vérifier ce témoignage. Je pris le train jusqu'à West Portal, retrouvai ma voiture à trois rues du bar, ôtai la contravention du pare-brise et rentrai. Je repris le dossier Snow, toujours dans mon tiroir de bureau fermé à clé. Je parcourus les papiers pour retrouver le nom, qui n'avait rien d'inoubliable.

Je découvris que Horace Greenleaf était professeur titulaire à l'université de Berkeley, ce qui était commode. Je téléphonai au département d'histoire pour demander ses heures de réception, et traversai Bay Bridge. En milieu de matinée, la circulation était bloquée et je me pris à souhaiter que plus de gens aient un travail à temps complet.

Je trouvai le bureau du professeur Greenleaf dix minutes avant la fin de sa permanence. Je lui dis brièvement quel était le motif de ma visite et il m'offrit gentiment un siège.

« D'après le rapport de police, vous affirmez avoir vu deux jeunes gens le lendemain du jour où Andrew Snow est censé avoir disparu.

– En effet.

– Vous vous souvenez avoir fait cette déclaration ?

– Oui. Et je me souviens avoir vu les deux jeunes gens.

– Vers quelle heure ?

– Environ 6 h 30. Au lever du jour.

– Pourquoi vous étiez-vous levé si tôt ?

– Je n'arrivais pas à dormir. Je sais qu'on est censé trouver le calme sous la tente, mais je préfère le bruit de la circulation à celui des grillons.

– Vous vous souvenez de ce que faisaient ces jeunes gens ?

– Pas grand-chose. Ils sont montés dans leur voiture et sont partis.

– Pouvez-vous me les décrire ?

– Ils avaient entre dix-huit et vingt ans. Celui qui devait être le frère d'Andrew, d'après les photos que j'ai vues, faisait environ un mètre soixante-quinze, quatre-vingts kilos, un corps de sportif et des épaules larges.

– Vous avez bonne mémoire.

– J'ai une excellente mémoire, rectifia le professeur.

– Et l'autre ? À quoi ressemblait-il ?

– Plus grand, maigre, les cheveux châtain clair.

– Autre chose ?

– Je crois qu'il mâchonnait un cure-dents. »

Je réprimai mon envie de sortir du bureau à fond de train et posai quelques autres questions afin de consolider mon hypothèse :

« Vous souvenez-vous de leur voiture ?

– C'était une Datsun, je crois. Une cinq-portes. Modèle de la fin des années quatre-vingt.

– Ils vous ont vu ?

– Je ne crois pas. Je venais d'ouvrir le rabat de ma tente et j'étais en train de mettre mes chaussures.

– Et vous avez dit cela aux policiers ?

– Oui, environ une ou deux semaines après, quand ils m'ont retrouvé. Ils ont dû croire que je me trompais sur les dates. Mais je ne pense pas faire erreur, parce que le jour où il a disparu, c'est celui où nous sommes rentrés. »

Je regagnai la ville, puis pris le pont du Golden Gate pour aller à Sausalito. J'arrêtai ma voiture juste en face de chez Martin Snow, à Spring Street.

Ma surveillance n'avait rien de subreptice. Vingt minutes plus tard, Martin Snow regarda par la fenêtre et me remarqua. Je le vis écarter les lattes de ses stores tous les quarts d'heure environ. Je ne savais toujours pas ce qu'il avait fait, mais en tout cas, je le mettais mal à l'aise, ce qui confirmait sa culpabilité à mon sens. Seulement, voilà, je ne savais pas jusqu'à quel point il était coupable. Se pouvait-il qu'il eût à voir avec la disparition de ma sœur ? Il fallait que j'en aie le cœur net.

Je sortis de la voiture et allai frapper à sa porte.

Comme il ne répondit pas, je continuai jusqu'à ce qu'il ouvre.

« Si vous ne partez pas, j'appelle la police, dit-il.

– Vous n'avez pas envie que la police s'en mêle.

– Pourquoi faites-vous tout ça ?

– Vous avez ma sœur ?

– Pardon ?

– Vous savez où elle est ?

– Mais de quoi parlez-vous ?

– Elle a disparu il y a quatre jours. »

Le visage de Martin exprimait sa confusion. « Je suis désolé », dit-il.

Je me penchai tout près de lui : « Si vous vous taisez, si vous savez quelque chose qui pourrait m'aider à la retrouver et que vous me le cachez, vous le regretterez. »

Martin hocha la tête pour signifier qu'il comprenait que c'était une menace.

« Il faut que vous quittiez les lieux, dit-il. J'ai déjà appelé la police. Elle arrive. »

Je remontai dans ma voiture et partis.

Poursuite en voiture n° 4

À quelques pâtés de maisons de chez Martin, je remarque une voiture de police qui se rapproche. Les gyrophares clignotent et je m'apprête à me ranger quand je regarde dans le rétroviseur et aperçois une silhouette que je crois être celle de Greg Larson. Je me dis que Martin a dû l'appeler quand j'ai quitté sa maison. Et ce n'est pas pour défaut de feu arrière que le shérif veut m'obliger à m'arrêter, même si le mien est incontestablement cassé.

Je mets le pied au plancher en essayant de rassembler les données à ma disposition. Je sais que Martin a soutiré plus de cent mille dollars à ses parents. Qu'il y a douze ans, le shérif a acheté une voiture dont personne ne sait ce qu'elle est devenue. Qu'il était là quand Andrew a disparu. Je sais qu'il ne cille pas aussi souvent que la moyenne des gens.

Il appuie de nouveau sur sa sirène et me fait signe de me garer. Au lieu de quoi, j'accélère. Mon calcul est que si je regagne la ville, je serai sous la juridiction du SFPD*, et donc en terrain sûr. Je pourrai alors le faire arrêter pour... disons pour ses éventuels délits.

Je zigzague dans les rues peu familières de Marin dans la lumière faiblissante du crépuscule. Comme mon père et mon oncle, Larson a l'avantage sur moi. Il a l'habitude des poursuites en voiture et connaît bien le secteur. Les dernières lueurs du soleil disparaissent à l'horizon. Larson réduit à dix mètres environ la distance qui nous sépare. Je tourne sur une route de montagne pour éviter tout éclairage. Larson arrive à ma hauteur et me crie de m'arrêter, mais je n'obtempère pas. J'entends mon cœur cogner. Je croyais connaître la peur, mais cette peur-là, celle de ne peut-être pas rentrer chez moi ce soir, est un monstre bien différent.

Je tourne à droite dans une petite rue qui se termine en impasse. Larson me bloque l'issue en garant sa voiture en biais. Il sort prestement et dégaine son arme.

« Les mains sur le volant », dit-il comme si j'étais une quelconque délinquante. Sans me laisser le temps de réagir, il ouvre ma portière et me tire de ma voiture.

Je sens les menottes lier mes poignets derrière mon dos. Puis une main chaude sur ma nuque me guide jusqu'à la voiture de patrouille. Larson ouvre la porte

---

* San Francisco Police Department.

du passager, met la main sur ma tête et me pousse sur le siège avant. Il claque la portière, fait le tour de la voiture et s'assoit à côté de moi.

J'attaque : « Vous n'allez pas vous en tirer comme ça !

— Me tirer de quoi ? demande-t-il sans se départir de son calme exaspérant.

— Vous savez bien, dis-je, ne sachant trop moi-même.

— Il faut qu'on aille faire un tour, Isabel », annonce-t-il en redémarrant.

Espérant soulager ma tension, je demande : « Vous avez l'intention de me tuer ?

— Non, répond-il tout net.

— Ah, évidemment, vous dites non. Comme ça, je ne résisterai pas.

— Vous avez les menottes, je ne m'inquiète pas pour ça. »

Il a raison. Je ne peux pas faire grand-chose. Cependant, s'il m'avait fouillée avant de me faire monter dans sa voiture, il aurait trouvé mon portable. Je le sors de ma poche et appuie sur la touche d'appel du premier de mes numéros préprogrammés : Albert Spellman. Je ne peux pas porter l'appareil à mon oreille ni même entendre si quelqu'un répond, compte tenu du bruit de la circulation. J'attends donc trente secondes, puis parle aussi fort que possible :

« Allô, papa, c'est moi. Si je disparais ou s'il m'arrive quelque chose, c'est un certain shérif Greg Larson qui sera responsable. L-A-R-S-O-N. Je suis dans sa voiture...

— À qui parlez-vous ? » demande Larson en me regardant comme si j'étais folle à lier.

D'un petit ton satisfait, je réponds : « À mon père. Je viens de l'appeler en urgence sur mon portable. »

Larson se rabat sur le bas-côté et m'arrache le téléphone des mains pour le placer contre mon oreille. J'entends mon père crier dans l'appareil.

« Izzy, Izzy, où es-tu ?

– Salut, papa. Je suis dans la voiture de patrouille du shérif Larson.

– Tu es en danger ? » J'entends la panique dans sa voix.

« Il y a une minute, je t'aurais répondu oui, mais je crois que je ne risque rien. Juste au cas où, le numéro de son badge est le sept-huit-six-deux-deux... »

Larson se penche pour que je puisse lire le dernier chiffre.

« Sept, dis-je.

– Qu'est-ce qui se passe, Isabel ?

– Rien. Tout va bien. Ne t'inquiète pas, papa. » Là-dessus, Larson se penche et dit : « Mr. Spellman, votre fille n'a rien à craindre. Martin Snow a appelé la police parce qu'elle refusait de partir de chez lui. C'est tout, monsieur. Non, nous n'engagerons pas de poursuites pour cette fois. Au plaisir, monsieur. »

Larson raccroche et reprend la route. Il s'engage sur l'autoroute 101 en direction du sud et se tait pendant le quart d'heure qui suit. Comme je ne crains plus pour ma sécurité physique, j'attends qu'il parle. Mais rien ne venant, je romps le silence :

« Je sais que vous vous trouviez sur place la nuit où Andrew a disparu.

– Vous avez réussi à découvrir beaucoup de choses. En fait, vous avez presque toutes les pièces du puzzle, mais vous n'arrivez toujours pas à les assembler. Je me trompe ?

– Si vous me disiez ce qui se passe ?

– Andrew était extrêmement malheureux. Il a fait trois tentatives de suicide avant sa disparition.

– Cela aurait dû figurer dans le rapport, non ?

– Secret médical. On n'aurait pu le savoir que si ses parents avaient communiqué ces renseignements à la police. Personne n'était au courant, sauf la famille proche et moi. Même au lycée, tout le monde l'ignorait. Et les convalescences ont été attribuées à une grippe ou une angine. Mrs. Snow a fait en sorte que personne ne sache rien.

– Est-ce que vous êtes en train de me dire que vous savez ce qui lui est arrivé ?

– Je sais exactement ce qui lui est arrivé. Il a fui cette maison, cette femme et cette vie qu'il détestait. Et Martin et moi l'avons aidé.

« Nous préparions ça depuis des mois. Andrew et Martin sont allés camper au lac Tahoe comme prévu. Je me suis rendu chez mon oncle et suis sorti le soir pour aller à un concert. Je savais qu'à 10 heures, il serait ivre mort et ne remarquerait pas mon absence jusqu'au lendemain matin. J'ai pris sa voiture, puisqu'il n'avait plus le droit de conduire. Même s'il l'avait cherchée, ça n'aurait pas porté à conséquence, puisque de toute façon il ne se rappelait jamais où il l'avait garée. Je suis allé au lac Tahoe ce soir-là et j'ai donné la voiture à Andrew. Il est parti peu de temps après. Le lendemain matin de bonne heure, Martin m'a conduit à la gare des Greyhounds, où j'ai pris un car pour rentrer en ville. Il n'y avait aucune raison de nous soupçonner, et la police n'a jamais remis en question la version de Martin. »

Greg arrête la voiture devant une maison de briques de style Tudor avec une palissade blanche. Dans la cour deux enfants pas encore en âge d'aller à l'école jouent avec leur mère, une grande femme brune aux traits accusés, mais agréables.

« Il vit toujours ? Où est-il allé ? »

Larson montre la jeune mère en train de jouer dans sa cour. « Vous l'avez devant vous », dit-il.

Au début, je n'enregistre pas ce qu'a dit Larson, mais plus je regarde la femme, et plus la vérité affleure.

« Elle s'appelle maintenant Andrea Meadows. Elle est mariée, heureuse, et a adopté deux enfants, dit Larson.

– Cela n'était pas du tout, mais alors pas du tout au nombre de mes hypothèses.

– Si vous avez d'autres questions, c'est le moment de les poser.

– Où est allé Andrew ?

– À Trinidad, dans le Colorado. Il y avait un médecin qu'il voulait consulter.

– Alors, l'argent des études de Martin...

– A servi à payer le changement de sexe. Oui.

– Vous savez ce que ça ferait à Mrs. Snow si elle l'apprenait ? »

Larson ne parvient pas à réprimer son sourire. « Oui.

– Et les coups de téléphone ?

– C'est Andrea qui les a donnés. Son frère lui avait dit ce qui se passait, et elle a cru pouvoir vous arrêter. De plus, elle fait une imitation assez féroce de sa mère.

– Je savais bien que quelqu'un cachait quelque chose, dis-je.

– J'ai un scoop pour vous : tout le monde cache quelque chose. »

Assise là dans cette voiture de police, je me sens

ridicule. Tous les crimes dont j'ai mentalement accusé le shérif relèvent de la fiction pure. C'est juste un type qui mâchonne des cure-dents et qui ne cille pas aussi souvent que la plupart des gens. C'est juste un type qui essaie d'être gentil. Point, barre.

« Elle est heureuse à présent. Si vous la dénoncez, tout changera. J'ai pris un risque en vous faisant partager ce secret. J'espère ne pas avoir commis une erreur.

– Et Mr. Snow ? Il est au courant ?

– Non.

– Il devrait l'être.

– Vous avez sans doute raison. Mais c'est à la famille d'en décider. »

C'est lui qui avait raison. Cela ne me regarde plus. Larson m'a demandé si je pouvais clore définitivement l'affaire Snow, et j'ai accepté. Le dossier Andrew Snow ne risque pas de refaire surface, pour la bonne raison que je l'ai mis dans le déchiqueteur de documents en rentrant à la maison.

*

Quant à ma sœur, je n'avais rien. Ni piste, ni théorie, ni même une hypothèse hasardeuse. Rae avait disparu et je n'y pouvais rien. C'était une adolescente éminemment prévisible (sauf lorsqu'elle essayait de vous induire en erreur) et dont l'instinct casanier était chevillé au corps.

Effraction

Il était 20 h 30 quand j'entrai dans la chambre de ma sœur, quatre jours après sa disparition. J'allumai la liseuse au-dessus de son lit, espérant que cette faible lumière ne se verrait pas par la fente de la porte. Seule la découverte de l'argent extorqué à David pendant deux ans confirmait aux yeux de Stone que Rae n'avait pas fugué. Sinon, il aurait encore été en train de suivre cette piste.

Bien que les six premières fouilles n'aient rien donné, j'entrepris de fouiller une septième fois. Je ne savais pas au juste ce que je cherchais, mais il fallait que je fasse quelque chose. J'ouvris la porte du placard de Rae et une masse de vêtements et de bric-à-brac dégringola à mes pieds. (Curieusement, ma mère avait laissé la pièce exactement dans l'état de désordre où elle l'avait trouvée.) Trop fatiguée pour ramasser quoi que ce soit, je laissai tout par terre et regardai sous le lit de Rae, puis dans les tiroirs de sa commode. Je soulevai même son matelas. Puis j'examinai son bureau. J'ouvris tous les tiroirs et passai en revue sa série de comptes rendus de surveillance, de devoirs faits pour le lycée et de bonbons rances. Comment cela avait pu échapper à notre attention lors de la fouille précédente, je l'ignore, mais je remarquai que l'un des tiroirs de son bureau semblait moins profond que les autres. Je pris les papiers qui s'y trouvaient et les laissai tomber par terre. Sortant mon couteau, je le glissai le long des bords, cherchant une faille où je pourrais l'insérer et avoir une prise pour desceller le fond. Je sortis le rectangle de bois parfaitement ajusté et me demandai si Rae avait fait cela à l'atelier de travaux manuels de sa classe.

Je posai le faux fond sur le bureau et regardai le creux ainsi découvert. Dedans se trouvait un livre en maroquin rouge que je ne connaissais pas. La couverture bien lisse et le dos intact indiquaient qu'il s'agissait d'une acquisition relativement récente. On eût dit un classique album à souvenirs. À première vue, il n'y avait rien là d'extraordinaire, juste une simple collection de photos de famille. C'était le second examen qui faisait changer d'avis. L'angle était soit trop haut, soit trop bas, l'image avait trop de grain ou était trop sombre, à cause d'une clôture en grillage ou d'une fenêtre encrassée. Le second examen révélait qu'il s'agissait d'un album de photos de surveillance servant également de photos de famille.

Les premières pages étaient consacrées à l'oncle Ray : une majorité de photos prises de haut le montraient sortant d'un taxi, puis vérifiant avec rigueur ses facultés motrices (en mettant la clé dans la serrure), ce qui constituait son rituel classique d'après 2 heures du matin. Après cela, on passait à papa. Des photos du type « main dans le sac de cookies », au sens le plus littéral. Papa prétendait depuis des années faire un régime, mais il grignotait en cachette, tard le soir. Nous le savions tous. Je soupçonne Rae d'avoir photographié ses écarts diététiques pour utiliser plus tard ses clichés dans les négociations. Il y avait des photos de maman fumant une cigarette sur le perron derrière la maison avec Jake Hand, et un long cliché flou de David et Petra marchant main dans la main en descendant Market Street. Naturellement, je n'avais pas non plus échappé à son objectif. Elle avait couvert mes trois premiers rendez-vous avec Daniel et réussi à prendre un cliché embarrassant de moi, torse nu, au cours de l'une de mes séances de changement de tenue dans la voiture. Il y avait également des photos apparemment innocentes de ses amies et de ses professeurs. J'aurais été inquiète si toutes mes réserves d'inquiétude n'avaient déjà été monopolisées.

Rien ne m'obligeait à aller jusqu'au bout de l'album, mais je continuai à tourner les pages. Comme au cours du mois précédent, je faisais cela par compulsion. J'aurais pu ne pas remarquer la photographie. Elle n'avait rien d'extraordinaire. Deux hommes qui se serraient la main, pris au téléobjectif. Je reconnus la chemise écossaise marron et vert de mon père, qu'il mettait avec une assiduité indiquant qu'elle lui portait chance. Je n'avais aucune raison de regarder l'autre homme, mais je l'examinai cependant. Puis le regardai de plus près, sortis une loupe et étudiai ses traits, familiers malgré le cliché granuleux.

L'inspecteur Henry Stone.

L'inspecteur Stone serrant la main de mon père.

Il n'y avait pas de date, mais la coupe de cheveux récente de mon père donnait un repère dans le temps : la photographie avait été prise avant la disparition de Rae. Sur ce cliché, ils étaient ensemble. Inexplicable.

On pourrait m'objecter que je tirais des conclusions hâtives. Que je n'étais pas en état de penser rationnellement. Mais un soupçon incontrôlable m'envahit soudain, à savoir que la disparition de Rae était un coup monté. La thèse du complot surgit souvent lorsque toute explication logique échoue. Cette explication-là fonctionnait mieux que les autres. Sous cet angle-là, ma sœur ne s'était pas volatilisée soudain, enlevée si vite qu'elle n'avait pu émettre un son. Sous cet angle-là, elle était en vie, mangeait des Fruit Loops, et s'était rendue coupable d'une arnaque aussi grandiose que déloyale. Sous cet angle-là, je n'avais plus le choix : il ne me restait qu'à les démasquer tous.

Je téléphonai au commissariat pour demander à quelle heure Stone terminait son service : à 20 heures, me dit-on. Je me garai devant le poste de police et attendis. Il devait être passé par la salle de sport, car il arriva à sa voiture une heure plus tard, les cheveux mouillés (enfin, son centimètre et demi de cheveux) et en vêtements de ville. Il rentra tout droit chez lui, ce qui ne me surprit guère. Il ne semblait pas homme à avoir une vie sociale surchargée. Je restai là deux heures, sans plans ni objet précis. J'aurais pu aller à sa porte, sonner chez lui et lui demander ce qu'il avait fait, mais qui pose des questions de nos jours ? Deux heures plus tard, je m'apprêtais à rentrer à la maison lorsqu'il sortit.

Vêtu d'un costume, il monta dans son véhicule de service. J'aurais pu le suivre, mais à en juger par sa tenue, il devait s'occuper d'une affaire.

Je fis donc le tour de sa maison, en quête d'une fenêtre ouverte ou d'un porte non fermée à clé. Comme il n'y avait pas d'accès facile, je crochetai le verrou de sûreté et la serrure à barillet de la porte de derrière. Je manquais d'entraînement et cela me prit environ une demi-heure. J'aurais dû me dire qu'entrer par effraction chez un inspecteur de police n'était sans doute pas une bonne idée, mais la privation de sommeil émousse le sens commun.

Je justifiai ce retour à mes anciennes habitudes en me disant que dans cet appartement de célibataire insupportablement bien rangé, j'allais découvrir que l'inspecteur n'était qu'un pion dans la stratégie globale de mon père. La vérité devait se trouver ici. Il fallait bien qu'elle soit quelque part, et cet endroit en valait bien un autre.

Une fois mes yeux habitués à l'obscurité, je découvris la topographie des lieux : celle d'un trois-pièces classique de San Francisco. Deux entrées : une devant, une derrière. La porte de derrière s'ouvre sur l'arrière-cuisine puis la cuisine. La porte de devant donne accès à l'entrée, puis au salon. La chambre et la salle de bains sont sur un côté. Normalement, on peut deviner depuis combien de temps un endroit est habité grâce au bric-à-brac accumulé. Mais dans l'espace de Stone, on ne voyait que des lignes nettes, des surfaces de travail vides, chaque chose était à sa place, sans rien qui ne fût utilitaire. C'était triste, d'une certaine façon.

Je circulai dans l'appartement, cherchant l'inattendu, un détail susceptible de prouver que ce que je savais était bien vrai. À quoi ressemblerait cette preuve ? Et si je la trouvais, qu'est-ce que j'en ferais ? J'irais à la police ? Je me vengerais en silence ? Je continuerais la guerre ?

La chambre de Stone était à peu près aussi chaleureuse qu'un hôtel haut de gamme et donnait une impression de vécu analogue. Le couvre-lit était parfaitement bordé et tiré de façon symétrique.

« Vous avez salement intérêt à me donner de bonnes raisons pour justifier votre présence », dit l'inspecteur Stone en entrant dans la pièce.

– C'est pas ça qui manque ! répondis-je avec arrogance, trop furieuse pour être surprise.

– Asseyez-vous. »

Comme je n'obtempérais pas, il me jeta un regard que je traduisis par : « Si vous ne vous asseyez pas tout de suite, je vous arrête pour effraction. » Je m'assis donc. Stone fit les cent pas, sans doute pour préparer sa diatribe. Mais j'ouvris les hostilités.

« Vous devriez avoir honte, dis-je.

– Pardon ?

– Vous m'avez bien entendue.

– Isabel, vous venez d'entrer par effraction chez un inspecteur de police.

– Vous croyez que je ne le sais pas ?

– Dites-moi ce que vous faites chez moi.

– Il fallait que je trouve une preuve que vous étiez dans le coup.

– Quel coup ?

– Vous savez bien.

– Il se trouve que non.

– Pour la disparition de Rae. »

L'indignation de Stone diminua de façon presque visible.

« Vous croyez que je suis impliqué dans cette histoire ?

– Avec mes parents, oui.

– Vous avez bu ?

– Non, mais ça ne serait pas de refus.

– Qu'est-ce qui se passe, Isabel ?

– C'est à vous de me le dire.

– Vous plaisantez ?

– J'ai vu la photo où vous êtes avec mon père.

– Quelle photo ?

– Je ne sais pas. C'est Rae qui l'a prise. Il y a un mois ou deux. »

Stone ne parut guère impressionné par ma découverte. « Je ne sais pas pourquoi cette photo a été prise, mais j'ai effectivement rencontré votre père il y a quelques mois pour discuter d'une autre affaire. Aucun rapport avec celle-ci. Nous pouvons aller aux services de la police, et je vous montrerai le dossier. Et maintenant, écoutez-moi bien : je n'ai rien à voir avec la disparition de votre sœur. Vos parents non plus. »

Même encore sous le coup de la fatigue, je compris que je faisais fausse route. L'évidence se fit jour lentement : je n'avais pas plus de réponses aujourd'hui qu'hier ou avant-hier. Ma sœur avait disparu, et il n'y avait à cela aucune explication logique.

Je regardai le sol pendant ce qui parut une éternité. L'inspecteur dut croire que je m'étais endormie. Il me tapa sur le genou.

« Isabel, vous ne nous croyez pas vraiment capables de faire une chose pareille ? dit-il d'une voix calme, presque compatissante.

– Ça vaut toujours mieux que l'alternative, répondis-je. Tout plutôt que de la croire morte.

– Sans doute. » Le fait qu'il n'en dit pas plus, qu'il n'ajouta pas que tout irait bien, qu'il acceptait ma déclaration comme une opinion valable me donna la conviction que cet homme n'était pas mon ennemi. S'il l'avait été, cela m'aurait facilité la vie.

« Vous allez m'arrêter ? demandai-je.

– Je ne crois pas.

– Merci. Et désolée de... euh, d'être entrée par effraction chez vous.

– J'accepte vos excuses. Mais pouvez-vous me promettre de ne plus recommencer ?

410

– Je promets que je n'entrerai plus chez vous comme ça.

– Pas seulement chez moi. Chez qui que ce soit.

– C'est une promesse que je ne peux pas vous faire pour l'instant. »

Stone et moi sommes restés assis sans rien dire. Je crois qu'il s'attendait à ce que je m'enfuie, mais je n'avais nulle part où aller. Cet endroit en valait bien un autre.

« Je peux vous offrir quelque chose ? demanda-t-il.

– Vous avez du whisky ? »

Il sortit en silence et revint quelques minutes plus tard, une tasse à la main. Je pris une gorgée du liquide que je recrachai aussitôt.

« Il est pourri, ce whisky !

– C'est de la tisane.

– Je me disais aussi.

– Isabel, si vous faisiez un petit somme ? »

Je ne sais toujours pas pourquoi il me proposa cela. Comme une gamine, je me laissai conduire à la chambre d'amis où il m'ouvrit le lit et referma la porte derrière lui. J'ôtai mes chaussures et mes chaussettes, ma veste et ma montre et me glissai sous les couvertures en me disant que je ferais semblant de dormir faute de mieux. Mais les tensions de la journée m'avaient épuisées et je sombrai dans le sommeil.

Peu après minuit, j'en fus tirée par la sonnerie d'un téléphone. Je sortis doucement de mon lit et m'approchai de la porte. Je ne sais pas si j'ai jamais possédé de la grâce, mais pour la marche furtive, je suis très douée.

J'ouvris doucement la porte de la chambre et, pieds nus, suivis jusqu'à la cuisine la voix de Stone.

« ... Je comprends, Mrs. Spellman. Mais elle va bien

et elle est ici. Oui, je garderai l'œil sur elle... non. C'est inutile. Je n'ai pas besoin de le lui demander. Je vous assure qu'elle n'a rien à voir avec la disparition de Rae, Mrs. Spellman... »

Je retournai dans la chambre, enfilai mes chaussures, saisis ma veste et filai par la porte de devant. J'entendis Stone qui me poursuivait, mais ne distinguai pas ses paroles. Elles importaient peu. Que ma mère ait pu me croire capable d'une duplicité aussi cruelle me blessait comme jamais. Peu m'importait de l'avoir accusée de la même chose.

Je montai dans ma voiture et démarrai avant que Stone ait pu m'attraper. J'avais encore en tête la carte de la galaxie de motels de l'oncle Ray. En fonction des critères de proximité et de propreté, je choisis le Flamingo Inn de Seventh Street.

Je me présentai à la réception et pris une chambre au premier avec vue sur rien et un lit de cent quatre-vingt-dix. Il y a quelque chose de rassurant dans ces chambres nues et bon marché dont le principal accessoire est un énorme édredon vieil or. Les murs étrangers vous permettent de respirer, vous donnent l'impression que vous vous êtes sauvé. Si j'y emménageais de façon permanente, quel serait le tarif hebdomadaire, mensuel, voire annuel ? Je m'imaginai vivant dans un univers alternatif de motels, où le passé serait effacé.

Seulement voilà, il faut de l'argent pour vivre à l'hôtel, et cela faisait trois semaines que je n'avais plus touché de salaire. L'argent sur mon compte s'épuisait doucement et je n'avais aucun talent pour les économies. Je payai en liquide, sachant que je n'avais guère plus de deux autres nuits d'hôtel sur mon compte.

Une fois installée dans la chambre (c'est-à-dire mon

sac jeté sur le lit et ma veste enlevée), je fouillai dans mon portefeuille, sortis mes cartes de crédit et appelai les services clients pour vérifier mes disponibilités. Je garderais ce style de vie anonyme aussi longtemps que possible. Entre mon compte courant et mes deux cartes de crédit, j'avais cinq cents dollars à mon nom, sans compter la carte de dépannage d'urgence cachée dans la doublure de mon portefeuille. Ouvrant mon vieux portefeuille de cuir, je glissai un doigt dans un trou de cinq centimètres ménagé dans la doublure derrière la poche à billets. Vide.

Jc fouillai le portefeuille encore cinq ou six fois, renversant le contenu sur le lit. Mais la carte d'urgence n'était pas là. Je ne pouvais pas en demander un double, car je n'avais pas le numéro sur moi. Il était écrit sur un bout de papier caché sous mon bureau de l'agence – l'agence où je ne travaillais plus. Il faudrait que j'entre par effraction chez mes parents le lendemain matin.

Je mis le réveil à 5 heures et m'efforçai de dormir. Je commençai par compter les moutons, mais m'aperçus que compter les trous dans le plafond de stuc était beaucoup plus satisfaisant. Toutefois aucune de ces deux activités n'induisit le sommeil. Longtemps avant que le réveil ne sonne, j'étais debout, douchée et habillée. Il me fallut à peine vingt minutes pour aller me garer au coin de chez mes parents, entrer dans la cour de derrière en passant par la ruelle, escalader l'échelle de secours jusqu'à la fenêtre de mon ancienne chambre (j'avais mis une molette sur le bec-de-cane afin de pouvoir l'ouvrir de l'extérieur) et entrer dans mon studio. En descendant jusqu'aux bureaux de l'agence, je me surpassai dans mon numéro de cambrioleuse de choc. La porte était fermée à clé, mais j'avais encore la mienne et apparemment, les parents ne s'étaient pas souciés de changer les serrures. Je trouvai le morceau de papier avec mes numéros d'identification et sortis prestement par la fenêtre du bureau. Je regagnai ma voiture pour donner mes coups de téléphone.

Cela faisait cinq jours que ma sœur avait disparu.

La bataille finale

« Isabel Spellman » occupait une chambre au motel 6, à côté de l'aéroport de San Francisco depuis cinq jours. Il fallait environ une demi-heure en voiture pour y aller de la maison, mais ces minutes me parurent quelques secondes. Lorsque j'arrivai, je fus incapable de sortir de ma voiture. Je restai figée, essayant d'imaginer la marche à suivre. Si dans mon cœur je savais que la chose était vraie, il fallait que je la constate de mes propres yeux. Et que j'aie des preuves de tout ce qui allait suivre.

Je sortis mon magnétophone digital de mon sac, le branchai et le glissai dans la poche de ma veste, puis descendis de la voiture et traversai la rue en direction du motel.

Et c'est à ce moment-là que je la vis. Rae. En train de traverser la rue juste devant moi. Elle avait les bras chargés d'un paquet informe et précaire plein de choses à grignoter (des sucreries pour l'essentiel) achetées à l'épicerie d'en face. Au bout de quelques instants, elle me vit approcher, et son expression changea : une rédaction de mille mots n'aurait pas été plus explicite. Un paquet de cocktail de noix tomba sans qu'elle essaie de le ramasser. Non, elle me regardait, avec des yeux qui signaient ses aveux, terrifiée, suant

415

la culpabilité par tous les pores. Je sus alors sans l'ombre d'un doute que la disparition de ma sœur n'avait rien à voir avec une entreprise criminelle ou quelque autre hypothèse sinistre. Que Rae n'avait pas fait de fugue. Que sa mémoire était intacte. Et que, pendant les cinq derniers jours, saine et sauve, elle avait fait une orgie de glucides.

Avant tout, je compris qu'elle s'était kidnappée elle-même. Et je compris aussi pourquoi : ses intentions étaient de souder la famille. De me ramener à la maison. De nous forcer à envisager une tragédie si effroyable que nous cesserions soudain de nous suivre, de nous espionner à coups de micros dans les chambres et d'écoutes téléphoniques, et de nous soumettre à d'impitoyables interrogatoires. Notre famille ne devait faire subir ça qu'aux personnes extérieures.

Rae s'était servie de ma carte de crédit afin que je retrouve sa trace. Sa disparition devait marquer chacun d'entre nous. Mais c'était d'abord un message qui m'était adressé. J'étais responsable de tout ce qui s'était passé. C'était ma faute.

Rae continua à me regarder, médusée, à l'autre bout du parking, les bras toujours repliés sur les provisions interdites. Dès l'instant où je sus que ma sœur était vivante, je lui dis : « Tu es morte. » Je doute qu'elle ait entendu mes paroles, que le vacarme des voitures avait sûrement couvertes, mais elle comprit lorsque je fis du doigt le geste de trancher une gorge.

Elle laissa tomber ses provisions d'urgence qui s'éparpillèrent autour d'elle lorsqu'elle voulut prendre ses jambes à son cou. J'avais quinze centimètres de plus qu'elle, et l'avantage de ma poussée d'adrénaline. Je remontai les quinze mètres qui me séparaient d'elle et la rattrapai au moment où elle atteignait la porte de la chambre 11.

Je lui passai le bras droit autour de la taille comme elle agrippait le bouton de la porte, la soulevai de terre et l'obligeai à lâcher prise. Puis je la jetai sur un petit coin de pelouse devant le bâtiment, un rectangle défini par une bordure en ciment, et qui essayait de se faire passer pour un terrain de jeu, à en croire le banc et la bascule qui s'y trouvaient.

Voici la transcription de la scène :

ISABEL : Tu es morte. (Je plaque au sol les bras et les jambes de Rae, qui se débat.)

RAE : Tu ne m'as pas donné le choix.

ISABEL : Tu es un peu morte !

RAE : J'ai fait ça pour toi.

ISABEL : Tu m'as entendue ? Morte.

RAE : Je t'aime tant !

ISABEL : Tu ne manques pas d'air.

RAE : J'avais une très bonne raison.

ISABEL : J'ai une très bonne raison de t'étrangler.

RAE : Lâche-moi.

ISABEL : Jamais.

RAE : S'il te plaît.

ISABEL : Tu retournes au camp.

RAE : On peut négocier.

ISABEL : Et tu vas dans une institution privée.

RAE : Au secours !

ISABEL : Tu peux dire adieu aux Fruit Loops.

RAE : Oh là là !

ISABEL : ... aux cocktails de noix.

RAE : Pitié !

ISABEL : Aux Chocapics.

RAE : Non !

Isabel : Tu vas manger macrobiotique. (Le corps de Rae devient flasque.)

Rae : C'est bon, je me rends.

Je relâche mon étreinte et roule sur le côté. Rae en profite pour essayer de s'enfuir à nouveau. Je lui attrape le pied, la fais retomber par terre et lui grimpe dessus, m'efforçant de l'immobiliser comme tout à l'heure. Mais ses bras battent l'air et me heurtent le visage à plusieurs reprises, ce qui décuple ma rage.

Je la fais rouler sur le ventre et lui immobilise les bras derrière le dos.

Isabel : N'essaie pas de t'enfuir. (Juste au moment où je parviens à la maîtriser, deux agents de police arrivent derrière moi et me forcent à lâcher prise.)

Agent n° 1 : Il va falloir vous calmer, madame.

Isabel : Tu n'as plus qu'à t'écraser.

Rae : À ma place, tu aurais fait la même chose.

Isabel : Tu es folle ou quoi ? Tu as une idée de ce que tu nous as fait subir ? Tu es morte. (J'essaie d'échapper à la poigne de l'agent n° 1.)

Agent n° 2 : Si vous n'arrivez pas à vous contrôler, madame, on va devoir vous passer les menottes et vous emmener au poste.

Isabel : C'est à elle qu'il faut passer les menottes. À la gamine. Elle devrait être arrêtée.

Agent n° 1 : Je vous demande une dernière fois de vous calmer, madame.

Rae : Je regrette.

Isabel : Et ce n'est qu'un début. Attends que les parents apprennent ça.

Agent n° 1 : Vous êtes parentes ?

Isabel : Plus pour longtemps.

Rae : C'est ma sœur. Vous devriez la lâcher.

418

Agent n° 1 : Pas tant qu'elle ne sera pas capable de se dominer.

Isabel : Non seulement je vais te tuer, mais je vais te torturer.

Agent n° 2 : Si vous continuez à parler comme ça, madame, on ne pourra pas vous relâcher.

Isabel : Tu as intérêt à avoir des yeux derrière la tête, Rae.

Agent n° 1 : C'était le dernier avertissement, madame. (Pour la seconde fois en deux jours, je sens le froid du métal sur mes poignets. Si encore je m'étais fait piquer avec une dose d'herbe, mais non ! L'un des deux agents me jette contre le coffre de la voiture. Mais je ne peux pas m'arrêter.)

Isabel : Je vais te pourrir la vie. (Rae comprend qu'elle est mal barrée, et que s'il m'arrive des ennuis, cela aggravera encore son cas. Son intérêt, c'est de nous sortir de là.)

Rae : Libérez-la, je vous en prie. C'était de ma faute.

Isabel : Évidemment que c'est de ta faute, espèce de tarée.

Agent n° 1 : Cessez de gigoter, madame.

Rae : Relâchez-la, elle n'a rien fait.

Agent n° 2 : Vous pouvez nous expliquer ce qui se passe, mademoiselle ?

Isabel : Je vais vous expliquer.

Agent n° 2 : Non, que la plus jeune explique.

Rae : C'est ma sœur et elle est furieuse contre moi.

Agent n° 1 : Elle vous a fait mal, mademoiselle ?

Rae : Un petit peu seulement.

Agent n° 1 : Vous avez peur d'elle ?

Rae : Non. Ça va.

Isabel : Tu aurais salement intérêt à avoir peur de moi.

Rae : Si tu n'arrêtes pas de parler comme ça, Izzy, ils ne te lâcheront jamais.

Agent n° 1 : Votre sœur vous a-t-elle fait mal ?

Rae : Non, mais si vous ne la laissez pas partir, ça craint.

Isabel : Là, tu as raison.

Agent n° 2 : Nous pouvons vous protéger.

Isabel : Ils ne peuvent pas te protéger.

Agent n° 2 : Ça suffit, madame.

Isabel : Cessez de m'appeler « madame ». (L'agent n° 2 me décolle du coffre en tirant sur la chaîne des menottes, me disloquant presque les épaules. La portière arrière de la voiture de police noire et blanche est ouverte et l'agent n° 1 me met la main sur la tête en me poussant sur la banquette arrière.)

Isabel : Tu n'iras pas dans n'importe quel camp, Rae. (L'agent n° 2 ferme la portière et contourne la voiture pour s'installer au volant.)

Isabel : Un camp de musique, ça te dit ?

Rae : Au secours ! (L'agent n° 1 s'agenouille et s'adresse à Rae sur un ton très gentil.)

Agent n° 1 : Comment t'appelles-tu, ma petite fille ?

Rae : Rae Spellman.

Agent n° 1 : C'est ta sœur ?

Rae : Oui.

Agent n° 1 : Comment s'appelle-t-elle ?

Rae : Isabel Spellman.

Agent n° 1 : Très bien. Voici ce que nous allons faire, Rae. Je vais rester ici avec toi, j'appelle tes parents et une autre voiture va venir te chercher pour te ramener chez toi.

Rae : Je ne quitte pas Izzy.

Agent n° 1 : Il faut qu'on dresse une contravention à votre sœur.

Rae : Alors, à moi aussi. Il faut que j'aille avec vous.

Agent n° 1 : Non. Ça n'est pas possible.

Rae : Il faut me passer les menottes à moi aussi.

Agent n° 1 : Mais ma petite fille, tu n'as rien fait de mal.

Rae : Ça peut s'arranger.

Agent n° 1 : Allez, on se calme, on respire bien. (Rae lui envoie un coup de pied dans le tibia, ce qui, d'après son calcul, n'entraînera pas de représailles fatales, mais fera assez mal pour provoquer une réponse sévère, de quoi lui valoir les menottes, peut-être, et avec un peu de chance, une contravention pour voies de fait.)

Agent n° 1 : Aïe !

Rae : Soyez gentil de me passer les menottes et de m'embarquer à l'arrière de la voiture à côté d'Izzy.

Agent n° 1 : Je ne crois pas que c'est nécessaire, Rae. (Rae lui donne un second coup de pied, plus fort cette fois, puis se tourne sans mot dire et tend les bras dans son dos.)

Rae : Si vous ne me mettez pas les menottes, je recommence.

(L'agent n'a pas le choix. Il lui passe les menottes et la pousse à l'arrière de la voiture à côté de moi.)

Isabel : Je te croyais morte.

Rae : Je te demande pardon.

Aucune autre parole ne fut échangée jusqu'à notre arrivée au poste de police, où nous avons été accueillies par l'inspecteur Stone. Au mépris du règlement, il a donné l'ordre que Rae et moi soyons placées dans la même cellule de garde à vue. Mais Stone a arrêté les policiers lorsqu'ils s'apprêtaient à m'ôter mes menottes.

« Mieux vaut les lui laisser pour l'instant.

– Et la gamine ? » a demandé le policier.

Il ne pouvait pas faire deux poids, deux mesures, et Rae l'a compris. Son châtiment devait être égal au mien, sinon ma vengeance serait insupportable.

« Laissez-les-moi, s'il vous plaît », a-t-elle dit en parlant des menottes.

Mais avant que l'inspecteur ne referme la porte sur nous, je me suis mise à crier : « Hé là, sortez-moi d'ici !

– Je regrette, mais je ne peux pas.

– Qu'est-ce qu'on me reproche ?

– Résistance aux forces de l'ordre. Ce n'est pas très malin de votre part, Isabel, a-t-il déclaré d'un ton déçu.

– Vous leur avez dit ? Vous leur avez dit ce qu'elle a fait ?

– Je n'y manquerai pas », a-t-il répondu. Puis il a porté son attention sur Rae et son regard s'est durci. « Ce que vous avez fait n'était ni intelligent ni même glorieux. C'était inexcusable et cruel. Pendant cinq jours, les membres de votre famille ont cru que leur vie était finie. Vous ne vous en tirerez pas avec une simple réprimande, comptez sur moi. »

Il a fermé au loquet et j'ai vu Rae pâlir. À travers les barreaux de la cellule, j'ai regardé Stone disparaître dans le couloir. Curieusement, dans l'instant, la seule question que j'avais en tête était celle-ci : « Et si c'était le futur ex n° 10 ? »

Notre silence a duré trente bonnes minutes. Rae avait trop peur pour parler. Je crois qu'à cette occasion, elle a battu tous ses anciens records. Mais la curiosité a finalement eu raison de moi et j'ai brisé le silence :

« Tu es donc restée dans le motel pendant quatre jours entiers ?

– Je suis sortie me chercher à manger.

– Bien sûr : des barres au chocolat fourrées et des Mars.

– J'ai aussi acheté des Slim Jims* et des Pringles.

– Tu t'es brossé les dents ?

– Deux fois par jour. J'ai même utilisé du fil dentaire une fois.

– Et qu'est-ce que tu faisais toute la journée ?

– Ils ont le câble. Toutes les chaînes. Tu n'imagines pas certains programmes.

– Tu as fait ça pour que je revienne ?

– On était tous heureux autrefois. Je voulais juste que ça redevienne comme avant. Je m'étais dit que tu avais besoin de revoir tes priorités.

– Eh bien c'est réussi. »

Rae a réfléchi un moment. « Ce n'était pas une très bonne idée. Maintenant, je l'admets. »

J'ai eu l'impression que mes parents mettaient un temps fou à parcourir le chemin nous séparant du hall d'accueil. Leur visage exprimait un mélange d'émotions confuses et difficiles à analyser. Stone a ouvert la porte de la cellule et les a fait entrer.

Ma mère avait le visage rouge d'avoir pleuré, mais elle avait essuyé ses larmes et ses yeux brillaient d'un éclat furibond que je ne lui avais jamais vu.

Stone a ouvert mes menottes, puis celles de Rae. Ma sœur a eu un élan vers mes parents, comme pour se jeter à leur cou. Elle aussi avait trouvé le temps

---

* Snack salé au bœuf, parfois parfumé au tabasco, de forme cylindrique, pouvant aller jusqu'à trente centimètres.

long. Mais leur attitude ne semblait pas très encoura-
geante.

Rae a baissé la tête et articulé de son ton le plus
soumis : « Je vous demande pardon. Je jure que je ne
ferai jamais plus une chose pareille. »

Ma mère l'a prise dans ses bras et s'est autorisé
une fois encore à pleurer. Puis elle a laissé mon père
étreindre sa fille. Il l'a serrée très fort, à lui couper le
souffle.

« Ça, tu vas le payer, ma petite chatte », a-t-il dit.

Ce fut seulement alors que je sus que tout irait bien.

Crime et châtiment

Mon père encouragea le tribunal à donner la peine maximum à Rae. Mais ma sœur plaida sa cause devant le juge avec éloquence et conviction. Elle fit notamment vibrer la corde sentimentale en affirmant n'avoir agi que par amour (sa tirade se terminait par cette phrase : « Regardez-moi. Comment voulez-vous que je me défende en maison de redressement ? »). Elle réussit à gagner à sa cause le juge, qui la trouvait de loin la plus sympathique de la famille.

Mais son délit méritait un châtiment exemplaire. Le juge Stevens lui donna neuf mois de sursis probatoire, avec permission de sortie limitée à 19 heures et obligation d'effectuer cent heures de travail à la maison de repos d'Oak Tree. Mes parents avaient choisi cette sanction, pensant qu'elle était tellement dénuée d'intérêt que Rae s'ennuierait à mourir et serait obligée de réfléchir aux conséquences de son acte. Mais ma sœur avait regardé une enquête du magazine télévisé *60 Minutes* sur les mauvais traitements infligés aux personnes âgées dans les maisons de repos, et elle en profita pour mener une enquête sur tous les employés de l'établissement. Elle découvrit que l'un d'entre eux volait les résidents et qu'un autre était coupable de négligence criminelle. Après avoir installé une caméra clandestine, elle réussit à prendre un film compromettant les deux employés. Puis elle apporta la bande à l'inspecteur Stone, le seul officier de police qu'elle connaissait, et il la transmit aux services compétents.

Le centre de désintoxication Marie-Jeanne

Lorsque Rae rentra à la maison, l'oncle Ray se trouva malheureusement confronté au marché qu'il avait conclu avec Dieu. Il avait promis qu'il ferait une cure de désintoxication si Rae revenait saine et sauve. Mais son marché impliquait une disparition criminelle. Le fait que sa nièce se soit kidnappée elle-même compliquait les choses. Étant un peu superstitieux, Ray se sentait tenu de trouver un compromis qui ne provoque pas chez lui de culpabilité mais sauvegarde globalement son style de vie.

Il fit asseoir Rae pour lui expliquer sa décision.

« Écoute-moi, gamine. Quand tu as disparu, j'ai fait une promesse à Lui, là-haut, que si tu revenais, j'irais en désintoxication. »

Rae lui jeta les bras autour du cou. Il se dégagea et reprit : « Seulement, tu n'avais pas vraiment disparu comme je le pensais. Et si j'avais su que tu t'étais kidnappée toute seule et que tu allais te pointer au bout de cinq jours avec des yeux de lapin russe à force de regarder la télé vingt-quatre heures sur vingt-quatre, et sans une égratignure, je n'aurais pas fait ce marché.

– Alors tu ne vas pas aller en désintoxication ?

– Je me suis pris la tête à propos de cette décision. Rien à faire : je dois à Dieu un séjour en désintoxication, stricto sensu. Je lui ai promis que si tu revenais, j'irais. Alors j'y vais. »

Rae lui jeta encore les bras autour du cou, mais il lui fit lâcher prise.

« Écoute, je vais aller en désintoxication, stricto sensu là encore. Tu comprends ?

– Oui, tu vas en désintoxication, répéta Rae, essayant de deviner ce que "stricto sensu" voulait dire et si c'était quelque chose de fâcheux.

– Non. Je vais EN désintoxication. Mais pas POUR une désintoxication.

– Je ne comprends pas.

– Je vais passer un mois au centre Marie-Jeanne. Mais ça restera sans effet. Quand je sortirai, je serai toujours le même vieil oncle Ray.

– Donc, tu vas redevenir le vieil oncle Ray dont on m'a parlé ?

– Non. Je vais être le nouvel oncle Ray, celui que tu as toujours connu, ton vieil oncle Ray. Je ne vais pas changer, gamine. »

Rae se contenta de quitter le canapé et la pièce, comprenant finalement qu'il y a certaines personnes qui échappent à tout contrôle, et sur lesquelles les plans les mieux établis dérapent.

Alors elle eut son premier geste de défi depuis le début de sa probation : elle prit l'autobus et se rendit chez Milo pour profiter d'une Happy Hour.

Milo me téléphona quand Rae refusa de partir, malgré ses demandes réitérées.

« Ta sœur s'est remise à picoler.

– J'arrive. »

Je trouvai Rae devant sa troisième bière au gingembre on the rocks. Au lieu de protester et de refuser de bouger comme d'habitude, Rae me regarda et dit :

427

« D'accord, d'accord. Je m'en vais. » Elle laissa à Milo un généreux pourboire et lui dit en passant qu'il ne la reverrait pas pendant un bout de temps.

« Sept ans, c'est ça ? demanda-t-il.

– Pas tant », répondit Rae.

Je la conduisis directement du bar au cabinet de Daniel, ayant pris un rendez-vous à l'arraché pour lui faire plomber ses caries. Je m'étais dit que si elle associait le fait d'aller dans un bar à un rendez-vous chez le dentiste, cela créerait peut-être chez elle des associations subliminales négatives.

Daniel restait l'ex n° 9 et n'avait pas l'air de vouloir changer de statut. Mrs. Sanchez me dit qu'il sortait avec un professeur – un vrai – qui jouait aussi au tennis. Je demandai à Daniel comment elle s'habillait, mais il refusa de répondre à cette question.

Un mois après le début de la mise à l'épreuve de Rae, ma mère eut une rage de dents qu'elle ne réussit pas à calmer avec sa provision d'antalgiques d'urgence habituels. Le trafic aérien était suspendu à l'aéroport d'O'Hare à cause d'une violente tempête dans le Middle West. Incapable de supporter la douleur de plus en plus intense, ma mère finit par céder à mes instances et prit rendez-vous avec Daniel. Il lui dévitalisa sa dent en urgence – et en présence de mon père, naturellement.

Lequel prit rendez-vous pour un détartrage quelques jours plus tard. Daniel lui recommanda un de ses confrères qui avait son cabinet dans notre quartier, mais ma mère refusa et Daniel devint malgré lui le dentiste de la famille. Nos rendez-vous s'étalant sur l'année, il s'écoulait rarement plus de deux mois sans qu'il voie au moins un membre de la famille Spellman, à son grand désagrément.

Je donnai ma démission une seconde fois, mais sans succès. Lorsque j'annonçai ma décision, elle fut acceptée en silence. Du moins je le crus. Je découvris plus tard que toute la famille, y compris David, avait constitué une cagnotte en pariant sur le temps que je mettrais à revenir.

L'oncle Ray, en joueur expérimenté, gagna en pariant trois jours. Les trois jours les plus longs de ma vie. J'étais en tailleur, blouse blanche amidonnée et hauts talons, au standard d'une société de courtage du quartier financier. Au bout de cinq minutes, je n'avais plus qu'une idée en tête : retrouver mon ancien boulot. Je ne pensais plus qu'à ça. Mais l'orgueil me força à supporter la situation aussi longtemps que je le pus, soit les trois jours susmentionnés.

Je retournai travailler chez mes parents avec une liste d'exigences non négociables, je l'annonçai d'emblée. J'expliquai de plus que si l'une d'elles n'était pas satisfaite, j'irais proposer mes services à la concurrence. Avant que je la transmette à David pour qu'il en fasse un document légalement contraignant, la liste était la suivante :

• Pas de tentative pour me mettre dans les bras d'un avocat.
• Clause D de l'article 5 nulle et non avenue.
• Pas d'enquête d'antériorité sur les futurs ex.
• Respect absolu de la vie privée.

Mes parents acceptèrent ces exigences et toute la famille signa le document.

Quelques semaines plus tard, Rae et moi fîmes notre première surveillance ensemble depuis sa disparition. Pendant que je conduisais en essayant de ne pas perdre de vue la voiture de Joseph Baumgarten, affaire n° 07 427, Rae se tourna vers moi et me posa une question qui devait la tracasser depuis plusieurs semaines :

« Izzy, pourquoi es-tu revenue ? »

Je répondis sans réfléchir. « Parce que je ne sais rien faire d'autre. »

Ce que je ne dis pas, c'est que je ne voulais rien faire d'autre. Que j'avais eu le choix et que j'avais choisi. J'avais toujours adoré ce travail, mais ce que je n'avais pas toujours aimé, c'est ce que j'étais devenue en le faisant. Et j'étais fatiguée de refuser d'être moi-même.

Rae avait renoncé à ses surveillances sauvages, à sa consommation forcenée de glucides et à sa guerre contre l'oncle Ray. Elle était redevenue une adolescente. Qui travaillait certes dans l'affaire familiale, mais ne la dirigeait pas.

On aurait pu s'attendre à ce que le changement de statut de Rae s'accompagne de sarcasmes contre l'autorité reconnue de fraîche date. Mais ce ne fut pas le cas. Car au fond, malgré ce qu'avait fait ma sœur – ou à cause de cela –, elle avait obtenu exactement ce qu'elle voulait : j'étais revenue et le noyau familial s'était reformé tel qu'il était auparavant.

Deux mois après le retour de Rae saine et sauve à la maison, David et Petra annoncèrent leurs fiançailles. L'oncle Ray se hâta d'ouvrir une bouteille de champagne pour fêter la nouvelle. Rae le regarda avec une tolérance tranquille avaler la moitié de la bouteille et filer acheter un pack de bières à l'épicerie du coin.

430

Petra passa les semaines suivantes à me faire essayer différentes robes de demoiselle d'honneur dans les grands magasins aux quatre coins de la ville. Chaque robe était nettement plus volumineuse et plus voyante que la précédente. Et juste au moment où j'en étais arrivée à la conclusion qu'elle souffrait d'une accoutumance grave aux magazines prénuptiaux, je trouvai dans mon courrier une enveloppe de papier kraft contenant une série de photos de moi plus embarrassantes les unes que les autres et sur lesquelles je faisais la tête, affublée de tenues variées en mousselines pastel qui me transformaient en montgolfière. Je découvris que ma mère était derrière ce tour-là (elle essayait tant bien que mal de retrouver un peu du plaisir que lui avait procuré la clause D de l'article 5), et j'hésitai à faire valoir que prendre des photographies clandestines de moi constituait une violation manifeste de mon contrat. Je laissai passer l'incident. Qu'est-ce que j'aurais pu faire ? Démissionner ?

Trois mois après le début de son sursis probatoire, lorsque Rae apprit que son enquête avait abouti à des mises en accusation, elle alla voir l'inspecteur Stone.

Ce n'était pas leur premier entretien. Elle était allée le voir au moins une fois par semaine depuis le jugement. Chaque fois, il lui rappelait que le tribunal avait désigné une psychologue pour la suivre, et que c'était à elle qu'elle devait parler. Mais ma sœur restait, essayant de négocier une réduction de peine, et quand elle se heurtait à une fin de non-recevoir, elle se mettait à bavarder d'autre chose : sa famille, ses amis, les pièges de l'astreinte horaire. Chaque fois qu'elle passait au bureau de l'inspecteur Stone, il la recevait de mauvais gré et se hâtait de m'appeler pour que je vienne la chercher. Nos conversations commençaient invariablement ainsi :

« Elle est encore ici.

— Qui ? demandais-je, parce que cela m'amusait.

— Votre sœur. Soyez gentille de venir la chercher. J'ai du travail », répondait Stone d'un ton exagérément professionnel.

Généralement, j'allais la chercher toutes affaires cessantes. Quand j'arrivais, Rae était assise, jambes croisées comme à son habitude, dans le fauteuil de cuir noir usé face au bureau de Stone et faisait ses devoirs sur les instances de celui-ci. Comme il était le seul adulte présent pour la surveiller, elle le considérait comme préposé à son aide. Ils avaient des conversations du genre :

« Inspecteur, que veut dire "hirsute" ? »

Stone attrapait en silence le dictionnaire rangé derrière son bureau et le glissait vers Rae.

« Alors vous non plus, vous ne savez pas ce que ça veut dire, lançait-elle.

— Si, je le sais, mais faire vos devoirs ne signifie pas demander à l'inspecteur de police de votre quartier de travailler à votre place.

— Vous bluffez. Vous ne savez pas.

— Mais si.

— Mais non.

— Ça veut dire "couvert de poils". Maintenant, remettez-vous au travail. »

Alors, Rae essayait de cacher son petit sourire de triomphe et consignait la définition demandée.

Quand j'arrivais, Stone demandait à Rae de nous laisser seuls et il me suggérait d'avoir une nouvelle conversation avec ma sœur pour la dissuader de passer à l'improviste.

432

Lors de la dernière visite de Rae, Stone m'affirma qu'il n'avait rien fait pour l'encourager, mais c'était faux. Elle avait un flair infaillible. Stone pouvait bien froncer les sourcils et secouer la tête tant qu'il voulait, s'il trouvait du plaisir à ses visites, Rae le sentait.

J'expliquai donc à Stone que si ma sœur venait le voir, c'était sa faute à lui. « Elle sait qu'au fond vous l'appréciez. Et que vous attendez avec plaisir qu'elle vienne interrompre votre journée de travail.

– Mais pas du tout ! Je suis débordé.

– Si vous n'y preniez pas plaisir, elle ne viendrait pas. »

Il soupirait et disait : « Quand on vous parle, à votre sœur ou à vous, on ferait aussi bien de se taper la tête contre le mur.

– Dans ce cas, pourquoi est-ce moi que vous appelez quand elle passe, et non mes parents, qui sont, comme vous le savez, ses tuteurs légaux ? »

Il refusa de répondre. Mais je connaissais la réponse et je savais que cet homme finirait par être l'ex n° 10. Quel soulagement de commencer une relation sans avoir à se soucier d'aligner une série de mensonges calculés.

L'oncle Ray était un homme de parole. Il alla passer un mois en centre de désintoxication. Pendant son séjour à la clinique Marie-Jeanne, il resta sobre – à son grand regret. En fait, il n'y avait aucun système de contrebande que le personnel ne connaisse déjà.

Finalement, il décida de tirer de son séjour le profit maximal. Il alla se promener dans les bois et s'entraîna dans la salle de gymnastique. Il prit des bains à remous et des saunas. Il accomplit avec calme et bonne volonté les tâches qui lui avaient été attribuées : ratisser les feuilles, balayer la cuisine, nettoyer les salles de bains. Il faisait son travail avec une lenteur d'escargot, mais il avait la réputation d'un homme diligent et tranquille. En thérapie de groupe, il expliqua le marché conclu avec Dieu. Il annonça de surcroît, avec une honnêteté qui surprit l'animateur, et le déçut, qu'il n'avait aucune intention de rester sobre après la fin de son séjour.

Lorsque ces trente jours s'achevèrent, mon père vint le chercher à la clinique, fit avec lui le trajet de retour de deux heures et le déposa devant un Sleeper's Inn de Sloat Boulevard où, en cinq minutes, Ray consomma deux bières, fuma un cigare, paria mille dollars sur une partie de poker et pinça les fesses d'au moins trois femmes.

La bonne mine acquise en trente jours de désintoxication disparut en trois jours de débauche. Ma sœur le punit en ne lui adressant pas la parole de toute une semaine. Elle ne rompit son silence que lorsqu'il lui proposa de lui apprendre comment relever les empreintes digitales.

On pourrait dire qu'après cela, la famille Spellman a repris une vie normale. À ceci près qu'aucun critère de normalité ne permettait d'évaluer le retour à celle-ci. J'ai quitté la maison pour m'installer chez Bernie Peterson lorsque celui-ci accepta finalement d'aller à Las Vegas pour épouser son ancienne petite amie, l'une des girls des photos. J'ai sous-loué à Bernie, qui me faisait payer un petit loyer sous prétexte que « ça ne durerait jamais ».

Rae a continué à travailler pour la famille pendant les week-ends et a réduit de quatre-vingt-dix pour cent ses surveillances sauvages. À ce jour, nous n'avons pas pu lui faire réduire d'un gramme sa consommation de sucre du week-end. Mes parents ne m'ont plus jamais filée ni fait filer par quelqu'un à leur solde. Mon père a viré officiellement Jake Hand le jour où il a surpris celui-ci en train de se rincer l'œil dans le corsage de ma mère. David s'est fait faire un tatouage avec le nom de Petra en guise de cadeau de fiançailles. Une fois de plus, Petra m'a engueulée pour ne pas l'en avoir empêché. Ils ont continué les préparatifs de leur mariage en septembre. Et l'oncle Ray a disparu une fois de plus.

Le dernier week-end au tapis

Officiellement, ce fut le vingt-septième week-end au tapis. On vit l'oncle Ray pour la dernière fois un jeudi, et le dimanche, mon père et Rae commencèrent à donner les coups de téléphone habituels. Ils suivirent la trace de mon oncle d'un jeu de poker à l'autre dans la ville, puis la piste s'arrêta. Mon père vérifia alors les transactions sur les cartes de crédit de l'oncle et trouva des factures du casino-hôtel Golden Nugget à Reno, dans le Nevada.

Mes parents devant rencontrer un nouveau client le matin, ce fut à moi qu'incomba la responsabilité d'aller chercher l'oncle Ray. Mais je ne voulais pas le faire seule. C'est un rite de passage essentiel pour tous les enfants Spellman de prendre la route à un moment ou à un autre pour aller récupérer leur oncle.

Moins d'une heure après avoir localisé l'oncle Ray, ma sœur et moi avions préparé nos sacs et étions sur la route. Quatre heures plus tard, nous sommes arrivées à Reno et nous sommes présentées à la réception de l'hôtel pour prendre une chambre. Mon père avait écrit une lettre déclinant ses titre et références, ce qui permettait à l'hôtel de me fournir le numéro de chambre de l'oncle Ray et une clé.

Comme d'habitude, l'écriteau NE PAS DÉRANGER était

pendu à la poignée de la porte 62B. J'ai frappé par courtoisie et j'attendais que Ray rugisse quelque chose du style : « Savez pas lire ? » ou : « Je suis en conférence. » Mais il n'y a pas eu de réponse, et j'en ai conclu qu'il était ivre mort.

Après avoir glissé la carte magnétique dans la serrure, j'ai entrebâillé la porte. Et l'ai refermée presque aussi vite. L'odeur était reconnaissable entre mille. La bouffée que j'avais respirée me disait tout ce que j'avais besoin de savoir.

« Qu'est-ce qu'il y a ? » demanda Rae, sentant ma tension.

Je n'étais pas prête à lui dire la vérité et ne savais pas non plus comment m'y prendre. Il me fallait gagner du temps et la laisser dans l'ignorance aussi longtemps que possible.

« L'oncle Ray est avec une fille », dis-je. Après seulement, je me rendis compte que mon oncle l'aurait approuvé sans réserve, ce mensonge.

Ma sœur s'est aussitôt bouché les oreilles et a commencé à chantonner « La la la la la la la ». Je lui ai pris le bras et lui ai suggéré d'aller dans notre chambre. Elle a regardé la vue et, avisant la piscine deux étages plus bas, m'a demandé si elle pouvait aller piquer une tête. Soulagée à la perspective de pouvoir passer certains coups de téléphone sans qu'elle entende, je l'ai pratiquement mise à la porte.

Tout en la regardant du balcon faire la planche dans le bassin à fond rose, j'ai appelé le coroner et mes parents. Puis je suis retournée dans la chambre d'oncle Ray, pour vérifier.

Selon la police, il était mort d'asphyxie. Il avait perdu connaissance dans la baignoire environ deux jours plus tôt. Il avait glissé un billet de vingt dollars à la femme de chambre pour qu'on le laisse tranquille. Avant sa mort, il avait perdu six mille dollars aux tables de poker des Caraïbes. Sa mort a été classée comme accident dû à l'alcool. Elle n'a pas donné lieu à une enquête de police.

Quand Rae est remontée de la piscine, je terminais une conversation avec le bureau du coroner où j'employais les mots *corps, autopsie* et *transport*. Alors, elle a compris.

« Il est mort, hein ?

– Oui. »

Rae est restée deux heures sous la douche, puis s'est couchée sans dire un mot, battant tous ses précédents records. Elle n'a ouvert la bouche que le lendemain matin, tandis que nous mettions nos sacs dans le coffre.

« Comment va-t-il rentrer à la maison ?

– Qui ?

– L'oncle Ray, gronda-t-elle.

– Le corps sera envoyé par avion après l'autopsie.

– L'oncle Ray n'aime pas l'avion.

– Je ne pense pas que ça le dérange maintenant.

– Pourquoi ne pas le remmener avec nous en voiture ?

– Parce que.

– Parce que quoi ?

– Parce qu'il est mort. Parce qu'il a commencé à se décomposer. Parce que je ne veux pas traîner trois jours à Reno en attendant que le bureau du coroner donne l'autorisation de sortir le corps de l'État. Monte dans la voiture, Rae. Ce n'est pas négociable. »

À quoi elle a répondu par un soupir furieux, s'est assise sur le siège du passager et a claqué la portière.

La première heure sur la portion déserte de l'Interstate 80 a été ponctuée par des soupirs. L'air sombre, Rae regardait par la vitre. Lorsqu'elle s'est retournée vers moi en disant d'un ton sec : « Il ne devrait pas être mort », j'ai enfin compris qu'elle était en colère. Parce que d'après ce qu'elle avait pu constater, personne n'avait empêché l'oncle Ray de s'intoxiquer. Elle ne voyait qu'une partie de l'histoire : toute une famille refusant de le voir s'autodétruire.

Je m'arrêtai à la première aire de repos et lavai les larmes que mes lunettes de soleil avaient empêché de couler. En retournant dans la voiture, j'ai trouvé Rae mon portable à l'oreille, en train d'essayer de négocier avec le bureau du coroner pour qu'ils renvoient le corps de son oncle en train ou en voiture. J'ai ouvert la portière du passager, lui ai arraché le téléphone des mains et me suis accroupie devant elle.

« Nous avons tous le droit de nous détruire. Ce n'était pas un gamin et c'est le choix qu'il a fait. »

Rae n'a plus rien dit et nous avons repris la route.

Au bout de deux heures, deux cent quarante kilomètres et une demi-boîte de kleenex, nous avons traversé Bay Bridge. C'est alors seulement qu'elle a rompu le silence.

« Izzy ?

— Oui, Rae.

— On peut acheter des glaces ? »

REMERCIEMENTS

Le fait que je peux maintenant mettre écrivain (ou encore le mot plus prétentieux d'auteur) sur tous mes formulaires d'impôts semble incroyable. Pendant un moment, j'ai été certaine que l'entreprise n'aboutirait à rien. Je suis maintenant certaine que cela aurait été le cas si j'avais été laissée à moi-même. J'estime donc que de longs remerciements s'imposent. Si vous ne me connaissez pas et si vous ne connaissez aucun de mes proches, ne vous sentez pas obligé de lire ceci. Ou mieux, évitez de le faire. C'est personnel, rempli de plaisanteries intelligibles par les seuls intéressés et vous pourriez avoir des doutes sur ma santé mentale.

En premier lieu, je tiens à adresser mes remerciements à tous ceux grâce à qui mon manuscrit est devenu un livre. À mon agent, Stephanie Kip Rostan : je n'arrive pas à croire la chance que j'ai eue en vous trouvant. Votre esprit, vos conseils pertinents et votre patience m'ont sidérée. À ma correctrice géniale, Marysue Rucci : vous avez rendu ce livre infiniment meilleur que je ne l'aurais cru possible et travailler avec vous a été une partie de plaisir[1]. Rencontrer une autre personne qui s'amuse des mêmes choses que vous est déjà un cadeau, mais quand cette personne est votre correctrice, c'est comme si vous aviez gagné à la loterie[2]. À

---

1. Je sais que vous ne pouvez pas en dire autant de moi, mais ça ne fait rien.
2. Oui, c'est une impression que je connais.

mon éditeur David Rosenthal : vous m'avez fait craquer avec ces « inculpations d'attentat à la pudeur [1] ».

Merci également à Carolyn Reidy, présidente de Simon & Schuster : votre soutien a été sans prix et je vous suis extrêmement reconnaissante d'avoir défendu ce livre. À Alexis Taines, l'assistant de Marysue, merci pour toutes les réponses à mes questions passées et à venir. Chez Simon & Schuster, je remercie également Aja Shevelw. À l'agence littéraire Levine Greenberg, je remercie tout particulièrement Daniel Greenberg, Elizabeth Fisher, Melissa Rowland et Monika Verma de leur travail assidu. Enfin, un grand merci à Sarah Self, de l'agence Gersh, qui ne s'est jamais démontée devant mes refus répétés.

J'aimerais remercier tous les amis qui m'ont aidée au cours des ans, mais je limiterai ma liste à ceux qui m'ont à la fois prêté de l'argent [2] et lu des premiers jets de scripts ou de manuscrits. Pour commencer, Morgan Dox [3]. Tu t'es complètement trompée sur cette histoire de Westernville. C'était une excellente idée, en fait. Steve Kim : tu es un ami hors pair [4].

Merci pour tout, surtout de m'avoir rappelé le Cône du Silence, dans *Max la Menace*. J'ai une grosse dette envers toi. Rae Dox Kim [5] : merci de m'avoir laissée utiliser ton nom. Je risque d'en avoir besoin encore quelque temps. Julie Shiroishi [6] : merci de m'avoir conseillé d'écrire un roman, une idée qui ne m'était jamais venue à l'esprit. Ron-

---

1. Exemple de plaisanterie inintelligible susmentionné.

2. Ne seront mentionnés que les prêts à 0 %.

3. Qui m'a prêté beaucoup d'argent et a lu peut-être plus de textes que quiconque, notamment mes premiers scénarios hypernuls.

4. En tant que mari de Morgan, il a été partie prenante dans les prêts.

5. Elle n'a que quatre ans, donc je n'ai pu lui emprunter d'argent.

6. Je ne me souviens pas avoir emprunté d'argent à Julie, mais elle m'a offert de nombreux verres et m'a fait travailler à plusieurs reprises.

nie Wenker-Konner, tu peux cesser de te reprocher ce que tu sais ; je m'en suis remise. Et maintenant, je vais énumérer des personnes sans ordre particulier, parce que sinon, ces remerciements pourraient s'allonger considérablement : Julie Ulmer[1], Warren Liu[2], Peter Kim[3], David Hayward[4], Devin Jindrich, Lilac Lane, Beth Hartman, avec un remerciement spécial à Lisa Chen, qui me prête de l'argent en ce moment et m'a fait des commentaires très utiles. Mention honorable à Francine Silverman, dont je ne me rappelle pas qu'elle m'ait prêté de l'argent, mais qui a lu des textes d'adolescence bizarroïdes (et a ri), ainsi qu'à Cindi Klane.

Si vous êtes un de mes amis et que votre nom n'a pas été cité dans le paragraphe précédent, cela ne veut pas dire que votre amitié ne m'est pas précieuse, cela veut seulement dire que vous ne m'avez pas prêté assez d'argent ni n'avez lu assez de manuscrits pour mériter d'y figurer. N'oubliez pas qu'il y aura une suite à ce livre, et que j'efface l'ardoise en prévision. Si je n'ai plus besoin d'emprunter de grosses sommes, vous aurez encore l'occasion de me prêter vingt dollars de temps en temps. Si vous me connaissez, vous savez aussi que je n'aime pas me promener avec du liquide sur moi[5].

Maintenant, j'aimerais citer mes compagnons de combat de *Plan B* : Greg Yaitanes, Steven Hoffman, Matt Salinger et William Lorton. Vous m'avez donné l'impression d'être un écrivain à une époque où j'étais loin de m'en sentir un. Je n'oublierai jamais votre gentillesse, votre respect et votre

---

1. M'a prêté de l'argent, mais n'a pas lu beaucoup de premiers jets. Devra mieux faire si elle veut être citée dans les remerciements du second livre.

2. Non, je ne t'achèterai pas de voiture.

3. M'a prêté de l'argent, a lu beaucoup de premiers jets ET m'a offert de nombreux verres.

4. A lu beaucoup, beaucoup de premiers jets, m'a prêté de l'argent ET m'a donné de gros appareils ménagers et des meubles.

5. Que les agresseurs potentiels qui liront ces lignes se le tiennent pour dit.

fidélité. Et une fois de plus, je suis désolée. Vraiment, authentiquement désolée. Pendant qu'il est question de *Plan B*, je remercie également J.K. Amalou. *Mirufshim*, comme on dit chez vous.

Et surtout, je dois remercier ma famille. Il y a quelque chose d'extrêmement suspect chez une trentenaire qui refuse d'abandonner une idée. Merci à ma mère, Sharlene Lauretz : tu ne m'as jamais dit une seule fois de prendre un vrai boulot et de passer aux choses sérieuses[1]. Sans ta générosité et ta confiance, je pourrais encore fort bien être en train de travailler sur ce roman. Merci à Beverley et Mark Fienberg, mes tante et oncle[2], de m'avoir donné du travail pendant toutes ces années sans jamais se plaindre de mon comportement et de m'avoir laissée m'incruster quand j'étais fatiguée de payer un loyer. Un énorme merci à mes oncle et tante Jeff et Eve Golden[3]. Vous m'avez donné un lieu[4] où j'ai pu écrire. Mon rêve s'est réalisé : vivre au milieu de nulle part en écrivant mon premier roman. Les mots ne peuvent exprimer ce que vous avez fait pour moi. Jay Fienberg, ma cousine : sois gentille, lis-le, ce livre. À Dan Fienberg, mon cousin aussi, un très grand merci pour ton aide, tes conseils, etc. À Anastasia Fuller : nous avons tous beaucoup de chance de t'avoir dans notre famille. Merci d'avoir lu le premier jet le plus raturé qui soit et merci d'avance pour tout ce que je vais te faire lire à l'avenir.

La personne suivante mérite un paragraphe à elle toute seule. Kate Golden, ma cousine, ma première correctrice. Qui se serait douté qu'autant de mots avaient des traits d'union ? Tu es géniale et tu réussiras comme tu le mérites.

---

1. Ce qui aurait pu être dit avec juste raison, tout bien considéré.
2. Pour mémoire, aucun de mes oncles n'a servi de modèle à l'oncle Ray.
3. *Idem.*
4. À titre gracieux.

Mais je suis ravie d'avoir pu t'exploiter pendant que tu étais jeune et pauvre.

Enfin, je dois citer mes amis de Desvernine Associés[1] : Graham « Des » Desvernine, Pamela Desvernine ; Pierrc Merkl, Debra Crofoot Meisner[2], et surtout Yvonne Prentiss et Gretchen Rice, qui ont patiemment lu différentes moutures, répondu à d'innombrables questions, et m'ont rappelé un travail que j'avais presque oublié. Les Spellman sont de la fiction pure, mais ils n'auraient jamais pu exister sans vous.

Note au lecteur : À l'exception de ma mère, j'ai remboursé tout le monde.

---

1. Sauf Mike Joffe. Je ne le citerai pas.
2. Ce n'est pas de toi qu'il est question dans le livre, je te l'assure.

Lisa Lutz
dans Le Livre de Poche

Les Spellman se déchaînent n° 31394

Le grand retour des Spellman, détectives privés de père (et mère) en fille(s). Chez eux, savoir écouter aux portes est un talent inné, crocheter les serrures, une seconde nature, exercer un chantage, une façon très personnelle de mener des négociations. Le tout au nom de l'amour inconditionnel. Après le succès de *Spellman et Associés*, les nouvelles aventures, toujours aussi déjantées et hilarantes, d'Izzy et de la famille la plus cinglée de San Francisco.

La Revanche des Spellman n° 32560

Chez les Spellman, on est détective de père en fille, et les enquêtes commencent à la maison ! Dans ce nouveau volet des aventures d'une famille déjantée, Izzy, la fille aînée, entre deux séances chez le psy, aura bien du mal à mener son enquête tout en filant David, son frère psychorigide, Rae, sa petite sœur surdouée, plus incontrôlable que jamais, et sa mère, qui semble avoir en tête de tenir un bar. Ajoutez à cela deux femmes mystérieuses, un maître chanteur, un privé local qui veut se venger et une voiture qui n'est jamais là où Izzy l'a garée... et vous découvrirez comment, avec la famille Spellman, un suspense peut toujours en cacher un autre !

Le Livre de Poche s'engage pour l'environnement en réduisant l'empreinte carbone de ses livres. Celle de cet exemplaire est de :

600 g éq. CO_2

Rendez-vous sur www.livredepoche-durable.fr

PAPIER À BASE DE FIBRES CERTIFIÉES

Composition réalisée par NORD COMPO

Achevé d'imprimer en septembre 2012 en Espagne par
BLACK PRINT CPI IBERICA
Sant Andreu de la Barca (Barcelona)
Dépôt légal 1re publication : juin 2008
Édition 08 : septembre 2012
LIBRAIRIE GÉNÉRALE FRANÇAISE – 31, rue de Fleurus – 75278 Paris Cedex 06

31/2456/7